JAVIER COSNAVA

D1520937

LA SEGUNDA GUERRA MUNDIAL

MUNDIAL

La Novela

(BARBARROJA Y EL NORTE DE ÁFRICA)

Primera edición: marzo, 2020
Título original: *La Segunda Guerra Mundial, la novela
(BARBARROJA Y EL NORTE DE ÁFRICA)*
© 2020 Javier Cosnava
© De la portada, imagen reproducida bajo liencia creative
commons
© De la corrección, José J. Rodríguez y Paula Navarrete

Quiero dedicar este libro a Sven Hassel, el hombre que llevó a toda una generación de lectores a las más sangrientas batallas de la Segunda Guerra Mundial.

Nos hizo amar a sus personajes. A Sven, Porta, Hermanito, el Viejo, el Legionario, y tantos otros.

En nombre de todos aquellos lectores...

Gracias, Sven.

DRAMATIS PERSONAE

HITLER Y SU ENTORNO

--Adolf Hitler: Canciller de Alemania.
--Eva Braun: Secretaria de Hitler. En realidad, amante, esposa secreta.
--Gretel Braun: Hermana de Eva.
--Negus y Stasi: Los dos terriers escoceses de Eva Braun.
--Geli Raubal: Sobrina de Hitler, que cometió suicidio antes de comenzar la Segunda Guerra Mundial.
--Theo Morell: Médico personal de Hitler.
--Hermann Goering: Sucesor de Hitler. Mariscal del aire, entre otros muchos cargos y títulos.
--Emmy Goering: Ex actriz famosa. Esposa de Hermann.
--Albert Speer: Arquitecto de Hitler.

HEYDRICH Y SU ENTORNO

--Reinhard Heydrich : Responsable de la SD, el servicio de inteligencia de las SS. Mano derecha de Himmler.
--Lina Heydrich : Esposa de Reinhard y ferviente nazi.
--Heinrich Himmler : Líder de las SS y la Gestapo.
--Adolf Eichmann: Coronel de las SS. Experto en temas judíos.

OTTO WEILERN Y SU ENTORNO

--Otto Weilern : Joven oficial de las SS.
--Theodor Eicke : Tío putativo de Otto y Rolf. Inspector general de todos los campos de concentración nazis.
--Mildred Gillars : Bailarina y actriz americana residente en Alemania. Amante de Otto.
--Salomon Herzog: Vecino de Mildred. Judío.
--Joseph Mengele : Uno de los mejores amigos de Otto.
--Rolf Weilern : Hermano mayor de Otto.

--Alfredo Ploetz Buonamorte: Amigo de la infancia de Otto. Amigo de Ciano. Oficial del ministerio italiano de asuntos exteriores. Coronel.

--Ludovica : Novia de Alfredo.

--Gertrud Scholtz-Klink: Jefa de todas las organizaciones femeninas alemanas. Ejemplo de madre devota, está criando a 10 hijos para el Reich.

--Traudl Hums: Amante de Otto.

LOS ESPÍAS ALEMANES

--Walter Schellenberg : Joven oficial de las SS. Uno de los hombres más atractivos de Alemania.

--Wilhelm Canaris : Jefe de la Abwehr, la inteligencia militar alemana.

--Coco Chanel: Famosa modista y creadora del perfume más famoso del mundo. Agente alemán.

LOS ESPÍAS JAPONESES

--Katsuo Abe: Agregado naval. Almirante. Jefe de la comisión que negoció el Tripartito. Experto en EEUU, donde vivió varios años. Racista de todo lo no japonés.

--Hideki Higuti: Teniente coronel. Samurái. Fanático.

--Shigeru Kawahara: Primer consejero de la embajada japonesa en Berlín.

--Makato Onadera: Agregado militar en Estocolmo.

--Hiroshi Oshima: Embajador en Berlín. Antiguo agregado militar. Inteligente y preparado. Amigo personal de Canaris y de Hitler. Más nazi que los nazis.

--Yukio Atami: Oficial de inteligencia. De rasgos occidentales. Espía experto en el arte del disfraz.

LOS GENERALES (Y OTROS OFICIALES DEL EJÉRCITO ALEMÁN)

--Walter Von Brauchitsch : Comandante en jefe del Ejército de Tierra. No confía en Hitler.
--Karl Doenitz : Vicealmirante de la marina de guerra alemana. Jefe del arma submarina.
--Werner Von Fritsch : Antiguo comandante en jefe de los ejércitos de tierra. Caído en desgracia. Muerto en la invasión de Polonia en 1939.
--Heinz Guderian : General del ejército alemán. Genio táctico. Teórico de la utilización de los carros de combate como punta de lanza de los ejércitos del Reich.
--Franz Halder: jefe del Estado Mayor (OKW)
--Wilhelm Keitel: Comandante en jefe de la Wehrmacht. Llamado Lakeitel, el lacayo de Hitler, por su servil aceptación de todas sus decisiones.
--Albert Kesselring : Comandante en jefe de la segunda flota aérea de la Luftwaffe.
--Erich Von Manstein : General alemán. Gran estratega.
--Erwin Rommel : General al mando de los ejércitos germano-italianos en el norte de África. Genio táctico.
--Gerd von Rundstedt : Mariscal alemán. Militar de renombre.
--Ernst Udet : Director técnico y de investigación de la Luftwaffe. Antiguo as del aire. Muerto por suicidio.
--George Stumme: General Panzer.
--Bernd Hauser: Capitán de las SS en la Ahnenerbe o Sociedad para la Investigación y Enseñanza sobre la Herencia Ancestral Alemana.

LOS POLÍTICOS NAZIS

--Joseph Goebbels : Ministro de la Propaganda.
--Joachim von Ribbentrop : Ministro de Asuntos Exteriores.
--Rudolf Hess: Jefe del Partido Nazi.
--Martin Bormann: Hombre de confianza de Hitler.
--Fritz Todt: Ministro de armamento y munición.

INGLATERRA

--Winston Churchill : Político conservador.
--Archibald Wavell: Comandante de Oriente Próximo y Egipto.
--Claude Auchinlek: Militar británico.
--Bernard Law Montgomery: Militar británico.

ITALIA

--Conde Galeazzo Ciano : Ministro de Asuntos Exteriores de Italia. Yerno del Duce.
--Benito Mussolini : Duce, líder de la Italia fascista.
--Clara Petacci : Amante de Mussolini.
--Ugo Cavallero: Jefe del Comando Supremo de las fuerzas armadas de Italia.
--Ettore Bastico: Gobernador de Libia.
--Rino Fougier: Responsable de la aviación italiana (Regia Aeronautica). Amigo personal de Kesselring.

ESPAÑA

--Francisco Franco: Dictador español.
--Ramón Serrano Suñer: Ministro de Asuntos exteriores.

LA URRS

--Viktor Abakumov : Jefe de la contrainteligencia.
--Laurenti Beria : Responsable de la NKVD, la policía secreta rusa.
--Joseph (Iósif) Stalin : Dictador soviético.
--Georgy Zhukov: General soviético.
--Nikita Kruschev: Comisario político.
--Lydia Litviak: Piloto femenina.
--Katia Budanova: Piloto femenina.
--Mahalta Sánchez: Hija de refugiados españoles. Afincada en Rusia. Atleta. Piloto.

PRÓLOGO

EN BUSCA DEL FÜHRER

(Mayo De 1945)

– Él es el único que sabe dónde está Adolf Hitler.

Las palabras de Beria resuenan en los pasillos de la prisión. Se halla de pie vestido con su uniforme gris de comisario, aunque el bueno de Laurenti Beria es mucho más que eso. Hablamos del director de la policía política rusa, la NKVD. Hablamos del hombre que susurró al oído del camarada Stalin los nombres de muchos de los que acabaron muertos o en Siberia a causa de las purgas del dictador. Hablamos de un monstruo a la altura de los peores monstruos de la Alemania nazi. Por eso sus palabras paralizan a quien las oye, porque en las manos de Beria está el que sigas vivo... o dejes este mundo en medio de terribles sufrimientos.

A su lado se encuentra Viktor Abakumov, torturador profesional y jefe de la Smersh, la unidad de contrainteligencia que se dedica a dar caza a los nazis y toda suerte de labores de espionaje.

– Debemos encontrar la manera de que nos diga dónde se halla el Führer – añade Beria –. Stalin necesita saberlo. Yo necesito saberlo.

La mano derecha de Stalin, ese hombre temido por todos llamado Laurenti Beria, es un hombre de aspecto normal. Calvo, con gafas... parece un administrativo de una oficina. Todo lo contrario que su subordinado: fornido, de cuello muy ancho y nariz aplastada de boxeador.

– No será fácil – opina Abakumov, contemplando al hombre del que hablan, al oficial alemán Otto Weilern, que acaba de ingresar a la Sala de Clasificación.

Centenares de personas caminan guiadas por los guardias. Les conducen como a ganado hacia la misma sala donde acaba de entrar el alemán. Aguardan hasta que les toca el turno, les fotografían, les miden, toman sus datos y sus huellas. Ahora forman parte del archivo de la Lubianka, la infame prisión del régimen ruso y cuartel general de la KGB. Un edificio que es una manzana independiente en sí misma, un cuadrado de ladrillos amarillos de mil metros por lado, al norte de la Plaza Roja.

– Podría volver a interrogarle personalmente – se ofrece Abakumov mirando a Otto, su víctima, mientras se relame los labios.

Pero Beria niega con la cabeza. Ya le interrogó una vez y le arrancó dos dedos con unas tenazas. Los métodos del jefe de la Smersh son demasiado directos y Beria necesita saber la verdad; no se puede arriesgar a que el preso muera durante el interrogatorio. Abakumov está descartado de momento y, luego de intercambiar una mirada con su jefe, el propio Abakumov comprende que no cuenta con él, lo que hace que componga un gesto de desilusión. Le gusta infringir dolor, romper huesos, cercenar miembros... y el perder la ocasión de aniquilar a alguien de confianza de Adolf Hitler le causa una profunda tristeza.

En la Lubianka todo el mundo está triste. Miles y miles de ciudadanos soviéticos se cobijan allí, olvidados del mundo, desaparecidos. Enemigos del pueblo, rusos blancos, desertores o espías. En realidad, cualquier ciudadano de Moscú teme a la Lubianka y a los siniestros personajes que en ella se ocultan. Pasan delante del edificio, que tiene las luces encendidas las veinticuatro horas del día, siempre deprisa, siempre con la cabeza gacha. No quieren que nadie de aquel lugar se fije en ellos. No miran ni siquiera hacia las sombras que pasan delante de las ventanas. Y no lo hacen aunque detrás de sus muros se hallen familiares o amigos. Nadie quiere saber lo que pasa en aquel viejo edificio, nacido para albergar la central de seguros de toda Rusia pero que ahora está dedicado a unos fines muy distintos. Y por ello todavía quieren saber menos de lo que ocurre en la prisión interna donde acaban los más desgraciados, gente como Otto Weilern.

– No se han curado bien los dedos – le dice Otto a un médico mostrándole los muñones infectados donde antes estaban meñique y corazón de la mano izquierda.

Pero el médico contempla con desprecio a aquel joven ario, rubio y de ojos azules. Un tipo de dos metros que habla con el acento de los enemigos de la patria, de esos que han matado a millones de rusos. Le importa poco lo que opine el nazi; su misión es censar a los hombres que llegan a la Lubianka y hace su trabajo maquinalmente. No se pregunta nada. No opina sobre nada. Ordena a Otto que se desnude y anota heridas y cicatrices. Completa su ficha. No responde al comentario del alemán ni piensa en ello más de un par de segundos. Hace una señal a un guardia y se llevan a Otto por un pasillo oscuro camino de los subterráneos.

El teniente Weilern anda como un sonámbulo entre las hileras de celdas, donde aúllan los contrarios al régimen (o los sospechosos de serlo), donde se lamen sus heridas aquellos a los que los funcionarios de la Lubianka han señalado como enemigos del pueblo. Le siguen a una prudente distancia Beria y Abakumov, que discuten sobre su destino.

– Estoy acostumbrado a sacarle una confesión a los prisioneros – insiste de nuevo Abakumov –. Esto no es muy distinto. Yo puedo hacerlo.

Caminan sobre un enlosado blanco sucio, cuyas esquinas forman figuras romboidales negras. Los prisioneros han desarrollado una aversión casi patológica a aquellas formas geométricas, tras años de pasear por ellas como el ganado hacia el matadero.

– Este no es un caso común; ya lo sabes, Viktor. No nos bastará con restringirle el sueño o la comida. Tampoco funcionará el confinamiento solitario y mucho menos la tortura.

– El dolor siempre funciona – opina Abakumov –. Y las celdas de castigo, o darle libros y facilitarle paseos por el patio y luego prohibírselos. Hay muchas maneras de forzar a un hombre para que hable. Muchas formas de interrogatorio, de humillación, de desprecio. Acaban rindiéndose todos. Una de mis mejores oficiales es experta en interrogar en ropa interior. Tipos que no han tocado a una mujer en meses ven a una hermosa mujer rusa en bragas abofeteándoles y el deseo sexual, unido a la rabia y a la impotencia por no poder tocarla, obran maravillas. En dos semanas hasta Weilern se vendría abajo y ...

– No tenemos tiempo para nada de todo eso. No tenemos semanas sino un par de días para saber la verdad. El padre de la patria nos exigirá resultados y a nosotros no nos gusta fallarle, ¿Verdad?

Nadie quiera fallar a Stalin, el hombre que ha conducido la Velíkaya Otéchestvennaya voyná, la Gran Guerra Patriótica, y ha destruido a los nazis. En aquel momento, en mil

13

novecientos cuarenta y cinco, su poder está en su momento más álgido. Es un héroe, casi un dios para los soviéticos.

– Conozco tortura sofisticadas que podrían acelerar el resultado– asegura Abakumov –. Torturas que no le matarán, pero le dejarán lisiado. Puedo dañarle la espina dorsal y que sólo pueda andar apoyándose en las rodillas y las manos como un perro. Puedo...

– Sé de lo que eres capaz, amigo. Pero tengo otros planes para Otto Weilern. Si fracasan, entonces tal vez necesite de esos servicios especiales que se te dan tan bien.

Abakumov sonríe complacido por las palabras de su mentor. Sabe hasta qué punto es inteligente y duro el alemán al que deben doblegar. No cree que ningún plan alternativo al suyo funcione y se frota las manos pensando en que dentro de poco caerá de nuevo en sus manos. Entonces se arrepentirá de haber nacido. Él se encargará personalmente. No delegará en subalternos. No dejará que Katia, la experta en interrogatorios en ropa interior, se acerque a Otto. Lo hará complacido en persona. Ya lo está deseando.

Finalmente, el teniente Weilern es abandonado en una celda diminuta de la prisión interna o vnutryanka. Se trata de un agujero más, uno de los casi 600 lugares del olvido de aquel lugar maldito. Otto mira en derredor. Un pedazo de loza donde hacer sus necesidades; una pila donde lavarse las manos; dos catres minúsculos, tan estrechos que hay dormir de lado; un suelo frío de cemento de tres metros por dos metros escasos; una única ventana siempre cerrada y el lujo de una estantería colgada en la pared que queda a su derecha. Un lujo, eso sí, imaginario, porque no hay ningún libro que ojear para matar el tiempo.

La puerta se cierra. Beria despide a Abakumov y se queda en silencio al otro lado, sabiendo que Otto puede oír su respiración. Finalmente descorre la mirilla y descubre que el alemán le está esperando de pie con un gesto que no es sumiso ni desafiante.

– ¿Me dirás dónde está Adolf Hitler?

– No sé de qué me habla, camarada Beria.

– Te salvé en Berlín de Abakumov. Sin mí estarías muerto o, lo que es peor, aún vivo y en sus manos.

– Y yo se lo agradezco, camarada. Pero no le puedo decir dónde está Hitler.

– ¿No me lo puedes decir porque no lo sabes o porque no quieres decírmelo?

– No creo que haya diferencia entre una cosa u otra, camarada. De cualquier forma, no se lo voy a decir.

Beria suspira, cierra la mirilla con un golpe brusco y se marcha. Camina lentamente hasta su despacho en la primera planta, un lugar amplio y cómodo, aunque sin excesos, pues el jefe de la NKVD admira la austeridad y el sacrificio del pueblo ruso. Abre una botella de vodka y se sienta delante de sus dos invitados, que le esperan desde hace más de una hora. Bebe un trago y vuelve a llenar su copa antes de servir a Nikita Kruschev, comisario político, y a Georgy Zhukov, mariscal de la Unión Soviética.

– Usted es la única persona que pudo interrogar a Otto Weilern cuando le capturamos en 1943 – dice Beria mirando los ojos a Kruschev.

– Así es – responde Nikita –. Pero como ya sabe, no me dijo gran cosa. En realidad, no me dijo prácticamente nada.

Beria contempla el vodka de su vaso y se vuelve hacia el mariscal Zhukov.

– Usted tuvo más tiempo para tratarle durante la ofensiva de Bagration en 1944.

– En efecto – reconoció el militar –. Pero tampoco creo que pueda aportar gran cosa.

Entre Kruschev y Zhukov hay una tensión evidente. Uno es un político y otro un militar, ambos estuvieron enfrentados por el mando mientras fueron conjuntas les decisiones militares entre oficialidad y comisarios políticos. Beria los contempla a ambos, girando lentamente su cuello de lado a lado antes de decir:

– No están aquí para decirme que no saben nada. Quiero una opinión sincera de ambos sobre ese nazi.

– No es un nazi – dice Kruschev –. Es un antinazi y conspiró contra Hitler...

– Conozco los informes – le interrumpe Beria –. Algunos los redacté en persona. Quiero una opinión sincera sobre ese hombre y sobre qué hay que hacer para sacarle la ubicación de Adolf Hitler.

En 1945 nadie creía que Hitler hubiese muerto en el búnker de Berlín. De hecho, en 1950 las cancillerías de Europa seguían sin creerlo. Solo el paso del tiempo dio por bueno el engaño del Führer y todos acabaron por pensar que, dado que no aparecía, aquello solo podía tener una explicación: los huesos carbonizados que se habían hallado en la Cancillería eran los suyos y los de Eva Braun.

– Otto es un hombre inteligente – tercia Zhukov –. No creo que sea relevante si es un nazi o un antinazi, no para que nos revele la verdad sobre el paradero de Hitler. Más bien diría yo...

– Prosiga – le anima Beria.

Zhukov tamborilea sus dedos sobre la mesa. Cierra los ojos y se bebe de un trago su vaso de vodka.

– Hablemos con él, sencillamente. Por teléfono me dijo ayer que, tras su detención en Berlín, escribió para usted un diario de sus dos primeros años en la guerra. Que prosiga su relato, que se relaje. Ya habrá tiempo de preguntarle sobre el Führer.

– Estoy de acuerdo – dijo Kruschev,

– Y, sin embargo, no tenemos todo el tiempo del mundo. No podemos reunirnos a tomar café con el señor Weilern de forma indefinida. Stalin quiere resultados.

– Stalin sabe que a veces hay que esperar para obtener resultados – dice Zhukov –. Yo hablaré con él si es necesario.

Beria sonríe en dirección al más famoso mariscal de la Unión Soviética. Es una sonrisa cargada de odio. Beria odia a todo el mundo. Le da igual que sean políticos o militares. Sólo se ama a sí mismo y a su relación personal con Stalin, el cual, en privado, le llamaba "mi Himmler particular". Una expresión de la que estaba muy satisfecho. El que le comparen con probablemente el criminal de guerra más abyecto de la historia, le parece una muestra de la confianza del líder supremo en sus dotes.

– Llegado el momento, camarada mariscal, le agradeceré que hable con el camarada Stalin si no obtenemos los resultados rápido. Pero esperemos que no sea necesario. De momento, este tema lo trataré yo personalmente con el padre de la patria.

Entonces el jefe de la policía política se vuelve hacia Kruschev.

– ¿Tiene algo que añadir?

– Como le decía, sólo hablé con Otto Weilern apenas media hora y hace más de dos años. Pero creo que hay algo que deben saber.

Beria enarca una ceja. Aunque no le gusta Kruschev, tiene una elevada opinión del joven político (o al menos joven para los estándares soviéticos, amantes de la gerontocracia, ya que Nikita tiene 50 años recién cumplidos).

– Dígame, camarada comisario.

– Otto no solo me pareció un hombre inteligente. Es un manipulador. Comenzó luchando en Polonia en 1939 siendo un crío de 17 años, pero ha madurado, ha cambiado mucho, y ahora es un ser retorcido. Siempre procura estar un paso por delante de sus enemigos. Estoy seguro que llamó la atención de nuestros servicios de inteligencia sobre su persona cuando fue detenido. Tal vez incluso forzara su detención. Quería que lo interrogásemos, aunque no sé por qué. Podría haberse entregado a los americanos o intentado suicidarse una vez en nuestras manos. Pero he leído los informes de Abakumov: está muy tranquilo a pesar de las torturas que se le han infligido, como si todo esto lo hubiese planeado hace tiempo. Otto sabe de sobra que nuestro único interés en él descansa en su conocimiento del lugar donde se halla Hitler tras huir del búnker, por lo que perdemos el tiempo intentando que nos revele esa información en particular. No deberíamos intentarlo.

– ¿Y qué propone?

– Más o menos lo mismo que ha dicho el camarada Zhukov, pero con un matiz. Dejémosle hablar y no intentemos que nos revele dónde está Adolf.

El rostro de Beria denotaba recelo e incredulidad.

– ¿Y qué ganamos con eso?

– Ganamos que, poco a poco, nos revele su verdadera personalidad. Al final, tal vez no nos diga dónde está Hitler, pero podremos deducirlo.

A Beria le gustó aquella línea de razonamiento y asintió

ante las palabras de Kruschev. Por otro lado, las palabras de sus dos interlocutores le daban una excusa perfecta. Laurenti Beria era también un manipulador. Y tan bueno o más que Weilern. Hacía tiempo que sospechaba que al final Otto no revelaría el paradero del Führer. Que con o sin nuevas torturas seguiría callado. Y le aterrorizaba fallar a Stalin.

Pero si finalmente no conseguían encontrar a Hitler, siempre podría decir que Kruschev y Zhukov se mostraron blandos, que querían hablar con el muchacho en lugar de sacarle la verdad al estilo Abakumov. No estaban tan comprometidos como Beria al servicio del camarada Stalin. Aquello es lo que había conducido al fracaso.

– Ha sido un placer hablar con ustedes – dijo Beria a sus interlocutores, estrechando las manos de ambos efusivamente y dándoles dos besos en las mejillas, como si fueran sus mejores amigos –. Vayan a ver a Otto Weilern a su celda y hablen de cualquier cosa, de la Gran Guerra Patriótica o de lo que les parezca. Confío plenamente en ustedes.

Cuando los dos hombres se marcharon, Beria pulsó un botón y apareció una de sus secretarias. De inmediato comenzó a dictarle una misiva para el padre de la patria:

Siguiendo el consejo de los camaradas Nikita Kruschev, comisario del partido, y Georgy Zhukov, mariscal de los ejércitos, han comenzado los interrogatorios de Otto Weilern. Ellos creen que la mejor manera de obrar es mostrarse amigables con el preso y no forzar su confesión. No estoy plenamente convencido de esta aproximación al problema, pero de momento voy a mostrar prudencia y a respetar la opinión de dos hombres que, al fin y al cabo, le conocen mejor que yo. Espero instrucciones de usted para cualquier cambio en esta línea de trabajo.

Atentamente.

Laurenti Beria, *Jefe del Comisariado del Pueblo para Asuntos Internos (NKVD)*

LIBRO PRIMERO

ITALIA

Un imperio con pies de barro

1. CIANO, EL CUÑADO DE MUSSOLINI, Y SUS ALEGRES AMIGOS

(Septiembre a diciembre de 1940)

I

Otto Weilern era aún un adolescente en 1940, en 1941, incluso en 1942 o 1943 no se parecía en nada al hombre que estaba destinado a ser.

Nunca habría podido imaginar que acabaría sentado en un camastro de una celda de la Lubianka, pensando en la guerra, que tanto daño había hecho a Europa, y en todos aquellos millones de muertos que poblaban cementerios y fosas comunes. Tampoco podría haber imaginado que, en ese día lejano, estaría más preocupado por el amor perdido, en todas las mujeres que no había besado y que nunca podría ya besar. Y en todas las que ya había besado y no podría besar de nuevo.

Al final, los hombres demostramos ser poco más que unas pequeñas criaturas, comprendería al fin. Pensamos que vamos a trascender, a realizar grandes gestas, pero solo somos primates dominados por las pasiones. Y las pasiones más grandes son el amor y la guerra.

El amor y la guerra, una combinación terrible, una elección terrible.

El Otto Weilern que tenía 19 años a finales de 1940 no entendería a aquel alter ego de 23, que escucharía los lamentos de sus compañeros en las otras celdas sin un asomo de miedo ni de aprensión. Su alter ego sería alguien que habría visto tantas cosas que su propia vida acabaría por no importarle. Y diría, sencillamente, a nadie en particular:

– Al final hay que elegir entre el amor y la guerra. A eso

se reduce todo.

Y entonces se abriría la puerta de su celda y vería dos rostros conocidos. Sus labios se curvarían en una sonrisa.

– Vaya, qué agradable sorpresa.

Nikita tomaría asiento en el catre contiguo y el mariscal Zhukov permanecería de pie. Sería este último el que hablaría primero:

– Hace mucho que no nos vemos, Otto.

– No tanto.

– ¿Lo ha pasado mal?

– ¿Usted qué cree?

Se produciría un silencio incómodo y entonces Kruschev intervendría:

– He leído que en Berlín escribió la historia de sus primeros años en la operación Klugheit al servicio de Hitler. Tal vez querría explicarnos el resto de su historia. Podemos traer algo de beber. Incluso comida. Si le apetece. Ya sabe, una reunión de amigos. Sin presiones.

Y Otto, ese Otto mucho más viejo y cansado, diría:

– No sacarán nada de mí. Nada de lo que están buscando. Pero si lo que quieren son palabras… bueno, podría hablarles del amor y la guerra. Solo eso me interesa ahora.

– ¿Del amor y la guerra? ¿Qué significa eso?

El Otto Weilern del futuro movería la cabeza bruscamente.

– ¿Qué no significa?

EL SECRETO MEJOR GUARDADO DE LA GUERRA (OPERACIÓN KLUGHEIT)

[Extracto de las conversaciones de Otto Weilern en la prisión de la Lubianka]

El amor y la guerra es la gran elección. O más exactamente el amor o la guerra. Uno u otro. Nunca ambos, pues se niegan entre sí.

Supongo que en un conflicto tan devastador como una contienda mundial al final hay que elegir bando. Y el bando no es el Eje o los Aliados, las naciones que se enfrentan entre sí por razones que sólo ellas conocen. Los bandos son el amor o la guerra. Tratar de sobrevivir y salvar lo poco de lo honorable que pueda rescatarse del infierno de las armas o sumergirse de lleno en el odio y aceptar tu destino como asesino, o en mi caso como asesino de asesinos.

El conflicto que Hitler había desencadenado parecía ser favorable a Alemania. Daba la impresión que seríamos capaces de doblegar a las democracias (plutocracias en jerga nazi) y salir airosos de aquella pesadilla. Habíamos vencido en Polonia y en Francia, maravillando al mundo con nuestros soldados y nuestros Panzer. En el Reino Unido, es verdad, no habíamos conseguido atemorizar a la población con los aviones de la Luftwaffe y aún menos a su Primer Ministro, ese tal Churchill, el hombre que se negaba a la paz que el Führer tanto deseaba. El bombardeo de Inglaterra había sido un fracaso, pero parecía una nota al margen, una minucia en el océano de victorias del Reich. Sin embargo, había un asunto que preocupaba a los más perspicaces de los generales de Hitler en el OKW, el Alto Mando del Ejército. Y ese asunto era Italia.

Una de las razones principales de la derrota de Alemania en la Segunda Guerra Mundial fue la alianza con la Italia fascista de Mussolini. Hitler había elegido la guerra, y la había abrazado con todas sus fuerzas, en su delirio de construcción de un Reich de mil años de duración. Toda

Alemania le había seguido en aquel empeño por más que fuera una locura, por más que sean una locura todas las guerras. Pero los italianos no se parecen en nada a nosotros los alemanes, los tedescos o tedeschi como nos llaman ellos. Da igual que estén enfrascados en la más sangrienta de las batallas, da igual que sean una raza valerosa como ninguna otra, da igual todos los preceptos y mandamientos que juren cumplir. Al final, es un pueblo que siempre elige el amor. Está en sus genes, está en su alma aventurera. Supongo que todo italiano lleva en su interior un Casanova. Tal vez el gran Giacomo, el amante excelso, sea la expresión de todo un pueblo más que un ser real del que podamos extrapolar una biografía.

Cuando estaba a punto de terminar el año 1940 yo todavía no era demasiado consciente de todo esto. No daba importancia al efecto devastador para los intereses de la Wehrmacht que tendría la Italia de Mussolini. Aún me hallaba deslumbrado, como casi todos mis compatriotas, por las fulgurantes victorias de los meses anteriores, por la visión de los polacos y los franceses levantando los brazos reconociendo la derrota, o los ingleses escapando aterrorizados en las playas de Dunkerke, bombardeados sin cesar por nuestros Stuka y nuestros ME 109. Yo era un niño de 18 años; mi capacidad para ser deslumbrado y engañado era aún mayor que la de muchos de mis compatriotas porque nada sabía del mundo y pretendía saberlo todo. Esto es una prerrogativa y un privilegio de la juventud. Pero pronto aprendería de mis errores y el primer eslabón de la cadena de sucesos que me convirtieron en un anti nazi, el momento en que comenzó mi evolución, fue el 23 de septiembre de 1940: el día que tuvo lugar la ceremonia del Pacto Tripartito.

Cogí un avión hacia Berlín desde Austria, la Marca Este de la Gran Alemania, para acudir a la firma del Pacto. Y es que, por consejo de mi amigo Joseph Mengele, llevaba unos meses en el campo de Mauthausen, contemplando cómo tratábamos a los subhumanos, nosotros, los miembros de la raza superior. Debo confesar que traté de integrarme en la Comunidad del Pueblo y fui por breve tiempo un creyente. Mi hermano Rolf, por el contrario, estaba asqueado de todas las cosas terribles que veía en el campo, de los horrores del sistema concentracionario nazi, de las muertes por inanición, por congelación, los trabajos forzados, los hornos crematorios...

—Esto está mal —me dijo un día.

No le escuché. Él era un pobre tonto, un joven al que habíamos colocado allí porque no tenía el coeficiente de inteligencia necesario para estar en ninguna otra parte. Esto era muy común: la gente brillante éramos la élite del sistema que había instaurado el Führer, y combatíamos en el frente o dirigíamos sus tropas. La gente limitada como Rolf bastante suerte tenía con no haber sido eliminada años atrás cuando se gaseó a miles de deficientes. Muchos de los menos aptos acabaron como guardias en los campos, junto a cojos, tullidos, y todos esos desgraciados que tenían la desgracia de no poder luchar por la grandeza de Alemania.

—Esto está mal —me repitió, el día que llegué, luego de verme golpear a un español rojo, un apátrida, uno de esos que habían acabado en nuestro campo luego de huir de la España de Franco.

—Cállate, Rolf. Tú no tienes ni idea.

Pero, por supuesto, quién no tenía ni idea era yo. Porque el tonto, el menos apto de nosotros dos, era Otto.

Rolf fue siempre el más inteligente de los dos hermanos Weilern.

Mientras viajaba desde Austria a Berlín pensaba precisamente en todo esto, en cómo explicarle a mi hermano lo maravilloso que era pertenecer a nuestra comunidad del pueblo y el poco valor (o ninguno) que tenían los españoles apátridas, los judíos, los gitanos, los asociales o cualquiera de los presos que se hacinaban en nuestro Lager de Mauthausen.

Cuando llegué a la Cancillería del Reich todavía estaba lucubrando acerca de la forma de convencer a Rolf. No sabía que era yo al que el destino había deparado lo contrario: convencerme de que el nazismo era algo odioso y terrible, y que debía combatirlo con todas mis fuerzas. Porque, como ya he dicho antes, el primer paso de mi transformación en un traidor a ese Reich efímero fue el día de la firma del Pacto Tripartito entre Alemania, Italia y Japón.

Lo primero que me viene a la memoria de aquella jornada es una explosión. Más que una explosión, una

25

detonación seca, seguida de un chisporroteo y un grupo de diplomáticos italianos saliendo a la carrera en su coche de lujo, un Alfa Romeo Pescara, lanzando juramentos en su idioma. Uno de ellos tenía la guerrera en llamas, pero sin perder la compostura se arrancó los botones y la arrojó al suelo, apagando la prenda a patadas y arrojando luego tierra de un parterre cercano.

– Por el amor de Dios, apaguen eso – ordenó el oficial italiano en perfecto alemán a los soldados de la puerta.

Las delegaciones italiana y japonesa estaban dejando a los miembros de la comitiva delante de la Cancillería y al caos habitual de vehículos y personal se había añadido aquel pequeño accidente.

–Vamos, vamos. No tenemos todo el día –insistió el italiano a los guardias.

Pero no me sorprendió que nuestro invitado hablase mi lengua con una perfección semejante. Al fin y al cabo, habíamos estudiado juntos hacía muchos años, casi una eternidad. Me acerqué lentamente, sin prisas, paladeando el reencuentro, a aquel hombre moreno, imponente, todavía más alto que yo, tal vez metro y noventa y cinco centímetros. Estaba con los brazos en jarra; vestía unos pantalones y una camisa blanca, impoluta, con tirantes. Se reía a carcajadas. Era el mismo Alfred Ploetz de mis recuerdos.

– Hola, espagueti – dije, forzando el labio inferior hacia afuera en una mueca infantil que ambos conocíamos.

Alfred volvió la vista un instante, sin estar seguro si me estaba refiriendo a él o algún otro miembro de la comitiva de Ciano, el ministro de asuntos exteriores italiano. Pero dudó solo eso, un instante, porque él también me recordaba. Alzó sus pobladas cejas y abrió los brazos para luego estrujarme con vehemencia, como si fuese el hijo pródigo de la parábola del Evangelio de San Lucas, aquel que ha regresado después de estar demasiado tiempo desaparecido.

– *Non posso crederci che sei qui* – dijo por un instante en italiano–. No me lo puedo creer. Otto Weilern, el mismísimo Otto el Magnífico está aquí. Debo haberme excedido bebiendo vino porque estoy viendo a un fantasma del pasado.

Pero no era un fantasma. Ni Alfred tampoco. Éramos

dos hombres que, por caminos completamente distintos, habíamos llegado a la culminación de nuestras carreras en aquel lugar. Porque aquel camino sinuoso nos había conducido hasta allí, a Berlín, a la Nueva Cancillería, en un día decisivo en la historia de la humanidad y de la Segunda Guerra Mundial.

–Yo también estoy muy feliz por tener la oportunidad de verte de nuevo, amigo –dije.

Pocos minutos después, luego que un subalterno le trajese una guerrera nueva, Alfredo (me explicó que ahora usaba su nombre en italiano) y yo estábamos de cháchara, recordando los viejos tiempos. A nuestro alrededor, diplomáticos alemanes, muy serios y preparados para el momento decisivo, bajo la dirección de Ribbentrop, el ministro de asuntos exteriores alemán. No muy lejos, Saburu Kurusu, el responsable de exteriores del imperio japonés, intentando imitar el gesto solemne de los anfitriones, llamando la atención por su baja estatura pero también por su férrea determinación y sus pequeños ojos, que lo contemplaban todo con frialdad calculada. Los japoneses siempre me parecieron nazis en miniatura. Gente dominada por la guerra, por el código del Bushido, por la obediencia ciega a su emperador y el deseo de conquista.

Los italianos, por supuesto, eran otra cosa. El grupo de amigos (porque en esencia era eso) que se ha traído Galeazzo Ciano a la firma se partían de risa mirando la barbilla tiznada y con leves quemaduras de Alfredo, que se lamentaba mientras un ayudante le limpiaba la cara y trataba de sanarle las heridas.

– *Alfredo, Alfredo Buonamorte, mio amico senza piede destro* – musitó Galeazzo al oído de su camarada –. Eres un patoso, amigo mío. Te doy un coche italiano, uno de los mejores que tengo, y no tardas ni media hora en quemarlo. Siempre ha sido así, desde que coincidimos de niños en el Liceo de Livourne que andas estropeando cosas para que yo las arregle. Eres un caso.

Todos rieron y se palmotearon los muslos; alguno había bebido de más y cayó al suelo de culo. El grupo de amigos de Ciano se alejó poco después entre bromas privadas y copas de licor que se entrechocan.

– Cuando éramos pequeños – me confesó entonces Alfredo, evocando el pasado–, el pequeño Ciano ya era un hombre brillante. Acababa los deberes antes que nadie y luego permitía que los más vagos se los copiásemos. Una vez nos pillaron, pero la profesora pensó que era Galeazzo que copiaba. Él se levantó en nuestra clase del Liceo de Livourne y reconoció su falta prometiendo que no volvería a hacerlo. Ni siquiera se planteó delatarme.

– Un hombre de honor – opiné.

Alfredo meneó la cabeza y esbozó una sonrisa.

– Sí y no. Con Ciano hay que pensar siempre cuidadosamente para entenderle. Es un tipo estupendo y más con sus amigos, pero supongo que en aquella ocasión tuvo que elegir. Nos habían pillado así que al volver a casa tendría que explicarle a su padre, al gran Constanzo Ciano, que había copiado (lo cual estaba mal) o bien que era un chivato y delatado a un amigo. No creo que tuviese más elección que reconocer ante la profesora que el tramposo era él. Tú no conociste a Constanzo. Le tenía respeto y pavor hasta el mismísimo Mussolini.

Eso era verdad, no lo había conocido pero había oído hablar de él. Todo el mundo recuerda hoy erróneamente, terminada la guerra, que el delfín de Mussolini era Galeazzo Ciano, que era él quien debía sucederle en caso de que el Duce muriese. Pero esto no es cierto: el hombre fuerte a la diestra de Mussolini siempre fue Constanzo Ciano. Por desgracia, murió pocos meses antes de que Hitler iniciase la guerra mundial atacando Polonia. La propia hija de Mussolini, Edda, me dijo en más una ocasión que, de no haber muerto Constanzo, los italianos jamás hubiesen entrado en guerra. El gran Constanzo no lo hubiera permitido. Él era quien frenaba al todopoderoso gobernante de la Italia fascista cuando su impulsividad (o su megalomanía) le jugaban una mala pasada.

En aquel momento yo no conocía a los Ciano, y mucho menos a los Mussolini. Sólo conocía a Alfredo Ploetz. Sin embargo, no había podido dejar de observar que Ciano había llamado a mi amigo Alfredo Buonamorte. Le pregunté a qué se debía aquello.

– Has cambiado tu nombre. ¿También tu apellido?

¿Buonamorte? –pregunté, enarcando una ceja.

–El apellido de mi nueva familia. Es el que uso desde que nos trasladamos a Italia. Todo es mucho más fácil siendo un Buonamorte que siendo un Ploetz.

–Ya veo. Supongo que tienes razón.

– Es una larga historia. Si recuerdas, yo me marché de nuestra escuela en Sankt Valentin en 1928. Como sabes, era huérfano... o eso nos dijeron –sonrió enigmáticamente pero no añadió nada más al respecto–. De cualquier forma, tuve la suerte de que una rica familia italiana me adoptase. Los Buonamorte son miembros de la marina italiana desde hace muchas generaciones y han estado al lado de los Ciano durante todas esas generaciones y creo que aún más allá. Estudiamos juntos en la adolescencia, nos interesamos en la misma época por la carrera diplomática y ambos hicimos las oposiciones a secretarios de embajada. Cuando Galeazzo dio el braguetazo y se casó con la hija de Mussolini, me reclamó a su lado. Y desde entonces somos uñas y carne.

La unión entre las familias Ciano y Mussolini era muy fuerte. No sólo Galeazzo era el hijo del que había sido el mejor amigo del dictador sino que ahora estaba casado con Edda, su hija predilecta, la persona del mundo a la que más amaba: cosa que el propio Duce reconocía en público. Así pues, el que Ciano y sus amigos estuvieran al frente de la diplomacia italiana no era nada extraño. Lo que sí extrañó a Alfredo fue cómo había alcanzado yo mi posición en el Reich.

– ¿Qué demonios es la operación Klugheit y qué demonios es un observador plenipotenciario? – inquirió con la boca abierta cuando yo le di las primeras explicaciones de mi posición, mi rango o lo que demonios fuese.

– Para explicártelo de forma muy resumida –dije hinchando el pecho y vanagloriándome por primera vez de la suerte que tenía, que yo hasta aquel momento había tomado por desgracia –, aunque oficialmente soy un SS temporalmente adscrito a la Totenkopf del campo de Mauthausen, puedo ir dondequiera, puedo entrevistarme con quien quiera e ir a cualquier frente, lugar, situación, o asistir a cualquier suceso. Luego llamo al Führer y le informo de lo que he visto. Antes tenía la obligación de llamarle diariamente pero últimamente tengo algo más de libertad. Aunque al final siempre acabo hablando con él varias veces por semana.

La boca de Alfredo seguía abierta. Ni siquiera en la Italia fascista, donde todo era mucho más improvisado y no existía esa sensación de estar guiados por un designio magnífico que marcaba el Tercer Reich, existía una figura semejante. Aunque de hecho en el ejército de tierra alemán, el Heer, existía un cargo que hacía una función parecida, aunque ya explicaré esto más tarde cuando hable del Oberquartiermeister Paulus, que se haría famoso por la campaña de Stalingrado y no precisamente por su labor de observador.

– Espera que le explique a Galeazzo lo que haces –dijo entonces Alfredo–. Voy a pedirle que inventen para mí un cargo calcado al tuyo en Italia. Visitaría uno por uno todos los burdeles de cada ciudad de Italia, por pequeña que fuese. Luego llamaría a Mussolini por las noches y le diría: "Querido Benito, hoy más que nunca estoy seguro de que ganaremos la guerra".

Nos reímos a carcajadas. Al fondo de la sala, el embajador japonés tosió y movió la cabeza en señal de desprecio. El propio Ribbentrop, que era tan vano y presuntuoso como el propio Ciano, parecía también enfadado con nuestra actitud, nuestra hilaridad ante un momento de aquella trascendencia.

Alfredo también debió reparar en que estábamos haciendo una escena y bajando la voz añadió:

– ¿Aunque lo anterior lo decía en broma?, ¿eh? – Me guiñó un ojo –. Porque para mí la época de los burdeles se acabó. Ahora he sentado cabeza. Desde que conocí a Ludovica soy un tipo formal.

Sacó una foto de la cartera y me la ofreció. Aunque las palabras "tipo formal" no me parecían las más adecuadas para describir al Alfredo que yo recordaba, dejé de reír y contemplé aquella foto. Vi a una muchacha delgada, de una hermosura liviana e inclasificable. Una de esas personas que no sabes por qué es tan indefiniblemente hermosa. De rasgos afilados y nariz aún más afilada, enjuta y con una mirada lánguida. Por una vez, las fotografías, que a menudo capturan un instante y en la captura del instante se pierden en el detalle y la imperfección, habían captado la perfección: el extraño atractivo de aquella extraña mujer.

– Es realmente preciosa – reconocí.

– Es mía – añadió Alfredo cogiéndome de la pechera del uniforme y obligándome a bajar la cabeza–. Es sólo mía. Sólo te enseñaba la foto para que la vieses. No para que te enamores.

Pensé que estaba haciendo una broma y me eché a reír. Pero al levantar los ojos descubrí que Alfredo no reía. Un momento después, percibiendo sin duda mi turbación, me soltó de la pechera del uniforme y rio de forma forzada.

– Eres un tío muy guapo, Otto. Supongo que lo sabes: un cabrón rubio de ojos azules, un jodido ario de postal que me gustaría que viniese a visitarme a Roma para retomar nuestra amistad. Te llevaré a los mejores burdeles, aunque yo me quedaré fuera esperando en el bar. Pero si conoces a Ludovica no quiero ni que la mires. ¿De acuerdo?

Alfredo era un hombre apasionado. No hablaba en broma. En ese momento comprendí hasta qué punto estaba enamorado de aquella muchacha. Enamorado hasta la irracionalidad. Hasta el hecho de sentir celos de un hombre que nunca había estado en Roma, que ni siquiera sabía si iría aunque le invitase y que probablemente jamás coincidiría con su prometida. Eso es el amor, sinrazón, algo de locura, de exceso y de improvisación. Y eso era el fascismo italiano, la expresión de un pueblo que eligió el amor por encima de la guerra.

Porque debo insistir en el hecho de que los italianos no se parecían en nada a los alemanes, y todavía menos a los japoneses. Goebbels, el todopoderoso ministro de la propaganda, me había dicho aquella misma mañana que el verdadero fascismo era el alemán, que el italiano era un fascismo festivo, una especie de celebración sin final donde nada ni nadie era tomado realmente en serio. Pero claro, Goebbels detestaba profundamente a Galeazzo Ciano, aunque también a Ribbentrop. En realidad, Goebbels detestaba a mucha gente, no solo a los ministros de asuntos exteriores de Alemania e Italia. Creo que era parte de su trabajo. No se puede manipular a una nación entera y engañarla a través de la radio, los eslóganes, las películas de cine y los diarios si no se tiene una ira y un odio profundo anidando en tu interior.

Pero saqué de mi mente la figura del doctor Goebbels y me centré en el momento presente. Un grupo de japoneses evolucionaba en nuestra dirección y se acercaron para saludarnos. Lo encabezaba Hiroshi Oshima, antiguo embajador de su país en Berlín. Le acompañaba Katsuo Abe, Jefe de la comisión que había negociado el Pacto Tripartito. También estaba el teniente coronel Hideki Higuti, un tipo de anchas espaldas que casi me aplasta la mano al estrechármela. Del resto no me acuerdo, cuatro o cinco japoneses muy serios, con el pelo cortado a cepillo y los ojos fieros.

– Un placer conocerle – dijo Oshima, inclinándose ceremonioso–. Me han hablado mucho de usted.

– ¿Mucho? –me extrañé– Espero que cosas buenas.

– Todas las cosas que uno sabe son buenas. Las malas son las que uno no sabe –dijo Oshima, críptico.

Yo había tratado en el pasado superficialmente a los agregados militares y navales japoneses. Fue en la época que era íntimo de Schellenberg, por entonces jefe del contraespionaje alemán. Los vi en fiestas y reuniones. No me gustaron. Me daban miedo. Educados, de clase alta, gente que hablaba muchos idiomas y cuyas miradas reflejaban demasiadas aristas y posibilidades. Siempre hablaban de forma extraña y, lo que era peor y más peligroso, se ofendían con facilidad y eran extremadamente violentos.

– Estamos ante un gran evento. Un instante crucial para el mundo occidental y el oriental. Hoy unimos nuestros destinos –dije, cambiando de tema.

Oshima era famoso por su devoción al Führer y en general al nazismo. Se decía que era más nazi que los nazis. Por ello asintió, hinchando el pecho, satisfecho de ese destino compartido. Pero el almirante Abe, a su lado, me lanzó una mirada socarrona:

– El imperio del sol naciente no necesita aliados. – A un gesto de Oshima, añadió a regañadientes– Sin embargo, si hay que combatir al lado de alguien, mejor que sea con el Führer y sus ejércitos, que han arrasado Polonia y Francia y son ahora mismo los dueños de Europa.

No me gustó el tono con el que había dicho "ahora mismo" pero, de cualquier forma, la conversación no pudo ir más allá. En ese momento Hitler, tras una larga espera, atravesó la sala de recepción de la nueva Cancillería e hizo el saludo alemán. Luego estrechó las manos del conde Ciano. Más tarde hizo lo propio con el embajador japonés Saburu Kurusu. A su alrededor, al menos treinta personas (yo incluido) todos con el brazo en alto independientemente de sus adscripción o nacionalidad.

Poco después comenzó un largo y aburrido discurso de Ribbentrop. Mientras esto sucedía, Alfredo siguió haciéndome chistes al oído, pellizcándome como si fuese un niño y hablándome de Ludovica. Ya había pasado su inexplicable ataque de celos y no paraba de decirme que estaba deseando regresar a Tarento para besarla de nuevo. Miré a mi alrededor y vi un montón de rostros serios embargados por la trascendencia de aquel instante, en que las tres grandes potencias del eje se repartían el mundo: Italia el Mediterráneo, Japón la gran Asia oriental y el resto del mundo para la Alemania de Hitler. Muy pocas personas cuchicheaban, y las que lo hacían tenían el rostro grave, el rostro de los que saben que están viviendo un momento histórico y deben comportarse y estar a la altura. Sólo los amigos de Ciano se sabían exentos de todo aquel rigor, gente como Alfredo y Otto Weilern, dos viejos amigos que hablaban de mujeres, de un burdel en Roma al que debían ir sin falta... o de la época en que Alfredo era "el espagueti" y yo Otto el Magnífico. De pronto escuché una tos y al volverme vi que Ciano guiñaba un ojo a uno de sus amigos y le hacía un gesto obsceno con la mano. Alfredo descubrió también aquel gesto e hizo lo propio introduciendo el dedo anular en un círculo formado por los dedos anular y pulgar de la otra mano. Los tres esbozaron una sonrisa.

Japón y Alemania habían elegido la guerra. Pero Italia había elegido el amor. Siempre elegirían el amor. Daba igual que estuviesen embarcados en la más grande de las tragedias de la historia, los italianos siempre serían italianos. Lo cual seguramente era una suerte. Porque los alemanes seguiríamos a Hitler hasta nuestra total aniquilación y los nipones a su emperador Hirohito. Sin embargo, los italianos, por mucho que amasen a Benito, a su panza y a sus gestos vehementes desde el balcón de piedra del Palazzo que da a la Piazza Venecia, si llegaba un momento en que la guerra no les fuese favorable o si el sufrimiento resultara excesivo, la abandonarían sin dudarlo ni un instante. Su lealtad principal era hacia la vida, hacia el amor, y aquella lealtad primigenia les salvaría. Así acabó sucediendo.

Mientras yo reflexionaba sobre todo esto, llegó el momento culminante de la ceremonia. Primero Ribbentrop, luego Ciano y finalmente Kurusu estamparon su firma en el acuerdo del Pacto Tripartito. Destacaba de entre todos precisamente el último firmante, el japonés, con su traje de gala, que contrastaba con los uniformes militares de todos los que le rodeaban, Hitler incluido.

La guerra que se estaba librando era ya de forma definitiva un conflicto mundial que abarcaba todos los continentes. Un conflicto que unía los destinos de tres naciones que se obligaban a ayudar a cualquiera de ellas que entrase en combate con cualquier otro estado. Lo que era lo mismo que decir que en breve buena parte de los países de todo el planeta estarían en guerra.

Aquel fue el primer día del fin del mundo. Porque el mundo que todos conocíamos no tardaría en estallar por los aires.

II

Rudolf Hess creía que Hitler era Dios. Lo amaba por encima de todas las cosas. Por encima de su propia felicidad o de la de su propia familia, incluso su hijo, el pequeño Wolf, el lobo, que contaba menos de tres años, o de su esposa Ilse. Hitler lo era todo para el Reichsleiter y secretario personal de Hitler. Para Hess ambos cargos eran el centro de su vida; especialmente el de Reichsleiter que no era estrictamente un cargo, sino un honor. Inicialmente hubo solamente dos Reichsleiter y aunque con el tiempo llegarían a ser dieciséis, eran unos cargos elegidos personalmente por Hitler, aquellos que se sentaban directamente detrás de él en las reuniones del partido en la Casa Parda. Ellos eran su cohorte personal, en teoría sus hombres de mayor confianza. Gente como Himmler, Rosenberg, Bormann o Goebbels.

Pero de entre aquellos en los que de verdad confiaba Hitler, ninguno como Rudolf Hess. El amor que se profesaban, el respeto y la admiración eran mutuos e intensos. Llevaban tantos años juntos embarcados en la cruzada del nacionalsocialismo que no imaginaban sus vidas políticas ni personales el uno sin el otro.

Ambos se habían enrolado voluntarios en la Primera Guerra Mundial, ambos habían luchado por Alemania, ambos habían sido gravemente heridos durante la contienda y ambos habían regresado a casa, a una nación en ruinas, devastada y humillada tras la derrota y el infame tratado de Versalles que los aliados le impusieron al Segundo Reich.

Cierta jornada, un encolerizado patriota llamado Rudolf Hess asistió al mitin de un nuevo orador que estaba causando sensación entre las filas de la ultraderecha. Era abril de 1920 y al final del discurso de aquel nuevo orador, llamado Adolf Hitler, ya se había convertido a la nueva fe. Se afilió al partido nazi y se convirtió en el seguidor más fiel y más cercano del líder, del próximo Führer, del próximo guía de Alemania. Juntos estuvieron en prisión después del fallido

35

Putsch de la Cervecería de 1923. Escribió de su propia mano e interpretó las palabras de Hitler en prisión convirtiéndolas en Mi Lucha, Mein Kampf, el libro de cabecera del nacionalsocialismo y la inspiración de millones de fanáticos del futuro.

El hombre a la diestra del Führer permaneció inamovible en su posición durante los años de crecimiento del partido, hasta alcanzar primero el parlamento alemán y luego el poder. En 1937 se convirtió en el secretario personal de Hitler. Adolf insistió en ser el padrino de su hijo recién nacido, al que Rudolf le puso el nombre de lobo (Wolf), el apodo que Hitler usaba en privado con los más íntimos para referirse a sí mismo y que daría nombre a algunos de los recintos que construiría para dirigir la guerra mundial, como la Guarida del Lobo.

– Soy el hombre más feliz del mundo – le dijo Hess a Hitler el día del bautizo.

El Führer sonrió y apretó el antebrazo de su amigo. No dijo nada pero lo dijo todo. Porque Hitler odiaba el contacto físico y el hecho de que le tocara en aquel momento fue una impresión tan grande para Rudolf que trastabilló a punto de desmayarse. Y una lágrima resbaló por su mejilla.

Lloró volviendo el rostro para que nadie lo viera. De rostro afilado y fanático, cejas velludas, era una especie de doble enloquecido de Boris Karloff, el famoso actor especializado en caracterizaciones terribles en películas de terror. Ese hombre de facciones duras que era Hess parecía un niño pequeño atribulado ante la grandeza del momento que acababa de vivir junto a Adolf Hitler, el ser más grandioso que nunca hubiera pisado el planeta tierra.

Tal vez por eso fue más fanático de los fanáticos. Tal vez por eso fue uno de los firmantes de las leyes de Núremberg, las leyes del honor y la raza que pusieron las bases de la destrucción del pueblo judío y de la superioridad de los arios sobre cualquier otro grupo social en Alemania o en los territorios conquistados. Seguiría a Hitler hasta el fin del mundo, nunca discutiría ninguna de sus órdenes, si Hitler odiaba los judíos o decía odiarlos en sus discursos... Hess los odiaría más que nadie. Así de simple era el pensamiento del secretario del Führer. Y por eso el Führer le correspondía con una amistad a toda prueba, la amistad del amo hacia su mejor perro de caza.

A finales de septiembre de 1940, Hess se reunió con Hitler en Berchtesgaden, poco después de la firma del Pacto Tripartito. Hacía tiempo que no tenían una reunión a solas. La guerra ocupaba ahora casi todo el tiempo del Führer y Hess era un asesor en temas políticos, un hombre del partido, no un militar. Poco a poco había ido perdiendo peso en la vida de Hitler. Y aquello le obsesionaba.

– Las cosas no están sucediendo como las había planificado –dijo el Führer.

Hess supuso que Hitler se refería a Inglaterra. Los ingleses, bombardeados día y noche por la Luftwaffe, se negaban a rendirse, a pactar o a pedir siquiera una reunión para entablar negociaciones. Churchill era un cretino irreductible, pero un cretino que sabía que nunca había existido un verdadero plan para invadir Inglaterra. La operación León marino, el nombre del supuesto ataque, no había sido más que un subterfugio para convencer a los aliados de que tal operación era posible, o que al menos Hitler se la planteaba. Pero en realidad, Goering había convencido al Führer que la campaña de bombardeos constantes acabaría por causar la desesperación en los ingleses y que éstos exigirían la rendición a sus líderes, o al menos la paz negociada, una forma de acabar con las hostilidades. Hitler se la había ofrecido al Reino Unido en diversas ocasiones, pero Churchill, y su ministro de asuntos exteriores Lord Halifax no sólo no estaban por la labor sino que atacaban día y noche en la radio a Hitler, que estaba anonadado. Se consideraba un hombre de paz al que los ingleses no dejaban de desafiar. Ese era otro de los rasgos de carácter más sorprendentes de Hitler: tener una visión de sí mismo completamente apartada de lo que pensaban todos los demás. Bueno, todos los demás aparte de Rudolf Hess, que siempre pensaba exactamente lo mismo que pensaba Hitler.

– Al final los ingleses cederán. Ya lo verás, Adolf.

Hitler le negó con la cabeza. Incluso él comenzaba a darse cuenta de que su sueño de que Inglaterra se rindiese era sólo eso. Un sueño

    – Tal vez la solución sea atacar Rusia.

    Hacía días que había consultado a Keitel, el Comandante en jefe de la Wehrmacht, sobre la posibilidad de atacar al gigante del este. También habló con Halder, jefe del Estado Mayor, y con Von Brauchitsch, Comandante en jefe del Ejército de Tierra. Todos habían descartado por completo la posibilidad de atacar a la URSS. No sólo porque se trataba de abrir esa guerra en dos frentes, lo que tanto había criticado siempre el propio Hitler y que había causado la derrota de Alemania en la Primera Guerra Mundial. Todavía no había terminado la campaña del frente occidental y no parecía muy lógico iniciar una nueva en el este, máxime cuando con la entrada de la Italia fascista en la guerra se abría un nuevo frente, el del Mediterráneo, que habría de provocar que Alemania más tarde o más temprano se viese forzada a mandar tropas de tierra y aviones. Nadie confiaba en la Italia de Mussolini y eran conscientes de sus muchas flaquezas.

    Pero es que además había razones prácticas de organización del ejército alemán. Una cosa era crear un ejército para combatir en un frente y otra pensar que se podía confiar batir en dos o tres frentes con una enorme masa de nuevos soldados y voluntarios de los territorios conquistados. No había oficiales de Estado mayor suficientes para esos objetivos. Ya se había llamado a todos los generales y mariscales retirados que podían tenerse en pie. Incluso habían decidido dar oportunidades inmerecidas a aquellos que suspendieron los exámenes para ingresar en el Estado mayor. Se había traído a estrategas de todas partes y se enviaba desde los diferentes grupos de ejército a los más dotados para estudiar en la Academia de Guerra, la Kriegsakademie. Pero si se abría un frente gigantesco en el este no se podrían cubrir todos los puestos de alto mando con gente realmente preparada y más tarde o más temprano eso repercutiría en la toma de decisiones

    – Tenemos que enfrentarnos a los bolcheviques – opinó Hess –. Tal vez sea mejor hacerlo ahora que nuestro ejército está eufórico luego de la campaña de Francia.

    Hess había oído esos mismos razonamientos de labios

de Hitler y por eso los repetía. Pero el Führer no recordaba haber dicho eso mismo en una conversación anterior y asintió pensativo, como si las palabras de su amigo encerrasen una gran verdad cuando en realidad era como escucharse a sí mismo hablando en un magnetófono.

Pero el caso es que Alemania necesitaba de las materias primas soviéticas para poder seguir luchando. Los rusos tenían en su poder el petróleo y los minerales que Hitler precisaba. Siempre había tomado decisiones en base a un ideal de guerra económica y esta vez no sería distinto. El Reich debía expandirse hacia el este, ya lo había dicho en el Mein Kampf. Era su destino.

Poco después llegaron al Berghof nuevos visitantes, entre ellos Speer, el arquitecto de Hitler, Walter Schellenberg, el jefe del contraespionaje de las SS, y un grupo de japoneses encabezados por el antiguo embajador japonés Hiroshi Oshima y el almirante Katsuo Abe. Había otros cinco más, ayudantes y asistentes que se movían detrás de sus amos y lo observaban todo con los ojos como platos. Solo les faltaba una cámara de fotos para parecer unos turistas de esos que toman instantáneas en los monumentos berlineses.

– Un lugar fascinante esta montaña y todo lo que en ella ha construido el Führer –dijo Oshima.

– En efecto –repuso Hess, que se llevaba bien con el japonés a causa de la admiración que ambos sentían por Hitler.

El ex embajador se acercó entonces al Führer y comenzaron a hablar de forma distendida.

– Curiosos nuestros amigos japoneses –dijo entonces una voz a su espalda.

Se volvió y vio a Schellenberg. Un hombre apuesto, inteligente y del que Hess no tenían una opinión ni buena ni mala: básicamente porque no sabía qué pasaba por su cabeza, ni sus verdaderas opiniones, ni sus lealtades. Era un completo misterio para él.

– ¿Curiosos?

– Sí. Son tan cultos y tan preparados... y a la vez tan inseguros.

Hess miró a los japoneses. El grupo de acompañantes se mantenía en segundo plano. Pero incluso Oshima y Abe, las cabezas visibles de la comitiva, se movían con nerviosismo, como si no supieran qué actitud tomar, tratando de copiar a sus anfitriones, especialmente al Führer.

– Tal vez quieren agradar a nuestro líder – opinó Hess.

– No, no es eso –le corrigió Schellenberg–. Japón no se parece a ningún otro lugar del mundo. Han vivido aislados siglos. Aunque pasen tiempo con nosotros, los europeos, nunca saben qué actitud tomar, siempre le confunden los convencionalismos del viejo mundo. Ríen cuando la conversación se torna seria, nunca comprenden un chiste... Vienen de un mundo donde las reacciones son diferentes a las nuestras. Así que suelen optar por quedarse a la espera de los acontecimientos en una reunión. Si todos lanzan una carcajada, ellos también lo hacen. Observan antes de actuar, nunca se exponen, nunca son espontáneos. Lo que significa que...

– No sabemos cómo son ni qué pasa por sus cabezas – completó la frase Hess, que pensaba exactamente lo mismo del oficial de las SS, que nadie sabía lo que realmente estaba pensando.

Schellenberg asintió y se unió al corrillo en torno al Führer, al que acaba de llegar Albert Speer. El jefe de los espías y los extraños japoneses dejaron de lado a Rudolf y se embarcaron una conversación sobre temas militares, económicos o arquitectónicos que Hess ni entendía ni le interesaban. Se limitó a sonreír durante más de una hora. En un momento dado, Hess se alejó cabizbajo del grupo y se encontró a Eva Braun en una de las terrazas, contemplando lánguidamente la puesta de sol. A sus pies estaban sus dos terriers escoceses, Stasi y Negus.

– El Führer ya no viene tan a menudo por la montaña del Obersalzberg -dijo Eva lanzando a la montaña la misma mirada lánguida que acababa de lanzar a sus perros.

El Berghof era el hogar de los Hitler, un enorme complejo residencial (al que Eva llamaba el Gran Hotel), un palacio fortificado entre las montañas, muy cerca de la ciudad de Berchtesgaden.

– Está muy ocupado con la guerra – dijo Hess –. Me consta que le gusta venir, pero su presencia se irá espaciando en el tiempo. Como se han ido espaciando en el tiempo las conversaciones que teníamos el Führer y yo.

Eva y Hess intercambiaron una mirada de inteligencia y luego asintieron en silencio a frases nunca pronunciadas sobre la soledad, sobre cómo se siente uno cuando la persona que amas o que admiras se va alejando de ti.

– También lo hace por razones prácticas – objetó Eva lanzando una risa falsa –. Estamos en guerra y cada vez que viene ya no puede hacerlo con un pequeño grupo de fieles como antaño. Tiene que traer a su escolta de las SS, infinidad de administrativos, generales y gente que necesita órdenes para el combate. Cuando va a la Cancillería en Berlín a veces me deja que le acompañe. Pero no siempre.

–Todo volverá a la normalidad muy pronto.

–Sí. Tienes razón, Rudolf. Todo volverá a la normalidad pronto. Estoy segura.

Hess asintió, sonriendo y tratando de congraciarse con Eva. Aunque oficialmente la señorita Braun había pasado de ser secretaria a administradora del Berghof (significase aquello lo que significase), el hecho es que intuía como muy pocos, incluso en el propio círculo íntimo de Hitler, que era la esposa secreta del Führer.

– ¿La guerra terminará pronto, verdad? – preguntó Eva a Rudolf el fanático, Rudolf el creyente.

Y este comprendió que aquella mujer temía lo mismo que él, que los éxitos del Reich no serían infinitos si se abría una guerra en varios frentes. Él quería creer, delante de Hitler siempre iba decir que "creía", pero la duda se estaba gestando en su interior. Era evidente que se tendría que luchar contra los bolcheviques y destruirlos. Ese frente se abriría inevitablemente y el combate sería terrible. El frente que debía cerrarse era el de Inglaterra. Eva no sabía de una forma intuitiva dónde estaba el peligro. Era solo una mujer y para un nacionalsocialista siempre sería un ser lleno de limitaciones. Pero Hess sabía en su condición de mano derecha de Hitler que el fin de la campaña en el oeste era necesario. Y eso sólo sucedería si se llegaba a un entendimiento con los británicos.

– La guerra terminará. Puedes estar segura – Hess suspiró y quedó en silencio un instante antes de añadir –: yo ayudaré al Führer a que la guerra acabe lo antes posible.

EL SECRETO MEJOR GUARDADO DE LA GUERRA (OPERACIÓN KLUGHEIT)

[Extracto de las conversaciones de Otto Weilern en la prisión de la Lubianka]

Estábamos cenando en nuestra casa en Sankt Valentin. Rolf me miró con lástima y se me erizó el vello de todo el cuerpo. Mi hermano era un alma buena y sensible, no se parecía a los otros guardias. Ni a mí. Por suerte.

–Lo que hacemos está mal.

Aquel hombretón, con un coeficiente de inteligencia tan bajo que a ojos de muchos era un idiota, había desarrollado una sabiduría natural que superaba cien veces la mía.

–Lo que hacemos es por el bien de Alemania –repuse, con la voz temblorosa.

Yo acaba de leerme uno de los libros de Rosenberg, intentando comprender la grandeza del nazismo, los muchos matices que aún se me escapaban. Quería creer. Comenzaba a tener dudas y por eso deseaba aún más creer para no dejar de hacerlo por completo. Delante de mi hermano me mostraba como un nazi de libro, convencido de nuestra Comunidad de Pueblo, sin titubeos ni aristas. Incluso acababa de aconsejar a Rolf que releyese "El grupo Bosemüller", mi novela preferida de Beumelburg. Quería que aprendiese lo que los nazis llamábamos Fronterlebnis, la experiencia y camaradería en el combate, el ser un buen alemán y servir al Führer hasta la muerte. Pero Rolf era demasiado listo en su supuesta estupidez, no se dejaba engañar y me lanzaba una y otra vez esa mirada lastimera. Hoy comprendo que sentía lástima de mí, que se preguntaba cómo alguien tan listo como yo podía ser más tonto que un tonto.

–Estuve pensando, Otto. Y de pronto lo comprendí. Esto que pasa en los campos, desde los hornos crematorios a las palizas que dejamos que los Kapos den a los presos, todo eso es por lo que seremos recordados, no por esa lucha contra los bancos y las plutocracias de la que me hablas. La guerra económica de Hitler no le importará a nadie en el futuro.

–Pero el Führer ha dicho que...

–Los Lager donde trabajamos los guardias de la Totenkopf no se recordarán como campos de trabajo o de reeducación, las generaciones del mañana las llamarán campos de exterminio. Nadie nos perdonará por lo que está pasando aquí.

A veces me pregunto si Rolf tenía una bola de cristal y podía ver el futuro. ¿Cómo podía ver las cosas con tanta claridad cuando el resto de los alemanes estábamos ciegos? Pero en ese lugar del pasado, cuando recuerdo esta conversación, debo también recordar que entonces yo era el más ciego de todos, y que me levanté de la mesa y le abofeteé con fuerza.

–¡Cállate de una vez, idiota!

Rolf, con lágrimas en los ojos, me dijo:

–Ahora me callaré y seguiré comiendo. Pero quiero que sepas que el tonto de Rolf ya no quiere ser un buen SS como tú. No sabía que ser un buen SS equivale a ser mala persona. Uno sale perdiendo con el cambio. Además, esas novelas tan malas de Beumelburg no podrían convencer ni a alguien tan idiota como yo. Te voy a ser sincero: siempre las desprecié. Odio todas esas historias rimbombantes que tratan de ensalzar la grandeza de la guerra, la maravilla de luchar (¡y morir!) por tu país, la felicidad de ser una tonta res a la que le conducen orgullosa al matadero. Yo no quiero ser una res ni tampoco un SS asesino. ¿Qué me queda, Otto? ¿Dónde encajo yo?

No dijo nada más. Siguió comiendo, engullendo a grandes y sonoros sorbos un bol de sopa. Yo tampoco dije nada más. Theodor Eicke, nuestro tío, era Gruppenführer, uno de los cargos más altos dentro de las SS. Había pensado que Rolf estaría a salvo de los planes de eliminación de los deficientes mentales trabajando en un Lager, custodiando a españoles apátridas, asociales, comunistas, gitanos o judíos. Pero mi hermano tenía razón: no encajaba en aquel lugar. El problema es que no encajaba en ningún lugar dentro de la Alemania de Adolf Hitler. Aquello, tarde o temprano, le pondría en graves aprietos.

Terminada la comida no quise enfrentar de nuevo la

mirada de Rolf y bajé al sótano. Era una habitación cuadrada de algo más de treinta metros. Había cajas apiladas, cachivaches de todo tipo, una vieja máquina de coser, dos mesas antiguas, varias sillas desencoladas y todo tipo de objetos que habían acabado allí, poco a poco, hasta hacerlo rebosar de trastos inútiles. Aquel lugar me transportó de inmediato al pasado.

–Ah, los mapas de asentamientos.

Antes de convertirse en la vivienda habitual de Rolf, nuestra casa de Sankt Valentin había sido nuestra escuela. Allí nos llevó mi tío Eicke junto a otros niños de corta edad, y aprendimos a leer, a escribir y a ser un buen alemán, útil a la Comunidad del Pueblo. Recordé las clases, que se impartían precisamente en aquel sótano, y el mapa de asentamientos germanos que la dominaba. Aún seguía detrás de una pila de cajas, cubierto de polvo, marcando la historia del pueblo ario desde la Atlántida (de donde muchos decían que proveníamos, no es broma) a la actualidad.

Entonces tuve una idea.

–Aquí está todavía. Tengo que explicárselo a Alfredo.

Bajo un pupitre roto descubrí tres nombres tallados en la madera. "Rolf el torpón", "Alfredo el Espagueti" y "Otto el magnífico". Me eché a reír. Por un momento la discusión con mi hermano, el enfado, las dudas... todo desapareció. Y me pregunté qué hacía yo en el Lager trabajando con el pobre Rolf cuando podía ir y venir cuando quisiese. Por una cosa buena que me daba la vida tenía que aprovecharla.

Además, nunca había estado en Roma.

Volví a echarme a reír y en menos de una hora ya había hecho las maletas. Pero mi destino no fue ese día la capital de la Italia de Mussolini, porque cuando aún no había pedido un coche recibí un mensaje de Berlín, de la mismísima Cancillería. Hitler quería que viajase a la menor brevedad hacia al sur de Francia. Incluso me mandó un coche con su chófer personal, Erich Kempka. Un hombre pequeño, de mirada esquiva.

– ¡Qué curioso! –exclamé, mirando hacia la carretera.

– ¿A qué se refiere? – inquirió el chófer.

– Me ha parecido ver a un agregado japonés, al otro lado de la calle. Se alejaba hacia la iglesia de Sankt Valentin, pero se ha vuelto para mirarme antes de torcer por una callejuela.

– Los japoneses me parecen todos iguales –opinó Kempka–. No sabría diferenciar a uno de otro.

Pero a mí me había parecido que era uno de los hombres que acompañaban a Oshima en la firma del Pacto Tripartido. Un tipo enorme, con pinta de luchador de sumo. ¿Higuti? Sí, ese era el nombre. ¿Qué hacía Higuti en un pueblo perdido de la Baja Austria?

– Nada. No tiene importancia. Seguramente me habré equivocado. No puede ser la persona en la que estoy pensando.

Kempka se encogió de hombros, yo me subí a uno de los asientos traseros y el vehículo arrancó con un ronroneo suave. Durante aquel viaje no hablamos gran cosa, aunque con el tiempo nos haríamos amigos:

–¿A dónde de Francia exactamente vamos? –le pregunté, cuando el coche se incorporaba a la carretera.

Kempka me miró por el retrovisor y dijo con una voz extrañamente profunda, que contrastaba con su baja estatura:

–A una localidad en la frontera con España. No he estado nunca, pero me han dicho que se llama Hendaya.

*_ *_ *_ *_ *_ *

– No se puede tener todo.

Volví la vista y contemplé a mi viejo amigo, Alfredo Buonamorte, antes Alfred "el espagueti" Ploetz. Estábamos en el andén de la estación de Hendaya, disfrutando de un lugar que bien podría parecer idílico, con la visión de los Pirineos en lontananza y el mar Cantábrico a nuestra espalda. Pero el paisaje no era el protagonista de aquella jornada. Iba a tener lugar un hecho relevante: la reunión del dictador español Francisco Franco y del dictador alemán Adolf Hitler. Aún quedaban unos minutos para la reunión porque el tren de Franco avanzaba lento y sin prisas a través de las estaciones,

45

dispuesto llegar un poco tarde, tal vez para marcar distancias, tal vez para el que el gran Adolf supiese que no todos los gobernantes de Europa estaban a su servicio.

–¿No se puede tener todo? – dije, sin tener demasiado claro a qué se estaba refiriendo mi amigo.

Alfredo parecía cambiado. Sin la presencia de Ciano y del resto de risueños compañeros del ministro de exteriores italiano, ya no era aquel bufón dispuesto a todas horas a hacer una broma o a soltar un buen chiste. Parecía realmente un diplomático, alguien capaz y concentrado, alguien que sabía lo que se hacía. Tal vez porque era medio alemán o un alemán completo, ya ni siquiera lo recuerdo. Tal vez porque un hombre no sólo es un hombre sino también es su entorno; así, liberado de su entorno podemos ver su verdadero rostro.

– Hitler lo quiere todo y no se puede tener todo –me explicó–. Quiere la alianza con la Francia de Vichy y con el mariscal Pétain. Quiere ampliar el pacto tripartito con nuevas naciones como Bulgaria o Rumanía pero también con el eje mediterráneo. Y quiere que en nombre de nuestra sagrada alianza lleguen a un acuerdo beneficioso para el Eje naciones enfrentadas históricamente como Francia y España, naciones con intereses enfrentados entre sí y con la propia Italia. Y eso no es posible.

Esbocé una sonrisa. Sabía perfectamente de lo que me estaba hablando. El Führer quería la amistad de los franceses y que estos se unieran en la lucha contra Inglaterra. También quería la amistad de los italianos, a pesar de que pretendía tomar el control del petróleo de Rumanía, que Mussolini consideraba parte de su área de influencia. Por último, quería la amistad de los españoles, aunque éstos reclamaban de parte del desmembrado imperio francés, que daría la espalda a los alemanes si estos se atrevían a tocar sus posesiones en el norte de África. Hitler pensaba que podía convencerlos a todos ellos a base de no explicarles la verdad y limar asperezas con medias mentiras. Ribbentrop, el ministro de asuntos exteriores alemán, había conseguido ya éxitos semejantes en el pasado, como en Austria, como en Checoslovaquia con los Sudetes, como en el pacto con los rusos en el que se repartieron Polonia… demasiadas triquiñuelas y subterfugios en el pasado condicionaban el presente. Esta vez todos conocían la forma sibilina y artera de actuar de la diplomacia alemana y las cosas no pintaban tan bien como en el pasado.

Además, había algo con lo que Hitler no contaba y que sería decisivo a lo largo de aquellas negociaciones. Ribbentrop y su homólogo italiano, Galeazzo Ciano, eran ambos unos imbéciles de cuidado.

– Hay muchas cosas que no son posibles cuando los negociadores no están a la altura. Hay mucho idiota suelto – improvisé, con mucho tacto, esperando que mi amigo entendiera por donde iba mi razonamiento.

Alfredo no se ofendió a pesar de su cercanía a Ciano. Mostró la habilidad de un diplomático tratando de soslayar mi comentario.

– Ribbentrop es un idiota vanidoso, en efecto. Un nuevo rico con ínfulas, poseedor de una capacidad innata para caer mal a todo el mundo. Se ha reunido hace unos días con Serrano Suñer, el cuñado de Franco, decidido proalemán. El muy necio ha conseguido caerle tan mal en solo unos pocos minutos que se han ido al traste las negociaciones.

– Tu camarada Galeazzo no es muy distinto.

El bueno de Alfredo torció el gesto. Sabía que tenía razón.

– Ciano ha sido mi amigo durante más de diez años. Es cierto que no es un diplomático profesional y que probablemente nunca tendrá habilidad para la diplomacia. Es un poco loco y casquivano, pero no consigue que la gente le odie nada más conocerle. No es Ribbentrop; muy al contrario, es un tipo simpático y agradable a su manera. Por otra parte, tiene algo más de cultura que vuestro ministro de asuntos exteriores, lo cual le ha salvado de un par de situaciones embarazosas que él mismo había creado.

Incliné la cabeza en señal de asentimiento.

– Lo reconozco. Mi ministro es aún más idiota que el tuyo.

Ambos reímos de buena gana, máxime cuando vimos pasar de largo a Hitler y al mismísimo Ribbentrop, mirando el reloj mientras aguardaban la llegada del Caudillo de España. Ribbentrop, como siempre, lucía su eterno rostro pétreo, como si estuviese dispuesto a asesinar a alguien y no convertirle en un aliado de Alemania.

– Joachim Ribbentrop era el ministro de asuntos exteriores ideal para el principio de la guerra en el que había que acosar, desmenuzar, engañar a nuestros enemigos –dije, echando un vistazo a nuestro alrededor, a los casi un centenar de hombre de uniforme que nos rodeaban: diplomáticos, ayudantes de Hitler, traductores y demás parafernalia de este tipo de encuentros. Carraspeé y proseguí–: Fue decisivo a la hora de engañar a Hacha y que nos entregaran Checoslovaquia, por ejemplo. Es un hombre desagradable que no sirve para diplomacia de la paz y para el entendimiento. Pero el Führer es amigo de sus amigos, tiene confianza ciega en los que le han servido bien y a veces no es capaz de ver que un hombre puede valer para una tarea pero no para la siguiente.

– Eso es algo que tal vez podrías explicarle en una de tus conversaciones telefónicas. O tal vez en persona. Después de todo, si te ha hecho venir a este encuentro…

–No, hoy no me recibirá. Demasiados peces gordos. Hitler siempre está pensando en mi formación y sin duda quería que fuera testigo de una reunión de este calibre.

–Aun así, deberías tratar de hacerle entrar en razón sobre la forma en que está gestionando estos asuntos.

Abrí mucho los ojos y bizqueé provocando de nuevo la risa de mi amigo. A lo lejos, el tren de Franco apareció lanzando volutas de humo.

– No esperaba que fueses tan ingenuo, espagueti. Yo soy un adolescente de 18 años que llama a un gran maestro y le explica vaguedades y generalidades. Soy alguien que está aprendiendo, no alguien que da clases. Ni siquiera me plantearía explicar un problema de esta envergadura al Führer.

–¿Entonces por qué demonios te da libertad para ir de un frente a otro y le llamas para darle tu informe? ¿Para qué te está formando?

– No lo sé. Y a veces no tengo claro de que nadie lo sepa, aparte de Hitler. Tal vez Heydrich.

–¿Está Reinhard Heydrich detrás de tu misión?

Volví a asentir con la cabeza. Alfredo soltó un silbido.

Hasta él había oído hablar de la araña Heydrich, el monstruo manipulador y asesino, el hombre que, ya lo había dicho alguna vez, fue el ser más abyecto que he conocido en toda mi vida.

– Pues si Heydrich está detrás de todo esto, igual es mejor que no lo sepas nunca.

El tren del Caudillo se detuvo en el andén. Un hombre bajo, regordete, con uniforme y gorro cuartelero con borla, bajó del mismo a toda prisa y estrechó la mano del Führer. Ambos sonreían. La conferencia de Hendaya había comenzado.

*- *- *- *- *- *

Sólo fui testigo de una pequeña parte de la conversación entre los dos mandatarios. Sucedió cuando llevaban ya tres horas al menos de discusión. La puerta del vagón se abrió. Hitler quería que asistiese a la reunión. Me había equivocado y realmente deseaba mostrarme los entresijos de la gran diplomacia.

Entré al tren personal del Führer, rebautizado de Amerika a Erika, justo en el momento en que, luego de un receso, se sentaban de nuevo Hitler y Franco, muy cerca los intérpretes y a los lados los respectivos ministros de asuntos exteriores, Ribbentrop y Serrano Suñer. Nos hallábamos en el vagón que hacía las veces de sala de conferencias, situado entre el vagón personal del Führer y los dos vagones restaurante. Caminé con infinito tacto por sus suelos de terciopelo y contemplé al Caudillo español, de piel muy blanca, suspirar profundamente. Por su expresión me di cuenta que el Führer llevaba hablando varios minutos, tal vez incluso media hora seguida, ya que Hitler no era consciente de lo que podían llegar a hastiar sus monólogos. Me pareció que Adolf había decidido que ya había convencido a su interlocutor y por eso me había hecho entrar: para terminar su alegato y mostrarme cómo se convence al líder de una gran nación de que haga lo que uno quiere.

–Y por lo anteriormente expuesto, Generalísimo –dijo Hitler con voz engolada–, le puedo asegurar que la toma de Gibraltar será un éxito. Pienso llevar a su país mis Panzer, regimientos de montaña y de las SS, incluso a mis comandos de Brandemburgo, expertos en acciones de guerrilla, capaces de infiltrarse con argucias tras las líneas enemigas. El éxito está asegurado.

Pero el Caudillo español no pareció impresionado por las palabras del Führer. Suspiró y levantó levemente las manos, que hasta ese momento había tenido entrelazadas mientras escuchaba. Dijo:

–Gibraltar es y siempre será español. Por ello, debemos ser nosotros quienes lo tomemos a su debido tiempo. Yo preferiría que mis soldados recibiesen material, armas y pertrechos modernos, bajo el adiestramiento alemán, y fuesen ellos los que llevaran a cabo la reconquista del peñón.

Continuó hablando Franco de la pobreza de España tras la guerra civil, de la necesidad de reconstruir el país, de las necesidades del pueblo y de las fuerzas armadas, de las muchas cosas que aún quedaban por hacer antes de entrar en un nuevo conflicto. No era el momento para que él realizase acciones de guerra o que pudiesen conducir a la guerra, como permitir que las tropas alemanas atravesasen suelo español camino de Gibraltar.

–Además, Inglaterra… –comenzó el Caudillo un nuevo razonamiento.

–Inglaterra está derrotada. En breve tiempo pedirá el armisticio –dijo Hitler, saltando de su silla y comenzando a caminar con las manos a la espalda.

Franco sonrió.

–Tal vez sin lo de Dunkerke el Reino Unido se habría avenido a ese armisticio del que habláis, pero yo creo que seguirán resistiendo. Aunque sus posesiones continentales fuesen tomadas, incluso Londres o toda la isla, seguirán combatiendo desde Canadá.

–Si es eso lo que pensáis, me parece que he perdido el tiempo viniendo hasta aquí –bramó Hitler, que se movía de un lado a otro del vagón como un león enjaulado.

–En absoluto –repuso Franco, impasible–, está siendo una conversación muy instructiva y agradable. Además, tengo una lista de peticiones que, de ser satisfechas, podrían cambiar mi decisión.

No necesité que el Führer me indicase que debía bajarme del vagón. Lo hice yo mismo viendo el rostro de Ribbentrop, que me miró a mí y luego a la portezuela que daba al exterior. Antes de bajar vi como miraba con desprecio a su homólogo español, el teóricamente pronazi Serrano Suñer, y le susurraba en alemán:

–Ingrato.

Porque lo cierto es que España le debía mucho a Alemania y todavía más a la Italia de Mussolini. Sin su ayuda no habrían ganado la guerra civil. Pero Serrano detestaba a Ribbentrop y el que ciertos alemanes como él le tratasen como a un inferior.

La entrevista no iba nada bien. Y empeoraría en breve sin duda.

MOMENTOS DECISIVOS DE LA HISTORIA

SUCESO: LA CONFERENCIA DE HENDAYA

Hay pocos sucesos de la guerra mundial que estén envueltos en una mayor bruma que esta entrevista. Una bruma que trata de distorsionarlos por razones básicamente propagandísticas. Por un lado, hay mucha mitología en torno a la figura de un Franco que es capaz de intuir la derrota del Eje y hace peticiones imposibles a Hitler para evitar la entrada de España en guerra. Lo cierto es que Franco pensaba (como todo el mundo en 1940-1941) que Hitler ganaría la guerra, pero eso no significaba que España tuviese que involucrarse en ella. No porque intuyese las dificultades futuras del Tercer Reich sino porque a España no le interesaba entrar en un conflicto de tal envergadura tras la guerra civil y no ganaba nada con ello. Por otro lado, Hitler tampoco tenía mucho interés en que España entrase en guerra. Trató de evitar por todos los medios que

Italia lo hiciese y poco le podía ofrecer una nación quebrada y destruida como España, aun reconstruyéndose tras un conflicto fratricida.

LUGAR Y FECHA: HENDAYA. 23 DE OCTUBRE DE 1940.

Entonces, ¿por qué se reunieron Franco y Hitler? Sencillamente, el Führer, amo de media Europa, debía tomar decisiones geoestratégicas respecto a sus conquistas presentes y futuras. Poseer Gibraltar le habría permitido cerrar el mediterráneo a los ingleses y el que Franco dejase pasar a sus tropas camino del peñón le interesaba mucho más que la entrada en guerra de Franco. Hitler sondeaba a su interlocutor para saber el posicionamiento exacto de España. Y el Caudillo no podía rechazar la petición de Hitler de una reunión como aquella, máxime sin saber qué iba a ofrecerle. ¿Qué hubiera sucedido si le hubiera ofrecido el Marruecos francés, Túnez u otras posesiones, aparte de trigo, petróleo o equipamiento militar moderno? No parecía lógico que Hitler hiciese concesiones semejantes, pero Franco se dedicó a pedir lo imposible por si conseguía algo que realmente valiese la pena. Siempre fue un pragmático, un hombre astuto que sabía que Hitler necesitaba tomar Gibraltar en su lucha contra el Reino Unido. Y al Führer el peñón le iba a costar muchas concesiones si lo quería de verdad.

Cabe añadir, sin embargo, que aunque Hitler no estuviese claramente interesado en que los ejércitos españoles entrasen en combate, le enervó sobremanera que Franco se negase a dar permiso de paso a sus tropas para atacar Gibraltar. Pensaba que el Caudillo se lo debía tras la ayuda germana dispensada en la guerra civil y que no debía darle nada a cambio de su ayuda para la toma del peñón. De ahí la famosa frase de que "prefería un dolor de muelas a entrevistarse con Franco". Dijera o no esas palabras literalmente, sí es un hecho que su enfado fue real y que ante sus colaboradores y ayudantes expresó su malestar ante (a su juicio) la poca valentía de las decisiones del Caudillo.

CONSECUENCIAS: OTRAS NEGOCIACIONES

Se ha exagerado mucho la trascendencia del encuentro en Hendaya entre los dos dictadores. El Führer no fue a Francia a entrevistarse solo con Franco. Hizo lo propio con el jefe de estado de la Francia de Vichy, el mariscal Petain y el primer ministro Pierre Laval. Y pocos días antes se había entrevistado con Mussolini en el Brennero para hablar precisamente sobre qué hacer con España y Francia. Aunque para Hitler el frente sur siempre fue el menos importante, decidió conocer de primera mano qué países eran lo bastante débiles o proalemanes para unirse al Pacto Tripartito (o al menos colaborar inequívocamente con el Eje), que estaba en esas fechas en plena expansión. Poco tiempo después consiguió la colaboración de la propia Francia de Vichy que, aunque oficialmente nunca firmó el Pacto, ayudaría a los nazis activamente incluso en asuntos tan onerosos como el exterminio. Hungría, Eslovaquia, Bulgaria, Croacia y Rumanía, por su parte, unieron su destino al del Eje y firmaron el Pacto, mientras Finlandia se mantendría en una posición ambigua durante toda la guerra.

III

Rudolf Hess daba vueltas a su estudio. Caminaba en círculos de una pared a la otra, visiblemente nervioso. Acababa de encontrarse con Reinhard Heydrich al volver de su ronda de visitas a sus astrólogos y ocultistas de confianza. La conversación con la Araña le había perturbado. Heydrich siempre le perturbaba. El aplomo del Jefe de Policía del Reich, la plena confianza que tenía en sí mismo, abrumaban a Hess, que en el fondo era un hombre débil al que la cercanía con Hitler le había elevado a posiciones muy por encima de sus capacidades intelectuales.

No sabía por qué... pero la conversación con Heydrich había girado en torno a Otto Weilern.

–He oído hablar que tiene una nueva amante, una francesa llamada Coco o algo parecido –le confesó la Araña, moviendo sus brazos esqueléticos–. La conoció luego de su visita a Hendaya. Parece que no le gustan mucho las buenas mujeres alemanas, las arias de sangre pura que debería frecuentar. El año pasado estuvo con una americana y ahora con una "gabacha". Me preocupa su mal gusto con las féminas.

–Es joven. Está experimentando –dijo Hess, al que en el fondo le daba igual el asunto–. Ya tendrá tiempo de sentar cabeza.

¿Por qué todo el mundo parecía tan interesado en aquel muchacho? Rudolf Hess no salía de su asombro. Era un protegido del Führer, eso lo podía entender, pero no era el único joven cuya carrera seguía Hitler con interés. Al principio, su predilección por Otto había sido un secreto, pero ahora se había convertido en un secreto a voces. Todos habían oído hablar del joven que se presentaba en cualquier lugar como si tuviese bula para hacer lo que quisiese. Hess, celoso como siempre de cualquiera que tuviese ascendencia sobre Hitler, detestaba al joven teniente de las SS. Si no fuese porque creía que era un ser insignificante, habría tomado cartas en el asunto. Es fácil perjudicar a alguien cuando eres el secretario personal del Führer. Especialmente porque ese cargo era mucho más de lo que podía indicar el nombre, pues de facto significaba que era el jefe del partido nazi.

–Que tengas un buen día, Rudolf.

–Igualmente, Reinhard.

Por suerte, aquella conversación intrascendente había acabado tras varios minutos de frases vacías y un Heil Hitler. La tensión entre ambos jerarcas nazis había sido palpable durante toda la conversación (al menos para Hess) pero Heydrich había seguido parloteando sin cesar. Lo cierto es que era raro que dos jerarcas se llevasen bien. La estructura del Tercer Reich estaba pensada para fomentar el enfrentamiento entre ellos. Había múltiples esferas de competencia que se superponían, asuntos que en teoría llevaba el partido nazi pero que también trataban de manejar secciones de las SS de Heydrich (como la SD) o la Gestapo. Se sucedían episodios de luchas entre intestinas entre departamentos... mientras Hitler dominaba todo el conjunto desde las alturas.

Pero ahora estaba cada vez más enfrascado en asuntos militares; tanto que, de facto, el Führer ya no estaba al tanto del día a día del gobierno del Reich. Los jerarcas cada vez asumían mayor poder y las tensiones entre ellos aumentaban sin cesar. Goering, Himmler, Heydrich, Hess, Goebbels, Ribbentrop, Canaris... y tantos otros. Era una lucha a muerte entre los miembros del círculo íntimo de Hitler que con el tiempo estallaría. Pero no aún. Aquella no era la preocupación presente de Hess. No, él se enfrentaba a un problema completamente distinto en aquel momento.

Hess siguió caminando hasta su casa y pudo concentrarse precisamente en lo que realmente importaba: en la revelación.

Porque su astrólogo le había dicho que se había producido una rara alineación de planetas, y que eso solo podía significar que Alemania podía perder la guerra mundial, ese conflicto que todavía Hitler no llamaba de tal manera sino guerra de liberación alemana, entre otras metáforas. Luego de la revelación de su astrólogo, había consultado a su médico homeópata y a uno de sus ocultistas. Finalmente, había acudido a Félix, un masajista que compartía con el Reichsführer Heinrich Himmler y que había estudiado psicoanálisis con los discípulos de Freud. De hecho, era capaz de solucionar un pinzamiento en la espalda y psicoanalizarte por el mismo precio. La excentricidad de aquel personaje le había convertido, como a muchos otros, en consejero de Rudolf el supersticioso, el vegetariano mentalmente inestable que era una de las figuras claves del Reich y del partido nazi.

– Perderemos la guerra si Inglaterra no se rinde – repetía como un mantra desde hacía veinte minutos.

Luego bajó a la cocina y ordenó a su cocinera una comida vegetariana. De hecho, comía básicamente lo mismo que el Führer: pasta, legumbres y hortalizas, sobre todo coliflor. Se sentía muy satisfecho de compartir hábitos con el hombre más importante del planeta. Mientras saboreaba su pasta, recordó que su astrólogo le había dicho que había sido elegido por el destino para traer la paz al mundo. Él, Rudolf Hess, salvaría a Alemania, salvaría a su amado Hitler y el destino de la raza aria sería ese Parnaso magnífico que había imaginado el Führer.

Años atrás, cuando era solo un muchacho, había conocido a Haushofer, el creador de las teorías del espacio vital que fundamentarían la obsesión de Hitler por expandirse hacia el este y sojuzgar a los eslavos. Rudolf había llevado a su profesor a una de las charlas de aquel joven orador llamado Adolf y había nacido una amistad entre los tres que aún se mantenía.

El nacimiento de las teorías raciales de Hitler se debía, por tanto, a Rudolf Hess. De la misma forma, la salvación de Alemania vendría de la mano del secretario de Hitler. Él siempre estaba a la sombra, inventando nuevas maneras de ayudar al líder de Alemania. Él era el apoyo que necesitaba el Führer para alcanzar sus objetivos. Siempre lo había sido y siempre lo sería. Ese era su destino.

– Pero últimamente paso mucho menos tiempo con el Führer –dijo Rudolf a su plato de pasta–. Nuestra amistad no ha menguado un ápice, pero él está tan ocupado... tan ocupado... No comprende que yo soy su principal apoyo, no ve que yo soy el cayado sobre el que reposa su fuerza inmensa e inmortal...

Rudolf pasó más de diez minutos diciendo estupideces

semejantes hasta que se desplomó en el suelo y rompió a llorar. Pero Hess no era ningún demente, al menos no un demente de camisa de fuerza y habitación acolchada. Realmente era un hombre muy dotado, con muchas virtudes tanto de organización política como de gestión administrativa, pero era un supersticioso y un fanático aparte de un paranoico y un obsesivo-compulsivo. Creía que Hitler era el centro del universo y que su secretario se había erigido en una especie de crisol de donde manaba la fuerza vital del Führer, lo cual era lo mismo que considerarse a sí mismo como un semidiós. Rudolf Hess era la típica persona que parece no tener un gran concepto de sí mismo pero que escondía tras esa inseguridad una vuelta de tuerca de absurdo misticismo que le ponía por encima de los demás. Era tímido y apocado, hablaba poco y parecía estar siempre mirándote obsesivamente desde sus ojos hundidos debajo de aquellas cejas tan pobladas. Lo contrario que Haushofer, que era divertido y tenía don de gentes; o que Hitler, que tenía un magnetismo especial y una capacidad única para subyugar a cualquier audiencia con su oratoria. Hess no destacaba en nada, en realidad destacaba en no destacar, en quedar en segundo plano observándolo todo, maquinando y organizando complots secretos.

Poco después de la caída de Francia, en junio de 1940, Hess tuvo por primera vez la ocurrencia de viajar en avión hasta Inglaterra y solucionar las diferencias entre los dos gigantes personalmente. Él sería el enlace entre Churchill y el Dios Führer redivivo. Era una maravillosa fantasía romántica, aparte de que, si realmente la llevaba a cabo, demostraría al mundo que Hess era el apoyo indispensable de Adolf Hitler.

En septiembre de 1940, días antes de la firma del Pacto Tripartito, comenzó a buscar un avión con el que poder llevar a cabo aquella gesta. De momento era solo un plan sin mucha base, casi un divertimento al que dedicaba tiempo para abstraerse de sus muchas otras tareas, pero de cualquier forma pidió un informe sobre el tiempo en las islas británicas y en el Mar del Norte; incluso se informó sobre los últimos modelos de la Messerschmitt, a su juicio los mejores aviones de Alemania. Contactó con meteorólogos y fue preparando lentamente un dossier hasta que tuvo claro qué ruta era la mejor para alcanzar el Reino Unido.

La conversación con su astrólogo fue el empujón que necesitaba para transformar aquel plan de fantasía romántica en hipótesis de trabajo. De momento nada serio, pero algo posible, algo que no podía descartarse. Un día se sintió con fuerzas para hablar con su antiguo mentor, el gran Karl Haushofer y pedirle ayuda.

– Profesor, me gustaría que se pusiese en contacto con sus amigos en las islas británicas para buscar una solución negociada de esta guerra que nadie quiere y nadie necesita. La necedad de Churchill va a provocar la destrucción del imperio británico y que sean los americanos la gran potencia del futuro. Por desgracia, la obcecación del Primer Ministro británico no solo perjudica a su país, sino que pone en peligro el destino del Reich de los mil años. Esa paz es más necesaria que nunca.

El profesor Haushofer tenía amistad con el duque de Hamilton, uno de los nobles más influyentes del Reino Unido, Gobernador de Irlanda y amigo íntimo del Príncipes de Gales.

– No será fácil – repuso el profesor –. Una paz negociada me parece hoy por hoy misión imposible. Pero lo intentaré.

Ahí se había quedado la cosa. Hess aún esperaba una respuesta de Haushofer. Cuando volvió a ver a su astrólogo, que por supuesto no sabía nada de su sueño de volar a las islas británicas, este le dijo que los astros seguían mandando señales inequívocas: Alemania podía perder la guerra en muy poco tiempo. Y estaba en sus manos salvarla. En sus manos y solo en ellas. Porque la conjunción de planetas le había elegido para una misión especial.

Fue entonces cuando Hess comprendió que aquel vuelo, hasta ahora teórico, tendría que ver la luz, convertirse en algo real. Por el bien de Alemania y de Adolf Hitler, que a aquellas alturas en la mente del buen Rudolf eran ya la misma cosa.

– Mi destino es salvar al Führer –musitó–. Mi destino es salvar al Führer –repitió–. Mi destino es salvar al Führer.

Entonces levantó los brazos y chilló:

– ¡Mi destino es salvarle, mi Führer!

Y luego de repetir esa frase exactamente treinta y siete veces, rompió a llorar de nuevo, esta vez de felicidad. Porque sintió en su interior una fuerza, un aura de fuego que le subía desde las entrañas. Ahora ya estaba seguro: había sido enviado por los hados para conseguir la paz con Inglaterra y salvar al Reich de los mil años.

EL SECRETO MEJOR GUARDADO DE LA GUERRA (OPERACIÓN KLUGHEIT)

[Extracto de las conversaciones de Otto Weilern en la prisión de la Lubianka]

El día que murió mi hermano Rolf todo cambió. Ya sé que no he hablado apenas de él. O al menos no lo suficiente. Pocas veces lo hago, ni siquiera delante de amigos íntimos.

Hoy tampoco voy a hacerlo. Baste decir que con su muerte algo se rompió dentro de mí. Durante meses había albergado dudas sobre el nazismo, dudas que ni siquiera camaradas como Joseph Mengele (por entonces el más cercano de mis amigos) habían conseguido apaciguar. Fui al campo de Mauthausen por consejo precisamente de Mengele, para ver cómo los hombres superiores, nosotros, los arios, organizábamos la vida y la muerte de los subhumanos, de gente como judíos, gitanos, españoles apátridas o asociales de izquierdas. Hice cosas terribles. Vi cosas terribles, pero todo ello lo consideraba un mal necesario para la futura grandeza de Alemania.

Sin embargo, mis dudas fueron creciendo. Cuando mi hermano agonizaba, las dudas se convirtieron en losas que cayeron sobre mí y destruyeron cualquier atisbo de pensamiento nazi en mi corazón. Porque en su última hora me enseñó una valiosa lección: que hay cosas que están bien y cosas que están mal. Y el nazismo estaba mal. Él nunca fue demasiado inteligente... o quizás lo era en exceso y yo tardé demasiado en darme cuenta. De cualquier forma, de esa manera sencilla en la que él que se explicaba, con la simple dicotomía de que hay cosas que están bien y cosas que están mal, llegué a comprender que algo tan complicado como las creencias nacionalsocialistas no son algo complicado en absoluto. Matar a deficientes mentales y meterlos en hornos crematorios, hacer trabajar hasta la muerte a aquellos que son diferentes a nosotros o tienen distinta ideología, todo eso está mal, aunque se haga en nombre del Reich de los mil años o de

Adolf Hitler, de la Comunidad del Pueblo o de lo queramos imaginar. Está mal y punto.

Aún recuerdo el momento exacto en que mi mundo se vino abajo, el momento en que comprendí que Rolf se moría. Mientras agonizaba, murmuró:

–Una vez estuve tentado de convertirme en un nazi. Por un momento llegué a creer que si obraba mal todos los días podría convertirme en el hombre que Otto y el Führer esperaban de mí. Pero mi tentación fue breve. Pronto comprendí que no era yo el que estaba equivocado. El mundo era el que se equivocaba.

Y añadió mirándome a los ojos, creyendo que yo era el párroco que le estaba dando la extremaunción (o quizás era tan perspicaz que aún en ese momento quiso darme una lección):

–Dígale a Otto que le quiero, padre. Dígaselo en mi nombre.

Cuando Rolf expiró, aunque yo aún no lo sabía, ya me había convertido en un enemigo del Reich. No fue la mía una transformación paulatina, me mantuve fiel al Führer y sus enseñanzas hasta que de pronto me convertí en un traidor de pensamiento. Tardaría un tiempo en serlo de facto, pero aquel último gesto de mi hermano me enseñó que siempre había estado equivocado y Rolf siempre había estado en lo cierto. Así de simple. Porque la verdad siempre se revela de esta forma, con la sencillez de razonamiento de un niño, un niño grande y valiente como Rolf Weilern.

Yo, a su lado, soy el más diminuto y abyecto de los hombres. Pero debo proseguir mi historia. Por él y para que lo que sucedió en Alemania en aquellos años sea comprendido por todos los hombres.

MOMENTOS DECISIVOS DE LA HISTORIA

SUCESO: LA MUERTE DE ROLF WEILERN

La historia de la muerte de Rolf Weilern se explica con detalle en "Asesinato en Mauthausen", novela policíaco histórica que se centra en el funcionamiento de los campos de exterminio (o Lager en terminología nacionalsocialista). En el tema de los campos no entraremos en profundidad de momento en la novela que estás leyendo, pues está centrada en el conflicto bélico. Aunque más tarde, cuando el mejor amigo de Otto (Mengele) sea destinado a Auschwitz, tendremos tiempo de hablar largo y tendido de este tema.

FECHA: NOVIEMBRE DE 1940.

La muerte de Rolf tendrá un impacto decisivo en Otto Weilern. Un shock que le hará modificar aspectos claves de su carácter.

CONSECUENCIAS: EL NAZISMO EN LA LITERATURA

La novela "Asesinato en Mauthausen" la escribí en 2007, antes de ponerme con los libros de "El Joven Hitler" y la "La Segunda guerra mundial". Y lo hice por una razón. Quería explicar con claridad cómo se forja un antinazi, qué razones llevan a un joven a oponerse al régimen nacionalsocialista. **Así que escribí todo un libro de 500 páginas para que mi protagonista y sus actos futuros fuesen creíbles, ya que sabía que las novelas de Otto ocuparían muchos años de mi vida.**

Y es que en muchas otras novelas que he tenido la mala

suerte de leer (y series de televisión) nos encontramos con multitud de alemanes críticos con Hitler, intentando mostrar que los nazis no eran mayoritarios. Esto es rotundamente falso. La población alemana adoraba a Hitler y un antinazi era más raro que encontrar en nuestras democracias actuales alguien que luche por el anarquismo o el nihilismo, por acabar con el sistema destruyendo los medios de producción o a través del terrorismo. Entre las élites (militares, económicas, etc.) sí había pequeños grupos organizados contrarios a Hitler, aunque solo con el avance de la guerra y los reveses de los ejércitos alemanes estos grupos comenzaron a hacerse más visibles y a conspirar contra el Führer. En 1940 hacía ya siete años que los partidos socialdemócrata y comunista habían sido desmantelados luego del Incendio del Reichstag. Hitler no tenía oposición y ser un antinazi era una excepción casi imposible (salvo honrosas excepciones). Por eso en esta novela Otto comienza siendo un ferviente seguidor del nazismo, pese a algunas dudas, ya que no existía en la sociedad más que esa opción.

La muerte de su hermano provocará que Otto abra los ojos a la barbarie, y los sucesos vividos en el campo de Mauthausen le harán variar su punto de vista. Algo mucho más congruente que cuando abrimos una novela y nos encontramos a un protagonista que es un antinazi de pies a cabeza sin explicarnos cómo ha llegado a ese punto, es decir, a oponerse de forma diametral a todo lo que piensan amigos, familia, vecinos y compañeros de estudios. Sería el equivalente a comenzar una novela en la actualidad y encontrarnos un protagonista que es antidemócrata o un anticapitalista, que quiere acabar con los empresarios, con el dinero, el sueldo del trabajador medio, la pensión de sus padres, con los valores de la sociedad en la que vive... y no damos ni una explicación de cómo ha llegado a pensar eso, como si "eso" fuese lo normal. En la Alemania nazi "lo normal" era ser un nazi y pensar lo contrario y querer acabar con Hitler precisaba de un gran esfuerzo, determinación y, muy especialmente, motivación. Y esta motivación se la da a Otto la muerte trágica de su hermano, que le da en su última hora una lección de vida.

*- *- *- *- *- *

Tal vez porque estaba roto por dentro decidí aceptar la oferta de Alfredo para visitar la Roma fascista. No lo hice en un buen momento para Mussolini, agraviado porque Hitler hubiese tomado el control de los pozos de petróleo de Rumanía. Y no había sido la única decisión que el Führer había tomado sin consultar a su socio del Pacto Tripartito. Hastiado el Duce que de que el Eje tomase decisiones unilaterales, de que siempre el vencedor fuese Hitler y los sorprendidos los italianos, decidió Mussolini tomar también una decisión unilateral: atacar Grecia.

– Hitler siempre me coloca ante hechos consumados – se cuenta que dijo Mussolini –. Ahora le pagaré con la misma moneda.

Así que las tropas italianas atacaron Grecia sin avisar a sus aliados alemanes. El mariscal Badoglio había calculado que necesitaban algo más de veinte divisiones para acabar con el gobierno griego de Ioannis Metaxás y, divididos en tres grupos, los italianos comenzaron su avance hacia Atenas el 28 de octubre de 1940.

– La guerra contra los griegos es cosa de Ciano – me reveló por teléfono Alfredo ese mismo día–. Ha hecho negociaciones con políticos helenos de segunda fila y está convencido de que venceremos en 24 horas. Que Grecia desaparecerá del mapa como lo hizo Polonia ante los ejércitos de Rundstedt y Von Bock.

Por supuesto, fue un desastre. Grecia no estaba dispuesta a rendirse; tenía mejores uniformes invernales, mejor moral en su tropa y luchaban en su propio territorio. Sus piezas de artillería eran en su mayoría obsoletas (más o menos como las italianas) y sus mandos no eran ninguna maravilla, pero su espíritu combativo era infinitamente superior. A los pocos días los italianos se batían en retirada hacia Albania y Ciano era ridiculizado por los periódicos. De nada le servía combatir como aviador en primera línea y que mostrase como siempre un valor encomiable. A nadie le gusta perder y los italianos estaban recibiendo una paliza terrible. Y no era la primera vez. Ni sería la última.

De cualquier forma, los platos rotos los pagó el Mariscal Badoglio. Hasta ese momento considerado el mejor general de Italia, presentó su dimisión y su nombre fue arrastrado por el fango, como si la culpa fuese suya y no de los delirios de grandeza de Mussolini.

Con todas aquellas cosas que estaban sucediendo en mente, llegué a Roma a finales de noviembre. Me encontré a un Alfredo sonriente que me esperaba en la Piazza España, delante de la Fontana della Barcaccia, abriendo los brazos, listo para darme un fuerte apretón en su fornido pecho. Él, como todos los italianos, había elegido el amor y no la guerra. La guerra era sólo un instante y el amor era para siempre. A pesar de que días antes había acudido junto a Galeazzo a una reunión con Hitler en el Obersalzberg y el Führer les había humillado, a pesar de que este había advertido a Ciano que o solucionaban el tema de Grecia o las tropas alemanas descenderían a través de Bulgaria y Rumanía para incorporar a Grecia al eje por la fuerza, a pesar de que prácticamente no había dejado hablar a los delegados italianos (entre los que se hallaba el propio Alfredo) y los había despedido con desprecio, a pesar de todo ello... mi amigo sonreía.

Y sonreía porque por al otro lado de la Piazza, por la Via del Condotti, estaba llegando su enamorada, Ludovica.

– Encantado de conocerla – dije, tras librarme del abrazo de oso de Alfredo, estrechando la mano de la muchacha, tan delgada y con la misma belleza incalificable que yo había visto en las fotos.

– Igualmente.

Mentiría si dijese que fue un encuentro memorable, que hablamos de cosas profundas, de cambiar el mundo, de hacer historia, de hacer algo realmente importante con nuestras vidas. No sucedió nada de eso. Yo estaba triste por la reciente muerte de mi hermano y Alfredo trataba de animarme, pero sus ojos iban siempre hacia Ludovica, que sonreía tímidamente y repetía una y otra vez "vada vada" (vaya, vaya) ante cualquier piropo de Alfredo. No conozco mucho el italiano, pero creo que le invitaba a pasar a otra cosa, siempre con un brillo de modestia en los ojos.

En un momento dado, se levantó para retocarse el maquillaje y nos quedamos solos yo y mi viejo camarada.

– ¿Qué te parece? – me preguntó, pero sin esperar una respuesta añadió:– Es maravillosa. ¿Has visto cómo evita decirme cielo, mi amor, o cualquier apelativo afectuoso que convierta nuestra relación en definitiva? Me llama guapo, o mi sol, o eufemismos de ese tipo.

– Y sin embargo percibo en su mirada que está muy enamorada de ti.

Alfredo se echó a reír, colorado como un tomate.

– Estoy seguro de ello… O quiero estarlo. Pero me encanta esa forma de ser tan comedida, tan contenida, tan… Ludovica. Ella no es como yo y la gente que conozco y por eso me encanta.

– Es medio albanesa me ha parecido que comentabais, ¿no?

– Sí, pero no de la costa del Adriático sino del interior. Por eso tiene ese carácter más frío y prudente. Se quedó huérfana y unos tíos italianos de Tarento la adoptaron. Está estudiando en Roma corte y confección, aunque la llevo todos los fines de semana al sur. Su familia es de izquierdas y no es que le gusten mucho los fascistas, pero…

Por el rabillo del ojo Alfredo percibió que la muchacha salía del lavabo y cambiando abruptamente de tema dijo:

– No sé si te he contado que amigos míos, jerarcas fascistas, han ido al frente griego a buscar reconocimiento y medallas. Algunos han aparecido apenas media hora y han regresado a Roma exigiendo una medalla de oro. Alguno había perdido un brazo en una campaña anterior y ha dicho que la había perdido en esta, otro había perdido una mano en un accidente de pesca y afirmó que había recibido un balazo en el frente. Esta es la guerra que estamos librando, una especie de broma de opereta para muchos…

– Por favor – terció Ludovica –. Dejemos de hablar de guerra. En Italia todos estamos cansados de la guerra.

Y eso hicimos, sabedores que se estaba luchando también en su tierra, Albania, luego de que las tropas italianas hubiesen retrocedido ante el embate de los helenos del general

Metaxás. Paseamos por Roma, una ciudad luminosa que quedaba lejos de la guerra que había montado a toda prisa Mussolini pensando que se estaba perdiendo el tren de la victoria, celoso de que solo los alemanes alcanzasen éxitos resonantes con sus Panzer y su guerra relámpago. Pero lo único que había conseguido era que el frente se estanque. Con la llegada del invierno, había pasado lo peor, ya no había peligro inmediato de que los griegos derroten a los soldados del Duce. Pero la gran Italia fascista combatía ya solo para resistir. Nadie pensaba ya que los italianos pudiesen conquistar Grecia.

Caminamos toda la tarde, sin prisas, de bar en bar, disfrutando de la vida como solo saben hacer los mediterráneos. Varias horas más tarde llegamos al Foro Mussolini, un enorme complejo deportivo situado en el Monte Mario, a las afueras de la ciudad. Me maravilló la grandilocuencia de la arquitectura fascista, desde el obelisco que presidía el lugar a los frescos de inspiración romana clásica en las piscinas, o los tres gigantescos estadios. Me sorprendió sobre todo el Stadio dei Marmi, fastuoso, con sus mil destellos de mármol blanco de Carrara y sus decenas de estatuas de cuatro o más metros: está lanzando una jabalina, aquella representando a un boxeador o aquella otra con un atleta listo para comenzar una carrera.

–¿Qué significa este texto? –le pregunté a Alfredo, cuando ya nos íbamos, señalando una inscripción en el mosaico del obelisco.

–Duce, os dedicamos nuestra juventud –dijo Ludovica, con una sonrisa extraña deformándole su hermoso rostro.

Recordé que Alfredo me había dicho que ni ella ni su familia eran seguidores del régimen. Nos miramos y ella añadió:

–Mussolini está empeñado en construir la "Terza Roma", la tercera edad de oro de Roma, luego de la antigua y la del medievo, papal o bizantina. Estamos en la época de la gran Roma fascista. Y la juventud italiana tendrá que dar la vida por ese concepto.

Alfredo bajó la cabeza y no dijo nada, como si no hubiese oído las palabras de su amada. Comprendí entonces que Mussolini era, en el fondo, como Hitler. Alguien que buscaba su propia grandeza y la de sus ideas por encima de la seguridad de su pueblo. Pero el Duce lo tendría más difícil. Los italianos no se sacrificarían hasta la muerte por sus designios. Y el tiempo no tardaría en darme la razón.

Por la noche cogimos el tren hacia Tarento. La ciudad aún se estaba reponiendo de otro desastre que ponía en duda esa Terza Roma con la que soñaban los fascistas. Había sucedido apenas un par de semanas atrás.

– Veinte aviones torpederos al borde de ser retirados del servicio han destruido media flota italiana. ¡Y eso ha tenido lugar en uno de los puertos más importantes del Mediterráneo! –me explicó Alfredo con voz descorazonada cuando me mostró la dársena destruida y los barcos en dique seco, esos orgullosos navíos que un día habían sido la honra de la marina italiana.

Me sorprendió la objetividad con la que mi amigo hablaba de los errores y de las derrotas de su país. De la misma forma debía ser yo capaz de ver las contradicciones y los crímenes del nazismo, con desapasionamiento, no dejándome engañar porque era mi patria. Debía entender que lo que está bien, está bien y lo que está mal, está mal. De nuevo recordé ese sencillo razonamiento de mi hermano Rolf y comprendí que debía ser el faro que en adelante guiase mis actos.

– Durante estos meses hemos vivido de falsas esperanzas también en el Mediterráneo. Aunque los ingleses disponen de tres acorazados y algunos portaaviones, nuestras naves son objetivamente superiores. Les llevamos al menos dos generaciones de adelanto en blindaje y hay quien las considera las mejores del mundo. Los ingleses preferían enfrentarse a la amenaza de los submarinos y muchas veces desviaban sus convoyes por el Atlántico, pensaban que un enfrentamiento abierto con la flota italiana podía serles desfavorable. Mejores barcos, aviones en tierra dispuestos en teoría a intervenir, bases a escasa distancia... todo pintaba a nuestro favor. Tanto que dejábamos a nuestra escuadra entera en un único puerto, lo que aprovecharon los ingleses para llevar a cabo un plan tan audaz como brillante. Llevaron una pequeña flota que parecía escoltar convoyes y la desviaron a última hora hacia Tarento. Allí estaban fondeados sin apenas protección nuestros seis acorazados, tres de nuestros mejores cruceros y otras unidades.

Pude imaginar la escena perfectamente. Un grupo de biplanos torpederos, sus Fairey Swordfish (pez espada), que tenían ya cinco años de antigüedad, lo que en aviación equivale a estar completamente obsoleto. Se trataba, por tanto, de buenos y versátiles aviones anticuados que se usaban principalmente para entrenamiento de pilotos. Pero a pesar de ello se bastaron y sobraron para disparar por debajo de las redes de torpedos italianas y de hundir o dejar fuera de servicio a la mitad de los acorazados italianos (El Cavour, el Littorio y el Duilio). También ayudaron, por supuesto, las deficiencias de las defensas del puerto, que presentaba diversas zonas donde no se habían desplegado las redes antitorpedos (o se habían desplegado errando los cálculos acerca de la profundidad necesaria para frenar los proyectiles enemigos) y otras áreas mal protegidas por los globos aerostáticos o directamente indefensas a causa de los vientos y de la lentitud de las autoridades a la hora de repararlos. Gracias a aquel cúmulo de despropósitos, en un fulgurante e inesperado golpe de mano, la Royal Navy había dado vuelta al dominio fascista del Mediterráneo, que pasaría en adelante a ser inglés para desesperación de Mussolini.

– Lo que no entiendo – comenté a mi amigo el espagueti, contemplando la disposición de la dársena de Mare Piccolo, donde estaba anclado otro grupo de cruceros que también sufrieron graves daños – es por qué dejaron tantos barcos en Tarento y por qué, siendo tan grande el puerto, no se los había colocado a la mayor distancia posible unos de los otros. Así se minimizaban los riesgos de que un grupo de aviones causase un daño irreversible al tener que concentrarse en objetivos individuales.

Alfredo, por el contrario, miró a lo lejos, hacia el Mare Grande, la dársena principal, donde habían sido cazados los grandes acorazados, el orgullo de la flota.

– Eso fue cosa de nuestro amado Duce. Hay quien dice que fue a causa de la campaña en Grecia, que quería tener a la flota cerca del frente para que las líneas de abastecimiento de hombre y material no estuviesen comprometidas por los ataques enemigos. Pero yo he oído que Mussolini tenía pensado invitar al Führer a Tarento y mostrarle la potencia de nuestra armada. Quería que todos los barcos estuviesen juntos como en una parada militar. Esto, por supuesto, es sólo un rumor.

– ¿Un rumor fundado?

Alfredo sonrió y se encogió de hombros, lo que aprovechó Ludovica para decir:

– ¿Otra vez hablando de guerra? – Creo que al final voy a enfadarme.

Pero sonrió de forma afectuosa y Alfredo la cogió de la mano.

– Podrías llamarme amor o cariño alguna vez.

– Podría, mi cielo… Poco a poco.

No había cedido a las pretensiones de mi amigo, pero por el gesto de Alfredo supe que aquello de "mi cielo" le parecía un avance extraordinario. Sin embargo, como era tan impetuoso, añadió:

– ¿De qué tienes miedo?

Ludovica bajó la cabeza e hizo una mueca entre nerviosa y desamparada que hizo que por un instante a mí también se me parase el corazón. Entendía que Alfredo me hubiese zarandeado y cogido de la guerrera, recordándome que aquella mujer era suya. Había sucedido el día que volvimos a encontrarnos tras tantos años y al recordarlo sonreí para mis adentros. Era aquella una mujer que no llamaba la atención a primera vista (comparada con las italianas, de formas muchos más rotundas) pero cuando la conocías te dabas cuentas que era el tipo que puede acabar volviéndote loco de pasión. Si no hubiese sido la novia de Alfredo mi actitud aquella tarde habría sido bien distinta.

– ¿De qué tienes miedo? – Insistió Alfredo.

– De amarte demasiado. De arriesgarme a perder. Sé cómo sois los italianos. Dicen tan pronto un "ti amo" como un "ciao, bella", hasta pronto, nunca te olvidaré.

Alfredo negó con la cabeza

– Yo no soy como los otros italianos que has conocido.

– Frases muy similares las he oído de labios de esos

otros italianos.

Finalmente, Alfredo soltó una carcajada, que era su mecanismo de defensa habitual y dijo:

– De acuerdo, me conformaré de momento con ese "mi cielo". Al menos hasta demostrarte que no hay en el mundo un italiano como yo.

– Me parece una decisión correcta la suya, Colonnello – repuso Ludovica, cuadrándose de forma cómica ante Alfredo, que, aunque vestía casi siempre de paisano, era coronel del ejército.

–A sus órdenes –ladró Alfredo, cuadrándose a su vez.

Entonces el rostro de su amada se dulcificó y dijo:

–Ten paciencia. Soy un poco bruja, dijo. Antes de que pase un año estaremos juntos para toda la eternidad. Lo he soñado y siempre se cumplen mis sueños.

Con aquella promesa en mente llevamos a Ludovica a los alrededores de su casa (hasta la puerta porque su familia no sabía que tenía relaciones con un fascista) y nos fuimos a comer a un famoso restaurante de Tarento. No recuerdo su nombre, pero sí que cominos platos típicos y bebimos hasta la madrugada. Cuando Alfredo estuvo lo bastante borracho como para ser indiscreto le pregunté por la isla de Malta.

– ¿Malta? ¿Qué pasa con Malta?

Mi amigo andaba haciendo eses por la calle. Era mi oportunidad de sacarle la información que necesitaba.

–Simple curiosidad. Me preguntaba si has oído a Ciano o al Duce decir algo sobre Malta.

Aquello pareció sorprender a Alfredo aun en su estado. Me contempló largamente con ojos vidriosos.

– Sale a la conversación a veces, supongo, como otros puntos estratégicos claves en la defensa del Mediterráneo.

Su voz sonaba pastosa, cada vez más lenta.

– A lo que me refería, espagueti, es si os habéis planteado atacar Malta. Hay quien cree que es lo primero que debería haberse hecho para asegurarse el control del Mediterráneo.

Mussolini, tan amante de los neologismos, había recuperado el nombre romano para el Mediterráneo. Lo llamaba Mare Nostrum, como expresión del dominio de Italia sobre unas aguas que pensaba que eran suyas en exclusiva. Pero no lo eran (aún antes del desastre del Tarento) por culpa de las grandes bases británicas: Gibraltar, Chipre y sobre todo Malta. Al estallar la guerra el Duce había cometido el error de no tomar una isla de Malta por entonces indefensa. Pero ahora era el lugar desde donde los aviones ingleses percutían día y noche contra los convoyes italianos. Una verdadera pesadilla a nivel estratégico.

– ¿Atacar Malta? – dijo entonces Alfredo, haciendo una pausa porque le sobrevino una arcada–. Supongo que podría haberse hecho. Y ahora que recuerdo, algún alto mando de la marina intentó convencer a Mussolini de la importancia estratégica de una acción semejante y blablablá, discusiones interminables, ya sabes. Pero para tomar la isla tendríamos que haber llamado a paracaidistas alemanes y no sé qué más. Todo muy complicado para las mentes que dirigen el Gran Consejo Fascista. Nunca se tuvo en demasiada consideración. Tal vez porque era una decisión inteligente y acertada –Alfredo emitió una risa desvencijada, casi un cacareo etílico –. Ya sabes que a los italianos no se nos da bien tomar decisiones inteligentes y acertadas.

Cualquier que lo oyese pensaría que Alfredo era un derrotista, pero no se trataba de eso. Alfredo era un hombre feliz, enamorado y pragmático que no se engañaba a pesar de servir con fidelidad a su viejo amigo Galeazzo Ciano. Y les servía con denuedo lo mejor que podía a pesar de las limitaciones tanto de su camarada, como de Mussolini, o de toda la plana mayor italiana. Alfredo no quería cambiar el mundo ni quería que el mundo le cambiase. Entendía y aceptaba la realidad. Eso era todo.

–Pero… ¿por qué te interesa tanto Malta?

No respondí. Poco después llevé a mi amigo a dormir la mona. Y yo también me eché en la cama, cerré los ojos y en un instante estaba en los brazos de Morfeo. Había sido un día muy largo.

*- *- *- *- *- *

Desperté pasadas las once de la mañana. Confieso que tenía algo de resaca debido a los excesos de la noche anterior. Pero lo primero que hice, incluso antes de desayunar, fue pedir una conferencia a Berlín con el Almirante Canaris.

– Buenos días.

– Buenos días, Otto. Estaba esperando desde hace demasiado rato. Sabes que necesito esa información.

– Creo que habrá valido la pena la espera.

Canaris era un traidor, un hombre que odiaba profundamente a Hitler y al nazismo y estaba resuelto a destruirlos. Debido a mi cercanía al Führer en el marco de la Operación Klugheit había intentado asesinarme en varias ocasiones. Pero finalmente habíamos llegado a un status quo: yo no le explicaba a Hitler que el jefe de la Abwehr, la inteligencia militar, era un traidor, y Canaris me dejaba en paz.

Era un hombre curioso Wilhelm Canaris, aquel hombre con los cabellos blancos y el gesto adusto, seco y afilado. Aunque hablaba con los mandos de la Wehrmacht de su odio a Hitler, nadie jamás le denunció. Incluso en los momentos de las grandes victorias del Führer, para el ejército alemán ese tal Hitler no dejaba de ser un cabo de Bohemia con ínfulas. Aunque algunos le considerasen un genio, no era uno de los suyos... todo lo contrario que Canaris. Ello le permitió dirigir la agencia de inteligencia del Reich, miles de agentes siguiendo a un antinazi confeso. Paradojas de la Alemania de Hitler, una estructura con multitud de príncipes independientes que solo respondían ante el gran hombre, el Führer, que hacía tiempo que solo pensaba en la guerra y no controlaba los actos de sus subalternos.

– Así pues, tienes la información que necesitaba, Otto.

– Sí, pero antes querría que me respondieses a una pregunta.

– Sin problema. Pero rápido. No tenemos mucho tiempo.

– Hideki Higuti.

Al otro lado de la línea se hizo el silencio. Yo sabía que Oshima, el antiguo embajador del Japón, y Canaris eran amigos íntimos. Se conocían desde mediados de los años treinta y tenían una larga historia de encuentros y borracheras.

– Quieres que te hable de Higuti. ¿Por qué razón?

– Lo vi hace no mucho rondando mi casa en Sankt Valentin.

Otro silencio.

– No pensarás que he mandado a nadie para hacerte daño.

– En absoluto. Sé que eso quedó atrás. Te hago más servicio vivo. Además, si quisieras matarme mandarías un sicario menos reconocible que un japonés de más dos metros y como poco 150 kilos de peso.

Canaris lanzó una carcajada.

– Puedes estar seguro de ello. Preguntaré por ahí lo que está pasando. Aunque te advierto que con nuestros amigos nipones es difícil saber nada con certeza. Pero lo intentaré.

El tono de su voz sonaba ansioso. Quería abandonar aquel tema y volver al asunto que le tenía preocupado.

– ¿Y Malta? –dijo, en un hilo de voz.

– No te preocupes. Los italianos no tienen intención de atacar Malta.

– ¿Estás seguro? Si Malta cae, el Mediterráneo tarde o temprano será ese Mare Nostrum con el que sueña Mussolini. Los ingleses no podrán operar en sus aguas aunque controlen Gibraltar y tengan la llave del Atlántico. El Duce debió atacar la isla nada más entrar en guerra y el que aún no lo haya hecho es tan inexplicable que me tiene preocupado. De que Gibraltar siga segura y en manos de los británicos ya me ocupo yo, pero el asunto de Malta se me escapa y necesito tener seguridades el respecto.

– Puedes estar tranquilo. Sé de primera mano que ni siquiera se han planteado una acción semejante.

Al otro lado de la línea Canaris bufó satisfecho. Estaba convencido que la guerra mundial sólo podía ganarse en el Mediterráneo. Inglaterra no iba a caer. Canaris necesitaba que Hitler cometiese el error de atacar Rusia, donde las estepas heladas acabarían con nuestros ejércitos. Pero el Mediterráneo era un objetivo asequible y desde él se podía estrangular a Inglaterra y dejarla tan debilitada que daría igual que pidiesen o no la rendición. Al final se llegaría a un entendimiento. El

Mediterráneo era el lugar donde se decidía el destino de Europa y el tonto de Hitler lo creía un frente menor. Y los informes de Canaris seguirían insistiendo en ello para que el Führer mirase a cualquier otra parte menos hacia el lugar que podía darle la victoria.

– Gracias, Otto –dijo el almirante, con un tono de voz sumiso y agradecido que nunca le había oído antes.

– Déselas a mi hermano Rolf – repuse y colgué bruscamente el teléfono.

Aquel fue mi primer acto de traición contra mi patria.

2. UN VUELO A NINGUNA PARTE

(De diciembre de 1940 a mayo de 1941)

IV

– El problema del Reich es que somos demasiados príncipes para un solo rey. Demasiados pequeños reinos dentro del Estado, cada uno con su propio poder y sus propias normas.

Rudolf Hess hablaba en voz alta, en una fiesta en el Berghof, el Gran Hotel en las montañas donde los Hitler (Adolf y Eva) huían del mundanal ruido, organizaban fiestas y trataban de vivir una vida de pareja que en el Reich nadie imaginaba. De forma oficial, el Führer estaba casado con Alemania y era su único amor en este mundo.

–Nos estamos desintegrando por dentro –dijo Hess–. Ni en la Italia de Mussolini los burócratas tienen tanto poder. Los únicos burócratas deberían ser los del partido que presido como secretario del Führer. El resto deberían de estar a su servicio, de las SS a la administración civil y hasta la militar.

Hess hablaba solo, como siempre, separado del resto de jerarcas nazis, bebiendo un zumo de pera y picoteando de los platos vegetarianos que la cocinera del Führer había dejado en la parte derecha de las mesas para el propio Hitler, Hess y los que compartían aquel ideal de alimentación.

– Yo debería controlar la propaganda y no Goebbels. Ribbentrop no sabe llevar los asuntos exteriores. Yo lo haría mejor.

Hess, aunque hablase consigo mismo, tenía razón en parte. Según avanzaba la guerra, el partido perdía fuerza frente a los militares. Y en el interior, debido a que Hitler ya no asumía el control de cada detalle como antaño, todo el mundo trataba de robar parcelas de poder que antes habían sido del partido. Cada príncipe, cada Reichsleiter, labraba su propio camino, intentaba pisar los logros de los otros príncipes, siempre llamando la atención del Führer con una radicalidad cada vez mayor. Como en el asunto de los judíos, que Hess estaba convencido que acabarían siendo exterminados sólo para demostrar al Führer que un príncipe podía todavía llegar más lejos que el otro. No es que le importase, él había sido uno de los firmantes de las leyes de la sangre y honor de Núremberg que habían puesto la primera piedra para eliminar todos los derechos civiles del pueblo judío en Alemania y los territorios conquistados. Pero que no le importase (o que de hecho estuviese a favor) no significaba que no le pareciese significativa la progresiva radicalización de gente como Himmler o Heydrich en ese sentido. Aunque con toda seguridad lo que más le ofendía era que no le dieran a él el control de los temas raciales que, a su juicio, también deberían ser cosa del NSDAP. Todo ello, en suma, era una muestra de cómo funcionaba el gobierno nacionalsocialista. A través de una serie de tentáculos que se extendían en varias direcciones, a menudo superpuestas, pero donde siempre ganaban las ideas más extremas.

Como jefe del partido, Hess tenía el control sobre los gobernadores de cada Estado o Gauleiter, pero algunos de estos eran tan poderosos que se consideraban a sí mismos príncipes y creían que tenían su propio tentáculo independiente y podían hacer lo que quisieran. Además, debía enfrentarse día a día en su intento de control a los nuevos gobernadores de los territorios ocupados, a esos acaparadores de las SS, a los intentos de Himmler por controlarlo todo. De resultas de todo ello, Rudolf Hess seguía perdiendo poder. Día tras día. Veía a Hitler de forma cada vez más esporádica y comenzaba a comprender que en tiempo de guerra su figura como secretario y líder del partido importaba bien poco. Y aquel vacío estimulaba su paranoia.

– Y sin embargo yo seré el salvador de Alemania y del Führer – le dijo a una ensalada de lechuga, tomate y aguacate aderezada con cilantro, que luego engulló en silencio mientras contemplaba la llegada de la delegación japonesa, con Oshima y Abe a la cabeza. Detrás de ellos, el ministro de asuntos exteriores italiano, Galeazzo Ciano, y su esposa Edda Ciano Mussolini.

Por uno de esos azares que sólo suceden en las fiestas, los Ciano acabaron junto a Hess, sus monólogos con las ensaladas y sus reflexiones acerca de su futuro como salvador de la humanidad y del Reich de los mil años.

Rudolf abrió los ojos y vio el rostro de Edda, una mujer morena delgada e hiperactiva, que andaba de un lado a otro de la mesa de los comensales hasta llegar a donde Hess y Ciano acababan de intercambiar un saludo cortés. A veces intervenía en la conversación para contar anécdotas de su infancia.

– Cuando yo era niña mi padre tocaba el violín dulcemente para que me quedase dormida. Bastaba un instante en que la música cesase para ponerme a llorar. Y Benito Mussolini volvía a coger el arco y a deslizarlo sobre las cuerdas. Cuenta que una vez lo tuvo que hacer sesenta y siete veces. Sesenta y siete veces que tuvo que destaparse, encender la luz y coger su instrumento. Afirma que tuvo una crisis de nervios y me arrojó un cojín a la cabeza que yo tomé como un juego y me puse a reír.

Una recién llegada audiencia, formada por gente del ministerio italiano, amigos y aduladores, rieron de una anécdota que sin duda habían escuchado ya centenares de veces. Hess, luego de oír de labios de Edda esta y similares historias, llegó a la conclusión de que no le faltaba inteligencia pero que, en cuestiones políticas, su conocimiento era superficial y que se valía de anécdotas del pasado para que no saliese a la luz su poca habilidad en asuntos diplomáticos. Al fin al cabo, como había indicado muchas veces el propio Führer y como también sucedía en la Italia fascista, incluso las mujeres más modernas habían sido creadas para mantenerse vírgenes hasta al matrimonio y luego ser ama de casa, matrona de hermosos bebés y cayado para su esposo... Pero Edda quería ser mucho más y eso a Hess no le impresionaba. Poco importaba a su juicio que los periódicos pensasen que era uno de los matrimonios más famosos de Europa y que el Sunday

Mirror británico hubiese sacado una foto a toda página de ella pocos meses atrás con el llamativo título: La mujer más poderosa de Europa.

– Lo cierto es que mi madre, Rachele, está entregada al cuidado de Villa Torlonia y nunca le ha levantado la voz a papá. Yo tampoco lo hago pero...

– Casi nunca – tercio Ciano.

Y todos volvieron a reír. Alguien contó la anécdota de lo que sucedió terminada la boda de Ciano y la hija de Mussolini. El Duce les persiguió en coche durante kilómetros en el viaje de luna de miel.

– En un momento dado nos dimos cuenta que un coche oficial del Duce y varios coches de policía iban levantando polvo detrás de nosotros –estaba explicando un hombre moreno muy alto y apuesto que luego Rudolf Hess sabría que se llamaba Alfredo Buonamorte –. Edda reconoció el coche y bajó a discutirse con su padre. "¿Hasta dónde vas a seguirme, Papa?", le preguntó. "Sólo quería estar seguro que estabas bien", repuso el gran Benito, encogiéndose como si fuese un ser diminuto. "Te prometo que te llamaremos en cuanto lleguemos a Capri. Tu pequeña princesa tiene que volar".

El resto de la anécdota mostraba a un Mussolini lloroso que regresaba a casa sabiendo que nunca recuperaría del todo a su hija predilecta, a aquella por la que hacía solos de violín nocturnos... su pequeña princesa.

– Hasta el hombre más poderoso de la tierra no deja de ser un hombre – sentenció Alfredo, hablando a un joven teniente que había visto Rudolf Hess en otras ocasiones en aquel tipo de escenas, el protegido del Führer, el hombre del que le había hablado la araña Heydrich el otro día: el maldito Otto Weilern.

Poco después, el jefe del partido nazi se distanció de los allí reunidos, cuyas risas y anécdotas comenzaban a darle arcadas. Se preguntó qué pensaría Ciano si supiese que el espionaje alemán había utilizado su obsesión por el sexo para investigar a los propios italianos. Schellenberg, jefe precisamente de la contrainteligencia de las SS, tenía un prostíbulo al que iba siempre Ciano cuando venía de visita a Berlín, casi siempre sin su mujer. De hecho, era de dominio público que las primeras palabras que decía Galeazzo cuando descendía de su coche eran "traedme mujeres" (proveddi donne). Y que esto lo hacía tanto en Roma como en Berlín, como en cualquier otro sitio al que acudiese. De hecho, uno de los deberes principales de los amigotes de Ciano que le acompañaban, gente como Alfredo, era estar atentos a que hubiese un buen número de prostitutas a la llegada de su jefe.

De cualquier forma, la personalidad de Ciano era conocida por Schellenberg y, solícito, le había llevado al que se decía el mejor prostíbulo de Alemania, el Salón Kitty. Lo que nadie sabía era que no solo tenía las mujeres más libidinosas sino los más avanzados dispositivos de grabación. Las paredes estaban llenas de micrófonos que recogían las sibilinas preguntas de las putas (para eso habían sido cuidadosamente entrenadas), tratando de sacar a la luz todos los secretos a los visitantes del local. Por supuesto, también grababan las respuestas de sus estúpidas parejas sexuales, entre las que se encontraba ese gusano lascivo llamado Galeazzo Ciano.

A Rudolf Hess le parecía asqueroso que un hombre de la posición de Ciano se dejase guiar por el sexo. Hess pensaba que era sólo un acto mecánico de mete y saca sin ningún tipo de interés para un alma cultivada. Él sólo lo había practicado con su esposa para tener a su querido hijo Wolf.

Definitivamente empachado por la presencia de aquellos visitantes extranjeros, el jefe del Partido nazi se alejó en dirección al Führer, que disertaba con Von Thoma acerca del Norte de África. El general era un tipo delgado, de rostro pétreo e inexpresivo, pero a Hess le agradaba porque no hablaba mucho, no se pavoneaba y también era vegetariano. Acababa de regresar de Libia y Egipto, donde había investigado sobre el terreno las posibilidades de los italianos en su enfrentamiento contra los ingleses en aquel nuevo frente de guerra. Por lo que había oído Hess, su informe había sido demoledor: Alemania debía llevar cuanto antes hombre y tanques a Trípoli o el Eje se arriesgaba a perder África.

–De todas formas, esperaremos –decía en ese momento Hitler–. Quiero ver cómo se las arreglan los italianos en su ofensiva.

–No avanzarán más porque no pueden –dijo Von

Thoma–, y en breve tendrán que batirse en retirada como está pasando en Grecia,

–Si ese momento llega, actuaremos –sentenció el Führer, al que le temblaban los labios de ira siempre que salía a colación el desempeño desastroso de los ejércitos de Mussolini.

Von Thoma, viendo que Hess se aproximaba, inclinó la cabeza en su dirección a modo de saludo y se alejó hacia otro grupo de invitados.

– Por lo menos esta reunión es bastante más entretenida que la última que tuvimos en la embajada soviética – se atrevió Hess a decir, dirigiéndose al Führer, que se había vuelto y estaba saludando a unas damas con su habitual cortesía impecable. Cuando hubo terminado, Adolf miró a su antigua mano derecha con ternura:

– Así es, Rudolf. Todos fueron desprecios por parte del ministro de asuntos exteriores Molotov, que quiere mirar hacia Europa y no hacia al Golfo Pérsico y los territorios ingleses de Oriente Medio. Rusia no debe pensar en Europa, ni en Finlandia, ni en los Balcanes. Debe alejarse de nuestros intereses estratégicos. Rusia debe expandirse hacia Asia a menos que quieran arriesgarse a una guerra con Alemania.

Hitler tenía demasiadas cosas en la cabeza: Gibraltar, la Francia continental, el África francesa que codiciaban españoles e italianos, el África italiana que codiciaban los ingleses, las derrotas de Mussolini en Grecia y un largo etcétera. Por eso los príncipes del Reich podían obrar a sus anchas: la guerra ocupaba la mente del Führer a tiempo completo. Una labor titánica a la que ahora se sumaba la posibilidad de atacar Rusia.

Y lo cierto es que los rusos no estaban haciendo nada por aplacar esa posibilidad, probablemente convencidos de que Hitler no abriría un segundo frente continental europeo sin haber acabado con el Reino Unido y necesitando las materias primas bolcheviques. Por eso las reuniones con los rusos eran tan tensas, por eso Molotov se había mostrado soberbio hasta el punto que el banquete en la embajada rusa en Berlín, que pretendía ser el fin de fiesta de las negociaciones entre dos aliados bien avenidos, duró menos de media hora.

81

Una vez más Ribbentrop había demostrado ser tan inútil y tan imbécil como Ciano, consiguiendo enervar a Molotov en apenas unos minutos de conversación. Se atrevió a mostrarle un mapa que había diseñado personalmente en el que se señalaba hacia qué porciones del planeta debían expandirse los rusos y cuáles tenían prohibidas. El ministro soviético ya había zanjado con Hitler aquel asunto y había dejado claro que estaba interesado en Europa y ahora le venían con un mapa donde los alemanes parecían estar dando órdenes a un inferior. Y es que Ribbentrop trataba a todo el mundo como un inferior. Hess pensaba que él mismo, por supuesto, sería mejor ministro de asuntos exteriores.

– Muchos intereses rusos son opuestos a los nuestros, mi Führer – dijo Hess, resuelto por primera vez en su vida a contradecir a su amado líder, a decirle la verdad, esa que no quería oír–. No es una alianza que pueda mantenerse a largo plazo. Pero pese a todo debemos ser cautos. No nos interesa una guerra con Rusia. No ahora.

– Entiendo.

– No ahora, mi Führer. Se lo suplico. No es el momento de atacar en el este.

Hitler asintió distraído, pero su viejo amigo constató, dolido en el corazón, que Adolf pensaba que no era el interlocutor adecuado para sostener conversación seria sobre aquel tema. Hess era su secretario y jefe del partido, no un militar como Keitel, no un estratega brillante como Manstein, no uno de sus oficiales del Alto Mando como Halder... Su viejo amigo Rudolf era una figura del pasado que vagaba casi invisible en el Berghof, alguien que debía dedicarse a la administración interna de Alemania y no a temas bélicos. Tanto era así que Hitler no le explicó que estaba a punto de emitir la directriz de guerra 21 en la que se daba orden de atacar la Unión Soviética. Pero aquello no era cosa de Hess, así que siguieron hablando un buen rato pero de temas menores, como su vieja amistad de antaño, ahora resquebrajada por el ostracismo progresivo de un amigo al que ya no necesitaba.

– Perdona, Rudolf, pero tengo que conversar con el conde Ciano.

Aquello fue la humillación final. El Führer consideraba

más importante que hablar con él, departir con aquel imbécil pedante de Galeazzo. Un idiota que había llevado a su país a una derrota vergonzosa con los griegos y que ahora no sabía cómo salir del atolladero. Un idiota que mientras se desataban las hostilidades en el Norte de África y miles de italianos podían estar a punto de ser hechos prisioneros, iba a una fiesta del Führer en el Obersalzberg a contar anécdotas de la vida privada de Mussolini, de cómo tocaba el violín para su hija y tonterías semejantes. Todo ello sin dejar de reírse como un adolescente y mientras comía tostadas con Leberkäse, una especie de paté de diferentes carnes, con todas esas toxinas indecentes que se tragaban los no vegetarianos.

Cabizbajo, Rudolf Hess abandonó el Berghof atravesando el salón principal, solo deteniéndose en el gran ventanal que lo presidía con sus maravillosas vistas al monte Untersberg. Suspiró y buscó a su chófer en la entrada. Sentado en el asiento trasero de su Mercedes avanzó por el boscoso desfiladero donde estaban las casas de Hitler y el resto de residentes hasta llegar al puesto de guardia de las SS. Allí le reconoció uno de los guardias, Rochus Mish, y le saludó:

–¡Heil Hitler!

Camino de Berlín redactó una carta para el duque de Hamilton. A través de su viejo mentor, el profesor Haushofer, consiguió hacerla llegar a su destino. En aquella carta se ofrecía para reunirse con representantes ingleses para negociar la paz en Portugal. Aunque no lo dijese abiertamente ya tenía en mente volar al Reino Unido si aquella iniciativa fracasaba.

Porque una cosa tenía clara Rudolf Hess: Si se abría un segundo frente en Rusia sin antes haber logrado la paz con el Reino Unido sería el fin de Hitler y el Tercer Reich. Así de simple. Por suerte, los hados habían dispuesto que un hombre de singular valía evitase aquel desastre: Él, Rudolf Walter Richard Hess.

Pero los hados son caprichosos. A la mañana siguiente casi se desmayó al recibir la noticia de lo que Hitler acababa de hacer. La lectura de aquella directiva de guerra le reafirmó en su decisión de actuar lo antes posible para evitar el desastre.

HITLER, SUPREMO COMANDANTE DE LA WEHRMACHT (DIRECTIVA Nº. 21. BARBARROJA)

En Berlín, a 18 Diciembre 1940. Máximo Secreto

El Heeres, la Luftwaffe y la Kriegsmarine deben estar preparadas, aún antes de terminar la guerra con Gran Bretaña, para derrotar a la Rusia Soviética en una rápida campaña.

Los preparativos obra del Alto mando deberán basarse en las siguientes consideraciones.

1- Un veloz ataque: El grueso del ejército estacionado en Rusia Occidental deberá ser destruido en operaciones audaces que involucren penetraciones profundas por medio de puntas de lanza acorazadas y deberá evitarse el repliegue de elementos capaces de combatir en los enormes espacios de las tierras rusas.

2- Secreto: Es importante que todos los Comandantes en Jefe tengan claro, que deben tomar las medidas necesarias en relación con esta Directiva para que sea ejecutada con precaución. El número de oficiales involucrados en las etapas iniciales de la preparación, debe mantenerse al mínimo posible, y cada oficial debe recibir la información estrictamente necesaria para que pueda cumplir su tarea. De otra forma, se creará el peligro de que la preparación sea conocida. Esto nos ocasionaría una grave desventaja política y militar.

FIRMADO:

ADOLF HITLER

EL SECRETO MEJOR GUARDADO DE LA GUERRA (OPERACIÓN KLUGHEIT)

[Extracto de las conversaciones de Otto Weilern en la prisión de la Lubianka]

–Voy a incorporarme al frente la semana próxima – informé a mi amante besándola en los labios luego de una larga noche en París en el hotel Ritz, el más lujoso de la ciudad y un lugar donde se hallaba hospedado en ese momento el mismísimo Hermann Goering. El número dos de Hitler y jefe de la Luftwaffe paseaba su gordo trasero de un lado a otro, mimado por los empleados, agasajado día y noche, como muchos otros jerarcas nazis, que habían convertido aquel lugar en una de sus bases en Francia.

–Oh, ¿tan pronto? –Coco Chanel me devolvió mi beso con aún más pasión. Y le correspondí.

Aunque tenía más de cincuenta años, Coco era todavía una mujer delgada y atractiva. La envolvía la aureola de ser la diseñadora de ropa más importante del mundo y una figura de la moda reconocida en los cinco continentes. Poco se sabía de su vida privada porque siempre mantuvo un profundo hermetismo sobre ella. Y en el Ritz nadie veía ni oía nada. Lo que pasaba en el Ritz se quedaba en el Ritz, como un día se diría de Las Vegas.

Por eso nadie sabía de nuestra relación, que había comenzado cuando la conocí de casualidad en París tras la reunión de Hendaya y había sido reforzada durante una visita a Francia unas semanas atrás, invitado precisamente por el mariscal Goering a visitar uno de los muchos almacenes que contenía material artístico robado. Otra remesa de arte que pretendía agenciarse para llenar su fastuosa residencia: el Carinhall.

–¿No te puedo convencer para que te quedes unos días más? ¿Tal vez un mes?

–¿Un mes? No, eso es imposible.

– ¿Por qué? Pensé que eras feliz yendo de fiesta en fiesta con los jerarcas nazis e italianos.

– Se puede ser feliz y no estar satisfecho al mismo tiempo. No sé si es una contradicción, pero tampoco me importa. Debo seguir mi camino. Y mi camino conduce al Norte de África.

Coco se sentó sobre mi cintura y luego al inclinarse volvió a besarme.

– Lo que más me gusta de ti es que eres un... hombre contradictorio.

Había dudado a la hora de decir hombre: había estado a punto de decir "joven". Sabía hasta qué punto yo detestaba que me trataran como a un niño. Tal vez por eso salía con mujeres mayores que yo. Quizá sería más exacto decir que mis relaciones eran más estables con mujeres mayores. Porque como buen oficial alemán en una época de victorias y en países con problemas de racionamiento, tenía tantas mujeres jóvenes a mi disposición que, si os he de ser sincero, no siempre conseguía negarme a sus caricias, por mucho que en ocasiones fuesen interesadas. O interesadas por ambas partes. De cualquier forma, mi primera amante fija había sido la locutora de la radio alemana Mildred Gillars, que me llevaba 22 años. Coco Chanel, por su parte, más de treinta.

– Después de todo, he pedido oficialmente mi traslado desde las SS al 33º batallón de suministros de la 15ª división Panzer. Si no fuese por la Operación Klugheit ya estaría camino del frente.

–Así pues, quieres ir al norte de África con ese tal Rommel del que hablan en cuchicheos algunos oficiales alemanes. Ese que va ayudar a los italianos en caso de que las cosas se pongan feas.

Asentí y comencé a vestirme. Ambos sabíamos que casi todos los expertos militares opinaban que cuando los ingleses atacasen las cosas se pondrían feas, muy feas, para Mussolini y los suyos. Coco era una mujer extraordinaria que aprendía rápido, hasta de estrategia militar, pero yo había aprendido muchas cosas también de ella. Sexualmente era más sabia y menos impetuosa que Mildred, infinitamente más sensible pero también menos entregada, distante. En su día a día era una mujer siempre activa, pero en el sexo mostraba otro rostro: el de la dama sabia y refinada que nunca tenía prisa. Yo también era ya por entonces hombre de preliminares, de entregarme al descubrimiento del cuerpo ajeno, pero su excesiva frialdad a veces me repugnaba, como si estuviese haciendo el amor con una estatua de mármol. Creo incluso que tenía la piel con la temperatura más fría que nunca he tocado. Pero, por lo menos, no hablaba de necedades, ni me pedía chocolate ni medias ni ninguna de las otras cosas que les interesaban a algunas muchachas francesas con las que me había acostado.

– Sí. Tengo que visitar a un amigo en Roma y de inmediato me trasladaré a Trípoli.

Aquella mujer fría y distante, se levantó y se puso un negligé vaporoso. Me miró con ternura, pero yo no me podía sacar de la cabeza la propia personalidad de Coco que también destilaba aquella frialdad señorial. No le gustaban ni los judíos ni los homosexuales; no había tenido problema en cerrar sus empresas con la llegada de la guerra y dejar a miles de personas sin trabajo. Coco siempre pensaba en sí misma.

Pero no por eso dejaba de sentir apego por la gente de su círculo y su familia. Estaba preocupada porque su sobrino André estaba detenido en un campo de detención nazi y supongo que la razón por la que estaba a mi lado también era interesada. Sabía quién era yo y yo sabía quién era ella. Nuestra relación estaba cimentada en sólidos principios: no nos engañábamos.

Mientras me vestía me sentí satisfecho de haberla conocido, pero me di cuenta que nuestra relación no sería después de todo demasiado larga. Era el momento de partir, y no solo hacia la guerra. Ella sabía que yo tenía contactos muy por encima de los habituales para un teniente, y esperaba que yo le presentase a la gente adecuada. Yo sabía que al término de aquel escarceo amoroso esperaba que le diese un nombre, una forma de contactar con alguien que pudiese liberar a su sobrino. Mientras me ponía los pantalones sentía su mirada sobre mi nuca, esperando.

– El hombre al que debes conocer se llama Walter Schellenberg. Te encantará, muchas mujeres creen que es el hombre más atractivo de Alemania.

– No me interesa lo atractivo que sea, para eso ya te tengo a ti.

Coco no necesitaba regalarme los oídos, pero yo sonreí y me abotoné la guerrera del uniforme.

– Sea como fuere, Schellenberg es el jefe del servicio de espionaje de las SS.

– Mi sobrino ha cogido la tuberculosis en el campo de detención en el que lo tienen, uno de esos Stalag. Necesito alguien así de importante para que interceda por él.

Sonreí, me calcé las botas y me dirigí hacia la salida de la habitación.

– No tendrás problemas. Es uno de los hombres más poderosos de Alemania. Puede liberar a André en un abrir y cerrar de ojos. O conoce a quien puede liberarlo y seguro que le debe un favor – me volví y la miré fijamente, su rostro dominado por los estragos de la edad pero aún hermosa, una de las mujeres más hermosas e inteligentes que nunca tuve entre mis brazos –. Pero te pedirá algo a cambio.

– Todo tiene siempre un precio, querido Otto. Hace tiempo que lo aprendí.

Coco Chanel tenía contactos en las altas esferas del gobierno británico, también en España, en la dictadura de Franco, y todavía muchos más en la Francia de Vichy. Seguro que mi viejo amigo Schellenberg sacaría buen partido de sus amistades.

– Tengo que irme – dije entonces, poniendo una mano en el pomo de la puerta –. Me pondré en contacto con la gente de Schellenberg y pronto tendrás noticias suyas.

– Podrías quedarte un rato y volver a la cama conmigo. Nos despediríamos hasta la próxima vez.

– Ya nos hemos despedido muchas veces hoy – dije y escuché su risa apagada al fondo de la habitación –. Me espera un largo viaje hasta Roma. Y tú también tienes que descansar. Seguro que las SS te encomiendan pronto una misión.

Salí al pasillo y cerré la puerta sin más ceremonia. Estaba punto de nacer el agente F-7124. Nombre clave: Westminster.

*_ *_ *_ *_ *_ *

Alfredo me esperaba en el restaurante cerca de la Piazza España. Recordé que ya lo habíamos visitado junto a su novia Ludovica en mi última visita a Roma. Pero al contrario que en aquella jornada, mi amigo tenía el semblante serio, con unos extraños ojos de alucinado. Yo entonces no me di cuenta, pero Yukio Atami, uno de los japoneses del grupo del ex embajador Oshima, se hallaba en el mismo local, tomándose unas copas como si fuese un turista más, contemplando aquella escena, tomando notas, haciendo cábalas. Tal vez fuera maquillado o llevase alguna prótesis, ya que, como con el tiempo descubriría, era un maestro del disfraz. Por eso, entre otras cualidades, era considerado un espía de primer nivel.

– ¿Has bebido, Espagueti?

– No más que cualquier otro día, Otto el Magnífico – repuso mi amigo con sorna.

Alfredo estaba ya algo borracho, y eso que no eran ni las 12 de la tarde. Me extrañó aquella actitud, máxime cuando yo le tenía por el más profesional de los diplomáticos italianos.

– Por suerte has llegado antes de la hora. Eso nos da más margen de maniobra – dijo, sencillamente.

– ¿Más margen para qué?

Alfredo se alzó como un resorte e hizo una señal a un coche que había aparcado en la acera. Se abrieron las puertas y fui introducido a toda prisa en un Alfa Romeo de lujo. Nuestro objetivo era el puerto de Civitavecchia, que alcanzamos tras pasar a toda prisa la puerta de Livorno. No era aquella una excursión turística. Antes de que pudiesen darme ninguna explicación ya embarcábamos en dirección desconocida. A las pocas horas desembarcamos, fuimos en coche a un aeródromo y tomamos un Caproni Ca.133, un avión trimotor, una mole de 15 metros que los italianos usaban para tareas de transporte. Los Caproni eran unos aviones habitualmente fallidos. Los aparatos que había suministrado aquella empresa a la Regia Aeronáutica normalmente acababan en el cubo de basura, o reutilizados para tareas menores como el reconocimiento o el bombardeo de objetivos que no estaban defendidos. Pero en este caso, como se trataba de un aparato que había sido concebido para el uso privado en las líneas aéreas, cumplía perfectamente su función, que era transportar cosas o personas. En este caso, con rumbo y objetivos desconocidos.

– La situación es delicada, como bien sabes – me explicó Alfredo por fin, ante mis repetidas miradas inquisitivas –. No sólo en Grecia, donde estamos siendo humillados. También en el Norte de África.

Me extrañó aquella afirmación. El Comandante en Jefe de las fuerzas italianas y Gobernador de Libia, Rodolfo Graziani, era un militar de prestigio. De acuerdo, no era Balbo, el anterior comandante y rival de Mussolini, un verdadero genio miliar, tan excelente y tan popular que el Duce, se decía, lo había hecho matar. De cualquier forma, Graziani no era ningún tonto. Cuando recibió la orden de atacar Egipto, penetró unos kilómetros atravesando la frontera, para que Mussolini pudiera anunciar a los medios que la Terza Roma seguía su avance imparable camino de la gloria de los Césares. Y se había detenido.

En el frente de África no había sucedido gran cosa desde entonces, aparte de algunas escaramuzas que habían ganado los ingleses. Los ingenuos italianos seguían demostrando una franca inferioridad en todos los campos, tanto prácticos como estratégicos, como de intendencia, de material de guerra, de camiones adecuados al terreno, de motorización de las tropas... y un largo etcétera. Pero Archibald Wavell, el comandante británico de Oriente Próximo y Egipto, hasta el momento se había mostrado muy prudente. Recibía presiones de todas partes para que iniciase una contra ofensiva, pero esta no se había producido. Los italianos se habían colocado en abanico a lo largo de la costa de Libia, protegidos por unos campos fortificados enormes, en realidad pequeñas ciudades donde descansaban los mandos del Regio Esercito y sus hombres. Se enfrentaban un cuarto de millón de italianos contra unos 40.000 ingleses. A pesar de la debilidad mostrada en el frente griego había una cierta sensación de confianza entre las fuerzas de Graziani.

– La mayor parte de mis superiores están dormidos,

incluso cuando están departiendo con Mussolini –dijo Alfredo con aire melancólico–. Me da la sensación que siguen en la cama roncando y soñando con el pasado glorioso del imperio romano. Pero yo no soy como ellos. Me han llegado algunos informes contradictorios que me hacen sospechar que los ingleses están a punto de comenzar su ataque.

– Y vamos a comprobarlo personalmente.

Alfredo sacó una botella de vino tinto de Valpolicella. Se sirvió un vaso entero hasta arriba.

– Creo que ya has bebido demasiado –le regañé.

– Y yo creo que no –repuso Alfredo –. Uno de los dos tiene razón. Pronto lo sabremos.

Se bebió el vaso de un trago y luego se mordió los labios. Tosió y vi que le brillaban los ojos.

– ¿Cómo está Ludovica? – Le pregunté, porque era la única razón que mi mente podía esgrimir para aquella conducta errática de mi amigo.

– Hace tiempo que no la veo.

Recordé que sus padres eran antifascistas y di por hecho que le habían prohibido verla. Pero también di por hecho que una pareja enamorada encontraría la forma de estar juntos a pesar de sus padres, de la guerra y de las diferencias políticas.

– Todo se solucionará, amigo.

–Oh, estoy seguro de ello. ¿Recuerdas las palabras de Ludovica? Soy un poco bruja, dijo. Antes de que pase un año estaremos juntos para toda la eternidad. Lo he soñado y siempre se cumplen mis sueños.

Alfredo recordaba las palabras exactas, sílaba a sílaba, incluso la entonación. Se sirvió otro vaso e iba a bebérselo de nuevo de un trago cuando, viendo mi gesto de desaprobación, lo dejó a un lado.

– Si me desmayo –dijo entonces–, no disfrutaríamos de una noche maravillosa en primera línea de frente. ¿No es verdad?

No sé si bromeaba, pero el caso es que acertó de pleno. Cuando llegamos a Nibeiwa aún era de noche. Nuestro piloto aterrizó en un pequeño hangar junto al puesto de mando y señaló hacia la inmensidad de desierto que nos rodeaba. Nos hallábamos en un campo fortificado a escasos veinte kilómetros de la aldea Egipcia de Sidi el Barrani. Arena infinita, a lo lejos el mar Mediterráneo, y poca cosa más en aquel lugar perdido de la mano de Dios que era donde la 10ª Armata, el Décimo Ejército de Graziani, había detenido su avance en terreno enemigo.

Nos recibió en persona el general Pietro Maletti, un fornido lombardo de sesenta años, de grandes y sobresalientes orejas, vivaz e inteligente, que nos llevó hasta su tienda de campaña y nos sirvió un Vino tinto de Barbaresco, que yo rechacé amablemente y Alfredo con tristeza luego de que yo le mandara una mirada asesina.

– ¿Qué les ha traído hasta el desierto de Egipto? – preguntó, sin disimular su sorpresa porque alguien del entorno del conde Ciano se acercase al culo del mundo, a un lugar perdido en la primera línea del frente italiano del Norte de África, un lugar tranquilo, donde no se había disparado un tiro y no había nada que ver.

El general de división, un antiguo héroe de la guerra de Etiopía, comandaba una extraña formación llamada Raggruppamento Maletti. Se trataba de una unidad heterogénea, una de las pocas motorizadas del ejército italiano, formada por unas cuantas artillerías 37 milímetros, siete batallones dotados con diversos vehículos y camiones, unas pocas motocicletas, un batallón de tanques medios M 11 modelo 39 y unas cuantas tanquetas L3/33 (popularmente llamadas Latas de Sardinas o "scatola di sardina", a causa de su pequeño tamaño y la poca confianza que tenían en ella sus tripulaciones). A pesar de estos condicionamientos, eran una de las pocas unidades con una cierta autonomía y velocidad con la que contaban los italianos, que era mayormente un ejército de infantes que caminaba a pie. Se trataba de alguna forma de una unidad de élite de carros o lo más cerca de una unidad de élite que tenían los italianos en ese momento.

– Es una corazonada – dijo Alfredo –. La disposición en campamentos fortificados de nuestro general-gobernador Graziani me tiene preocupado. Creo que hay demasiados vacíos sin vigilar entre campamento y campamento, que los ingleses podrían utilizarlos para hacer ataques rápidos, envolventes y dejarnos aislados. El desierto es inmenso y los ingleses, aunque son muchos menos, tienen un ejército mucho más rápido de maniobrar.

Yo guardaba silencio mientras Alfredo hablaba. Recordé que aquello era precisamente lo que había provocado nuestra victoria en Polonia el año anterior, cuando estalló la guerra mundial y los alemanes avanzamos hacia Varsovia. Nos enfrentamos entonces a un ejército mucho menos móvil y, aunque era aguerrido, lo destruimos con la velocidad y una repetición infinita de la batalla de Cannas, es decir, flanquear al enemigo, superarle, engañarle, humillarle y finalmente atacarle por la espalda. Preceptos que serían la base para el nacimiento de la Blitzkrieg en la campaña de Francia.

Maletti discutió con nosotros de todos estos asuntos hasta la madrugada. Parecía un hombre sensato, pero en el alto mando italiano, el Comando Supremo, se respiraba tranquilidad y un buen oficial debe obedecer. Si superiores creían que todo estaba bien él no era quien para poner en duda la estrategia general del comandante en jefe. Pero yo vi que cuando se marchaba a dormir una sombra de duda empañaba sus ojos y se atusaba el poco pelo blanco que le quedaba, como si reflexionase sobre algún asunto. El general dormiría poco aquella noche.

Alfredo y yo, por nuestra parte, no dormimos. A las dos de la mañana le permití tomar un poco de vino y Alfredo se limitó a decir:

– Gracias, papá.

– Ya sabes que yo nunca actuaría así, Alfredo. Eres un hombre adulto. Pero estás muy raro y yo soy tu amigo.

Alfredo se encogió de hombros.

– Es esta guerra la que es rara, extraña y sin sentido. La vida misma es un sinsentido.

Alfredo, ya lo he dicho otras veces, había elegido el amor y no la guerra. Como todos los italianos. Solo la fatalidad, o el destino, o la estupidez de Mussolini, eran responsables de su presencia en aquel lugar, en un frente de guerra donde Italia y sus hijos no deberían estar combatiendo.

No recuerdo muy bien de lo que hablamos el resto de la noche. De vaguedades, de recuerdos de colegio, de mujeres del pasado, de mis relaciones con Mildred la cuarentona y con Coco Chanel la cincuentona, de una prostituta con la que Alfredo se había acostado hacía unos años en una bañera llena precisamente de Chanel Nº 5, el famoso perfume que habían creado en los años veinte para Coco y su firma de alta costura. De todo y de nada hablamos aquella noche. Pero no hablamos de Ludovica, que era un tema que Alfredo hacía todo lo posible por soslayar.

– Aún no me has dicho por qué estamos aquí –le pregunté cuando eran casi las cinco de la mañana –. No creo que sea una corazonada como has dicho, y menos que quieras conocer en persona a Pietro, que parece un gran general y un tipo estupendo, pero hacer casi 3000 km entre Roma hasta una aldea perdida en la frontera con Egipto para ver a un lombardo con orejas de soplillo no parece el mejor de los planes del mundo.

Me sorprendió que Alfredo no riese. Miraba su reloj y, finalmente, cuando dieron las cinco, me pasó una hoja de papel. En él podía leerse:

"Nibeiwa. 5.00 am. Comienzo de la ofensiva de Wavell."

– Eso no puede ser. Debe ser una broma.

– Hasta un ejército tan poco preparado como nosotros tiene sus informadores y uno de ellos me mandó anoche un telegrama. Se sospecha que hay un traidor en el Comando Supremo, o en el Consejo Fascista, o tal vez en alguno de los servicios de espionaje o de información. Interrogué en persona a un ciudadano inglés que hacía de enlace con el traidor. Se obtuvo esta y otras revelaciones, aunque no el nombre del topo. Por eso hemos venido, para ver si es cierto.

– ¿Y no has informado a Graziani, o al mismísimo Mussolini?

– Sería una pérdida de tiempo.

–Y en lugar de eso has preferido convertirte como yo en observador plenipotenciario. Con la diferencia de que la orden de ir a dónde te dé la gana te la has dado a ti mismo.

–No lo entiendes.

–¿El que no entiendo? Mussolini debería saber lo que sospechas.

Alfredo se revolvió. Esta vez sí que se echó a reír.

– No me escucharía. En Italia los jerarcas se pasan el día adulando al Duce o componiendo óperas como hacía Soddu mientras miles de soldados a sus órdenes morían en Grecia. Sí que he dado parte, pero a Ciano y a gente de mi círculo, que me han dicho que los ingleses están ocultando bien sus planes, y que se valen de informadores entrenados para dar pistas falsas. Mi informe ha quedado junto a una pila de otros muchos informes esperando a que alguien tenga ganas de leerlos. Pasarán semanas antes de que alguien repare en él, si es que alguien lo hace. Además, nadie espera una ofensiva. Y eso que uno de nuestros pilotos avistó ayer a más de cien vehículos moviéndose en esta dirección. Los jefazos han pensado que era un sencillo transportes de tropas de un punto a otro del despliegue enemigo.

– Pero tú no lo crees.

– No.

– Ni crees que sea una pista falsa.

– No.

Iba a replicar cuando comenzó el bombardeo de la artillería enemiga. No parecía nada grave y aunque el general Maletti fue despertado de inmediato, pronto se vio que se trataba de una diversión, de una de esas escaramuzas que pasaban todos los días. Volvió a su lecho en pijama renegando y quejándose de que le habíamos puesto nervioso con nuestra paranoia de un ataque enemigo.

A las seis de la mañana todo estaba en calma y me pareció que Alfredo estaba decepcionado. Caminábamos en torno al campamento fortificado contemplando los campos de minas y las trincheras, las defensas, las ametralladoras y la artillería antitanque. El perímetro no estaba completamente cerrado en el noroeste, en parte porque nadie esperaba que atacasen por allí los ingleses, y en parte porque a los hombres de Maletti les era más fácil hacer entrar por allí los camiones y los suministros. Moví la cabeza de un lado a otro, sencillamente anonadado: los italianos a veces eran capaces de cometer errores infantiles de un calibre que no parecía posible ni inimaginable. Creaban un poderoso campo fortificado y dejaban un espacio sin acabar para que el enemigo pudiese atacar por él y destruirles con facilidad. Y todo por razones de comodidad, de pereza. No parecía que se tomasen en serio su presencia en la guerra mundial. Un error que acabaría por costarles caro.

Y eso precisamente sucedió a las siete de la mañana. De pronto, todo estalló por los aires. Las fuerzas italianas se habían concentrado en el este, de donde había venido el falso ataque y bombardeo inicial, la diversión que habían utilizado los ingleses para engañar al general al mando. El verdadero ataque vino desde el flanco contrario, por la zona desprotegida del perímetro, encabezado por los terribles tanques Matilda, aquellos que había visto junto a Rommel en la batalla de Arras. Recordé que el carro de combate A11, más conocido como Matilda, era muy robusto y que ninguno de nuestros cañones, ni los de los tanques, ni los contracarro de la artillería, podían atravesar el blindaje del nuevo tanque inglés. Tanto menos las piezas y cañones de nuestros aliados transalpinos, infinitamente inferiores en material de guerra.

Un oficial italiano murió partido en dos a mi lado por el impacto directo del cañón principal de dos libras de un Matilda. Inmediatamente recibió innumerables impactos de las artillerías antitanque italianas, que se habían dado la vuelta, ya que los italianos las habían encarado en dirección al falso ataque anterior. Pero como sucedió en Francia, aquel poderoso coloso siguió su avance impertérrito: nada podía dañarle. Solo herirle, ya que algunos fueron inmovilizados, pero poco más, no había arma en el campo de batalla capaz de derrotarles aquel día. Por desgracia, los italianos no tenían nada parecido a un cañón antiaéreo de 88 milímetros, que fue lo que nos salvó a nosotros con Rommel en Arras.

El grupo Maletti fue aniquilado en poco más de una hora. Los italianos lucharon valientemente, con su general en cabeza, todavía en pijama y con su larga barba al viento, disparando como un loco con una ametralladora Breda contra los tanques Matilda, que eran inmunes a la artillería, tanto menos a las balas de la Mitragliatrice modelo 37. Se suicidó en combate, dispuesto a no retirarse y a luchar hasta el último hombre. Lo mismo trataron de hacer los tanques M11, cuyos cañones tampoco eran capaces de atravesar el blindaje del tanque enemigo y fueron cayendo uno tras otro en diferentes oleadas. Pero los últimos ocho se rindieron.

Nosotros dos, pobres observadores, luchamos lo mejor que pudimos. Llevaba únicamente mi pistola Luger y acerté a un inglés en el cuello nada más empezar la refriega. Fue el primer hombre que maté en combate. Me quedé mirándolo largo rato agonizando en el suelo hasta que oí los gritos enloquecidos de Alfredo.

Mi amigo avanzaba entre aullidos enfilando el próximo tanque enemigo. Portaba una ristra de granadas SRCM cargadas con TNT y el Matilda avanzaba ronroneando como un animal que está baremando el peligro al que se enfrenta. No podía imaginar que se hallaba ante un suicida, un juramentado, alguien que hará cualquier cosa para alcanzar su objetivo. Alfredo se aferró a un lateral, ascendió haciendo equilibrios en la catenaria, enganchó las granadas a una rueda portadora y se hizo un lado para ver cómo estallaban en un crisol de colores anaranjados.

El tanque perdió una de sus orugas y se inclinó a un lado, inmovilizado, mostrando las tripas de su sistema de suspensión, las ruedas del bogie y los sesenta y ocho eslabones esparcidos por el suelo. Alfredo levantó los brazos y se puso a chillar.

– Sí, sí, mi amor. ¡Ya llega el momento! – me pareció que gritaba mientras cogía una nueva ristra de granadas y se dirigía hacia otro tanque.

No sé por qué lo hice. Alguien que una vez fue mi amigo, alguien apellidado Schellenberg, me enseñó que en esta vida hay que tomar decisiones. Lo hizo en Polonia cuando apretó el gatillo para asesinar a un hombre condenado al deshonor por Hitler. Y matándole le salvó de la ignominia. Hoy yo tenía que tomar la decisión contraria y salvar una vida que no quería ser salvada. Hay veces, y en la guerra eso sucede a menudo, en la que uno de ser debe ser capaz de hacer la cosa más impensable porque es lo justo y necesario. Aquel era mi momento, en aquella carnicería, mientras todo ardía a mi alrededor, mientras algunos soldados italianos estaban intentando huir fuera del perímetro, mientras los camiones estallaban, abandonados, repletos de municiones y de suministros que ya nunca serían utilizados por la gente del Grupo Maletti, mientras los soldados morían en los campos de minas, mientras los tanques ardían lanzando esquirlas de metralla y los Matilda y el resto de tanques británicos disparaban en todas direcciones. Ese fue el momento en que tuve que tomar mi decisión.

Sólo quedábamos en pie yo, mi pistola, Alfredo y su ristra de granadas. Con el rabillo del ojo vi a nuestro piloto corriendo hacia al pequeño hangar junto al puesto de mando. No podía esperar más tiempo si quería salir vivo de aquel lugar.

Y entonces lo hice. Disparé a Alfredo en la pierna derecha y le vi caer como un fardo con sus granadas al hombro, lanzando juramentos y mirando en derredor con los ojos inyectados en sangre. Lo próximo que recuerdo es verme a mí mismo, cogiéndole en volandas, arrastrándole luego de los pelos por el suelo cuando intentó desasirse, llevándole de cualquier forma hacia nuestro trimotor, que estaba ya a punto de despegar. El piloto no pareció muy contento de vernos, porque sólo deseaba arrancar el aparato y marcharse de allí, pero me ayudó a subir al Coronello Buonamorte a la parte de atrás. Entonces puso en funcionamiento los motores.

El aire también estaba en poder de los ingleses. Estaban ametrallando a baja altura a los pilotos italianos en los aeródromos para impedirles despegar, así que en los cielos egipcios no encontramos aliados. Solo teníamos enemigos a nuestro alrededor. Pero los pilotos italianos eran magníficos, con una capacidad innata para moverse como malabaristas, para hacer loopings y giros inverosímiles, genios de la acrobacia como el difunto Ernst Udet, que era por entonces el mejor piloto que nunca había visto, aunque en unos meses conocería a uno aún mejor, al mejor de la guerra mundial y tal vez de todos los tiempos.

Pero eso es el futuro de mi narración. En el presente un piloto italiano cuyo nombre he olvidado (pero que era magnífico como la mayoría de los suyos) nos llevó sanos y salvos hasta Sidi el Barrani. De allí volamos en medio de la ofensiva inglesa hasta Roma. De haber decidido descansar y volver al continente unos pocos días después, Sidi el Barrani habría estado ya en manos enemigas y Otto Weilern habría pasado el resto de la guerra en un campo de prisioneros. Pero así es la vida. Llena de coincidencias, algunas buenas, la mayoría perversas y terribles.

El ataque inglés, llamado en clave Operación Compass, fue un éxito completo. El Octavo Ejército británico, a cambio de 500 muertos conquistó casi 1000 km, desde la propia Sidi el Barrani hasta El Agheila, muy cerca de Bengasi, la ciudad más importante de la Cirenaica. Además, los italianos perdieron baluartes estratégicos claves como Bardia y Sollum, o Tobruk, un puerto decisivo en el despliegue y en la línea de suministros de ambos ejércitos, un lugar que vería con el tiempo nuevas y cruentas batallas. En resumen, casi 150.000 soldados italianos muertos o capturados y un cambio completo de frente de guerra en África: de estar los italianos combatiendo en Egipto a haber perdido casi por completo Libia.

Aquello era mucho peor que el desastre de Grecia y la demostración palpable de que Italia no estaba preparada para combatir a nuestro lado ni al lado de nadie. Inmediatamente, incluso el orgulloso Mussolini tuvo que reconocer la realidad. Pidió (suplicó) ayuda al Führer y este organizó la Operación Sonnenblume, por la que Rommel desembarcaría en África, y la Operación Marita, que ya estaba en marcha, fue revelada al Duce: los alemanes invadirían Grecia a través de Rumanía y Bulgaria.

Pero para eso faltaban algunos meses. Yo sabía que Hitler tendría que intervenir en todos los frentes donde se hallaran los italianos. Eso no era ninguna sorpresa, acaso lo que nos sorprendió a todos no fue la derrota en sí misma sino la magnitud de la misma.

Aquello era un desastre.

Durante el viaje de vuelta Alfredo no parecían sin embargo muy preocupado por el destino de su patria. Luego de que le extrajeran la bala se puso él mismo un vendaje improvisado y continuó bebiendo vino. Parecía triste, pero no por el descalabro de la 10ª armata de Graziani.

– Si no me hubieses disparado estoy seguro que habría inutilizado otro tanque – dijo mi amigo tras más de una hora de silencio, cuando ya sobrevolábamos el océano y las luces de las villas en llamas habían quedado ya atrás.

–Si esa bala no te hubiese alcanzado estarías muerto.

–Tal vez.

–¿Qué ha pasado con Ludovica? ¿Qué es lo que no me cuentas?

Alfredo no dijo nada. Volvió la cara y cogió una botella de vino.

–¿Qué te pasa, Alfredo? ¿Quieres morir?

Se encogió de hombros.

–¿Y yo? ¿Tan poco te importo que te daba igual que muriese en aquel lugar? ¿Por qué me llevaste contigo?

Volvió a encogerse de hombros.

–¿Qué te pasa, Espagueti? ¿Es eso? ¿Quieres que yo muera también?

Alfredo habló por fin, pero sin dar la cara.

–Espagueti, me llamas. Recuerdas el apodo, así como yo recuerdo que tú eras Otto el Magnífico, el grande, el mejor de todos nosotros, el destinado a la gloria. Recuerdas los nombres, sí, pero no recuerdas lo que pasó allí, en Sankt Valentin, en la escuela, cuando éramos niños. Recuerdas lo que quieres y cuando quieres. Si fueses capaz de encajar las piezas sabrías que debemos morir, ambos. Debemos morir. Deberíamos haber muerto hace mucho tiempo.

Alfredo comenzó a beber de la botella de vino, directamente, un trago largo tras otro.

–Lo he entendido hace poco –añadió–. Ludovica me hizo entender la verdad. Y fue entonces cuando recordé, cuando supe que tú también habías olvidado.

–¿Qué he olvidado, Espagueti?

–Lo has olvidado todo.

Y aunque intenté sonsacarle a qué se refería no dijo nada más durante el resto del vuelo. Se despertaba de cuando en cuando y bebía de nuevo hasta caer desfallecido.

No fue un viaje de vuelta demasiado agradable.

V

Benito Mussolini se paseaba inquieto por la villa Regina Margarita mientras esperaba al dictador español Francisco Franco. Por primera vez comenzaba a ser consciente que el imperio con el que había soñado se podía desmoronar bajo sus pies. Hacía sólo unos pocos días había comenzado la operación Compass y las pérdidas en Egipto eran ya inconmensurables, mucho mayores que las que el peor de los derrotistas podría haber imaginado.

– Un desastre – dijo el Duce, mientras aguardaba la llegada del Caudillo, al pie de la villa, lejos por un momento de jerarcas fascistas, diplomáticos y aduladores.

Recordó entonces cuando, solo dos años y medio atrás, invitó a Hitler a una gran exhibición naval en Nápoles. ¡Se mostró orgulloso de su marina, de sus hombres, de sus logros presentes y de su porvenir! A bordo del acorazado Conte de Cavour, el buque insignia, trató de impresionar al Führer con movimientos navales vertiginosos y exhibiciones de puntería. Salvas en honor a la amistad eterna germano italiana y la bahía de Nápoles resplandeciendo bajo la luz de miles de focos que formaban las palabras "Heil Hitler". Y delante de Ribbentrop, de Ciano y de Rudolf Hess, le dijo a su amigo Adolf:

–Nuestro destino es caminar en adelante siempre juntos. Nada nos separará, mi Führer.

Y ahora dependía de los alemanes para sobrevivir.

Mussolini lanzó una mirada a su diestra y vio a lo lejos a Galeazzo Ciano, el hombre que dirigía la política exterior de Italia, su yerno, el hombre que había desposado a su queridísima hija Edda. Y además el hijo del gran Constanzo, el hombre que debería realmente estar a su diestra y le faltaba en aquella hora decisiva.

–Ah, mi querido Constanzo.

Un hombre magnífico que había ganado cuatro medallas de plata por su valentía en los enfrentamientos contra la marina austriaca de la Primera Guerra Mundial. El propio Rey lo había hecho conde en reconocimiento a su labor militar, título que había heredado el joven Galeazzo.

–Ah, mi querido amigo –repitió.

Benito y Constanzo crecieron juntos en el gobierno de Italia y en 1922 Mussolini lo nombró subsecretario de la marina y director General de la marina mercantil. Ambos avanzaron en la senda del poder a lo largo de los años discutiendo el futuro de Italia en el Gran Consejo Fascista, el máximo órgano del régimen. Durante la mayor crisis que tuvo afrontar el dictador italiano solo Constanzo le apoyó incondicionalmente. Fue luego de que el asesinato de Giacomo Matteoti provocara que algunos de los máximos colaboradores del propio Duce le abandonaran, pero Constanzo Ciano fue firme en su lealtad y Mussolini conservó el poder. Por ello lo nombró su sucesor. Por ello y porque era un hombre magnífico, que nunca decía una palabra de más, que nunca llamaba la atención, un erudito que le daba los mejores consejos, un hombre (ahora por fin Mussolini lo entendía) que le habría aconsejado no entrar en la guerra mundial. Las dos personas en las que había depositado la mayor confianza durante toda su vida habían muerto: su hermano Arnaldo Mussolini en 1931 y Constanzo en 1939. Sin el consejo de ambos, Benito era un ser errático en manos del destino. Todas sus debilidades salían a flote. Y por desgracia, sus debilidades eran muchas.

El Duce aguzó de nuevo la vista hacia Galeazzo y pensó cuán diferentes eran padre e hijo. Tan comedido, brillante, estudioso y relajado el padre, tan extrovertido, vano, promiscuo y alocado el hijo. Hacía un rato, mientras esperaban a Franco, notó que su yerno no estaba. Airado, subió a las habitaciones superiores de la villa Regina Margarita y lo encontró fornicando con una de las mujeres del servicio.

Abrió la puerta y se los quedó mirando. Ciano dejó de hacer lo que estaba haciendo y se subió los pantalones. Ya alguna vez su hija le había insinuado que quería dejar a Ciano, pero Mussolini había cambiado de tema antes de que la demanda fuese hecha abiertamente. Pero sabía que llegaría el día en que Edda solicitaría que consintiese el divorcio. ¿Qué demonios iba a decirle cuando llegase tal día?

Benito abrió la boca en dos ocasiones para decirle algo

a Ciano pero en lugar de eso suspiró y bajó de nuevo las escaleras.

– Che porco che sei. ¡Porco! ¡Porco! – gritaba, mientras descendía la última hilera de escalones.

La villa Regina Margarita era un lugar maravilloso. En el pasado había sido la residencia de la reina Margarita de Saboya, que le había dado su nombre. Construida en estilo barroco, destacaba una enorme y exuberante terraza desde la que se veía un hermoso paisaje de Bordighera, la antigua patria del pueblo ligur. Un lugar hermoso lleno de historia, de tradición, que ahora siempre recordaría por la visión del culo de Galeazzo, empalando inmisericorde a una genovesa nariguda vestida de doncella. Porque esa era otra de las características de Galeazzo. Le gustaban todas las mujeres, altas y bajas, gordas y delgadas, viejas y adolescentes, e incluso le gustaban las feas, como aquella criada. Era un imbécil obsesionado por el sexo... pero se había casado con su hija y Mussolini tenía una visión exclusivista de la familia. Una visión que llevaba al extremo. Era su yerno y debía de protegerlo de sí mismo y ayudarle a convertirse en un gran hombre. Aunque de momento lo único grande lo tenía dentro de los pantalones y parecía que lo usaba también para pensar y tomar las decisiones más importantes como ministro de asuntos exteriores.

– ¿Ya llega el Caudillo? –preguntó el Duce al jefe de la delegación italiana, Pietromarchi.

– Me informan que está yendo en coche descubierto desde Mentone y que está ya muy cerca. Las gentes de la localidad han salido a la calle y enarbolan las banderas españolas que distribuimos. Franco parece muy contento saludando a la multitud.

– Estupendo –repuso Mussolini, al que en realidad aquella reunión no le hacía demasiada gracia.

Había sido idea de Hitler el que se reunieran y, estando Italia supeditada a la ayuda de los ejércitos alemanes, no pudo negarse. Mussolini se había entrevistado con el Führer unas semanas atrás y este le había insistido en la importancia de Gibraltar. Y había diseñado incluso un plan para su conquista, la Operación Félix. Hitler estaba convencido que la llave de la

103

victoria en el Mediterráneo era la caída del peñón.

– Una lengua de tierra de cinco kilómetros de largo por uno de ancho –dijo Adolf–. Poca cosa. Sin embargo, es la llave de todo el mar Mediterráneo. Y podemos tomarla con facilidad si Franco nos da permiso de paso. Solo necesitamos eso.

Ellos no sabían, por supuesto, que los británicos habían ampliado la red de túneles subterráneos y que tenían agua y víveres para resistir al menos doce meses. Así que Mussolini, como siempre cuando hablaba con Hitler, volvió feliz y convencido de que al unir su destino al de aquel hombre las victorias acabarían llegando. Estaba literalmente entusiasmado. Hitler había decidido retrasar la operación Félix hasta abril. Estaba convencido de que Mussolini convencería a Franco para entrar en guerra. Incluso le mandó una carta llena de halagos que a Franco, probablemente el estadista a nivel mundial menos interesado en los gestos vanos y las lisonjas, le trajo completamente sin cuidado.

Hitler fue incluso más allá y mandó al jefe de los servicios secretos, el almirante Canaris, a entrevistarse con Franco. Daba la casualidad de que Canaris hablaba perfectamente español dado que estuvo preso en Chile en la Primera Guerra Mundial después de que el buque en el que servía, el Dresden, sobreviviese a la batalla de las Islas Malvinas. Luego había vivido en España una temporada, entre 1916 y 1917. Por último, tenía buena sintonía con Franco, ya que en el pasado el almirante había sido uno de los mayores defensores de mandar ayuda a las tropas que se habían sublevado contra la República. Incluso había acudido a negociar en persona con el Generalísimo la entrega de armas y la ayuda de la Legión Cóndor, ese grupo de aviadores alemanes que habían combatido en España junto con las tropas fascistas de Franco.

Lo que no sabía el Führer, por supuesto, era que el almirante Canaris era un traidor que odiaba a Hitler de forma personal y había organizado los servicios secretos que dirigía para conseguir la derrota de Alemania. Ya había aconsejado antes de la reunión de Hendaya a Franco que bajo ninguna circunstancia se uniese al Eje: "Inglaterra no está ni mucho menos acabada", le insistió. "Las cosas empeorarán para la

Wehrmacht en poco tiempo". Incluso le dio a Franco las claves para sortear los interminables discursos de Hitler, su oratoria que podía convencer a cualquiera de cualquier cosa. Le explicó su truco, que era pensar en cualquier otra cosa y no poner mucha atención a las palabras y los gestos grandilocuentes del dictador nazi. Le recomendó que no se dejara impresionar por las victorias de Alemania en Polonia y Francia porque en Inglaterra la Luftwaffe había fracasado y porque también lo haría en el Mediterráneo, interviniese o no España en la guerra.

No es de extrañar pues que Mussolini se encontrase a un Caudillo muy poco receptivo luego de que éste descendiese de su coche descubierto en la explanada de la villa Regina Margarita, mientras centenares de italianos surgían "espontáneamente" de todas partes, aplaudiendo y gritando: ¡Franco, Franco!

Acompañados del ministro Serrano Suñer, Mussolini y Franco pasaron revista a una guardia de honor mientras las cámaras y los flashes deslumbraban al trío, que avanzaba como si fueran estrellas de Hollywood. Incluso se quedaron un rato departiendo en los jardines de la villa para que se tomaran todas las imágenes necesarias y la prensa de todo el mundo ilustrara la buena sintonía entre la España y la Italia fascistas.

El Führer pensaba, en efecto, que los dos caudillos latinos se entenderían bien. Y el caso es que existía entre ellos una gran amistad, ya que Franco sabía que debía a alemanes e italianos el haber ganado la guerra civil. Pero una cosa era la amistad y otra los intereses de Estado. Eso el Caudillo lo tenía muy claro. Aunque intelectualmente era muy inferior al Duce (y no digamos a Hitler) era mucho más ladino, menos seguro de sus propias capacidades y de una naturaleza precavida. Poseía una astucia natural que le había salvado de no pocos problemas en su vida. No era, pues, alguien que asumiera riesgos a la ligera.

– Tenemos ciertas aspiraciones coloniales que deben ser satisfechas – dijo el caudillo español, luego de que tomaran un refrigerio en la gran terraza y se desplazaran hasta el atrio y, desde él, por una pequeña puerta, a la capilla privada de la reina Margarita, que impresionó a todos los presentes por su magnificencia–. También necesitamos comida, cereales, entrenamiento militar. Mil cosas, Duce. Además, exigimos tomar Gibraltar con nuestras propias fuerzas y seguir negociando acuerdos económicos con Gran Bretaña y Estados Unidos. Porque una cosa es el comercio y otra el honor.

Al decir esta frase, Franco se relamió los labios. Entonces añadió:

–España no puede arriesgarse a reveses militares, por supuesto temporales, como los que está sufriendo Italia en Egipto, Libia, Albania o Grecia o incluso su flota en el mar Mediterráneo. Estamos sin recursos. Nuestros ciudadanos sufren hambre. Dentro de dos o tres años tal vez...

Aquel mismo día se había hecho pública la inmensa derrota que estaban sufriendo los italianos en el marco de la ofensiva inglesa conocida como operación Compass. Franco se sentó en aquella reunión sabiendo que más de 100.000 soldados italianos habían sido borrados del mapa en cuestión de días. Aparte de su natural astucia, de los consejos malintencionados de Canaris, de lo mal que le caía Ribbentrop, el ministro asuntos exteriores alemán, y del resto de errores diplomáticos de Hitler y Mussolini... las derrotas italianas no ayudaron a que Franco se sintiese inclinado a unirse al pacto Tripartito. Ni siquiera estaba inclinado a dar permiso de paso a las tropas alemanas en Gibraltar, que sabía que era el único interés real del Führer.

Era cierto que fue el propio Franco el que tomó la iniciativa de entrar en el Eje en junio de 1940 tras la caída de Francia. Parecía entonces que los Panzer de Hitler llegarían al fin del mundo en cuestión de semanas y que todas las guerras serian relámpago. Pero eso pertenecía al pasado: los meses pasaban y el aura de invencibilidad se desvanecía. Franco dudaba y volvía a ser el hombre calculador, artero y comedido que siempre había sido. De hecho, la clave de todo el asunto tal vez fueran las contrapartidas territoriales. Las peticiones de comida y material, aunque desorbitadas, no eran imposibles para una potencia como Alemania. Pero Franco pedía territorios coloniales de la Francia Vichy cuando Hitler estaba haciendo todo lo posible para que el Mariscal Pétain se implicase aún más en su guerra contra los ingleses. Sabía que jamás le darían el Marruecos francés. Por eso lo pedía. Ganaba tiempo. Si finalmente el Eje triunfaba en el Mediterráneo e Inglaterra se tambaleaba, siempre estaba a tiempo de permitir que los paracaidistas que habían tomado Eben Emael se lanzasen sobre Gibraltar con el apoyo de las tropas españolas desde tierra y algunos refuerzos alemanes, que era en esencia el plan de Hitler. Pero entre tanto España no estaba en guerra con nadie y podía presumir de neutralidad y de la inteligencia de su Caudillo.

– Entiendo, Generalísimo. Entiendo perfectamente – dijo el Duce, que nunca había tenido demasiada esperanza en aquella reunión y solo la había organizado para complacer a Hitler.

– La entrada en guerra de España – dijo Franco como colofón –, depende más de Alemania que de España misma. Si nos dan todo lo que pedimos entraremos en guerra inmediatamente.

Pero Franco sabía que pedía un imposible, especialmente en el asunto de Marruecos, porque armas, entrenamiento, suministros, gasolina... todo eso era cuestión de números, pero las posesiones francesas del Norte de África, ah... eso no sucedería jamás. Por suerte para España.

– Creo que es mejor que concluyamos esta conversación – dijo Mussolini, lanzando una sonrisa irónica.

Para finalizar el coloquio se habían trasladado la sala de audiencias, en el otro extremo del atrio. El Duce se levantó y dijo a Ciano y a Luca Pietromarchi:

– ¿Cómo se convence a una nación que tiene reservas de pan para un día que debe ir a la guerra? No, no se la puede convencer.

Al salir de la reunión Mussolini tropezó con Alfredo Buonamorte, uno de los chicos de Ciano. Así los llamaba el Duce, que se negaba a darles el rango de diplomáticos profesionales a gente como Pietromarchi. Observó Mussolini que Alfredo tenía una fea herida en el muslo, una pierna vendada y mal curada que había dejado un rastro de sangre en su pantalón blanco de uniforme. Incluso llevaba muletas.

– Hola, Alfredo. ¿Cómo estás?

El Coronel Buonamorte estaba hablando con el general

Moscardó, uno de los héroes más famosos de la guerra civil española, el cual había acompañado a Franco en aquel viaje. Se excusó con Moscardó y dijo:

– Muy bien, Duce. Solo es una herida sin importancia.

– Me han dicho que estuviste en Nibeiwa con el malogrado general Maletti.

– Un hombre formidable – repuso Alfredo. – Le vi morir personalmente. Disparaba una ametralladora pesada contra un tanque Matilda. Un acto de valor que no debe ser olvidado.

– No esperaba menos de él –dijo Mussolini, que percibió en los ojos de alucinado de Alfredo una actitud esquiva. Parecía que no había dormido en días, iba mal afeitado y no se parecía nada al hombre que recordaba. De hecho, del grupo de amigos de Galeazzo era de quien tenía una mejor opinión. Hasta hace unas semanas, en la que se había producido un cambio tan profundo en él que estaba irreconocible.

– ¿Qué te sucede, Alfredo? –le preguntó.

Pero su interlocutor hizo como si no hubiese oído las palabras del Duce y murmuró en un tono de voz melifluo y errático, como el de un borracho:

– Un hombre formidable Pietro Maletti, mi Duce, habría que condecorarlo a título póstumo –añadió Alfredo mirando por encima de Benito Mussolini, hacia al techo, y con una expresión en la cara que decía: "en realidad me da igual que le condecores o no. Solo quiero que me dejes en paz".

– Estoy rodeado de imbéciles, de promiscuos folladores y de depresivos –dijo Mussolini en voz muy baja, para sí mismo.

Pero como él también era un hombre promiscuo, obsesionado por las mujeres, ya que se acostaba con una distinta todas las tardes sin un día de descanso a pesar de tener una amante fija (Clara Petacci), y también alternaba periodos de gran actividad con la depresión y la culpa... no le dio mayor importancia. El Duce solo quería olvidarse de aquel día perdido negociando en vano y regresar a la rutina de su existencia. Por la mañana estaría en su salón privado en el Palazzo Venezia, el Salón del Globo, una gran sala de 200 metros cuadrados llena de mosaicos del gran Benito abrazando a la ninfa Mediterráneo, donde tenía pensado construir su imperio, o salvando a otra protagonista de la mitología romana, la princesa Europa, de un gran toro que simbolizaba a los bolcheviques, a Rusia, la patria de todas las desgracias y las mentiras para los fascistas. Allí recibiría a las visitas colocándose en el extremo contrario de la sala, de tal forma que cualquier invitado debía avanzar un gran número de metros antes de ponerse a su altura y hacer el saludo romano. Eso le daba una ventaja moral sobre cualquiera que venía a verle. Luego pasaría la tarde con alguna de sus amantes y, cuando ya hubiera anochecido, tendría lugar la reunión del Consejo fascista. Allí es donde Mussolini realmente dejaba brotar todo su histrionismo y su ira. Amenazaba, hacía discursos interminables como Hitler, y abrumaba a reprimendas a los mandos italianos, que eran destituidos casi a la misma velocidad a la que eran nombrados, sucediéndose las derrotas.

Pensando en la maravillosa jornada que le esperaba, Mussolini dio una palmada amistosa en la mejilla de Alfredo y le deseó que se recuperase lo antes posible. Se refería a una recuperación anímica y no a su pierna, porque era evidente que la herida no era grave.

Mientras el Duce se alejaba, rodeado de miembros de la delegación italiana y la española, con Francisco Franco observando las delicadas obras de arte de la villa y completamente ajeno a cualquier negociación sobre la entrada de España en guerra, Alfredo se hizo un lado y dijo:

– Debería haber muerto como Maletti en Nibeiwa. Por culpa de Otto sigo vivo. Solo por su culpa.

MOMENTOS DECISIVOS DE LA HISTORIA

SUCESO: LA OPERACIÓN FÉLIX

Hitler necesitaba tomar Gibraltar. Por ello presionó a Franco durante meses para que entrase en guerra o, al menos, permitiese a las tropas alemanas atravesar su territorio. Pero la negativa del dictador español frustró los planes del Führer, que tenían el nombre en clave de Operación Félix.

LUGAR Y FECHA: DESDE LA CAÍDA DE FRANCIA EN 1940 A ABRIL DE 1941

En varias ocasiones se intentó convencer a Franco. No solo Hitler y Mussolini se entrevistaron con él, también el embajador alemán Von Stohrer lo hizo al menos en tres ocasiones. Pero Franco seguía dando largas, haciendo peticiones inverosímiles o postergando la decisión. No negaba su intención de entrar en guerra junto al Eje, pero no quería decir cuándo. Probablemente porque quería ver cómo acababa la batalla contra Inglaterra. Si es que realmente los nazis conseguían doblegarla, algo de lo cual siempre tuvo dudas. En abril de 1941, Hitler abandonó la idea de llevar a cabo la operación y fue suspendida sine die la Directiva número 18, que pretendía forzar la entrada de España a la guerra, tomar el peñón y expulsar a Gran Bretaña del Mediterráneo.

CONSECUENCIAS: ¿INVASIÓN DE ESPAÑA?

Aunque el Alto Mando alemán (OKW) se llegó a plantear la posibilidad de atravesar España hacia Gibraltar sin el permiso de Franco, lo cierto es que no pasó de ser una mera hipótesis de trabajo. Algo parecido a la Operación León Marino o invasión de Gran Bretaña, que nunca fue un plan real sino una de las muchas suposiciones que tenía sobre su mesa el Führer. De la misma forma, nunca se llegó a pensar en términos reales en invadir la península ibérica y enfrentarse a Franco. Los ingleses habrían mandado tropas como quisieron hacer en Grecia y se habría abierto otro frente junto antes de la invasión de Rusia, que era lo que realmente interesaba a Hitler. Se trata de otra leyenda urbana con una mínima base histórica. Una de tantas que circulan sobre la segunda guerra mundial. Planes sobre la mesa de Hitler y del OKW hubo cientos, tal vez miles, y eso no significa que se planteasen realmente llevarlos a cabo todos.

*_ *_ *_ *_ *_ *

Alfredo envidiaba al destino de Pietro Maletti y de Giuseppe Tellera. El primero había muerto luchando heroicamente contra los tanques Matilda en la batalla de Nibeiwa. El segundo, un general de tres estrellas que tenía cinco divisiones a su mando (la 10ª Armata) y que sería el oficial de mayor graduación caído en combate de todos los bandos que participaron en la Segunda Guerra Mundial. Cuando el frente se hundió a causa del ataque británico dirigió en persona a los últimos tanques Fiat M13/40 que quedaban en servicio y luchó hasta la muerte contra fuerzas enemigas infinitamente superiores en armamento, blindaje y tácticas modernas de combate. El enfrentamiento en el que murió Tellera sería conocido más tarde como la batalla de Beda Fomm, a causa del nombre del pequeño pueblo al sur de la Cirenaica donde los ingleses cortaron la retirada italiana, dejando rodeados a los hombres del Duce que, aunque lucharon valerosamente durante varios días, al final se rindieron. Y con ellos toda la plana mayor de la 10ª Armata que, a efectos, prácticos, había dejado de existir. El ejército italiano del desierto se había esfumado.

111

Ambos, Maletti y Tellera, recibieron la máxima condecoración del ejército italiano: la medalla de oro al valor militar.

Y Alfredo definitivamente les envidiaba. La razón de su ostracismo, de su gesto desamparado... nadie la conocía y él no se la había revelado a nadie, ni a Ciano ni a Otto Weilern. Llegó un momento en que hasta sus amigos dejaron de preguntar. Pero al final no pudo guardar más el secreto. Fue en un burdel a las afueras de Roma. Uno de tantos en los que Ciano y su grupo de amigos pasaban las tardes.

– ¿Qué te pasa, mio amico? – le dijo un día Galeazzo, que acababa de salir de su habitación enfundado en una bata de seda y había visto a Alfredo, cabizbajo, sentado en un sofá de terciopelo, ajeno a las rameras que se paseaban completamente desnudas o como mucho enfundadas en diminutas piezas de provocativa ropa interior.

– No me pasa nada.

– Me estás mintiendo.

– No lo hago. Solo es que no te digo la verdad. La verdad está sobrevalorada.

Ciano hizo un gesto con la mano que significaba "me tienes harto".

– ¿Ahora te has vuelto un filósofo?

– Solo soy un hombre roto.

– ¿Es por Ludovica?

Todo el mundo le preguntaba siempre por Ludovica. Alfredo estaba cansado de ocultar su dolor. Así que decidió decir la verdad.

– Ella detestaba al Duce. Te detestaba a ti, al fascismo, a todo lo que nosotros representamos – Alfredo tenía los ojos brillantes y lágrimas en los ojos dispuestas a saltar como un torrente–. La Terza Roma que queremos construir, la idea de regenerar el país, las mismas bases de nuestro movimiento, todo era para ella basura y nada más. No éramos a sus ojos más que unos dictadores y unos asesinos. Discutimos y la abandoné. ¿Sabes lo terrible que es dejar al amor de tu vida?

Ciano era un hombre más terrenal. El concepto de "amor de tu vida" le resultaba excesivo, romántico, fatuo. Pero entendía lo que era la pasión (la había sentido por centenares de mujeres, incluida su esposa Edda Mussolini). En su mente el amor era una pasión tan fuerte que, al contrario que todas las que él había vivido, no se apagaba, era inmune a la monotonía y al paso del tiempo. Aquel concepto de pasión inextinguible, en su sencillez, era bastante acertado. Así que de alguna forma Ciano decía la verdad cuando respondió:

– Entiendo lo que dices, y lo terrible que debe ser hacer ese sacrificio.

– No, no lo entiendes –dijo Alfredo, que sollozaba ya abiertamente y solo podía entenderle su interlocutor en las pausas, cuando su voz dejaba de ser un aullido melifluo y estridente.

– Dime qué más ha pasado –le instó Ciano.

– Tras varias semanas separados nos dimos otra oportunidad. Me la llevé a una excursión romántica a Livorno. La llevé al Paseo Marítimo y luego al puerto.

Galeazzo asentía. Era uno de sus lugares preferidos de Italia. La Terraza Mascagni, especialmente, le parecía una obra de arte, con sus azulejos formando un gigantesco tablero de ajedrez de más de treinta mil piezas. La balaustrada, el faro, el templete, todo el conjunto era una maravilla. Un paseo desde el cercano Hotel Palazzo podía arreglar cualquier relación, incluso una tan tormentosa como la de su amigo Alfredo. Recordó entonces Ciano que había hecho rebautizar la Terraza Mascagni y ahora se llamaba Terraza Constanzo Ciano. Le habían dado el nombre de su padre, que había nacido en Livorno poco antes de que los aliados la destrozasen en un bombardeo que...

– Oh, el bombardeo de Livorno...

Ciano había dejado volar la imaginación sin darse cuenta del gesto desolado de Alfredo. Pero de pronto se dio cuenta de lo que en verdad estaba sucediendo.

– ¿No estaríais allí el día que la R.A.F. bombardeó la ciudad?

Alfredo había dejado de llorar. Tenía los ojos enrojecidos, pero no le quedaban más lágrimas.

– Más de 150 muertos. Uno de ellos mi Ludovica, que murió en mis brazos, su garganta seccionada por una esquirla de metralla, un azulejo, algo cortante. Nunca lo sabré. Solo sé

113

que nos estábamos besando, reconciliados por fin y un instante después de su cuello manaba sangre como de un torrente. No pude frenar la hemorragia –El rostro de Ángelo estaba pálido, como si él mismo fuese un cadáver. Y acaso eso es lo que era. Un cadáver andante–. A su padre, un comunista de la vieja escuela, le traje el cadáver de su única hija. Si esa familia no nos odiaba lo bastante, ahora ya no podrán dejar de hacerlo en la vida.

– Tú no tienes la culpa.

Alfredo no estaba de acuerdo. El Eje llevaba meses bombardeando Inglaterra y particularmente Londres. Y entre los agresores estaba el Corpo Aereo Italiano dirigido por el general Fougier. Alfredo no podía saberlo, pero los británicos muertos por estos ataques no serían unos centenares sino cerca de 50 mil personas.

– No, Galeazzo. Si de algo estoy seguro es de que soy culpable. Somos culpables. Y yo soy el primero que va a pagar por nuestros crímenes.

Ciano levantó los brazos, atónito.

– ¡Por favor, lo de Livorno fue una casualidad!

– Esta guerra no es una casualidad. Nosotros la provocamos. Es culpa nuestra.

Ciano no dijo nada más. Se limitó a abrazar a su amigo. No quería discutir y menos en medio de una confesión como aquella. Esperaba que el paso del tiempo le devolviese al Alfredo Buonamorte que él conocía. ¿No dicen que el tiempo todo lo cura? Pues hasta Alfredo se daría cuenta que la vida seguía. La vida siempre sigue. Y los que quedamos debemos honrarla procurando ser todo lo felices que nos sea posible.

Pero Alfredo no regresó. Algo se había roto en su interior, como él mismo decía, algo que le había recordado no solo su propia mortalidad sino los hechos que había vivido de niño en Sankt Valentin junto a Otto Weilern y otros cinco elegidos. La muerte de Ludovica y aquellos infames recuerdos le dejaron sin ánimo para seguir vivo.

Curiosamente, aquellas jornadas terribles para Alfredo coincidieron con un pequeño respiro para la Italia de Mussolini. Durante unos meses, a los fuertes reveses en tierra (tanto en África como en Grecia) le sucedieron victorias en el aire. Aunque los aparatos de la Regia Aeronautica, la aviación italiana, estaban desfasados, luchaban con fiereza y sus pilotos eran extraordinarios. Cuando llegaron los primeros contingentes de la Luftwaffe los éxitos se sucedieron. Pronto hundieron algunas naves, incluido un Crucero y se bombardeó duramente la isla de Malta y sus aledaños. En uno de aquellos combates fue dañado gravemente el único portaaviones que tenían los ingleses en el Mediterráneo: el Illustrious. Los daños fueron tan extensos que nunca más volvió a estar plenamente operativo. Más tarde otros navíos fueron alcanzados y diversos convoyes que partían del canal de Suez. Ningún barco británico estaba seguro, y continuaron los hundimientos; dragaminas, cañoneras, destructores, nadie que partía de Alejandría podía estar seguro que llegaría a puerto. La presión sobre los británicos fue terrible, al menos durante unos meses, hasta que los aviones alemanes del Fliegerkorps X fueron llamados al Norte de África, para servir junto a Rommel en el Afrikakorps.

La colaboración entre la Luftwaffe y la Regia Aeronautica parecía un éxito. Los Stukas y los Messerschmitt volaban junto a los Falco y los Macchi italianos, en una hermandad que hizo que el Führer felicitase por primera vez a Mussolini.

Precisamente Hitler fue quien insistió en arriesgarse, en la creencia que sus aliados podían ser más ambiciosos y alcanzar grandes victorias en el mar. Estaba convencido que los italianos podían aspirar a más, pues tenían barcos realmente notables a pesar del desastre de Tarento (obra, paradójicamente, del portaaviones Illustrious, al que acababan de dejar fuera de combate). Un tanto envalentonados por las victorias en el aire y otro tanto por la actitud agresiva de Hitler, los mandos de la marina italiana decidieron que el buque insignia de la marina italiana, el Vittorio Veneto, ocho cruceros y 14 destructores se hicieran al mar en una especie de imitación de las naves corsarias de Hitler, dispuestos a destruir todo lo que encontrasen.

Sólo hubo una persona que se dio cuenta que aquello era un suicidio: Alfredo Buonamorte, que pidió permiso para formar parte como observador en una de las naves italianas. Galeazzo Ciano pensó que quería ser una suerte de observador plenipotenciario con su amigo Otto y le dio permiso para unirse al grupo de oficiales del almirante Iachino. Creyó, equivocadamente, que Alfredo mejoraría de su mal de amores y que aquella excursión sería un primer paso en su recuperación. Pero Alfredo no quería sanar: quería morir. No soportaba existir sin Ludovica pero no quería cometer suicidio y ganarse la condenación eterna. Además, estaba convencido que su amada le esperaba en el paraíso. Así que no podía cometer un pecado mortal. De ninguna manera. Moriría por la patria, sería un héroe a ojos de Ciano y de Mussolini y se reencontraría con el amor de vida. En su mente desesperada y enferma, todo tenía sentido.

Y estaba seguro que moriría en la batalla o batallas que iban a sucederse porque sabía una cosa que Ciano y las agencias de inteligencia italianas ignoraban: había un traidor entre los altos mandos de la armada.

En una conversación con la flor y nata de la Regia Marina, Alfredo tuvo la ocasión de comprender lo que estaba sucediendo:

– Es un error combatir a la escuadra inglesa del almirante Cunningham – dijo Arturo Riccardi, que pocos meses antes había sido nombrado Jefe de Estado Mayor.

A su lado, Inigo Campioni, segundo de Riccardi, estuvo de acuerdo:

– No estamos preparados para actuar de la forma que lo hacen los alemanes en el Atlántico. Nuestros navíos no están pensados para actuar como el Bismarck y el resto de corsarios de Hitler.

Campioni tenía fama de apocado, incluso de excesivamente prudente, pero a Alfredo le caía bien. Era un apasionado del mar y a Alfredo le gustaban los hombres apasionados. Por eso fue a él a quién interpeló cuando intervino en la conversación:

– ¿Y por qué salimos al encuentro de los ingleses precisamente ahora que los estamos doblegando con una estrategia más defensiva?

– Eso ha sido decisión del Duce –dijo Campioni, y luego prudentemente añadió–: Sin duda ha investigado la situación y decidido que las garantías alemanas son suficientes.

El traidor, que también se hallaba presente, terció:

– ¡Garantías!

Hitler había prometido a Mussolini que, si los italianos iniciaban movimientos más agresivos en el Mediterráneo, los aviones de la Luftwaffe les protegerían. Una promesa imposible de cumplir con apenas 200 aviones para peinar un mar que discurría a través de casi 4000 kilómetros, desde Iraq y Turquía hasta España o el peñón de Gibraltar.

– ¿No cree usted en las palabras del Führer? – dijo Alfredo al traidor, sonriendo de oreja a oreja.

– Yo solo creo en el Rey Vittorio Emanuele – dijo, tocándose el pecho a la altura del corazón y retirándose de la conversación.

Lo cierto es que especialmente en la Regia Marina, no había demasiado afecto por el Duce, tanto menos por Adolf Hitler. Muchos eran aristócratas que amaban a su Rey, despreciaban al fascismo y simpatizaban con los británicos. Pero algunos cruzaron la línea y se convirtieron en traidores, revelando datos decisivos que los ingleses usaron para destruir a las naves italianas. Terminada la guerra muchos dirían que el traidor era el almirante Maugeri, quien aparte de un alto oficial de la marina, dirigía uno de los servicios de espionaje. El equivalente a Canaris o a Schellenberg. Y es que el espionaje fue el talón de Aquiles del Eje durante toda la guerra. De cualquier forma, nunca se pudo probar que Francesco Maugeri fuera el traidor (o que no hubiera otros) aunque lo cierto es que los americanos le condecoraron terminada la guerra mundial sin razón aparente o suficiente que lo justificase, argumentando solo que lo hacían por "servicios prestados al gobierno de los Estados Unidos".

Oficialmente, sin embargo, los británicos siempre dirían que todos los datos que sabían de antemano en el Mediterráneo fueron gracias a descifrar Enigma. Esta era una máquina que usaban los alemanes para cifrar sus mensajes. Pero lo cierto es que demasiadas veces conocían de antemano los movimientos de los convoyes o los navíos italianos, tanto que no resulta creíble que solo fuera Enigma la causante de sus victorias, pues en muchos casos conocían movimientos de tropas que no habían sido cifrados. De hecho, el propio

Campioni sería ejecutado por traición tres años más tarde, aunque por razones distintas, y Mussolini siempre acusaría a la Marina de ser la causante principal de la derrota de Italia (si bien la causa principal fue el propio Duce). Hitler, por su parte, siempre dijo que era un hombre de tierra, que en el mar no sabía cómo obrar, considerándose alérgico a los océanos y sus estrategias. No, no sería en el mar donde el Eje ganaría la guerra.

Y todo esto lo sabía de sobra Alfredo Buonamorte cuando se puso a las órdenes del comandante en jefe del Mediterráneo, el Almirante Iachino, y embarcó en el crucero pesado Pola, camino de una batalla que sabía que sería un desastre. En la cubierta del barco besó la cruz que siempre llevaba al cuello y rezó por la memoria de su amada.

Estaba listo para encontrar la muerte y reunirse con Ludovica, tal y como ella había vaticinado: Soy un poco bruja. Antes de que pase un año estaremos juntos para toda la eternidad. Lo he soñado y siempre se cumplen mis sueños.

*_ *_ *_ *_ *_ *

Yukio Atami atravesó los grandes pilares de la embajada japonesa en Berlín. Respiró hondo y miró en derredor, a la Tiergartenstrasse donde se encontraba, en el corazón del distrito de las embajadas. Dos grandes banderas niponas flanqueando la nazi con su esvástica, indicaban a los caminantes que se hallaban en territorio japonés. China, Turquía, Italia, México; eran muchos los países, muchos los amigos del Reich que tenían allí sus residencias monumentales, construidas bajo la dirección de Albert Speer, el arquitecto personal de Hitler.

Pero Atami tenía cosas muy importantes de las que informar, así que dejó atrás la magnificencia de aquella obra maestra del clasicismo, en cuyo eje central dominaba la presencia de un gran crisantemo dorado, símbolo de la familia imperial. No, no era aquel momento de pensar en otra cosa que no fuese informar al nuevo embajador de lo que acababa de sucederle a la flota italiana.

– En primer lugar, quiero darle la enhorabuena por su nombramiento –dijo Atami.

El embajador Oshima hizo un gesto de asentimiento. El Führer en persona había exigido que se retirase a Kurusu, el antiguo embajador y firmante del Pacto Tripartito. Hitler confiaba en Hiroshi Oshima, lo invitaba al Berghof y a menudo le hacía partícipe de confidencias. Le consideraba su amigo y nadie era mejor amigo de sus amigos que el Führer.

– Gracias, Atami. Pero dime qué te ha hecho venir a toda prisa desde Italia. Creo que tenías una misión.

El almirante Katsuo Abe hizo acto de presencia. Enarcó una ceja al ver a Atami en el despacho del embajador. Era el mejor espía del que disponían y sus informaciones eran siempre valiosas. Así que se incorporó a la conversación.

– Tal vez podríamos hablar en privado –dijo Atami.

Oshima miró a Abe y negó con la cabeza.

– En absoluto. Aquí todos somos amigos.

Pero Atami no confiaba en Abe, al que consideraba un fanático y un antinazi. Insistió:

– Por supuesto, excelencia, pero la naturaleza de mis revelaciones...

– Habla ya –ladró el embajador.

Atami inspiró hondo de nuevo. Al grupo se unió entonces el gigante Higuti y el silencioso Kawahara, primer consejero de la embajada. Otros dos hombres que al espía no le inspiraban confianza.

– La flota italiana ha sido virtualmente destruida en el cabo Matapán, al sur de Grecia. Pero esa no es la única noticia.

– ¿Y qué más ha sucedido? – quiso saber Oshima.

– Alfredo Buonamorte ha muerto. Oficialmente suicidio.

– ¿Y realmente? – terció Abe.

– Creo que ha sido asesinado.

Diez minutos después, en un salón contiguo, los cinco japoneses tomaban el té. Oshima había decidido seguir el consejo de Atami y buscar un lugar más tranquilo. Todos esperaban las explicaciones del espía. Yukio Atami acababa de cumplir 35 años. Su abuelo era austríaco y tenía rasgos occidentales, o al menos parecía lo bastante poco asiático para pasar por europeo con algo de maquillaje y cuando la ocasión lo requería. Por eso le había sido asignado todo lo relacionado con Otto Weilern. La devoción del Führer por aquel muchacho había despertado el interés de la embajada. Primero habían enviado a vigilarle a Higuti, pero pronto fue evidente que la enorme humanidad de luchador de sumo del teniente coronel, le impedía pasar desapercibido. Y pasar desapercibido era precisamente la especialidad de Atami.

– Siguiendo las órdenes de su excelencia, me trasladé a Italia –dijo el espía –. Primero seguí a Weilern y luego dejé que otro compañero continuara con la vigilancia del alemán cuando se separó de Buonamorte. Luego de que descubriera a Higuti voy cambiando periódicamente a la persona que se encarga de seguirle. La mayor parte de las veces lo hago en persona.

El gigante Higuti, al otro lado de la mesa, gruñó con desagrado, pero no dijo nada.

– Buonamorte se embarcó en el Pola –prosiguió Atami-, un crucero pesado de la clase Zara. No tenía pensado seguir sus pasos hasta que recibí un telegrama cifrado de nuestro cónsul en Alejandría. Creía que estaba a punto de librarse un gran combate naval, que los ingleses estaban preparando una celada.

Andrew Cunningham, Comandante en Jefe del Mediterráneo de la Royal Navy, había decidido usar a los japoneses como parte de su plan. Por la mañana había acudido a un club de golf en Alejandría, el mismo en el que jugaba el cónsul general japonés. Este, como todos los diplomáticos nipones, era también espía. Delante del cónsul, Cunningham se mostró tan distendido y despreocupado, hablando abiertamente de los planes que tenía para ir a un restaurante de moda, que levantó sospechas. Los japoneses eran muy desconfiados, y el cónsul rápidamente llegó a la conclusión de que trataban de engañarle.

En efecto, así era. El almirante inglés, después jugar unos hoyos, embarcó sin más dilación en el Warspite, un acorazado de la clase Queen Elizabeth. Su misión: interceptar a la flota italiana y destruirla. Para ello contaba con varios ases en la manga. Tenía un portaaviones, el Formidable, traído a toda prisa luego de que el Illustrious quedara fuera de combate. Los italianos nada sabían de este hecho. Tampoco se dieron cuenta de que varios navíos que estaban escoltando convoyes ingleses, se daban la vuelta y se unían a la tropa de Cunningham, que pudo reunir tres acorazados, siete cruceros y una flotilla de destructores, aparte del citado portaaviones.

– Se dice que un avión inglés, un Sunderland, descubrió a la escuadra italiana –comenzó Atami su narración de la batalla–. De cualquier forma, el almirante británico Cunningham salió a su encuentro. Como siempre, los italianos estaban desorganizados, no patrullaban correctamente el mar ni tenían suficientes informadores en tierra. Nadie percibió que casi toda la flota enemiga venía a su encuentro.

– Un solo almirante japonés podría poner firmes a esos inútiles italianos. – dijo Abe–. Tienen buenas naves. Lo que les falta es espíritu combativo.

En parte, Abe tenía razón. Pero lo que en realidad le faltaba a Italia era el verdadero deseo de participar en una guerra mundial. Weilern siempre decía que habían elegido el amor, y esa era la verdad. Mas esa elección no era su único problema. Para mayor desgracia de los italianos, como la Luftwaffe se suponía que debía dar escolta a sus aviones (cosa que finalmente no fue posible, tal y como se habían temido algunos mandos), la Regia Marina mandaba por radio todos sus movimientos al Fliegerkorps 10 a través de la máquina Enigma. Los ingleses en todo momento sabían la posición de los italianos, a dónde se iban a mover y cuáles eran sus intenciones.

Cerca del cabo Matapán, en la península del Peloponeso, se encontraron las dos flotas.

–Al principio la batalla fue favorable a los italianos – prosiguió Atami–, que tenían más potencia de fuego y cañones de más milímetros, pero el portaaviones Formidable lanzó a sus aviones torpederos a la lucha. El gran acorazado Vittorio Veneto, el orgullo de la marina italiana, fue alcanzado por una escuadrilla de Swordfish, los mismos aviones que provocaron el desastre de Tarento.

» Los impactos resultaron decisivos y el buque insignia quedó inmovilizado durante un tiempo. Mientras tanto, el almirante Iachino trataba de proteger al Vittorio Veneto con los restos de su flota, haciendo una orden de batalla extraña y atípica en diversas columnas demasiado separadas entre sí. Durante la retirada hacia Tarento otras naves recibieron impactos y fueron dañadas, como el crucero pesado Pola. Esperaban que en Tarento pudieran apoyarles los aviones italianos con base en tierra, ya que la Luftwaffe no había podido cumplir la promesa de Hitler de protegerlos. Pero se hizo de noche y, para colmo de males, los italianos tampoco sabían que los ingleses estaban preparados para los ataques nocturnos, cosa que ellos ni siquiera habían entrenado. No creían que los encontrarían y avanzaban despreocupadamente camino de su destrucción.

En efecto, la segunda parte de la batalla de Matapán fue un desastre. Los ingleses cayeron sobre los italianos de improviso. Varios destructores fueron destruidos. Diversos cruceros sufrieron impactos definitivos. Los cruceros pesados Fiume y Zara fueron hundidos, y también el Pola tras ser abandonado. Miles de soldados italianos perecieron en las aguas del Mediterráneo.

– El balance final –concluyó Atami– son tres cruceros pesados destruidos, el acorazado Vittorio Veneto gravemente dañado, dos destructores más hundidos y uno también gravemente dañado. Aproximadamente 3000 bajas.

– Es el fin de la Regia Marina en el Mediterráneo – dijo el almirante Abe –. Los mandos italianos, que ya eran tan precavidos que rozaban la cobardía, no volverán a mandar a sus naves a la mar.

Abe consideraba a cualquier no japonés un cobarde por definición, pero el hecho es que la marina de Italia rara vez volvería a combatir en el mar cara a cara con los ingleses durante el resto de la guerra.

– Yo pienso igual – reconoció Atami, algo sorprendido de estar de acuerdo en algo con Abe.

Mientras reflexionaban sobre las consecuencias de lo sucedido, el grupo de espías-diplomáticos siguió tomando su té a diminutos sorbos. Oshima cerró los ojos y dijo:

– El Führer va a montar en cólera cuando sepa todo esto. Italia es un problema insoluble para el Reich. Nunca debimos dejar que el Duce entrara en guerra.

A veces el embajador hablaba como si fuese alemán y no japonés, y eso enervaba al almirante, que dijo en un tono de voz cortante:

– ¿Y sobre Buonamorte? No has dicho nada aún. Explícate, Atami.

El espía miró con desprecio a Abe.

– Alfredo estaba a bordo del Pola, como antes he dicho. El crucero fue virtualmente destruido antes de que lo hundieran. La cubierta se había incendiado, el puente no existía, la chimenea se había derretido. Muchos muertos y heridos, pero Alfredo estaba ileso. Ni un rasguño. El Duce y él hablaron por teléfono y le dijo que le iba a dar la medalla de plata al valor un par de semanas después.

Atami hizo una pausa y sorbió su té.

– ¿Y entonces? – preguntó Abe.

– Entonces se marchó a su hotel y por la mañana le encontraron muerto. Un tiro en la sien. La pistola humeante en la mano.

– Pero no crees que fuera un suicidio –terció Kawahara.

– No. Buonamorte quería morir. Pero era un cristiano devoto y trataba de caer en combate. Realizó todo tipo de acciones para conseguir su objetivo. No creo que en el último momento decidiera suicidarse e ir al infierno de los que profesan esa religión. La guerra continúa en el Norte de África para los italianos. Hay muchas maneras de morir en primera línea. No. Estoy seguro que no se suicidó. Además…

Otra pausa. Atami reflexionaba.

– ¿Además? – quiso saber el embajador.

– Vi a un hombre salir de su habitación a altas horas de la madrugada. Uniforme alemán, pero no sabría decir la graduación. Creo que era de las SS. Lo seguí, pero consiguió darme esquinazo. Un profesional.

Abe miró a Oshima. Este junto las manos. Cerró de nuevo los ojos.

– ¿Schellenberg?

El embajador temía a Schellenberg. Creía que era el

único alemán lo bastante inteligente como para frenar las acciones de los japoneses en Europa. Porque el imperio del sol naciente espiaba tanto a los nazis como a los fascistas de Mussolini. Por el contrario, ni italianos ni alemanes les espiaban. El Führer creía que no se debía vigilar a las naciones amigas. Solo Schellenberg había intentado montar una red de informadores en Tokio y había pedido dinero y recursos para conseguir agentes que hablasen japonés. Sus superiores se lo habían negado, pero Oshima seguía pensando que Schellenberg era peligroso. Incluso Abe le tenía respeto, y el que alguien que odiaba a los occidentales le respetase era la prueba de que no podían menospreciar las capacidades del alemán.

– No pude ver la cara del supuesto asesino – reconoció Atami –. Y no creo que Schellenberg tuviera razones para matar a Alfredo.

– Todo lo relacionado con Weilern escapa a la lógica. No tenemos todas las piezas del puzzle – dijo Higuti.

– Además, no es fácil saber las motivaciones de Schellenberg –opinó Abe–. No podemos descartarlo. Tampoco a Canaris, que ya intentó matarlo en su día.

–Hace mucho tiempo que soy amigo de íntimo de Canaris y conozco bien a Schellenberg –dijo el embajador–. Los dos responsables de las agencias de espionaje alemán son, a mi juicio, bien distintos. Canaris es más previsible. Además, Schellenberg es un oficial de las SS y Atami vio a un SS.

En la embajada del Japón no sabían, por supuesto, que la razón por la que la Abwehr o Inteligencia Militar que dirigía Canaris era tan poco efectiva se debía a que su jefe era un antinazi que quería acabar con Hitler; un traidor que dirigía sus mayores esfuerzos a destruir la obra del Führer. Respecto a la contrainteligencia de las SS, que dirigía Schellenberg, pese a ser una organización mucho más pequeña, había demostrado ser mucho más adaptable y capaz de responder a las necesidades del Reich. Pero Schellenberg era un arribista que quería sobrevivir a la guerra mundial y vivir lo mejor posible entretanto. De tal forma que las dos grandes agencias de inteligencia alemanas tenían poco o ningún interés en ayudar a Hitler. Eso, unido a los mandos italianos que en secreto trabajaban para los ingleses, dejaba un panorama desolador para el Eje. No, tampoco sería el espionaje el lugar donde Hitler ganaría la guerra mundial.

– El asunto Weilern es importante porque el Führer así lo considera – dijo entonces Kawahara, el más cerebral de todos los presentes–. Creo que aún seremos testigos de muchas sorpresas antes de que descubramos la verdad. Pero los asuntos europeos no deben distraernos de nuestros propios problemas.

Abe asintió. Hacía un par de meses el comandante de la armada Imperial Japonesa, Isoruku Yamamoto, había presentado un plan para atacar a los americanos en Pearl Harbour.

– El Estado Mayor rechazará el plan de Yamamoto – dijo Oshima, que había entendido de qué estaba hablando Kawahara–. Aún no entraremos en guerra con los Estados Unidos.

– Tengo mis reservas – dijo Abe, que era un marino y conocía bien a los hombres como Yamamoto. Es decir, un hombre como él mismo –. Nuestro comandante de la Armada no es un italiano. Insistirá en su plan de ataque, querrá tomar riesgos porque es así como se comporta un valiente. Si no le dejan luchar a su modo dimitirá.

Todos los presentes sabían que el Japón no consentiría que el mejor militar de la isla renunciase a su cargo.

– Así pues, al final habrá guerra con América – dijo Atami.

– Es bien posible – reconoció Abe.

– ¿Pronto?

– Antes de que acabe este año de 1941. Una vez tomada la decisión, Yamamoto no querrá retrasarlo mucho más.

El embajador Oshima se mordió los labios. Si Abe tenía razón, Otto Weilern y las pequeñas o grandes derrotas de los italianos pronto serían la menor de sus preocupaciones. Llegaba el momento de la verdad para el emperador Hirohito y sus súbditos.

– Tenno Heika Banzai – chilló Oshima tres veces, tal y como prescribía la tradición–. ¡Larga vida al Emperador!

Una frase que se haría famosa en breve, cuando los

125

soldados nipones cargasen de forma suicida en el frente del Pacífico mientras gritaban aquellas palabras.

– Tenno Heika Banzai – chillaron a coro Atami, Higuti, Kawahara y Abe.

MOMENTOS DECISIVOS DE LA HISTORIA

SUCESO: LA MÁQUINA ENIGMA

Enigma era el nombre en clave de una máquina de cifrado rotatorio que usaron los alemanes (y algunos de sus aliados, como Italia e incluso España en la guerra civil) para encriptar sus mensajes. Cada mes se reconfiguraba para impedir el descifrado por parte del enemigo. Pero estos esfuerzos fueron insuficientes.

FECHA: TODA LA GUERRA.

Los nazis no supieron que los aliados habían conseguido descifrar los códigos de Enigma. No fue hecho público hasta muchos años después de terminada la guerra mundial, por lo que la siguieron usando hasta el fin de la contienda.

CONSECUENCIAS: DESCIFRANDO ENIGMA

En Bletchey Park, una instalación militar situada al sudeste de Inglaterra, un grupo formado por miles de expertos comenzó a trabajar en el descifrado de Enigma en 1940. Los trabajos se aceleraron tras la captura de una máquina intacta en un submarino, el U-Boot U 110, que fue abordado para poder conseguirla. Cabe añadir que máquinas Enigma hubo muchas, que los polacos ya habían avanzado en su descifrado antes de la conquista alemana y que pasaron sus investigaciones y hallazgos a las otras naciones aliadas. Pero los alemanes añadieron más rotores y los trabajos se hicieron más complejos. La máquina Enigma de la Marina Alemana, por ejemplo, era más compleja que las otras y nunca fue plenamente descifrada. De cualquier forma, ya en 1941 muchas de las comunicaciones del Eje eran ya interceptadas y con el paso de los meses se avanzó todavía más gracias a matemáticos como Alan Turing, que tuvo la idea de construir otra máquina para luchar contra la máquina de cifrado: una máquina de descifrado. La máquina Bombe fue capaz de anular en parte los constantes cambios de codificación y de posición de los rotores. Turing fue elevado al rango de jefe de una las secciones de descifrado, la Hut 8, centrada en el problema de la máquina Enigma de la Marina Alemana, como se ha dicho, la más compleja de todas, consiguiendo avances significativos. Pese a sus éxitos, su aportación fue olvidada, ya que murió antes de que se hiciese público el trabajo que se había hecho en Bletchey Park y el descifrado de la máquina Enigma. Recientemente, libros, documentales y películas han rescatado su memoria y su aportación decisiva para el bando aliado en la segunda guerra mundial.

EL SECRETO MEJOR GUARDADO DE LA GUERRA (OPERACIÓN KLUGHEIT)

[Extracto de las conversaciones de Otto Weilern en la prisión de la Lubianka]

Nunca había tenido una conversación con Rudolf Hess hasta aquel día. Es cierto que habíamos coincidido en algunas reuniones oficiales, pocas veces, y no habíamos pasado del saludo. En la mayor parte de las ocasiones ni siquiera eso. Yo era un recién llegado que no contaba demasiado para nadie y Rudolf una reliquia del pasado, la antigua mano derecha del Führer. Precisamente era eso lo que nos unía: todos creían que éramos figuras accesorias, que nuestro tiempo o bien había pasado (Hess) o bien nunca llegaría (Otto). Para desgracia del Jefe del partido nazi, era un personaje torturado, tímido y reservado, que no tenía don de gentes. No llevaba bien el ostracismo forzado al que Hitler le estaba condenando.

Sin embargo, había gente en el entorno nazi que comprendía el poder que aún detentaba Rudolf Hess, o hasta qué punto estaba dispuesto a asumir riesgos para mantenerlo. Y acaso también intuyeran la importancia de un joven teniente de las SS como yo en los planes del Führer. Así pues, ambos éramos personajes menores a los que el destino tenía reservado saltar a la palestra de la fama en poco tiempo.

Muy poco tiempo.

A finales de marzo de 1941 coincidí con Rudolf Hess en el aeródromo de Augsburgo-Haunstetten, que era una instalación militar que pertenecía a la empresa Messerschmitt, que tenía a escasa distancia su principal factoría. Augsburgo era una localidad de Baviera donde pasé unos días por razones personales. Me había aficionado a los vuelos cuando trabé amistad en el pasado con el maravilloso as del aire Ernst Udet y seguía teniendo muy buena relación con diversos aviadores. Estaba fascinado por ese mundo, por la libertad que uno tenía subido a aquellos aparatos maravillosos, por la sensación de que nada importaba, de que todo lo que vivimos los hombres, diminutos desde la perspectiva de la carlinga de un avión, es solo un sueño. Incluso estaba dando clases de piloto, aunque era algo muy complejo y nunca se me dio del todo bien.

Precisamente fue en Augsburgo donde vino a verme el Conde Ciano, que era un piloto experto y aterrizó de forma espectacular su Relámpago, que así llamaban a los Macchi M.C.202, uno de los mejores cazas que tenía la aviación italiana.

– Sabes lo que ha pasado, ¿no? – me dijo Galeazzo nada más descender del aparato, al que traía desde Grecia, donde seguía combatiendo en primera línea de frente junto a los hermanos Mussolini, los hijos del Duce.

– Alfredo ha muerto – dije, pues conocía la noticia.

– Ha sido un golpe terrible.

– Sin duda.

– Hace tiempo que estaba muy extraño, Otto. Al final me dijo que su novia había muerto en el bombardeo de Livorno. ¿Lo sabías?

– No me dijo nada. No quería hablar de lo que le atormentaba.

Ciano respiró hondo, recordando al amigo de su adolescencia. Yo, por mi parte, recordaba al amigo de mi infancia.

– Pero le pasaba algo más aparte de la muerte de su novia. Algo, un secreto tan terrible que trató de disimular todo el dolor que sentía hablando de Ludovica. Sentí que había algo más.

Hablaba de Sankt Valentin, del primer proyecto Lebensborn, de lo que había pasado en aquella casa en Mauthausen. Naturalmente, yo no podía decirle nada al respecto. Sobre todo, porque yo mismo solo recordaba fragmentos. O eso quería creer.

– Ya te he dicho que conmigo no se sinceró. Tampoco me explicó nada de ese secreto del que me hablas – mentí, porque mientras regresábamos de África, el día que comenzó la ofensiva inglesa y fue exterminado el Grupo Maletti, Alfredo me habló del pasado. Dijo que ambos deberíamos haber muerto hace mucho tiempo.

Ciano se encogió de hombros.

– ¿Vendrás al entierro?

– Por supuesto. Quiero despedirme de Alfredo.

Hess, habitualmente tan serio y distante, descendía en ese momento de su caza Messerschmitt BF 110 precisamente con la misma expresión de plenitud que yo había contemplado en el rostro de Udet tiempo atrás. Esa expresión que a veces tenía mi rostro cuando pilotaba en solitario: éxtasis, comunión con los elementos, felicidad... Udet fue perdiendo lentamente la razón y llegó a pensar que era invisible y que sólo en determinados momentos, como cuando estaba en el aire, volvía a ser de carne y hueso, alguien real apegado a este mundo. Lo mismo me pareció que le sucedía a Hess, que saltó desde el ala izquierda dando un brinco y se quitó el casco. Lucía una hermosa sonrisa y caminaba por el hangar saludando todo el mundo. No parecía el Hess que yo recordaba.

– Hola, un placer verle, Reichsleiter – me atreví a saludarle al verle de tan buen humor.

– Ah, el joven teniente amigo del Führer. Otto...

– Otto Weilern.

– Sí claro –De pronto Hess pareció reconocer al hombre detrás de unas grandes gafas oscuras de aviador y un uniforme italiano de piloto–. ¿Es usted, ministro?

– Soy yo, amigo mío. Galeazzo Ciano haciendo un pequeño desvío desde Grecia para ver a Otto. Un placer volver a verle.

Noté inmediatamente que a Hess le disgustaba la presencia del italiano aún más que la mía. Murmuró una frase vaga, inaudible y estrechó blandamente la mano que Ciano le alargaba. Hablaron un breve instante de política y yo aproveché para echar un vistazo al maravilloso caza pesado del jefe del partido nazi. El BF 110 había sido uno de los reyes del aire en las primeras campañas de la Wehrmacht. Pero ahora aviones más modernos y ligeros como el Spitfire inglés lo estaban dejando obsoleto. Pero aun así seguía siendo un aparato formidable.

Me sorprendió que el avión de Hess, que estaba pensado para al menos dos personas, tuviese ahora espacio para una sola y que le hubiesen añadido modificaciones para llevar más combustible, como si se pretendiese hacer un viaje de largo recorrido. Así se lo hice notar. Hess se volvió, dejó de fingir una sonrisa y me dijo:

– Me gusta ir lo más lejos que puedo con mi aparato sin repostar. Hasta Kiel o al sur hasta Italia. No soy persona de medias tintas, si me subo a mi avión es para pasar un buen rato.

Antes de que yo pudiese responder, Rudolf abrió los brazos y se inclinó. Oí unas zancadas a mi espalda. Por la pista estaba corriendo el pequeño Wolf Hess, que se abrazó a su padre lleno de felicidad. Este lo cubría de besos y luego hizo lo propio con su esposa Ilse. Por su gesto y efusividad, parecía que no se hubiesen visto en meses. Me constaba que Rudolf llevaba en Alemania desde hacía tiempo y vivía con su familia. Pero en realidad supongo que se estaba despidiendo porque sabía que cualquier día tendría que coger aquel avión y realizar la misión secreta que le hizo famoso. Yo por entonces no podía imaginarlo y supongo que pensé que aquel hombre de apariencia fría, casi mística, era en realidad un padre afectuoso en la intimidad. Lo he visto otras veces en hombres de aspecto y actitud mucho más gélida.

De cualquier forma, la conversación no fue mucho más allá. Con Hess, porque se fue con su familia. Con Ciano, porque debía marchar al frente griego, donde Italia seguía sufriendo derrota tras derrota. Pasé la tarde con una muchacha con la que tenía relaciones esporádicas desde hacía un tiempo. Esa era la razón por la que daba clases de vuelo en Augsburgo y por la que me había tomado unas cortas vacaciones. No hay nada como la pasión de una relación que comienza.

– ¿Debes irte mañana? –me preguntó ella, tumbada en el lecho, completamente desnuda.

Era una hermosa bailarina que acaba de cumplir 21 años llamada Traudl Hums. Hacía tiempo que no tenía relaciones con una mujer de mi edad y era una sensación nueva y maravillosa. Estábamos muy enamorados (al menos todo lo que se enamora uno en tiempo de guerra, donde cada pocos meses surge un nuevo amor). Ella venía a verme cada vez que bajaba a Baviera desde Múnich, de la que era natural. Allí, en Augsburgo, lejos de sus conocidos, teníamos nuestro nidito de amor y éramos tan felices como nuestros sueños de juventud.

– Ya sabes que sí. He estado demasiado tiempo alejado de mis deberes.

– ¿Volverás a Berlín?

– Antes pasaré por Mauthausen. Tengo un asunto pendiente. Pero luego iré a la capital del Reich a la búsqueda de un nuevo destino.

– Me gustaría vivir un día en Berlín –dijo Traudl, que estaba estudiando en la escuela comercial y de secretariado de Múnich. No quería renunciar a sus sueños de ser bailarina y había sido contratada en espectáculos locales en varias ocasiones. Sabía que seguramente acabaría siendo una simple secretaria más en cualquier empresa, pero ella soñaba con ir a Berlín y ser una gran artista. Me recordó a una de mis antiguas amantes, Mildred Gillars, cuyos sueños de ser actriz se truncaron y ahora trabajaba en la radio alemana.

– No creas que Berlín es un lugar tan maravilloso. Solo es una ciudad. No es muy diferente de Múnich, en realidad.

– Me gustaría comprobarlo por mí misma. ¿Por qué no me llevas?

– Ay, mi dulce Traudl. Ojalá fuera posible.

La cogí de la barbilla y la besé. Hicimos el amor hasta la madrugada. Cuando ella se durmió me asomé al balcón de mi hotel y me fumé un cigarrillo. Me volví. Traudl estaba bellísima, rubia, sinuosa y perfecta bajo la luz de la luna.

No podía imaginar que aquella dulce muchacha bávara también pasaría a la historia del Tercer Reich. Lo haría, eso sí, con el nombre en diminutivo, Traudl, y su apellido de casada, Junge.

Traudl Junge, la última secretaria de Adolf Hitler, la que le acompañaría hasta el último momento en el búnker de Berlín. Pero para eso aún faltaban cuatro años. Casi un lustro de muerte, destrucción e infamia nos esperaban.

*_ *_ *_ *_ *_ *

A la mañana siguiente regresé al campo de Mauthausen, donde todavía acudía en ocasiones y estaban todavía mis pertenencias. Oficialmente seguía viviendo en la cercana ciudad de Sankt Valentin, en la escuela que un día compartí con Alfredo y otros cinco niños, uno de ellos mi hermano Rolf. A veces me preguntaba qué habría sido de ellos.

La muerte de Rolf, todavía reciente, hacía que odiase aquel lugar. Me preguntaba por qué nunca abandonó mi hermano aquella casa, por qué había vivido hasta su última hora precisamente en el edificio de la escuela. El lugar donde nos explicaron que nuestra estirpe aria estaba en peligro. Los judíos, los gitanos, los negros, los eslavos y el resto de razas inferiores de todo el mundo crecían a ritmo exponencial, mientras el ritmo de nacimientos de germano-nórdicos puros disminuía. Algo que el Führer no podía permitir.

Decidí que era el momento de deshacerme de las pertenencias de Rolf, de cederlas a una institución dedicada a la caridad o a alguna de los muchos planes para ayudar a nuestros ejércitos en combate con ropas, vajilla, muebles... todo valía para que el concepto de guerra perpetua calase en el fondo de nuestras almas. El ejército alemán y el pueblo eran la misma cosa. No podíamos olvidarlo. Hice una pila con las cosas de mi hermano, encontré los libros que le había regalado, los del gran filósofo nazi Rosenberg, los de Beumelburg, y muchos otros con los que pretendía educar su alma noble en el amor al régimen nazi. Sentí asco de mí mismo y vomité sobre el enlosado.

– Sin ti seguiría siendo un nazi – dije al sótano vacío, donde acababa de entrar buscando respuestas–. Gracias, hermano.

El sótano, el lugar donde pasaba horas estudiando junto a Rolf "el torpón" y Alfredo "el espagueti". Yo era muy pequeño y casi había olvidado. Había cajas por el suelo, suciedad y un sinfín de cachivaches. Una pizarra casi me cae encima y vi a una rata huyendo del estrépito. Encontré un cuaderno con las pruebas de matemáticas y de álgebra, que intentaban imbuirnos el amor a la raza, la guerra y todos los principios de la ideología nazi. Nuestros problemas no hablaban de lo típico: de un hombre que está en una ciudad A y de su novia, que está en una ciudad B, y tienen que coger el tren para encontrarse en un punto X a calcular por los estudiantes según una velocidad dada de sus vehículos o de los trenes en los que viajan. En lugar de eso, nos hablaban de un avión de combate, de los kilómetros por hora con que circulaba por el aire y el tiempo que tardaría en lanzar sus bombas sobre determinado punto.

En física y química hablábamos de trayectorias de misiles, en ciencias sociales de cómo defendernos de un ataque con gases y cómo usar las máscaras para protegernos. Incluso en caligrafía las frases que repetíamos en nuestros cuadernillos decían «el líder de la gran Alemania debe ser: racialmente puro, magnífico, brillante estratega» y cosas por el estilo. Una y otra vez repetíamos aquellos ejercicios que no solo nos enseñaban a escribir, sino a convertirnos en patriotas.

Incluso nos quitaron un cuento que teníamos de Blancanieves y nos dieron otro modificado. Uno en que la historia era ligeramente distinta. La bruja y los enanitos eran racialmente impuros, y el príncipe era un noble germánico que encontraba dormida, secuestrada por puercos no arios, a la mujer que le iba a dar los retoños de sangre nórdica que necesitaba para su reino.

Sangre nórdica perfecta. Sí, de aquello iba aquella historia. Los niños que estudiábamos allí éramos ejemplos de la sangre más pura, uno por cada subraza aria: corded, danubiana, hallstatt, kéltica, borreby, brünn y nórica. Se eligió a un niño de cada subraza y se les preparó para que alcanzasen la edad adulta en el momento en que comenzasen las gloriosas batallas en las que ahora estamos embarcados. Arios perfectos educados en los valores nacionalsocialistas y listos para ocupar su lugar en la cima de nuestra raza, lo más importante de este mundo. Yo era el representante de la hallstatt, la más pura de todas y por tanto el mejor de todos los elegidos, el destinado a... ¿a qué estaba destinado Otto Weilern en realidad? ¿Por qué era observador plenipotenciario? ¿Qué esperaba el Führer de mí?

Hacía varias semanas, desde que Alfredo me conminó a recordar, había comenzado a viajar con la retentiva a aquel lugar. Y los recuerdos me daban miedo. Pero estaba dispuesto

135

a enfrentarme a ellos.

– Mildred Gillars tiene el libro – dije en voz alta, consciente de que Heydrich me había dado un volumen, un panfleto nazi llamado el informe Lebensborn.

Aquella obra explicaba lo que sucedió en 1922, cuando se escogió a los niños originales destinados a ser arios perfectos. Un informe que solo lo conocían el mismo Heydrich, el doctor Morell y los máximos conspiradores de aquella trama, incluido Hitler. En su momento no le presté atención, lo leí de forma superficial. Y más tarde leí un informe incompleto. Debía conseguir aquel libro, que estaba en casa de Mildred, de la que me había ido precipitadamente cuando la dejé. Solo esperaba que aún lo conservase.

Volví al piso de arriba y decidí que aquella vez ni siquiera visitaría al campo de Mauthausen, un lugar donde se cometían todo tipo de tropelías y asesinatos contra españoles apátridas, asociales o judíos. Y todo en nombre del Führer y del Reich en los 1000 años.

Me fui a la cantina y debo confesar que me emborraché. Traté de olvidar el pasado, la escuela, los planes de Hitler y de Heydrich. Solo quería ser un joven de veinte años por una vez, un solo día de mi vida. Ya estaba haciendo planes para ir a visitar a una prostituta en Linz cuando llegó a mis oídos una conversación de un grupo de oficiales sentados a una mesa.

– Rommel está llegando al norte de África para ayudar a los italianos – decía un tipo rudo con uniforme de Obersturmführer-SS que, por cierto, era también mi rango, el equivalente a teniente en el ejército regular.

– Llega el momento de que demostremos a esos italianos cómo se lucha – dijo su amigo, un tipo alto y pálido, un sencillo Mann-SS cuya cara me sonaba de haberlo visto por el Lager de Mauthausen.

– Yo me alistaría – dijo el primero.

– Y yo también – repuso ufano su compañero –. Pero mi mujer, ya sabes...

– Y la mía. Y la mía.

Rieron en voz baja, cómplices de una broma privada. Lo cierto es que el personal de los campos de concentración era un nido de cobardes, de gente con amigos, familia o contactos que no querían verlos luchando en primera línea. Otros eran sencillamente cojos, tullidos o estúpidos, gente cabreada con el mundo (y cuidadosamente escogida por los reclutadores de las SS que mandaba Himmler), gente capaz de hacer o de permitir las mayores atrocidades con los presos. Pero a aquellos miserables eso no les impedía soñar con ser unos valientes luchando con el general Rommel en el desierto. Cosa que nunca harían en el mundo real.

Pero yo sí lo había hecho. Conocía bien a Rommel ya que había combatido a su lado en la campaña de Francia y había pasado muchos días en su tanque de mando avanzando a través de las Ardenas, camino de la costa. Me pareció una idea excelente regresar a África con aquel hijo de matemáticos, obseso del orden, brillante y perfeccionista. Era la persona más adecuada para precisamente poner orden en el desastre del frente del norte de África. Y acaso en mi vida.

Porque los italianos habían ido encadenando nuevas derrotas a pesar de haberse retirado a posiciones defensivas en Tobruk y Bardia, la primera con unas defensas realmente increíbles y una guarnición de decenas de miles de hombres. Pero de igual forma los italianos habían sido derrotados una vez más de forma ignominiosa entre Marsa Matruh en Egipto hasta Beda Fomm al sur de Libia a lo largo de casi 1000 kilómetros. Los ingleses habían superado Bengasi y se habían detenido en el Agheila. Tenían Trípoli, la capital de Libia, casi a tiro de piedra y seguramente de haber sido algo más decididos habrían pasado de largo hasta echar por completo al ejército italiano de África. Los hombres del Duce hacía tiempo que no oponían resistencia, pero los británicos, ante la magnitud de su victoria decidieron mandar parte de su ejército a Grecia donde creían que las tropas alemanas no tardarían en atacar. Muchos de sus aviones se unieron a las tropas griegas y desembarcaron tropas en Creta. Al final, ante las victorias griegas y el temor heleno a una intervención alemana (a causa de la presencia británica en su territorio), los ingleses no fueron más allá, y se quedaron a medio camino en ambos frentes. Ni se desplegaron en Grecia ni terminaron la conquista de África. Un error que en breve pagarían caro.

Me pareció un reto estupendo incorporarme de nuevo

como observador plenipotenciario al ejército recién formado de Rommel, al Afrikakorps, así que hice unas llamadas y aceleré mi traslado, que ya había pedido meses atrás. Acabé encuadrado oficialmente en el 33º batallón de suministros de la 15ª división Panzer. Esta vez no sería solo un observador sino un soldado más a su servicio.

Era el momento de convertirme en un hombre.

*_ *_ *_ *_ *_ *

Recuerdo bien el rostro de Rudolf Hess, delante del despacho de Hitler, esperando. Era la segunda vez que me lo encontraba en pocos días y la última vez que lo vi. Recuerdo sus cejas velludas, su rostro afilado y fanático, sus manos nerviosas frotándose una contra otra a la espera de recibir un gesto del amado líder. No sé si ese gesto llegó porque yo tenía la cabeza en otra parte, en mi propia reunión con el Führer. Pero siempre me preguntaré qué estaba pensando Rudolf Hess, si estaba ya planificando la insensata misión que le haría famoso.

Sea como fuere, de aquel día en la cancillería del Reich lo que recuerdo es a Hitler, y todavía más que a él a mi tío Theodor Eicke. A él le debía mucho, no sólo mi estatus actual sino muchas de las oportunidades que se me habían presentado en la vida. Y ni siquiera sabía si era realmente mi tío o si se trataba de una consideración honorífica por todos los años que había cuidado de mí mientras estuve en Sankt Valentin. También había cuidado de Rolf, mi querido hermano, mientras estuvo vivo. Fue idea de Eicke enrolarlo en las SS dentro del campo de concentración de Mauthausen, sobre todo para protegerlo de la Aktion T4, la eliminación de deficientes mentales y de gente de poco coeficiente intelectual, ese tipo de gente que no encajaba en el Reich.

Pero mi hermano nunca encajó en el campo de Mauthausen. No era su sitio un lugar donde se pegaba, torturaba y vejaba a los diferentes con la excusa de reeducarlos. No era su sitio un lugar donde había hornos crematorios para los centenares, miles, que morían en las canteras. No, mi hermano nunca fue un buen SS.

Sus compañeros de la Banda de la Calavera lo sabían. Yo les oía hablar y hacía oídos sordos, aun después de su muerte. A veces, al regresar a Mauthausen luego de unas de mis salidas como observador plenipotenciario, me llegaba el sonido de sus voces. Siempre se colaba entre la bruma de sonidos una voz rota que tosía, escupiendo tabaco de mascar. Esa voz amarga no tardaba en hacer un chiste sobre el tonto, el idiota de Rolf Weilern. Rolf el manazas, el torpón; Rolf el–que–siempre–está–enfermo; Rolf el zángano, el que no está adscrito a ninguna unidad específica en el Lager porque es incapaz de hacer nada a derechas.

"¡Viva la Totenkopfverbände, la Banda de la Calavera, la horda de superhombres que cuidamos de que el orden y la pulcritud nacionalsocialistas se cumplan en los campos de concentración!" –decía una voz desconocida.

"Tuvo suerte ese imbécil" –concluía aquella voz, con un tono que había abandonado el guiño jocoso para mostrar todo su odio, envidia e ira–, "tuvo suerte ese Rolf Weilern de que su tío fuese el mismísimo Theodor Eicke, el creador del sistema de campos de concentración y de exterminio, sino hubiese muerto en primera línea del frente, dejándose pinchar el culo por las bayonetas de los ingleses."

Y entonces todos reían a costa de Rolf Weilern.

Salí a la calle y le partí los dientes a culatazos al insensato que había hablado así de mi pobre hermano muerto. Me habría pasado un tiempo en el calabozo de no haberme reclamado el mismo Führer en Berlín. La llamada del supremo guía de Alemania me había salvado:

–¡Heil Hitler! –ladré, levantando el brazo con desgana. Nos habíamos visto en dos ocasiones ya en el pasado, en una habitación de un hospital de Múnich y en EL Palacio de la Ópera de París. En ambas me había parecido un hombre brillante, un sabio estratega pese a sus defectos. Pero en esta ocasión contemplaría su verdadero rostro.

–¡Heil! –gritó entonces mi tío Eicke, a mi diestra, como si quisiera acompañarme en mi presentación.

El Führer cerró los ojos con gesto de satisfacción.

139

Luego, antes de que pudiese establecerse un vínculo similar a un comienzo de nuestro diálogo, se enfrascó en un discurso de media hora de duración, donde me explicó la evolución del frente en África, la próxima invasión de Rusia y el futuro glorioso del Reich, que dependía de ambas campañas. En Rusia se iba a dirimir el destino de Occidente, aseguraba. Se había visto obligado a postergar la invasión por culpa de las derrotas de los italianos en el frente de los Balcanes y en la propia África, pero cuando se hubieran estabilizado esos dos frentes, pensaba atacar sin piedad al enemigo eslavo. No me sorprendí. Todo el mundo hablaba de la necesidad de acabar con la amenaza de Stalin. Sus palabras eran la confirmación de un secreto a voces, aunque todo aquello me traía sin cuidado. Eran otros secretos los que había venido a desentrañar.

–Me han dicho que quieres incorporarte al grupo de ejércitos de Rommel en Libia –me dijo entonces, cambiando de tema y reclamando por fin una palabra de su interlocutor.

–Sí, mi Führer.

–Voy a conceder tu traslado con una condición –Hitler se inclinó hacia adelante, aproximándose, buscando mi complicidad.

–Lo que usted diga.

Hitler se atusó su bigote y luego, como movido por un resorte, se levantó de un salto y vino a mi encuentro casi a la carrera.

–Debes prometerme, hijo, que procurarás no correr peligro alguno. Te destinarán a una unidad de suministro y Rommel tiene orden de no usarte en ningún caso en formación de batalla. Sin embargo, debes prometerme que de ninguna manera, en caso de verte envuelto en combates cuerpo a cuerpo, responderás al fuego. Te protegerás y salvarás la vida. El destino de Alemania depende de ello.

Como antes os he adelantado, ya intuía hacía tiempo que ocupaba un lugar importante en alguna ecuación relacionada con la turbia sombra del poder que encarnaba Adolf Hitler, pero, ¿un papel principal? ¿Un papel protagonista? Aquel hombre debía estar loco. Creo que vacilé un momento, confuso, antes de responder:

–¿El destino de Alemania depende de que yo sobreviva,

mi Führer?

–Sin duda –Hitler me cogió de un brazo y me lo estrechó con fuerza. Pareció por un momento que iba a ruborizarse–. Tú me sucederás un día al frente del Reich. Dentro de no muchos años, tú serás el Führer de nuestra nación.

Hitler se alejó entonces de mí hacia la balaustrada y se asomó al exterior, repentinamente abatido. Le hice un par de preguntas más, anonadado por aquella increíble revelación, pero no me contestó. Entonces comenzó a hablar de Wagner, de que el arte de la música había entrado en franca decadencia.

–¿Has pensado alguna vez en lo que pasaría si Wagner renaciese? ¿No sería maravilloso que hubiese dos, tres, diez Wagner componiendo distintas músicas en puntos diferentes del Reich? Si la conjunción de genes que llevaron al nacimiento de Richard Wagner fuese predecible, el mundo caería rendido a nuestros pies. Ah, qué gran sueño, qué gran futuro nos depararía la historia si algo así fuese posible.

Convine que el nacimiento de un genio como Wagner era un caso excepcional que, por desgracia, sólo se repetía cada dos o tres siglos pero, ¿diez Wagner? Cuando hay diez genios ninguno de ellos realmente lo es; la genialidad deviene vulgaridad y repetición. Sin embargo, aquel asunto era una abstracción que no conducía a nada, así que desvié la conversación de nuevo hacia su aserto anterior. "¿Acaso yo habría de sucederle un día en la jefatura del estado? ¿Era una broma tal vez?", pregunté.

–¿Broma, dices? ¿Una broma?

Hitler se abalanzó hacia la silla de madera, sentado a la cual me había recibido minutos atrás, y la lanzó al suelo. Mi tío, que continuaba tras ella, a un par de metros, reculó como si no pasase nada y recompuso el mismo gesto impertérrito que llevaba mostrando desde el comienzo de aquella entrevista.

–Yo te diré, joven Weilern, lo que es una broma. –El rostro de Hitler presentaba una palidez cadavérica mientras farfullaba–: Una broma es que Inglaterra no se haya rendido ya ante nuestra superioridad técnica y militar, nuestra fuerza de voluntad y nuestro coraje. Una broma es que haya naciones que todavía se unan a las fuerzas aliadas para combatirnos.

Una broma es que todos los estados del orbe no quieran acompañarnos en nuestra lucha contra la Unión Soviética. Una broma es que no haya estatuas mías en todas las plazas de todas las ciudades de Europa, ¡de medio mundo! Una broma es que me vea forzado a hacer cumplir por medio de las armas lo que es evidente para cualquier hombre civilizado: ¡que Alemania debe gobernar el universo!

El rostro del Führer había comenzado a teñirse de escarlata y luego, como si le faltase el aire, cobró un tinte azulado. Por fin, respiró profundamente y dijo:

–Tal vez, si Wagner renaciese, si hubiese esos diez Wagner de los que te hablaba componiendo óperas sublimes por todas las ciudades europeas, entonces hasta los más borricos comprenderían la grandeza y superioridad de nuestra comunidad racial aria, y no tendríamos que luchar, calle a calle, barrio a barrio, país a país, para demostrarlo.

Hitler regresó a la balaustrada mientras tarareaba un fragmento de Die Meistersinger von Nürnberg (Los Maestros Cantores de Núremberg), su ópera preferida. Luego, poco a poco, comenzó a cantar con voz rota:

¡Esta noche, seguro!

A lo que me atreveré,

¿cómo podría yo decirlo?

Nuevo es mi corazón, nuevo mi juicio,

nuevo es para mí todo lo que emprendo.

Sólo una cosa sé,

sólo una concibo:

¡Ganaros a vos

con todos los sentidos!

Si con la espada no he de lograrlo,

valga cantaros como maestro.

¡Por vos, sangre y bienes,

por vos,

el arrojo divino del poeta!

Es curioso cómo puede uno despertar de un sueño. Yo lo había hecho súbitamente, como despierta uno de esos días en que las fantasías nocturnas no terminan con el primer bostezo. Reales, vívidas, por unos instantes forman parte del universo real. Así fue mi despertar. Consciente de la ilusión que había vivido, podía por fin salir de ella y contemplar sus desvaríos desde la barrera. Había dejado atrás mi condición de durmiente.

–¡Dios mío! –creo que musité, recordando los ojos del Führer cuando, cara a cara, me hablaba de Wagner o de las efigies de su persona que un día presidirían las plazas de todas las naciones de Europa.

–¿Ahora lo entiendes? –dijo Theodor Eicke, acercándose por fin hasta donde yo me hallaba. Su mirada era acerada, su uniforme de las SS impecable, su pelo cortado a cepillo. Más bajo que Hitler, pero con un gesto lleno de rabia que le hacía parecer un gigante. No en vano, con casi cincuenta años, estaba en la cima de su carrera.

–No sé qué debo entender, señor, pero he visto antes esos ojos.

–¿Sus ojos?

–Esos ojos de alucinado - dije, al ver que Theodor parecía no entenderme -. Esa actitud de pronto tranquila, sosegada, comunicativa y al cabo insomne y contemplativa, y finalmente airada. Pero sobre todo esos ojos.

Suspiré, recordando la mirada brillante, de ojos que se

143

movían muy rápido, como si no pudiesen fijar su mirada en un punto demasiado tiempo. Añadí:

–Conocí una vez en Mauthausen a una persona, un preso, que presentaba un cuadro avanzado de sífilis. Había perdido la cabeza por la enfermedad.

–¡Ah! –mi tío asintió, dejando una frase en el aire.

–Pensé que nunca volvería a ver esos ojos. –De pronto bajé la voz, aunque Hitler seguía canturreando ajeno a todo–: Nunca imaginé que el Führer pudiera estar tan enfermo. ¿Es sífilis?

–Neurosífilis. Un estadio final de la enfermedad. Hace mucho que la contrajo –me confirmó Theodor, aunque callando al cabo, evasivo.

–¿Hace mucho? ¿Cuánto es mucho?

–Por lo menos quince años, tal vez más. Eso nos ha dicho su médico personal, Morell. Cuando debió pasar, Hitler era aún muy joven y nuestro NSDAP apenas era un grupo de ultraderechistas de provincias. Una prostituta, tal vez, pero ni el propio Führer lo sabe. El mal ha avanzado mucho desde entonces y ya no puede hacerse nada.

–¿Y las leyes raciales, tío?, ¿y el Mein Kampf?, ¿y las teorías políticas, éticas, sociales, en las que se basa el Tercer Reich?, ¿y el concepto de enemigos del pueblo?, ¿y la persecución de los izquierdistas, de los judíos, de los gitanos, los homosexuales o de las razas inferiores? ¿Acaso todos los fundamentos del nacionalsocialismo son fruto de una mente enferma, de un megalómano, de un demente?

Mientras yo hablaba, Theodor no le quitaba la vista a Hitler, que declamaba un texto del segundo acto con voz estentórea, ajeno a nuestra conversación.

–Eres lo bastante listo para darte cuenta, Otto, de que en la vida no hay absolutos. Una mente enferma puede ser una mente brillante; el exceso puede ser beneficioso en un momento de crisis como el que pasaba nuestro pueblo durante la República de Weimar. Además, hoy tiene un mal día. Creo que está nervioso por todos los reveses que estamos teniendo por culpa de los italianos y por poder verte de nuevo. Tú le importas mucho. Pero usualmente puede aparentar normalidad.

Aparentar normalidad. Me quedé con esa frase dando vueltas en mi cabeza. El Tercer Reich era una farsa y todos nosotros, los alemanes, cómplices y rehenes de un hombre que deliraba.

–¿Cuánto más podrá aparentar normalidad, tío?

–Tres o cuatro años más, a lo sumo. A finales del cuarenta y cuatro o principios del cuarenta y cinco... habrá que sustituirlo. Por Goering seguramente. Pero un día llegará tu hora. Al fin y al cabo, todo tiene que ver contigo y con el futuro del Reich.

Sentí que mi mano derecha se crispaba. Estaba harto de mentiras, de verdades a medias y de incógnitas que se saldaban con nuevas incógnitas.

–¿El futuro del Reich? ¿Tú también me vas a salir con eso de que yo tomaré el lugar de Hitler cuando él ya no esté? ¿O es también un desvarío de su mente enferma?

Theodor sonrió, mientras me hacía pasar a la otra parte de la estancia, lo más lejos posible de la balaustrada, donde el Führer continuaba con sus improvisaciones operísticas.

–El futuro es una interrogante siempre abierta, y tu lugar en ese futuro como Presidente o Canciller del Reich es sólo una opción. Una opción y nada más. Una de las muchas que hombres más poderosos que yo están barajando para cuando llegue ese día.

–¿Una opción? ¿Cómo voy a ser yo una opción para la sucesión de Hitler? ¿Qué tengo yo que me haga especial? ¿Soy realmente tan valioso?

–¿Valioso? Para algunos, eres mucho más que valioso. Ya oíste al Führer. No debes correr riesgos en África. Si los corres, si desobedeces... regresarás a Mauthausen antes de que termine de chasquear mis dedos. –Como prueba de sus palabras, los chasqueó delante de mis narices– Sobre el resto de respuestas que me pides, debes entender que ya he dicho más de lo que debería. Esos hombres poderosos de los que te he hablado, un día se pondrán en contacto contigo y te ofrecerán la jefatura del estado. Entonces, te explicarán lo que quieres saber y acaso cosas que preferirías no haber descubierto jamás.

145

–¿Qué hombres poderosos? ¿Himmler, Goering, Goebbels? –inquirí entonces, todavía incapaz de creer lo que se me estaba explicando.

–He dicho hombres "realmente" poderosos.

Lancé a mi tío una mirada elocuente que se tornó poco a poco melancólica. Alemania no se merecía aquéllos que la gobernaban: locos, mediocres, intrigantes...

–Así que tú no eres el único guardián de ese secreto. Y el resto de los hombres que lo custodian son, como tú, hombres de segunda fila, que prefieren gobernar en la sombra.

Mi tío se alejó. En su rostro se alargaba una mueca triste:

–No hagas conclusiones precipitadas de asuntos que no conoces. Yo no cuento demasiado en esta historia. Me limité a cuidar de ti y de Rolf cuando se me requirió. Además, por hoy, ya basta de preguntas. Hablaremos de nuevo cuando regreses de África del Norte.

Estaba cansado. Aquella conversación, mezcla de revelaciones y de subterfugios que se encadenaban, era demasiado para mí. Antes de marcharme, sin embargo, necesitaba saber algo más. La razón por la que era tan importante.

–¿Quién es mi padre, Theodor?

Eicke meneó la cabeza.

–Hace ya mucho te dije que me llamases tío. Te crie de niño como hice con tu hermano y ayudé a tu madre a salir adelante en unos años difíciles. Obedecía órdenes. Nada más. –Theodor se detuvo, abriendo la puerta de la sala. Hitler reaccionó ante el sonido del tirador, detuvo su canto y, volviéndose, nos miró a ambos con los ojos muy abiertos, como si él también regresase de un sueño.

–¿Y bien? –insistí–. No ha contestado a mi pregunta, Herr Gruppenführer-SS.

Y Eicke, en tono desabrido, me confesó:

–No. No eres hijo natural mío, Otto. Tampoco de Hitler, si es lo que estás pensando. Tú no eres hijo de nadie.

*_ *_ *_ *_ *_ *

Decidí que no regresaría en mucho tiempo a Berlín. No se me había perdido nada allí. Sabía que más tarde o más temprano debería rendir cuentas a los que movían los hilos de mi existencia, pero primero quería estar de nuevo en combate junto a Rommel, unos de los hombres más extraordinarios que había conocido, y olvidarme del presente, de las muertes de Rolf y Alfredo, del libro sobre Lebensborn, de todas las cosas terribles que acechaban mi mente, de las decisiones que había tomado y las que tendría que tomar.

A los pocos días estaba en un avión con destino a Trípoli, un Savoia-Marchetti SM-73, nave de pasajeros (ahora con propósitos militares) que conectaba Italia con Libia. Aterricé en Castel Benito, un pequeño aeropuerto que los italianos habían construido a las afueras de Trípoli. Ignoraba que Rommel acababa de hacer lo propio a unos pocos metros. Al bajar del avión prácticamente me di de bruces con el general, que exclamó:

– ¡Dios mío, el joven Weilern! Sabía que tarde o temprano volveríamos a encontrarnos.

– Un placer, general.

– Supongo que vuelves a ser mi observador plenipotenciario particular, que tengo que salvaguardar tu vida a toda costa y que te tendré conmigo como una lapa durante toda la campaña – dijo esbozando una sonrisa.

– Así es, señor.

– Bueno, por lo menos esta vez no tengo que decirte que te vistas de uniforme. Ahora pareces un soldado.

En efecto, llevaba un uniforme tropical completo, propio de los soldados del Afrikakorps, con mis botas altas, mis pantalones cortos y mi camisa de color bronce. Incluso llevaba mi gorra y la escarapela de los Panzergrenadier.

– Soy un soldado – le corregí –. Quiero servir como uno más.

Rommel sonrió.

– Sabes que eso no es posible. Hitler me arrancaría la piel a tiras si te pusiese en peligro. Pero te tendré a mi lado y

147

veremos a dónde nos lleva esta aventura en África.

Como sucediera en Francia, en lugar de enfadarse como los otros altos mandos ante los que yo aparecía, Erwin lo tomó como una oportunidad. Al fin y al cabo, ya me conocía y sabía que yo era de fiar. Se volvió entonces hacia el oficial de enlace con los italianos, Keggenreiner, y le dijo:

– Tenemos un nuevo miembro en nuestro grupo. Trátele como si fuese yo mismo o el hijo del mismísimo Führer. ¿Entendido?

– Entendido, señor.

– Ahora lléveme delante del comandante en jefe.

Keggenreiner carraspeó:

– No hay comandante en jefe, mi general. El mariscal Graziani ha dimitido. No hay nadie al mando de las tropas del Eje en el norte de África.

En el cielo, una nube compacta de aviones de la Luftwaffe iba y venía como un enjambre de moscas llevando tropas y suministros. Rommel estaba pálido y tenía los labios tan apretados que comenzaron también a palidecer. Luego suspiró y dijo:

– Cuando las cosas comienzan mal el reto aún es mayor y por tanto mayor reconocimiento tendremos en la victoria. ¿no es cierto, señor Weilern?

*- *- *- *- *- *

Nos reunimos finalmente con el general Gariboldi, que acababa de ser nombrado responsable interino del Ejército de África Septentrional, es decir, de toda la parte de África que aún controlaban los hombres del Duce. El general Gariboldi, hombre de porte distinguido y abundante mostacho blanco, estaba desmoralizado, como el resto del ejército italiano. No puso mucho interés en la idea de Rommel de plantarse en el último baluarte que controlábamos, Sirte, y aguantar allí a cualquier precio.

– ¿Está usted seguro de que seremos capaces de detener a los ingleses?

– A eso hemos venido – repuso Rommel –. Y estoy seguro que Mussolini estaría de acuerdo en que el ejército italiano no puede soportar el peso de nuevas derrotas.

Siempre que se nombraba al bueno de Benito, sus oficiales reaccionaban como si un secreto resorte se hubiese activado en sus cerebros. Eso lo sabía bien Rommel, que asistió sin sorpresa a un súbito ataque de actividad de Gariboldi, que comenzó a dar órdenes a diestra y siniestra, preparando la defensa de Sirte.

Pocas horas después, a bordo del Heinkel 111 que había traído a Rommel hasta África, sobrevolábamos el desierto, conociendo un poco mejor la Tripolitania y preparándonos para el combate. Los Heinkel 111, como el Savoia en el que había sido pasajero horas antes, nacieron como aviones de transporte de pasajeros, pero habían acabado actuando de bombarderos y para todo tipo de servicios. Eran aviones robustos en los que Rommel se sentía seguro, si bien estaban ya algo desfasados y poco a poco serían sustituidos por aparatos más modernos.

Por la noche llegó Ciano, que se había presentado voluntario en una de las pocas unidades italianas que quedaban en pie de la Regia Aeronautica. Había sido piloto en Etiopía y luego en Grecia y tenía una amplia experiencia. Tanto él como sus amigos estaban acostumbrados a combatir el tiempo que le daba la gana en un frente y luego regresar a Roma cuando les parecía, un tipo de libertades que con la llegada de Rommel no durarían mucho tiempo. A estos nuevos condottieros, caballeros medievales, mitad diplomáticos y mitad soldados, pronto se les acabarían los privilegios.

– Me han dicho que estabas en Nibeiwa cuando comenzó la ofensiva inglesa – me dijo Ciano la mañana en que los primeros efectivos alemanes llegaban a Sirte.

– Así es, señor.

– Llámame Galeazzo. Hemos hablado ya en demasiadas ocasiones para andarnos con cumplimientos.

– Muy bien, Galeazzo.

Ciano era un hombre apuesto de treinta y ocho años recién cumplidos, siempre bien vestido, con el pelo corto y cuidado. Además, era el esposo de la hija del Duce. Había pocos hombres en el mundo más seguros de sí mismos que el conde. Pero por otro lado era un hombre sencillo a su modo, espontáneo, que no actuaba como algunos nobles italianos estirados que conocía o como algunos generales prusianos. Siempre fue un tipo accesible y cercano.

– Allí estuviste con Alfredo.

– En efecto. No fue agradable ver morir al general Maletti y a sus hombres.

– Aquello fue un error – dijo Ciano, palmeándose una pierna –. Pero no van a volver a producirse desastres de esa envergadura.

– Eso es lo que esperamos todos, que Rommel y Gariboldi consigan revertir la situación.

– Gariboldi y Rommel en realidad. Nuestro general está al mando de las tropas en África.

– ¿Eso crees de verdad... Galeazzo?

Ciano me miró. Aspiró profundamente, herido en su orgullo... y se marchó sin dar más explicaciones. En los siguientes días recibí noticias de que seguía teniendo una actitud de valor extrema propia del condottiero que soñaba ser, enfrentándose a varios aparatos ingleses simultáneamente y regresando con su Macchi siempre chamuscado, lleno de balas, hecho un colador. Así eran los italianos, valientes como pocos, pero incapaces de perseverar, porque luego de una salida exitosa, Ciano desaparecía con sus amigos durante un par de jornadas, de burdel en burdel, sin dar explicaciones a nadie.

Se produjeron por entonces los primeros enfrentamientos y choques menores con los ingleses. Nada digno de mención. Rommel en su tienda escribía a su esposa todas las noches igual que había hecho en Francia y yo, en alguna ocasión, pensé en escribir a Coco Chanel o a Traudl o a Mildred... pero finalmente no escribí a nadie y me marché con una prostituta libia de los contornos, que tenía una merecida fama de contorsionista en el lecho. Cuando terminé de comprobar la elasticidad de las mujeres locales regresé al puesto de mando. Me di cuenta entonces que yo no era muy distinto a esos italianos amigos de Ciano que iban gritando por ahí "traedme mujeres" cuando llegaban a un nuevo destino. Yo no lo gritaba, pero me había convertido en alguien que ahogaba sus penas, o más exactamente su desánimo o su dolor, en relaciones sexuales casuales, muchas pagadas, otras sin pagar y ya ni siquiera contaba las mujeres que habían pasado bajo mis sábanas en el último año.

– Han llegado nuevos tanques – me dijo un día Rommel.

Aquello era una gran noticia, un nuevo regimiento Panzer para la 5.ª División Motorizada Ligera estaba listo para entrar en combate. Hasta hacía poco sólo podíamos contar con los pocos tanques operativos y de pésima calidad que tenía la división mecanizada Ariete (la joya de la corona de las tropas del Duce). Los mejores de entre ellos los nuevos y flamantes Fiat M13/40 que yo ya había visto en combate contra los Matilda ingleses y sabía que eran completamente inútiles, por muy valerosos que fuesen sus carristas. Ahora teníamos dos regimientos Panzer, el recién creado y otro en la 15.ª División Panzer.

Mientras avanzábamos en un Panzer IV del nuevo regimiento (el 5º) haciendo una salida de reconocimiento, vimos un furioso ataque en el aire de un avión inglés que se estrellaba tras uno italiano que le había embestido con una furia suicida. De entre los restos humeantes apareció un aviador italiano, maldiciendo en lugar de estar contento con su suerte: haber salido vivo de un accidente semejante. Su rival británico, por el contrario, se estaba quemando vivo y en ese momento todavía aullaba, preso entre el metal retorcido de su aparato.

El inglés dejó de gritar antes de que pudiéramos socorrerlo y su aparato estalló en un espiral de humo y esquirlas de hierro y carne humana. Entonces abrí la escotilla del tanque de mando, empujando para hacer a un lado al conductor y al propio Rommel. Salté airado a la arena del desierto, vociferando:

– ¡Me vas a explicar ahora mismo qué demonios te pasa, Alfredo! – le grité al italiano desconocido. Me abalancé como en enloquecido y le agarré de la camisa, despojándole luego de un manotazo de su gorro y sus gafas de piloto.

– No me pasa nada. Déjeme en paz. ¡No le conozco! – y

151

añadió en italiano, al ver que seguían cogiéndole de la pechera–. ¡Sei pazzo! ¡Loco, loco!

El desconocido se dio la media vuelta y se alejó corriendo hacia al cuartel general de Sirte, que estaba a menos de un kilómetro.

– Ese hombre lucha valientemente. No sé por qué quieres impedírselo – dijo Rommel.

– Ese hombre es mi amigo y quiere morir. Y quiero saber la causa.

Rommel me miró fijamente. Había compartido algunas conversaciones conmigo y con Ciano. Sabía que un amigo común llamado Alfredo había muerto hacía pocas fechas. ¿Conocía yo realmente a aquel aviador? ¿Se llamaba también Alfredo? ¿Estaba perdiendo la cabeza? ¿O es que la culpa me devoraba por dentro? De cualquier forma, se encogió de hombros y dijo:

– Todos hemos de morir de una cosa u otra. Ese piloto por lo menos sabe la razón por la que vale la pena arriesgar la vida. Tal vez sea un hombre afortunado y tú no te des cuenta.

Me quedé rumiando aquella misteriosa afirmación de Rommel durante un buen rato. Creo que aquella noche no dormí pensando en Alfredo, tratando de focalizar mi mente en aquel pequeño sótano de Sankt Valentin donde nos dieron clase siendo niños. Comenzaba a sospechar la verdad. Poco a poco las brumas se iban disipando. Y no me gustaba lo que había comenzado a recordar.

Al día siguiente descubrí que había cosas más importantes (o al menos más inmediatas) de las que ocuparme. Comenzaba la ofensiva

– Se están retirando – dijo el teniente coronel Von Dem Borne.

Recuerdo que en aquella reunión estaba también aparte de Rommel, Aldinger, su ayudante personal, y yo mismo. Todos estábamos inclinados alrededor de un mapa, todavía sorprendidos porque los ingleses estuvieran cometiendo los mismos errores que los italianos al principio de la campaña. Atacamos con fuerza, superamos el Agheila y Agedabia, y tomamos la carretera en dirección a Bengasi por la Via Balbia.

La infantería luchaba siguiendo nuestros pasos, enfrentándose a los últimos pelotones ingleses, que resistían como podían. Pero el equipo que debía llevar un soldado británico pesaba algo menos de 30 kilos, incluyendo el arma, munición, cargadores y repuestos para la ametralladora Bren, granadas de humo y bayoneta. Muchos se dejaban todo aquello tirado en el suelo. Trataban de huir de nuestro avance imparable y de los disparos de los subfusiles o del fuego de los morteros.

Mientras, los Panzer iban a toda velocidad emulando el ataque inglés que había colapsado a los italianos. Descubrimos que en Bengasi, una de las ciudades más importantes de todo el teatro de operaciones, apenas había guarnición ni blindados, tampoco líneas defensivas. Ni siquiera se había fortificado debidamente. Los ingleses se estaban preparando para continuar su ofensiva y no para recibir un ataque con fuerzas más rápidas y más determinadas a la victoria. Ahora se batían en retirada.

– Los convoyes ingleses son ahora los que huyen por las carreteras del desierto, atacados sin descanso por nuestra Luftwaffe – dijo Klaus von Dem Borne, jefe del estado mayor del Afrikakorps

– No debemos confiarnos – repuso Rommel –, aunque el avance seguirá con fuerza y percutiremos en…

Aldinger, que se había ausentado un instante para atender una urgencia, regresó para leer en voz alta un despacho que acababa de recibir, interrumpiendo al general:

– Una avanzadilla de motociclistas del Kampfgruppe Ponath capturó a los generales O'Connor y Neame.

Hasta yo me quedé boquiabierto. Gustav Ponath estaba al mando del 8º de ametralladoras, adscrito a la 5ª división Ligera. Rommel le había mandado junto a unos pocos centenares de hombres delante de la vanguardia del DAK, el Deustche Afrikakorps. Su misión era incordiar a los ingleses en su retirada, cortar sus líneas de suministros y tomar algunos prisioneros. Pero nadie esperaba que capturase a O'Connor. Pero claro, el mismo concepto de Kampfgruppe era una novedad táctica que los ingleses, aunque la habían sufrido ya en Francia, no sabían aún como enfrentar. Porque nuestros generales hacían funcionar a varios grupos pequeños de una forma independiente formando grupos de combate o Kampfgruppen. Estos eran enviados a realizar diferentes misiones específicas, guiados por jefes carismáticos que asumían grandes riesgos y a menudo conseguían grandes victorias, aunque pocas como las del grupo de choque de Ponath en aquel día.

Porque pocos entendían mejor la esencia de los Kampfgruppen que Rommel, que había dirigido en la primera guerra mundial un reducido grupo de hombres de un batallón de montaña. Con sus pocos hombres, apenas una compañía, había actuado como si fuese un comando, infiltrándose, actuando de una forma independiente. De alguna forma, él fue uno de los primeros en formar un Kampfgruppe antes de que los propios Kampfgruppen existieran. En la batalla de Caporetto hizo lo mismo que acababa de hacer Ponath, penetrando hasta lo imposible en las líneas enemigas, capturando miles de soldados y más de un centenar de oficiales, algunos de alta graduación. Curiosamente, en esa fecha (1917) Alemania se enfrentaba a quien ahora era su aliada: Italia.

– Dios santo, tenemos a O'Connor, el hombre que humilló a los italianos en Beda Fomm. Ahora está en uno de los camiones de Ponath camino de un campo de prisioneros – se maravilló Von Dem Borne.

– Y no olvides que era el Comandante en Jefe de las Tropas Británicas y el militar de mayor rango actualmente en toda África – terció Aldinger.

– Esto es el mundo al revés – añadí, mirando a Rommel –. Ahora son los ingleses los que corren despavoridos hacia la gran fortaleza de Tobruk y sus generales los que caen en nuestras manos.

Pero Rommel no dijo nada. Se alejó unos pasos, limitándose a disfrutar del momento, en soledad, mirando la puesta de sol desde nuestra tienda.

– Dejemos un momento al general – nos aconsejó su ayudante.

Era el momento, en efecto, de saborear a victoria.

Y varias fueron las razones de aquel triunfo: la

capacidad organizativa de Rommel había sido quizás la principal baza, la importancia que le daba al combustible y a su uso en beneficio de la movilidad y el hecho de que insistiese en hacer regresar a los camiones de suministro a toda prisa a retaguardia. Era mejor tener a mano el oro negro que arriesgarse a quedar un día parado. Los ingleses, por su parte, no habían aprovechado la oportunidad de terminar su ofensiva y luego se habían mostrado incapaces de defender sus nuevas posesiones. Wavell, comandante en jefe del Medio Oeste (que agrupaba las posesiones británicas en el Oriente Próximo y en Egipto) había dejado en manos de O'Connor los ejércitos del Norte de África. Ahora que este era prisionero de los alemanes se hacía evidente que aquellos que tan brillantemente lucharon contra los italianos nunca tuvieron en cuenta la posibilidad de que un recién llegado que no conocía el desierto se atreviese a atravesarlo (que es justamente lo que habían hecho ellos meses atrás para atacar a Graziani y sus hombres). Nunca pensaron que Rommel tomase una actitud tan agresiva. Tampoco pudieron imaginar que el general alemán fuese tan brillante a la hora de aprovechar el combustible y sus tanques, incluso más brillante que los propios ingleses, o que pudiese correr más rápido incluso que ellos.

– Huyen hacia Tobruk, eso dices, Otto – comentó de pronto Rommel, regresando de aquel instante de introspección con gesto satisfecho pero a la vez inquieto –. Espero que nosotros podamos tomarla con la misma facilidad con que los ingleses se la arrebataron a los italianos.

Rommel no confiaba en que los ingleses siguieran cometiendo errores del mismo calado mucho tiempo. Y estaba en lo cierto. Los británicos sabían que era crucial no perder Tobruk en su huida hacia Egipto. Si la conservaban dejarían una laguna en nuestra retaguardia en la Cirenaica, tendríamos que destinar tropas a cubrir el asedio a aquella plaza, un nudo de comunicaciones clave con un puerto de primer orden. Los ingleses abastecerían Tobruk por mar con unidades y material, nos bombardearían desde la costa y sería un infierno tomar la ciudad. Además, habíamos avanzado demasiado y demasiado rápido. Nuestra vanguardia era débil y habíamos dejado centenares de kilómetros de espacio entre nuestras bases de suministro y el nuevo frente de Tobruk. Tuvimos que detener la ofensiva. Y fue gracias a Churchill, porque Wavell quería seguir corriendo hacia Egipto. Pero el viejo zorro inglés, el peor enemigo de Hitler, le dejó claro que tenía que defender la plaza a cualquier precio.

"Si yo fuese usted, defendería Tobruk hasta la muerte", le escribió el Primer Ministro de la Gran Bretaña. Archibald Wavell sabía que Churchill había viajado en los años treinta a Europa para visitar los lugares donde había combatido durante la Gran Guerra. En aquel viaje tuvo la oportunidad de ver a los jóvenes alemanes marchando con el brazo en alto; vio a los cuerpos francos, los Freikorps, todos esos muchachos de ultraderecha que odiaban a las potencias de occidente y se estaban preparando para derrotarlas en un futuro próximo. De entre todos esos partidos de ultraderecha y cuerpos francos destacaba ya por entonces el NSDAP de Adolf Hitler, el partido nazi. Y desde entonces se sabía predestinado para salvaguardar al mundo de esas hordas de jóvenes que había visto marchando con el brazo en alto.

Así que si Winston Churchill le decía que había que morir en aquella plaza si era necesario, no era una cosa que pasar por alto. Wavell cogió un avión y se dirigió de El Cairo a Tobruk para dirigir personalmente la defensa y poner la primera piedra de uno de los asedios más celebres de toda la guerra mundial.

*_ *_ *_ *_ *_ *

Íbamos en el vehículo de observación de la sección de reconocimiento número tres, iluminando la carretera porque había campos de minas por todas partes.

Hubo una gran explosión. Un caza italiano se había precipitado al suelo luego de ser alcanzado por un avión británico. Al poco vimos que avanzaban unos sanitarios con un hombre malherido. Tenía quemaduras de primer y segundo grado en el torso y le faltaba un brazo. A pesar de tener el rostro ensangrentado reconocí a Alfredo, o a su trasunto, ese italiano que me lo había recordado unos días atrás. Su avión había sido abatido de nuevo tras derribar a tres aviones ingleses en combate singular. Rommel también reconoció a mi amigo que inconsciente era llevado a toda prisa hacia un vehículo de transporte.

– Parece que ese tal Alfredo, o como se llame, ha encontrado el destino que andaba buscando. O tal vez no, es un muchacho fuerte y tal vez sobreviva. Entenderé que quieras dejar por unas horas tu papel de observador plenipotenciario y acompañarle.

Pero aquel hombre no era mi amigo, ni siquiera el verdadero Alfredo lo fue en realidad. La infancia estaba muy lejos en el tiempo y ambos éramos sombras del pasado, fantasmas de amigos, como los de un poema que leí hace mucho tiempo.

– No. Sigamos – le dije a Rommel –. Nos esperan las Cigüeñas.

Así llamábamos a los Fieseler Storch, un avión ligero, que necesitaba muy poco espacio para despegar o aterrizar y era ideal para las tareas de reconocimiento.

Porque aquella era otra de las obsesiones de Rommel. Constantemente iba en aviones de reconocimiento, monoplazas como el Storch, para ver cómo avanzaba el frente. Llevaba un mapa de los movimientos de tropas, vigilaba a los soldados que huían, el avance de sus divisiones o sus Kampfgruppen, los combates más encarnizados y los tanques ardiendo en la lejanía. Sólo así se hacía una visión de conjunto; aunque también servía para localizar a las unidades extraviadas, porque debido al inmenso frente de centenares de kilómetros que habíamos organizado, varios regimientos andaban perdidos camino de ninguna parte. Desde el aire, por si esto fuera poco, fuimos testigos de los engaños que el general había construido para los ingleses, como una infinidad de tanques de madera que acoplaba a los coches y los camiones, haciéndolos circular por las carreteras para engañar a los aviones de reconocimiento enemigos. Asimismo, tenía una brigada de levantadores de polvo cuya función era ampliar la nube de arena y ceniza que dejaban los vehículos en su movimiento. A la vista de los prismáticos del enemigo, parecía

157

que teníamos el doble o el triple de carros y de infantería de los que realmente marchaban al ataque. Aquel hombre era un genio militar, alguien precisamente dotado de un gran "ingenio", que siempre estaba inventando cosas nuevas para embaucar a nuestro adversario y hacerlo huir sin pausa hacia Egipto. Y para acabar los desmoralizaba, minando su moral y sus ganas de combatir a golpes de Stuka, de bombarderos en picado, que aullaban con aquella sirena llamada "la trompeta de Jericó" que producía al caer ese espantoso ruido, semejante al silbido de una bestia, capaz de hacer perder la sangre fría hasta al más temerario de los soldados. Rommel quería causar a los ingleses la misma sensación de derrota y pavor que ellos habían provocado a los italianos hasta que llegamos al desierto.

– Salvamos la Tripolitania del avance inglés y ahora hemos reconquistado la Cirenaica. Tal vez un día regresemos a Egipto – me dijo, cuando aterrizamos nuestras dos Cigüeñas.

– Tal vez – repuse con voz dubitativa.

– Yo también creo que no será empresa fácil. Pero es nuestro objetivo intentarlo.

Al regresar al puesto de mando nos encontramos que había llegado el Oberquartiermeister del OKH, es decir el segundo al mando del estado mayor del Heer, el ejército de tierra alemán. Se trataba de Friedrich Paulus, que en ese momento estaba preparando la invasión de Rusia junto a Hitler, Halder (el superior de Paulus) y otros jefazos del estado mayor. Uno de los deberes de un Oberquartiermeister era viajar a los frentes de guerra y presentarse ante los generales al mando. Era como un observador plenipotenciario, pero a las órdenes del ejército.

– Un placer conocerle, teniente general – le dije.

Paulus, de orígenes humildes, era un hombre que daba la sensación de tener un complejo de inferioridad. Vestía siempre de una forma perfecta, siguiendo al pie de la letra el reglamento y destacaba por su conocimiento enciclopédico de las materias a tratar. A Rommel le gustó porque ambos eran perfeccionistas, pero en el caso de Paulus me pareció algo forzado, como si intentase destacar, como si estuviese en competición consigo mismo, sabedor que estaba ocultando alguna secreta debilidad de carácter.

– El placer es mío. El Führer habla a menudo de usted. – me dijo, estrechándome la mano y guiñándome un ojo.

Porque era uno de esos tipos que se esfuerza en caer bien. Pero como en otros asuntos era una actitud forzada: a menudo no conseguía sus objetivos. De cualquier forma, no volvería a saber de Paulus hasta dos años después durante la campaña de Stalingrado. En aquella tarde que pasamos en África hablamos largo y tendido de las victorias del recién formado DAK, de lo contento que estaba el Führer con Rommel y su forma de combatir a los odiados ingleses, esos demonios que habían rechazado la paz, la mano tendida del amado líder.

– Ahora sólo falta tomar Tobruk – dijo Paulus.

Rommel creyó que era otro de esos idiotas que comenzaban a alabarle en los periódicos, convencidos de que podía obrar milagros y que incluso aquella increíble fortaleza caería con un soplo cuando llegasen sus Panzer.

– No os equivoquéis. Tobruk no va a ser un paseo. – sentenció Rommel, cauto, aunque en el fondo creía que lo iba a conseguir.

– Totalmente de acuerdo – dijo Paulus, para sorpresa de todos –. Incluso queríamos que supiese que apoyaremos desde el Alto Mando que se tome las cosas con más calma, que avance en adelante sin tantos alardes, que espere que se estabilice el frente antes de tomar otras iniciativas.

Aquella fue la primera vez (y no sería la última) en que el Alto Mando alemán o italiano tendrían miedo de las maniobras ofensivas de Rommel. Pero como pasaría en todas las demás ocasiones, Wüstenfuchs (el Zorro del Desierto), como comenzaba a llamarle esa prensa alemana que lo estaba convirtiendo en leyenda, hizo lo que le dio la gana. Porque su pensamiento se desarrollaba mejor en porciones de tiempo cortas y la gran estrategia siempre le vino grande. Tomaba decisiones guiado por la pasión del momento, por la intuición. Y eso jamás debe hacerse en un asedio, que es una empresa más cercana a un problema matemático que a una batalla campal.

– Tendré en cuenta sus recomendaciones, claro está – dijo Rommel en tono sereno pero cortante –, y luego haré lo que mejor convenga a nuestras tropas.

Naturalmente, estaba en lo cierto. Al menos hipotéticamente. La mejor decisión es casi siempre tomar las decisiones uno mismo. Creo que eso es una de las cosas que hacían que Rommel cayese mal a algunos altos mandos. Iba por libre y salía ganador, al menos en los enfrentamientos tácticos con pocas unidades, combatiendo como uno más sobre el terreno. Creo que ya he dicho una vez que fue el mejor táctico de la Segunda Guerra Mundial (al menos en campo abierto). Por desgracia, debido a las derrotas italianas iniciales y la configuración del mando en África, a la importancia de sus victorias y también a su carácter independiente, de facto ostentaba un mando estratégico sobre todo el frente. Y su estrategia estuvo siempre condicionada por su brillantez táctica, llegando a creer que cualquier avance estratégicamente imposible lo solucionaría con una gran jugada táctica, con un gambito genial, un sacrificio de una unidad que acabaría por engañar y destruir al enemigo. Con el tiempo se demostraría que, aunque seas un combatiente extraordinario que vence en mil batallas, la gran estrategia es la que al final gana las guerras.

Me marché de la reunión poco después. Estuve un rato hablando animadamente con un grupo de soldados del Kampfgruppe Ponath, que reían como posesos ante la hazaña de haber capturado al Rommel de los ingleses, el famoso general O'Connor.

– Ya tiene usted la cruz de Caballero de primera clase – le dije al mismísimo héroe del día, Gustav Ponath, que se había incorporado a la charla –. Supongo que es consciente de que Rommel le va proponer para La Cruz de Caballero de la Cruz de Hierro.

– ¡Y el mismo Führer en persona la prenderá de su guerrera! – gritó uno de sus hombres, dando un trago a una botella de licor para celebrarlo.

Ponath, que lucía su cruz de caballero con orgullo, era un hombre muy delgado, calvo, tranquilo y modesto: no parecía gran cosa. Pero sus hombres aseguraban que se transformaba en el campo de batalla. Todos le admiraban.

– Bueno, ya veremos – dijo, con timidez –. Sería un

honor sin duda. Pero todo está por ver…

– ¡Pero si nadie ha conseguido una hazaña semejante ni en Polonia ni en Francia o Noruega! Igual hasta te colocan unas hojas de roble y diamantes – se quejaron sus hombres, sabedores del comedimiento de su líder.

Ponath comenzó a reír a carcajadas. Cruz de Caballero de la Cruz de Hierro con Hojas de Roble en Oro, Espadas y Diamantes era la máxima condecoración del ejército alemán. Que un Oberstleutnant, un teniente coronel, la ganase de una tacada era un sueño imposible. Pero sabía que recibiría un premio a la altura de su extraordinario logro y mientras reía vi que tenía la cara colorada, a medias por el alcohol, a medias por la emoción.

Era ya de madrugada cuando, un poco borracho yo también, me fui al catre. Necesitaba dormir unas horas. Porque al día siguiente comenzaba la batalla de Tobruk.

– Se ha acabado el tipo de enfrentamiento del que gusta el general – me dijo Aldinger a la mañana siguiente –. Un asedio no se parece nada a las correrías y las infiltraciones que nos han dado hasta ahora la victoria.

Y así fue. Rommel lanzó a toda prisa a las exhaustas unidades que tras una marcha agotadora habían llegado a Tobruk. Fueron rechazados, muriendo en combate el general de división al mando de la 15ª Panzer, Heinrich von Prittwitz.

– Proseguiremos el ataque en cuento lleguen nuevos efectivos – me confesó Rommel –. Estoy convencido de que, si presionamos antes de que se organicen, podemos vencerlos.

Se equivocaba. Los ingleses y australianos habían fortificado el perímetro, estaban resueltos a combatir y tenían buenos mandos. Y había casi treinta mil hombres dentro de Tobruk, por lo que podían reponer las bajas de forma casi indefinida. Cosa que Rommel ignoraba por completo.

Al amanecer fue el turno de la 5ª ligera y en particular de Gustav Ponath y sus hombres del 8º de ametralladoras. El héroe que había capturado a O'Connor se encontró con una defensa feroz y una andanada tras otra de fusilería.

– ¡Cuerpo a tierra! – gritó Ponath a sus hombres.

En ese momento, un tanque Cruiser Mk I del 1er Royal Tank Regiment, disparaba su cañón de dos Libras. Los Cruiser o tanques de crucero eran tanques rápidos, poco blindados, pero capaces de acabar con nuestros Panzer I, II, y algunos modelos de Panzer III. Por supuesto también con los M13 italianos y no digamos con sus L3, las famosas latas de sardinas, que saltaban por los aires al primer impacto de los obuses enemigos. En general, aunque los ingleses continuarían desarrollando tanques de crucero durante la batalla del desierto, era un concepto obsoleto y acabaron condenados a tareas secundarias según fueron apareciendo tanques mejores.

Pero en aquel momento no nos parecían en absoluto tanques obsoletos. Nuestros Panzer, apoyados por la artillería italiana, no fueron capaces de alcanzar a los hombres de Ponath y crear una brecha en el entramado defensivo inglés.

– ¡Cavad! ¡Cavad!

Los hombres de Ponath improvisaron unas trincheras y pasaron la noche. Hacía frío y pronto fue evidente que no estaban en una situación favorable.

– Creo que voy a morir en Tobruk antes de recibir la Cruz de Caballero de la Cruz de Hierro.

Gustav había reptado hasta el puesto de mando al amparo de la noche. Rommel y él habían hablado brevemente de la ofensiva. El Zorro del Desierto estaba seguro de que los hombres de Ponath, con la ayuda de nuevos refuerzos, abrirían la ansiada brecha y que Tobruk se rendiría.

– No digas eso – reñí al coronel–. Lo conseguiréis. Como siempre.

Gustav meneó la cabeza.

– He soñado con mi madre mientras me helaba de frío, antes de venir hasta aquí. Creo que voy a reunirme con ella. Lo siento en mis huesos.

Le aseguré que lo que sentía en sus huesos era aquel maldito viento helado del desierto, que sin duda se había destemplado en aquellas condiciones. El coronel me dio la razón, aunque en sus ojos vi que me estaba mintiendo.

– ¡Pronto nos veremos! – le grité a Ponath mientras se alejaba gateando hacia sus hombres.

La ofensiva comenzó aquella misma noche según lo esperado. Sorprendentemente, los ateridos hombres del 8º de ametralladoras alcanzaron el perímetro y, en medio de un fuego de artillería incesante consiguieron penetrar en las defensas de Tobruk. Los Panzer acudieron a la carrera para aprovechar la oportunidad, pero los británicos los rechazaron. Un fuego incesante de artillería en un costado, unido a cañones anticarros y algunos tanques que se encontraron al intentar darse la vuelta, dejó en el campo de batalla 20 carros en llamas. Los australianos aprovecharon para contraatacar y expulsar a los supervivientes del 8º de Ametralladoras.

– Gustav Ponath, nuestro Coronel, es uno de los caídos – me dijo un muchacho, casi un niño como yo mismo. Era uno de aquellos con los que me había emborrachado dos días antes, cuando nos las prometíamos felices luego de capturar a la plana mayor inglesa–. Nos capturaron y, mientras nos conducían escoltados hacia el puesto de mando de la compañía, el Coronel tomó un arma de un enemigo y trató de liberarnos a todos. Una ráfaga de una Bren lo detuvo en seco.

Yo había visto lo que las ametralladoras ligeras Bren podían hacer. Buenas armas. Manejadas por dos hombres, podían disparar 500 balas por minutos. Seguramente Ponath sabía que no tenía nada que hacer. Pero no quiso ser capturado. Era un deshonor demasiado grande para un héroe como él.

– Entiendo.

Asentí e invité a mi interlocutor a proseguir.

– El Coronel estaba herido en la garganta. No pude taponar la herida y murió en mis brazos. Lo tapé respetuosamente con una bandera con la cruz gamada que tomé de un SdKfz de reconocimiento destruido.

Paradojas del destino. Los ingleses dejaron al joven soldado velar a Ponath con solo un guardia vigilándolo mientras decidían qué hacer con el cadáver. El muchacho pudo darle esquinazo en un descuido y escapar. De alguna forma, gracias a Ponath, había podido regresar a nuestras líneas.

– Hemos perdido al 70% de nuestro batallón desde que llegamos a África –concluyó el joven–. Más de 1000 de mis compañeros no volverán jamás a Alemania. Demasiados.

Pero Rommel no estaba dispuesto a detenerse, no entendía que Tobruk no podía tomarse en ese momento. Siguió mandando hombres exhaustos al combate, una unidad tras

163

otra. Un batallón entero de italianos se rindió al enemigo antes que enfrentarse a los australianos que defendían Tobruk con uñas y dientes.

– Así son nuestros aliados –me dijo Rommel al saber la noticia de la rendición italiana –, actos de valentía individuales dignos de una condecoración, y tropas por lo general mal dirigidas y peor entrenadas que a menudo protagonizan actos de cobardía en lo colectivo.

En efecto, los hombres del Duce eran capaces de lo mejor y de lo peor. Aunque eran muy valientes, no estaban cohesionados, no creían en sus mandos y no estaban preparados para combatir en una guerra mundial. Pero el desempeño del propio Rommel en Tobruk no fue mejor. Cometió muchos y muy graves errores antes de detener los combates. No cabía duda que era el mejor general en campo abierto, pero los asedios no eran lo suyo. ¿Y el día que tuviera que emprender maniobras defensivas? ¿Y cuándo tuviera que tomar grandes decisiones a nivel estratégico? Porque lo cierto es que no hacía el menor caso a los mandos italianos que en teoría eran sus superiores. ¿Sería capaz de dirigir una campaña como aquella?

Quedaban en el aire muchas preguntas. La primera de ellas... qué pasaría con Tobruk cuando las tropas del Afrikakorps hubiesen descansado y comenzase la siguiente fase de la batalla de Tobruk. Pero no pude quedarme al siguiente asalto a la gran fortaleza. Me avisaron desde Alemania que se habían organizado unas honras fúnebres en honor de mi hermano Rolf, e iban a celebrarse en la localidad de nacimiento de ambos, Braunau. A ella asistirían viejos amigos como Otto Skorzeny, una de las pocas personas dentro de las SS que merecía mi respeto. No podía faltar. En el fragor de la batalla lo había olvidado. Así que comencé a empacar mis cosas con cierto desánimo, pero sabiendo que el punto álgido de aquella campaña ya había pasado, que el "girasol" ya había florecido y sus pétalos estaban a punto de caer. Precisamente mientras me despedía de Rommel y Aldinger, a punto de tomar mi Storch, hice partícipe al general de aquella metáfora.

– Es curioso que el alto mando haya llamado Operación Sonnenblume a nuestra intervención en África – le dije, mientras me ponía mi gorro de piel y me ceñía mis gafas.

– Sonnenblume: girasol – Rommel sonrió. Como a mí, le fascinaban las plantas –. En teoría vine solo para evitar el colapso de nuestros amigos italianos pero nuestra ofensiva ha florecido y en un par de semanas hemos borrado a los británicos de Libia. Como el girasol, cuya flor se abre y es visible justo dos semanas antes de dejar caer sus pétalos y marchitarse.

– Al igual que nuestra ofensiva se ha marchitado en Tobruk – dije, completando la alegoría.

Aunque aquello no era cierto del todo. La vanguardia del Afrikakorps estaba batallando en Sollum y en el paso de Halfaya, ya en territorio egipcio.

– Esperemos que haya nuevas ofensivas en el futuro y un día sea Egipto y su capital, El Cairo, nuestro campo de batalla.

– Así lo espero. Y vendré de nuevo cuando llegue ese día, general.

Nos abrazamos. Éramos ya viejos amigos y camaradas. No dijimos ni una palabra más. Aldinger me dio unos informes que debía entregar en Trípoli y encendí el motor Argus, que rugió con fuerza y ahogó cualquier sonido que alguno hubiésemos decidido pronunciar en adelante. Levante la mano derecha y saludé, acto seguido el Storch se elevó en el cielo camino de Castel Benito. De allí cogería otro avión de pasajeros italiano rumbo a Sicilia, y de Sicilia a Roma, y de Roma al Reich.

En Tobruk Rommel no lo tuvo fácil. Durante el mes mayo de 1941 se lanzaron diversos ataques y aunque se tomaron de nuevo varias fortificaciones finalmente el Afrikakorps fue rechazado. Las Ratas de Tobruk, como se había apodado a los soldados ingleses que defendían la plaza, luchaban con fervor y disciplina. Lo harían durante mucho tiempo aún. Aquella ciudad sería una espina clavada para el Zorro del Desierto.

Por mi parte sólo cabe reseñar que tras entregar los informes que me había dado Aldinger para el Comando Supremo italiano, pasé un día en Trípoli, esperando que me dieran una plaza en el siguiente transporte. Cuando me dirigía por fin al aeropuerto coincidí con un joven peculiar, que me llamó poderosamente la atención.

Curiosamente, lo primero que pensé al verlo fue en Alfredo y en esos pilotos italianos suicidas, locos del aire, que hacían piruetas como si fuesen Ases de la primera guerra mundial. Porque vi a un ME 109 hacer un aterrizaje de emergencia en el desierto. Yo conocía bien aquel aparato, porque el enfrentamiento entre el Messerschmitt 109 y el Spitfire inglés había sido clave en Francia, particularmente en Dunkerke, cuando los ingleses consiguieron huir y salvar el pellejo. Nuestros cazas, aunque poseían motores de inyección, y por lo tanto podían lanzarse a mayor velocidad contra el enemigo, eran menos maniobrables y ágiles que los aviones ingleses. El Spitfire, cuando menos, conseguía estar a la altura de los aviones alemanes. No se me había olvidado todo aquello cuando vi a un avión con la cruz negra o Balkenkreuz, que era distintivo habitual en los aviones de nuestra Luftwaffe. Por la cola del aparato manaba un humo negro y el morro se inclinaba peligrosamente. El motor había fallado y, aunque el piloto intentó salvar el aparato y se negó a eyectarse, el Messerschmitt quedó prácticamente destruido. Durante los últimos momentos antes del impacto había demostrado una pericia única que me dejó boquiabierto.

Pedí al conductor de mi Kubelwagen que se detuviera y recogiera al joven. Así lo hicimos y el joven piloto, que por suerte estaba ileso, me dio las gracias. Se llamaba Hans Joachim Marseille y acababa de ser trasladado desde Europa junto a su unidad, el Escuadrón de Caza o Jagdgeschwader 27.

– Mi capitán y el resto de mi escuadrón me están esperando en Castel Benito –me dijo.

– Precisamente allí me dirijo – le dije.

– Perfecto. Hoy estoy de suerte.

Yo no lo sabía, pero me encontraba ante un soldado insubordinado, mujeriego, que había acumulado diversas faltas de disciplina durante la batalla de Francia. Además, había realizado maniobras peligrosas que habían causado la destrucción de al menos cuatro aviones de la Luftwaffe. Lo habían echado de su anterior escuadrón, pero, por suerte, había encontrado su lugar en el 27, donde su nuevo capitán soportaba sus excesos porque creía que tenía potencial para convertirse en el mejor piloto del Reich. Aunque en ese momento, tanto por número de derribos como por hoja de servicios, no pasaba de ser un mediocre.

– No ha sido tanta la suerte – repuse señalando su avión destruido sobre la arena.

– Sigo vivo. Creo que seguiré apostando a que hoy es mi día de suerte.

Reímos. Por alguna razón, su rostro me resultaba familiar. Y creo que él tenía una sensación semejante.

–¿Nos conocemos? – me preguntó, finalmente, tras un incómodo silencio.

– Tu cara también me suena, pero... creo que no. Tal vez nos hemos visto en alguna ocasión, en alguna reunión del Führer en...

Marseille se echó a reír de nuevo.

– Yo no frecuento las fiestas del Führer. Ojalá. Y eso que a mí me encantan las fiestas, la buena música y las mujeres. Pero hay ciertos círculos a donde aún no alcanzo.

Se oyeron risas de nuevo en el Kubelwagen y seguimos viaje hacia el aeropuerto. Aquel muchacho indisciplinado, risueño y un poco loco me había caído bien de forma inmediata. Quiero reseñar este momento banal en el que nos conocimos porque más tarde, durante la segunda fase de la guerra del desierto, viviríamos juntos muchas aventuras.

Y no pocas penalidades y desventuras.

VI

Rudolf Hess conversaba con su mayor adversario. Un hombre al que temía y el único capaz de impedir su designio, el de salvar a Hitler y al Tercer Reich.

– Las cosas están cambiando – dijo su adversario –. Tal vez no sea la mejor idea coger ese avión.

– ¿Qué cosas están cambiando? – dijo Hess, sorprendido –. Yo no veo ninguna diferencia. El peligro que nos acecha es el mismo que meses atrás. El Führer y su sueño de un imperio de los mil años sólo será posible si termina nuestro enfrentamiento con Inglaterra.

– Le das demasiado importancia a esos pequeños hombres, a esos isleños que desde Bristol, Manchester o Londres intentan salvar al mundo cuando no pueden salvarse ni a ellos mismos. Además, ya te he dicho que las cosas están cambiando.

– Y yo te repito que no veo esos cambios.

– El nuevo rumbo de la guerra comenzó con la muerte del General Metaxás, el gran estratega griego que derrotó a los italianos.

Koryzis, su sucesor y nuevo primer ministro, no provenía del ejército, era un político que pronto demostraría no estar a la altura de las circunstancias, o tal vez las circunstancias eran demasiado para el pequeño ejército griego. Porque Alemania había puesto en marcha la operación Marita, la conquista de Grecia. Los ingleses habían mandado más de 50 mil hombres, convencidos que podrían frenar a Hitler. Creían que podrían poner de acuerdo a helenos y yugoslavos. Estos últimos aún no estaban en guerra con Alemania, pero eran una presa suculenta, aparte del mejor lugar desde el que atacar Grecia, superando así las líneas de la Línea Metaxás, un conjunto de fortificaciones en la frontera de Tracia con Bulgaria. Churchill esperaba crear un nuevo frente en el sur formado por sus tropas, los griegos y los yugoslavos. Un plan acaso demasiado ambicioso que pronto se vino abajo.

– Los planes ingleses en los Balcanes eran una ilusión y

lo sabes bien – dijo Hess, nervioso por la seguridad con la que brotaban las palabras de su adversario –. Todo se fue al traste y los ingleses han hecho como en Dunkerke: evacuar intacto a todo su ejército. Eso es un mal presagio. Cambiamos de escenario pero los ingleses siguen en pie.

– ¿Y qué más ha pasado?

– De acuerdo, en menos de un mes ha caído Grecia, el primer ministro Koryzis se ha suicidado...

– Yugoslavia no resistió ni dos semanas. Y eso que habían derrocado al gobierno pronazi de Cvetkovic convencidos de que podrían ser un obstáculo para nuestra maquinaria de guerra. Pero nada pudieron hacer esos ilusos ante la Operación 25, que tomó el nombre de la directiva 25 que cursó el Führer considerando a Yugoslavia una potencia hostil. Pero su hostilidad ha durado muy poco tiempo – rio el adversario.

– Tienes razón, sin embargo...

El adversario volvió a interrumpir a Rudolf Hess.

– Y luego está lo de Rommel en África, por supuesto: su increíble victoria, la retirada británica hacia Egipto y el nacimiento de un nuevo héroe nacional, el Zorro del Desierto.

El secretario de Hitler y jefe del partido nazi escondió la cara entre las manos. Estuvo punto de lanzar un aullido. El adversario trataba de convencerle con sus razonamientos, pero él sabía que todo era un espejismo. El Führer decía que Inglaterra sólo permanecía en guerra porque confiaba que Estados Unidos y Rusia viniesen a apoyarla en breve. Pero el caso es que, desde mediados de enero, generales británicos y americanos habían comenzado a reunirse en secreto para coordinar las acciones futuras, aquellas que tendrían lugar cuando la América de Roosevelt entrase en guerra. El presidente americano hacía tiempo que estaba decidido a combatir al tercer Reich. Tan sólo esperaba el momento adecuado. Y por eso había firmado la ley de préstamo y arriendo, que permitía comprar armas y transportarlas hasta Gran Bretaña en condiciones tan ventajosas que, de facto, significaba permitir el rearme británico a precio de risa. Eso lo intuía Hess mejor que nadie y estaba convencido que si Inglaterra permanecía en guerra con Alemania poco a poco el mundo entero estaría en guerra con Alemania. Ese era el plan de Churchill: aguantar hasta que no estuviese solo frente a Hitler. Y lo iba a conseguir.

Pero el adversario parecía tan seguro cuando aseguraba que las cosas estaban cambiando, que Hitler podía vencer... tal vez...

– Te equivocas – dijo Hess, aunque las dudas le corroían –. Sé que te equivocas.

Y realmente el adversario se equivocaba. Porque era cierto que los Estados Unidos estaban a punto de entrar en guerra. Solo necesitaban una excusa, que no tardaría en llegar. Además, Churchill acababa de avisar a Stalin de que Hitler pretendía atacarle. El servicio de espionaje británico, infinitamente mejor que el alemán, tenía indicios sobrados de las intenciones secretas del Führer hacia la URSS. No sólo a través de la máquina enigma y el desciframiento de los mensajes sino porque sus espías estaban entregados a la causa y no eran traidores como Canaris (y algunos mandos italianos) ni arribistas como Schellenberg. Stalin, de momento, no había creído al primer ministro británico, pensando que trataba de predisponerle contra el Führer. Pero sólo era cuestión de tiempo que Rusia también entrase en guerra. Esto último era completamente inevitable ya que Hitler iba a atacar en cuestión de semanas. Rudolf Hess no podía ni imaginarse el sufrimiento de la nación alemana si se enfrentaba simultáneamente a Estados Unidos y a Rusia, aparte de a Inglaterra.

– No quiero seguir hablando contigo – dijo Rudolf Hess, por fin seguro de sí mismo. Por fin convencido de que no estaba en un error.

Su destino era salvar a Alemania, al Führer y al propio Reich de los mil años.

Se apartó lentamente del espejo, dejó de mirar el reflejo y el adversario desapareció. Al secretario de Hitler le temblaban todavía las manos, la decisión que había tomado era terrible y las dudas persistirían hasta el último momento. Pero era una decisión necesaria.

– Debo hacerlo, por el Reich, por Alemania, por ti... mi amado Führer.

Pero antes de llevar a cabo una acción que él pensaba que cambiaría el rumbo de la historia, quería ver por última vez al gran Adolf Hitler.

*_ *_ *_ *_ *_ *

Rudolf Hess fue hasta la cancillería del Reich, pero no llegó a entrar. Antes de comenzar la guerra, Albert Speer había reformado la Cancillería y también el despacho del Führer. Ahora, sobre la puerta de la estancia que le separaba del hombre más extraordinario de la Tierra, se hallaban las esculturas de las virtudes cardinales: La Fortaleza, la Templanza, la Justicia y la Prudencia. Y solo era la antesala de los muchos cambios que Albert había hecho para agradar al guía de la Alemania nazi.

Porque todo el sistema, todo el país, había sido modificado con el mismo objetivo por el que se transformó aquel edificio: para agradar al líder.

Pero ahora Hess ya no era del agrado de Hitler, ya no era su mano derecha, su delfín, su amigo o su confidente. La última vez que había visitado a Hitler este no le había hecho el menor caso. Fue unas pocas semanas atrás y el Führer estaba distraído porque iba a visitarle aquel muchacho que le importaba tanto, ese tal Otto Weilern, que estaba a punto de partir hacia África para combatir junto a Rommel. También estaba su tío, Theodor Eicke, el inspector general de los campos, de los Lager donde se reeducaba a judíos, rojos o asociales. Aquel hombre, que había creado el sistema concentracionario nazi a imagen y semejanza del campo de Dachau, era una figura en apariencia menor, pero de vital importancia en el Reich.

Hitler decidió hacer esperar a Hess (la vieja gloria del pasado) y recibió a Weilern y a su tío en uno de los salones de la Cancillería, sentado en una silla de alto respaldo, con figuras mitológicas labradas en sus patas. Parecía un Rey más que el presidente del Reich, que era el cargo que realmente ostentaba. Pero, a decir verdad, era incluso más que un Rey: era el guía de su pueblo, sus entrañas, su espíritu y la voz de su

171

conciencia. Alemania se estaba forjando a imagen y semejanza de Adolf Hitler como los campos de concentración a semejanza de Dachau.

En efecto, todo cambiaba y se transformaba para mayor gloria del líder supremo.

Hess esperó mientras hablaban. Vio pasar dos veces a Eicke. Vestía un uniforme de combate de su división de la calavera y había engordado desde la campaña de Francia. De su cuello colgaba una cruz de hierro que acariciaba en silencio.

– ¿Sabe si el Führer me recibirá pronto? –preguntó Hess a Eicke, que ostentaba uno de esos rangos ostentosos e impronunciables de las SS, pero que equivalía a Teniente general.

– No lo sé – dijo Eicke, dándole la espalda.

Un sencillo general daba la espalda a uno de los tres hombres (en teoría) más poderosos de Alemania. Así estaban las cosas. Dentro de la estancia, Hitler parecía tan contento que le oyó cantar un fragmento de Die Meistersinger von Nürnberg (Los Maestros Cantores de Núremberg), su ópera preferida. Y Hess esperó en vano, durante una hora. Cuando sus invitados se fueron Hitler salió a su encuentro brevemente. Le dijo:

– Tengo una de mis migrañas, hablamos otro día, Rudolf, ¿de acuerdo?

Y le dio la espalda. Como Eicke, como todo el mundo. Como cuando fue el último el saber que se atacaba Yugoslavia o Grecia, o como cuando se decidió atacar a Rusia. Nadie contaba con Hess. Ya no. Pero él demostraría al mundo, a Alemania (y sobre todo al Führer), que se habían equivocado al postergarle.

Y por todo ello, en el presente, Rudolf Hess dudaba a la hora de entrar en el despacho del Führer. Contemplaba las estatuas de las virtudes cardinales y en especial a la prudencia. Y la prudencia le decía que no debía enfrentarse a una decepción más. No quería ver la indiferencia en el rostro amado del líder de Alemania. Necesitaba paz antes de realizar la gesta por la que sería recordado por siempre como el salvador de la patria.

– Lo voy hacer por ti, mi Führer – le dijo a la puerta del despacho, rozando levemente su madera labrada con los dedos y despidiéndose con aquel gesto de Adolf Hitler.

El acto que iba realizar Hess, un acto que no sería entendido, era perfectamente lógico dentro de la estructura del Reich que había creado Hitler. Se trataba de una organización tentacular donde el supremo líder daba unas órdenes ambiguas y vagas que diferentes príncipes interpretaban a su manera, siempre camino de los extremos y la irracionalidad, que era lo que más gustaba a Hitler. Jueces, juristas, Himmler y mandos de las SS radicalizándose en contra de los judíos, Goebbels con su propaganda cada vez más enfermiza, Goering acumulando poder y obras de arte... y así hasta infinito. Cada líder nazi, visto desde fuera, parecía acumular excesos, histrionismo y un punto de locura. Al menos a ojos de cualquiera que no formase parte del círculo íntimo de Hitler o de la nación alemana. Y esto era así porque Hitler alentaba aquella actitud, la radicalidad, la demencia, el derramamiento de sangre, el asesinato de los deficientes mentales, la guerra perpetua, la destrucción de los enemigos del Reich, la conjura internacional de las plutocracias y los sionistas, la lucha contra los bolcheviques, la expansión racial en el este, las teorías del espacio vital, la limpieza étnica... Todo ello locuras examinadas individualmente pero que en su conjunto formaban un corpus que podía resumirse en tres palabras: aniquilación del enemigo. El problema es que el enemigo lo acabarían siendo todos si es que no lo eran ya. Porque el nazismo se fue forjando a partir de la ambigüedad del pensamiento del Führer expresado a medias con el propio Hess en "Mi Lucha". La base de ese pensamiento era, ante cualquier problema, la búsqueda de una respuesta enloquecida y belicista por parte de aquellos que tenían poder en el nuevo Estado.

Y nadie tenía una interpretación más enloquecida que Hess, porque nadie estaba más loco que él. Así que su solución fue la más demente de todas. La más congruente con el pensamiento nacionalsocialista, en realidad.

– Adiós, amigo mío – le dijo a la puerta labrada, ajeno a la mirada de los dos guardias que la custodiaban a ambos extremos, y que le miraban con expresión hosca pero no demasiado sorprendida, acostumbrados a las extravagancias de los líderes nazis.

Hess se dio la vuelta alejándose del despacho de Hitler. Afuera le esperaba en su coche su ayudante personal, el Sturmbannführer Karlheinz Pintsch, un hombre atractivo, de cabellos castaños rizados y nariz aquilina; un hombre que acabaría siendo capturado por los rusos y dejaría escritas unas notas en las que afirmaba que Hitler estaba al tanto de la misión de Hess. De hecho, la propia esposa del jefe del partido nazi creía que Hitler había dado su beneplácito y que Rudolf cumplía como siempre las órdenes del líder.

– Conduce en dirección al aeropuerto de la Messerschmitt en Augsburgo – le dijo Hess a su ayudante –. Hoy es el día.

*- *- *- *- *- *

– Esto es para ti, amigo mío.

El Sturmbannführer Pintsch contempló cómo su jefe depositaba en sus manos dos sobres cerrados y sellados.

– El primero es para el Führer – dijo Hess con voz profunda y un poco baja, como el que está rezando –. Quiero que él sepa antes que nadie toda la verdad.

– Pero el Führer ya sabe cuál es su plan, ¿verdad? – dijo el ayudante de Hess.

Pero el jefe del partido nazi no dijo nada. Se limitó a mirar a su ayudante fijamente, como si de pronto hubiese descubierto que se hallaba en su presencia. Entonces dijo:

– El segundo sobre incluye instrucciones mías. Debe abrirse exactamente cuatro horas después de iniciado el vuelo. ¿Queda claro?

Pintsch asintió, aunque en realidad nada estaba claro. No sabía que existía un tercer sobre dirigido a la esposa de Rudolf, Ilse. Hess lo había dejado dentro de un avión de juguete de su hijo pensando que ella lo encontraría al recoger las cosas de Wolf antes de irse a dormir. Esta operación de los tres sobres la repetiría en varias ocasiones hasta conseguir su objetivo, su misión, o morir en el intento. Cada vez que el tiempo o cualquier imprevisto suspendía el vuelo, Hess recogía los tres sobres y los guardaba para la siguiente intentona.

Esperaba que esta fuese la definitiva.

Rudolf Hess se acercó a su Messerschmitt BF 110 modificado. Comprobó la válvula entre el calentador y el radiador, que le había tenido preocupado días atrás. También comprobó las alteraciones que había sufrido el aparato, al que se le había eliminado un pasajero y colocado tanques de gasolina adicionales (¡900 litros más!) para un largo recorrido. Cuando estuvo satisfecho se subió a la carlinga.

Pero no fue tampoco aquella la ocasión en que cumpliría su sueño. El tiempo empeoró súbitamente y tuvo que regresar. Eran muchos los obstáculos que debía afrontar. Por un lado, el largo recorrido, una hazaña al alcance de pocos pilotos. Por otro el mal tiempo, siempre imprevisible. Y también estaban los combates de la batalla de Inglaterra que aún se libraba entre la Luftwaffe alemana y la Royal Air Force inglesa sobre los cielos de varias ciudades británicas y, particularmente, de Londres. Hess había probado varios sistemas de navegación pensando en cómo esquivar las inclemencias y los combates, antes de decidir que estaba preparado para el vuelo.

Y lo intentó de nuevo, por cuarta vez en tres meses, una noche estrellada del mes de mayo de 1941. Antes, eso sí, había pasado una hora junto a su querido hijo Wolf.

– Estarás orgulloso de tu padre – le aseguró–. Te quiero y siempre te querré. A ti y a mamá.

– Te quiero, papá – dijo el niño, que aún no había cumplido cuatro años.

Poco después llegó Hess al aeródromo.

– Hoy el tiempo es estupendo. Creo que tendrá un buen vuelo – le dijo el Sturmbannführer Pintsch

– Tengo un pálpito – reconoció Hess –. Esta vez es la definitiva.

Y así era. Había llegado el momento de la verdad.

– Mi querido adversario – dijo hablando sólo en la cabina de su avión, avanzando entre las nubes, cuando por fin comprendió que aquella era su oportunidad –. Tus razonamientos del otro día son los que finalmente me han

175

decidido a emprender este vuelo. Me has mostrado la verdad. De forma momentánea los británicos están sufriendo algunos reveses y ahora, más que nunca, estarán dispuestos a aceptar la paz con Alemania si soy capaz de hacer una proposición con inteligencia y diplomacia. Yo no soy Ribbentrop. Yo no soy agresivo y torpe. Yo les convenceré de que nuestros pueblos deben unir sus caminos y no enfrentarlos.

Hess no comprendía que su adversario era el último atisbo de cordura que le quedaba. Influido por astrólogos y echadores de cartas, obsesionado por su propia grandeza y por recuperar su posición a la derecha de Hitler, estaba a punto de cometer una verdadera estupidez.

*_ *_ *_ *_ *_ *

Poco antes de las 11 de la noche del 10 de mayo de 1941 un hombre de cejas pobladas, y de rostro afilado y fanático, se lanzaba en paracaídas en Escocia, cerca del castillo del duque de Hamilton. Su avión se estrelló poco después, una vez terminado en combustible. Para llegar allí había despegado a las 5:45 desde Augsburgo-Haunstetten, sobrevoló Alemania y Holanda, pasó por el Mar del Norte, esquivó los aviones enemigos con habilidad y presteza. Aunque fue detectado por el radar, los aviones que habían salido para derribarle no pudieron dar con él porque no tenían radar propio: debían seguir las indicaciones de tierra hasta tener una visual del enemigo.

Y los enemigos con los que se habían enfrentado hasta ahora venían a bombardear las islas británicas, no a lanzarse sobre ellas con un elaborado plan para alcanzar la paz entre Alemania y el Reino Unido.

– Tengo en mi bolsillo la dirección del duque de Hamilton – le dijo su adversario cuando se libró del paracaídas y aquel hombre obsesionado se plantó en medio de la campiña escocesa con su mono, su casco y sus botas negras –. Es amigo del profesor Haushofer. A través de su misiva pido una entrevista con el propio Rey.

Pero Douglas Douglas-Hamilton, el duque, casualidades

del destino, formaba parte de la patrulla de la R.A.F. que estaba sobrevolando los cielos escoceses intentando derribar a aquel avión desconocido que había aparecido en el radar. Hess fue conducido a un hospital cercano y allí comenzó su odisea, una bien distinta de la que había imaginado. Porque en efecto pasaría a la historia, pero no por haber conseguido la paz entre Alemania e Inglaterra. Churchill nunca quiso la paz y trató a Rudolf Hess como lo que era: un loco, o tal vez alguien demasiado ingenuo, desesperado, que trataba de evitar lo inevitable, que la guerra de liberación alemana (como Hitler llamaba al conflicto que se estaba desarrollando) se transformase en una guerra mundial.

El loco de Hess comenzó un periplo de prisión en prisión hasta llegar a la Torre de Londres. Luego siguió su periplo encerrado en fortalezas, edificios oficiales y chalets.

En Alemania, Hitler, airado hasta el frenesí a causa de que un hombre que había sido su mano derecha, hiciese semejante estupidez a escasamente un mes de invadir la Unión Soviética, leyó incrédulo la carta que Hess había guardado para él en un sobre. Era una misiva delirante de 40 páginas, llena de referencias a conjugaciones de planetas y estrellas que pronosticaban su éxito en la negociación. Por la mañana, el Führer informó oficialmente en la radio que Rudolf Hess se había vuelto loco. Además, detuvo a su ayudante, a secretarias, amigos y gente del entorno del antiguo jefe del partido nazi. Así como a algunos ocultistas y astrólogos que habían ayudado a meter en su cabeza la idea de que el salvaría al Reich de los mil años. Otro de los hombres de confianza de Hitler, el también Reichsleiter Martín Bormann, fue puesto al frente de la jefatura del partido en sustitución de Hess.

En Inglaterra, los psiquiatras visitaban a menudo al loco de Rudolf, que intentó suicidarse en diversas ocasiones lanzándose al vacío o clavándose un cuchillo en el tórax. Entonces alguien recordó un viejo rumor. Se decía que Hess había recibido un disparo en la cabeza años atrás, durante el Putsch de la Cervecería de 1923. Ahora estaba todo claro. Todos concluyeron que aquella era la causa de su trastorno.

Muchos dirían que Hess simulaba, que acentuaba su locura, que no quería aceptar su fracaso y prefería fingirse loco.

– Yo no estoy loco – le dijo Hess a su adversario, que le miraba como siempre desde el reflejo de todos los espejos.

Y se echó a reír. A carcajadas. Y continuaría riéndose y hablando a su secreto adversario hasta su muerte, aún prisionero de los británicos, casi cincuenta años más tarde.

MOMENTOS DECISIVOS DE LA HISTORIA

SUCESO: EL VUELO DE HESS. POSIBLES CAUSAS

Hitler estaba obsesionado por alcanzar la paz con el Reino Unido, pero lo había intentado con la falta de diplomacia habitual del Tercer Reich en esta fase de la guerra mundial. Es decir, había amenazado, había bombardeado el Reino Unido, había creado la ilusión de que existía un plan para invadir Inglaterra, se había mostrado arrogante... casi como si los ingleses tuviesen que dar las gracias por la oferta de paz. Por supuesto, no lo había conseguido. Y aquello le tenía perplejo, pues seguía convencido que británicos y alemanes estaban destinados al entendimiento.

Era habitual en el Reich que los príncipes, especialmente en el círculo íntimo de Hitler, obrasen de forma independiente. El Führer hacía ver que lo sabía todo, pero no siempre era así. Premiaba, como se ha explicado en varias ocasiones, los excesos y las decisiones radicales, lo que provocó que sus más fieles seguidores tomasen decisiones cada vez más arriesgadas. Esa fue una de las razones principales del vuelo de Hess: impresionar al Führer al conseguir la ansiada paz con el Reino Unido.

FECHA: 10 DE MAYO DE 1941.

Al día siguiente, el 11 de mayo, Hitler leyó asombrado la larga misiva de Hess. No hay nada que indique que Hitler supiese lo que este pretendía, y parece poco probable que estuviera al tanto. Tal vez su secretario se lo insinuó en alguna velada y Hitler le dejase hacer, pero es una mera hipótesis. Parece mucho más probable (sobre todo juzgando la reacción airada posterior de Hitler, muy diferente a otras ocasiones en las que miró hacia otro lado mientras sus príncipes realizaban actos de barbarie) pensar que la acción le tomó completamente por sorpresa. Lo escritos de Pintsch en los que afirma que Hitler lo sabía, los realizó el antiguo ayudante de Hess luego de años en prisiones soviéticas, donde se sabe que fue torturado y quedó tullido de por vida. Carecen de toda credibilidad. Sin embargo, Hitler era un experto en dejar que los otros se ensuciasen las manos; no es descartable que Hitler fuese parte del complot de Hess, aunque sí sumamente improbable.

CONSECUENCIAS: EL ASCENSO DE BORMANN

Según Speer y otros miembros del círculo íntimo de Hitler, la razón secreta del vuelo de Hess fue el ascenso de Martin Bormann. Este ya era Reichsleiter como Hess desde hacía años, y su poder iba creciendo a la sombra del Führer, siempre en el Berghof con él, aconsejándole y agasajándole. Ya en 1941 Bormann era el hombre de confianza de Hitler fuera de los ámbitos militares. Es decir, el papel que en su día tuvo Hess, que ahora disfrutaba de un rango honorífico y ya no asistía a las grandes reuniones sobre el rumbo de la guerra (ya que Hess no era un militar) ni para tratar otros temas internos, como el judío (reuniones a las que sí asistía Bormann). Tal vez los celos de Hess hacia Bormann fueron la chispa final que provocó el loco vuelo de Rudolf hacia Escocia.

EL SECRETO MEJOR GUARDADO DE LA GUERRA (OPERACIÓN KLUGHEIT)

[Extracto de las conversaciones de Otto Weilern en la prisión de la Lubianka]

En su momento había estado tan afectado por la muerte de mi hermano que no fui a su entierro. Preferí esconderme y marchar a Italia, a Roma, con Alfredo. Traté de olvidarme de todo, de mis errores, de cómo había intentado convertirlo en un nazi y de la culpa terrible que me angustiaba. Ahora, casi cuatro meses después de su muerte, estaba listo para afrontar mis errores y para pedir perdón por mi estupidez.

– Perdona, hermano – dije, de rodillas en la iglesia –. He comprendido que el Reich está mal, que Hitler está loco, que su obra y su política son fruto de su enfermedad, de rodearse de gente que está tan loca y ávida de sangre como el propio Hitler. Haré lo imposible para que Alemania fracase en la Segunda Guerra Mundial y, por supuesto, nunca seré el Führer de Alemania.

Recordé en ese momento la increíble conversación que había tenido con Hitler y con mi tío Eicke en Berlín antes de incorporarme al Afrikakorps. En ella me había sido revelado que un día dirigiría el destino de Alemania, que sería el canciller, el presidente del Reich. O al menos, como decía mi tío, era una posibilidad. Pero aquello era, más que una posibilidad, una locura y en caso de que los hados se conjuraran para hacerla posible yo conseguiría que fracasasen. De una forma u otra.

El nazismo luchaba contra el capitalismo, contra el poder de los bancos y las democracias que los servían. Pero esta lucha, que podría ser noble, se habría embrutecido por la barbarie de la persecución de los judíos y de todos aquellos que no formaban parte de la comunidad del pueblo. El racialismo y el etnocentrismo habían opacado el resto de valores de los nazis. Una vez dijo mi hermano Rolf que nadie recordaría el Reich más que por los campos de concentración.

Así comenzaba yo a pensar también.

– ¿Cómo estás? – dijo una voz a mi espalda.

Era Otto Skorzeny, un viejo amigo de mi hermano, un hombre de algo más de treinta años, apuesto, cuyo rostro estaba dominado por una cicatriz que le atravesaba la mejilla izquierda. Pero aquella vieja herida, causada por un accidente durante un combate de esgrima, le hacía aún más atractivo para las mujeres e interesante para los hombres, que veían fuerza y dignidad en sus rasgos. Skorzeny había organizado aquellas honras fúnebres en Braunau, la ciudad que nos había visto nacer a Rolf y a mí; curiosamente también era el lugar de nacimiento de Adolf Hitler. Tal vez aquello fuera una señal del destino.

– Estoy bien –le respondí–. Necesitaba hablar un momento con Rolf. Tenía que decirle cuánto la añoro y cuánto siento lo que sucedió.

– Tu hermano no debió morir. Pero en las guerras pasan estas cosas – me confesó Skorzeny –. Porque no sólo se libra esta batalla en el Norte de África o en los Balcanes o en los cielos de Inglaterra: la guerra y sus efectos están en todas partes.

No pude por menos que estar de acuerdo con él. Además, Skorzeny lo sabía de primera mano porque acababa de regresar de combatir en Yugoslavia.

– Un lugar terrible –me confesó–. No dejaba de llover y había barro por todas partes. Pero los yugoslavos sabían de antemano que nada podían ante nuestra maquinaria de guerra. Demasiados problemas tienen con sus muchas nacionalidades: serbios, croatas, bosnios y no sé cuántas más. No opusieron apenas resistencia. En muchos pueblos nos recibían con los brazos abiertos y nos lanzaban guirnaldas de flores. Pero como siempre, los jefazos están cometiendo errores. Matanzas indiscriminadas de civiles y cosas por el estilo.

Que un hombre aguerrido y que creía en el Führer, un SS de la división "Das Reich", reconociese que las cosas se estaban haciendo mal en los Balcanes, es que debían estar haciéndose muy mal. Skorzeny carraspeó, no queriendo dar más datos. Y concluyó:

– Las cosas se pondrán muy feas en Yugoslavia con el

tiempo. Esa gente tiene muy mal carácter cuando se la provoca. Como muchos otros pueblos cercanos y espontáneos, o como nosotros mismos, los austríacos –Skorzeny sonrió –. Si seguimos con la misma política en las zonas conquistadas te aseguro que tendremos que destinar miles de hombres para contener a los partisanos.

Dejamos de hablar porque al volvernos vi que estaban llegando el resto de nuestros amigos. La mayoría habían coincidido conmigo durante mi etapa de becario en el Instituto del Tercer Reich para la herencia, la biología y la pureza racial. Los encabezaba el que había sido por mucho tiempo mi camarada más cercano, Joseph Mengele, el hombre que me había convencido de entrar a formar parte del campo de Mauthausen. También, para mi sorpresa, vi a Schellenberg, el jefe del contraespionaje de las SS, y detrás de él a un hombre bajito de ojos ligeramente rasgados, ¿un japonés? O tal vez no, sus rasgos no eran del todo orientales.

Las exequias fueron breves y emotivas, como le hubiese gustado a mi hermano, que era creyente pero que se aburría con los largos discursos. Vino expresamente a dirigirlas Heinz Von Banish, el párroco de la iglesia de Sankt Valentin, un hombre al que Rolf respetaba y con el que se confesaba a menudo en secreto. Y digo en secreto porque yo, como buen nazi, le había pedido que no frecuentase a los sacerdotes y a toda esa calaña cristiana, que considerábamos pájaros de mal agüero. Pero Otto Weilern había dejado de ser un nazi e incluso en pequeñas cosas como aquella, estaba aprendiendo a ser más tolerante.

Al salir de la iglesia, Mengele vino a mi encuentro. Seguramente deseaba ofrecerme sus condolencias o explicarme que acababa de conseguir por fin su traslado a una unidad en el frente de guerra. Pero yo sabía hace semanas gracias a mis contactos que en la próxima invasión de Rusia formaría parte del cuerpo médico de la 5ª división SS Viking.

– Quería que supieras hasta qué punto siento la muerte de tu...

Le di la espalda, como si él tuviese la culpa de la muerte de Rolf... cuando él sólo era el culpable de haberme convencido de la grandeza del Reich de los mil años, de haberme engañado como se engañaba a sí mismo con las soflamas de Hitler y Goebbles por la radio. De todas formas, no quería hablar en ese momento con él ni con nadie que estuviese orgulloso del nazismo. Así que bajé a toda prisa las escaleras de la iglesia parroquial de San Esteban y fui al encuentro de Schellenberg y su amigo.

–Este es Yukio Atami, oficial de inteligencia de la embajada japonesa. Un amigo personal – le presento Schellenberg.

El japonés inclinó la cabeza y yo hice lo propio. Me volví entonces hacia Schellenberg con el que, al igual que con Mengele, tenía cuentas pendientes. Pero al menos Walter no era un nazi de libro. Le dije:

– Es una pena que nosotros no podamos decir lo mismo… que somos amigos personales.

– Una vez lo fuimos – dijo Schellenberg.

– Pero ya no. Y no sé si podré volver a confiar en ti.

Schellenberg y yo nos miramos. Él se sentía avergonzado y bajó la cabeza.

– Como primera parte de nuestra reconciliación querría pedirte un favor – dije, mirándole fijamente.

– Dime. Lo que sea. No sólo te debo una disculpa por el pasado, sino que gracias a ti tengo una nueva amiga en mi cama. Y ya sabes que yo aprecio mucho a mis amigas. Tanto o más que a mis amigos.

Se refería, por supuesto, a Coco Chanel, mi antigua amante, a la que había mandado a los brazos de Schellenberg ya que necesitaba ayuda para su sobrino. Estaba dispuesta a servir al Reich y sus servicios de espionaje a cambio de que lo liberasen. Ella sabía que Schellenberg, obsesionado por el sexo femenino, no haría ascos a una mujer de 50 años cuando podía acostarse con jovencitas. "No hay mujer que no tenga algo hermoso que ofrecerte", me había dicho una vez mucho tiempo atrás el bueno de Walter Schellenberg. Y él era fiel a ese pensamiento. Aparte de que, por supuesto, los contactos de Coco en Francia, España y el Reino Unido le vendrían de perlas para sus redes de espionaje.

– Quiero que me ayudes con un asunto delicado – dije, el rostro grave y circunspecto.

– Tal vez este no sea el mejor lugar –objetó Schellenberg, que había hablado en clave de Coco Chanel por estar delante del oficial japonés y al que ahora miraba de reojo mientras éste sonreía.

– No. Prefiero que se quede – repuse –. Tal vez él también pueda echarme una mano.

Media hora después estábamos en mi pensión en Braunau. Había elegido precisamente aquella en la que había nacido Hitler un poco más de medio siglo atrás. Un lugar sombrío para una reunión aún más sombría. Una reunión en la que Atami y Schellenberg contemplaban a mi invitado, un hombre sencillo, de unos cuarenta años, un hombre anónimo al que yo había rescatado de la muerte.

– ¿Y éste quién es? – pregunto Walter, al que no le gustaba aquel hombre que vestía un traje ajado y lleno de arrugas, como si fuese un preso recién salido de un campo de concentración. Siempre fue un poco esnob.

– Es un judío y se llama Jakob. Lo iban a gasear en el castillo de Hartheim porque nuestros expertos han decidido que es un débil mental.

El castillo de Hartheim era uno de los emplazamientos donde se eliminaba a los enfermos mentales en la baja Austria. Estaba muy cerca de Mauthausen y, de hecho, con el avance de la guerra utilizaríamos sus hornos crematorios para acabar con los presos cuyos cadáveres se amontonaban en el campo.

– Judío y deficiente mental – tercio Atami –. Tiene todas las papeletas para no acabar bien en el mundo en el que vivimos.

Schellenberg obvió el comentario del japonés y dijo:

– ¿Y qué quieres de nosotros?

– He oído cosas – dije.

– ¿Qué cosas? – dijo Schellenberg.

– El almirante Canaris me ha dicho que en ocasiones haces viajes a Suecia. Viajes en apariencia privados o de trabajo pero que en realidad no lo son. Me gustaría que hicieses un viaje con Jakob.

Como creo que he explicado alguna vez, Schellenberg no era abiertamente un traidor como Canaris o yo mismo. Quería vivir bien la vida y ser feliz. Si esto sucedía en la

185

Alemania nazi... pues mejor que mejor, pero sospechaba que los tiempos de Hitler no serían eternos y no quería que el día de la derrota del Tercer Reich, su nombre estuviese en la lista de los que había que fusilar. Así que en ocasiones ayudaba a ciertas personas a pasar de la Noruega ocupada por los nazis a la neutral Suecia. A veces los mandaba a Suiza. Quería ganarse una fama de hombre justo, de alma caritativa que ayudaba a sobrevivir a aquellos a los que perseguía el régimen nazi. El jefe de espionaje de las SS tenía como principal objetivo sobrevivir a la guerra. Ayudar a Hitler a ganar la guerra mundial era algo secundario.

– Entiendo – dijo Schellenberg, volviéndose hacia su amigo japonés, que seguía sonriendo –. Lo que no entiendo es por qué te explica mis intimidades el almirante Canaris.

– El almirante y yo hemos trabado una nueva y fuerte amistad. Tal vez la amistad que tú y yo perdimos.

Hasta ese momento Schellenberg no sabía que yo era un traidor. Y enarcó ambas cejas con un gesto de sorpresa.

– Ahora sí que entiendo lo que está pasando. Tú también quieres tener una buena hoja de servicios, una lista de judíos salvados de la quema, por si llega el día en que tengamos que rendir cuentas a...

– No te equivoques. A mí me da igual lo que piensen de mí los aliados terminada la contienda. Jakob se cruzó en mi camino. Hice una visita por casualidad al castillo de Hartheim cuando estaban a punto de gasearle. No voy a permitir que una cosa así suceda si puedo evitarlo. Así que arreglé unos papeles y no le ejecutaron. Ahora está aquí conmigo y quiero que lo lleves a Suecia, lejos de esta maldita guerra.

Había ido hasta Hartheim por un asunto oficial que no viene al caso. Entonces lo vi. Estaba a unos pasos a mi izquierda, en el pasillo lateral del patio porticado, esperando desnudo para entrar en la llamada sala fría y, de allí, a la sala de registro. En menos de media hora estaría muerto, siguiendo el ritmo habitual de depuración del Castillo. "Un judío sefardí", me informó el doctor Lonauer, responsable del centro. "No tiene familia y estuvo viviendo de la caridad en diferentes instituciones desde su juventud. Por lo visto, aparte de ser judío, posee un bajo coeficiente intelectual. Nos lo han mandado para que libremos al mundo de su presencia", añadió el doctor, feliz con su abyecto ideario eugenésico y racial.

Me acerqué a aquel hombre y le dije: "¿Cómo te llamas?" El judío me sostuvo la mirada. No parecía ningún débil mental. Dijo: "Me llamo Jakob Navarro. No quiero morir, pero se equivoca si piensa que voy a pedir clemencia. No hay clemencia en este país para la gente como yo. Eso lo he aprendido a base de palos, señor SS".

Pero yo no era un SS. Ya no. Ahora formaba parte del Afrikakorps y no iba a permitir que acabasen con aquel judío. Tal vez por todos los hombres, judíos o no, que había visto morir en nombre de Hitler sin mover un dedo. Por todos ellos, para mi propia cordura, salvaría a Jakob.

– ¿Otto? ¿Otto? ¿Te pasa algo?

Yo había vuelto el rostro. Lloraba sin hacer caso a la llamada de Schellenberg. Lloraba por mí y por mi hermano. Por todo el tiempo que tardé en reaccionar y ser un hombre de verdad como mi amado Rolf.

– Bueno, en fin... –La voz de Schellenberg sonaba más aguda, azorado, desconcertado por mis lágrimas –. ¿Cree que podrá hacer algo por nuestro amigo, el señor Weilern?

Walter se volvió hacia Atami, que me miraba con expresión serena. Había dejado de sonreír.

– Creo que algo podremos hacer – sentenció el japonés, sencillamente.

*_ *_ *_ *_ *_ *

La organización que dirigía Schellenberg no era tan grande como la de Canaris. El almirante tenía decenas de miles de hombres a su servicio mientras Schellenberg comenzó con unos pocos centenares y ahora apenas pasaba de mil efectivos. Eran pues organizaciones muy distintas, pero sin embargo los resultados de la de Schellenberg eran mucho mejores comparativamente, acaso porque en ocasiones (no muchas) intentaba hacer su trabajo mientras que la de Canaris solo trataba que lo pareciese, fingir que luchaba para alcanzar resultados, para poder seguir entregado a su misión principal:

la destrucción de Adolf Hitler.

Tuve la oportunidad de conocer un poco mejor a Walter Schellenberg en aquellos días de mediados de 1941. Todo gracias a nuestro interés común es salvar a algunas personas y mandarlas a Suecia. Todavía había entre nosotros una herida abierta. Algo de lo que no estábamos dispuestos a hablar. Pero hasta que llegase ese momento había otras cosas en juego.

– ¿A dónde vamos? – le pregunté a Walter.

Habíamos montado en un Mercedes y avanzábamos a toda velocidad por la Autobahn camino de la estación central de Berlín.

– Hemos recibido el soplo de que un espía polaco se dirige hacia la capital.

El expreso "Varsovia / Berlín" llegó a las ocho. Pronto quedó claro que sospechaban de un hombre que, a pesar de ser polaco, tenía un acento ruso reconocible. Lo más sorprendente era que los papeles del presunto espía, que respondía al nombre de Karol, indicaban que el viaje no era de placer sino de negocios: tenía una entrevista con una empresa japonesa de primer orden, la Mitsui.

– No podemos retener al falso polaco – dijo Schellenberg a sus hombres –. Pero podemos vigilarlo de cerca.

La vigilancia surtió efecto. Karol había llamado a la embajada del Japón. Poco después se había entrevistado con una japonesa gorda y entrada en años con la que hizo ver que tropezaba casualmente en el mercado cuando esta había ido a comprar verduras. Los hombres de Schellenberg investigaron y resultó que era la cocinera principal de la propia embajada japonesa.

– ¿Podría ser que los partisanos polacos que se oponen a nosotros estén aliados con los japoneses? – le pregunté a Schellenberg.

– En este mundo del espionaje todo es posible.

Poco después supimos que Karol y sus contactos japoneses habían decidido reunirse en el parque del Tiergarten, un lugar enorme pero que Schellenberg conocía bien por sus paseos a caballo con el propio Canaris. Varios de los hombres de Walter se disfrazaron de guardias y otros de trabajadores del servicio de parques. Montaron guardia durante horas y esperaron.

– Mira, por allí llega nuestro amigo Karol – me dijo Schellenberg señalando a nuestro objetivo, un polaco diminuto, de apenas metro cincuenta y poblada barba y perilla de chivo. Lo siguieron hasta una calle lateral y allí hizo contacto con la cocinera japonesa. Se sentaron en un banco como si no se conociesen y Karol dejó un paquete a su izquierda. Cuando ella se levantó, cogió el paquete como si fuese suyo.

– ¡Corre! ¡Corre! - chilló Schellenberg y uno de los hombres de limpieza del parque y dos de los guardas se abalanzaron sobre ellos.

Naturalmente, Karol fue detenido, así como la cocinera japonesa, a la que soltamos debido a la inmunidad diplomática.

– Hemos encontrado microfilms en un tubo de pasta de dientes y un cepillo de la ropa cuyo mango se desmontaba – nos informó uno de los hombres de Schellenberg luego de que registraran la habitación de Karol, el paquete que había intentado pasar a los japoneses y el resto de sus pertenencias.

Una hora después estábamos delante del espía, en una habitación cerrada, sin ventanas. Schellenberg parecía muy tranquilo. Yo no sabía qué hacía exactamente allí, pero Walter me había indicado que formaba parte de nuestro acuerdo para llevar a mi amigo Jakob a Suecia.

– Hemos encontrado varias tiras de microfilms en tu habitación – le informó Schellenberg al espía –. En ellos hay datos de la resistencia polaca, de su organización presente y futura, así como consejos de qué hacer para que los partisanos aumenten sus acciones y su efectividad. También se habla de las actividades nazis en el gobierno general de Polonia y otros temas similares. Un buen trabajo.

Karol nos miró impertérrito. Era un antiguo militar que había luchado contra nosotros hacía dos años. Había perdido. Nos odiaba.

– Le vamos a fusilar por actividades de espionaje – le informó Schellenberg –. Si puede decir algo en su defensa, este es el momento.

El polaco comprendió entonces que no le íbamos a

189

torturar. Nosotros no éramos la Gestapo y Schellenberg tenía muy claro que no se iba a rebajar a aquellas tácticas criminales. Sólo entonces el espía habló:

– Ya ha pasado tiempo suficiente como para que mis amigos sepan que he sido capturado. No regresé de la reunión en el parque y cualquier otra prueba de nuestros movimientos ha sido borrada. Dígame qué quiere saber.

Sus palabras denotaban respeto hacia Schellenberg. Éste sonrió.

– Cuénteme lo que me pueda decir. Tal vez no sea mucho. Pero estoy abierto a sugerencias.

Sorprendentemente, Karol comenzó a hablar. Dijo mucho más de lo que esperábamos. Los japoneses habían ayudado a la resistencia polaca desde la caída de Varsovia. Los polacos, aunque derrotados, estaban en una situación estratégica perfecta para espiar tanto a alemanes como a rusos. Su amistad interesaba a los servicios de inteligencia nipones. Pero aquello no fue la afirmación más sorprendente de Karol.

– Odio a los nazis, pero usted no es un nazi – dijo, mirando a Schellenberg.

– Así es.

– Tal vez podríamos ayudarnos mutuamente.

– Dígame cómo.

El polaco se inclinó y bajó el tono de voz.

– Aún más que a los nazis odio a los rusos. Podría servir a vuestra organización dentro de la resistencia polaca.

Y así fue. Porque Schellenberg se diferenciaba también en aquello a la Gestapo. No ganaba nada matando a aquel hombre. Y podía ganar mucho usándolo en su beneficio. No ser un fanático tiene muchas ventajas. Así que Karol Kunzcewincz trabajó para el contraespionaje alemán hasta el fin de la guerra.

Lo sucedido preocupó profundamente al embajador Oshima y al servicio de inteligencia japonés, pero no sucedió nada. Hitler había prohibido espiar a italianos y a japoneses. No se podía hacer nada al respecto fueran cuales fuesen sus actividades. Schellenberg lo sabía, pero también sabía que podría haber utilizado aquel material para dejar en mal lugar a los aliados del imperio del sol naciente. Ante Hitler o alguno de sus príncipes. Sin duda con aquella información podría haber perjudicado a Oshima de muchas maneras. Pero en lugar de eso, cogimos un avión hacia Estocolmo. Allí fuimos hasta el quinto piso de la calle Linne Gatan nº 38, done nos encontramos con nuestro viejo amigo Atami y con el agregado militar japonés, el general Makato Onadera.

– He sabido que Hitler en persona ha pedido al embajador Oshima que no se precipite el ataque a los Estados Unidos. Nuestro amado Führer quiere que el imperio japonés centre su estrategia en Singapur y las antiguas colonias inglesas.

Schellenberg había comenzado a hablar de un tema que yo no conocía. Parecía que quería soslayar lo sucedido con los espías polacos. Me quedé a la expectativa... en silencio. Yo no sabía, por supuesto, que el ataque a Estados Unidos se estaba preparando desde el mes de febrero, pero sí que intuía que a los japoneses les traía sin cuidado lo que opinásemos nosotros de sus planes (incluido nuestro amado Führer).

– Sí. He oído que Hitler habló de estos temas con nuestro embajador en la fiesta por la unión de Bulgaria al pacto tripartito y más tarde en Viena en el Castillo Belvedere – dijo Atami –. Las palabras de un hombre sabio siempre son bien recibidas. Me consta que el embajador las transmitió de inmediato a sus superiores en Tokio. Otra cosa es que le escucharan.

De forma algo críptica, pero en el fondo bien evidente, Atami nos acababa de decir que en Tokio no iban a escuchar el Consejo de Hitler. Probablemente de la misma manera que Hitler no escuchaba los consejos de los japoneses. Porque ellos eran completamente contrarios al ataque a Rusia por parte de la Wehrmacht tanto o más que lo éramos nosotros al ataque a los Estados unidos. Pero acaso ambos errores (catastróficos, por cierto) eran ya inevitables.

– Sé que el ministro de asuntos exteriores Matsuoka ha firmado un pacto de no agresión con Rusia – dijo entonces Schellenberg –. Me pregunto qué sucedería si el Führer atacase a los rusos. ¿El Japón se plantearía respetar nuestro acuerdo del Pacto Tripartito? ¿Atacaría a Rusia a través de Siberia? ¿O

191

respetaría el pacto de no agresión con la URSS?

– Estoy seguro que el embajador Oshima y el primer ministro Matsuoka abogarán ante el emperador por un ataque en Siberia.

Atami, luego de su respuesta. se volvió hacia el general Onadera, que asintió con la cabeza como si conociese el asunto de primera mano. Era un hombre gordo, que respiraba con dificultad, y nos miraba con cierto desdén desde unos ojos pequeños, severos, distantes.

– Pero tampoco deberíamos apostar para que nada de eso sucediese –concluyó Atami.

– ¿Y por qué? – quise saber, interviniendo por primera vez en la conversación.

– Porque Japón tiene sus propios intereses – dijo el general, interviniendo también por fin –. No somos Italia. No estamos al servicio del Reich por mucho que respetemos la figura del Führer y sus logros.

Dialogar con los japoneses era a menudo exasperante. Hablaban con rodeos, de forma indirecta y tan cortés que a veces era como no decir nada. La conversación giró un rato más en torno a las respectivas posiciones de Japón y Alemania y finalmente Walter sacó a colación el verdadero tema que nos había llevado hasta allí:

– Tengo en esta carpeta toda la información relativa al caso Karol Kunzcewincz. El asunto se va quedar parado, olvidado, en un cajón de mi oficina el resto de la guerra. Nadie más tiene que saber nada de este desdichado asunto – dijo Schellenberg entregando el informe completo a Onadera, que lo tomó e hizo una inclinación de cabeza.

Sin embargo, fue Atami el que habló:

– El imperio japonés le está muy agradecido por sus servicios. Y quiero hacerle saber que los amigos de ambos están ahora en Suecia a salvo.

– Gracias – dije.

– Un hombre como usted no debe dar las gracias. Solo recibirlas.

Hasta ese momento me preguntaba por qué el japonés había venido a las honras fúnebres de mi hermano. Entonces me di cuenta que quería conocerme. Todos querían conocer al gran Otto Weilern y yo comenzaba a estar harto. Pero de momento el destino me había colocado en aquel lugar y en nombre de mi hermano (y de todos los que se habían dado cuenta a tiempo de las cosas terribles que sucedían en Alemania) debía jugar mi papel.

– Informaré personalmente al emperador de que siempre se puede contar con un hombre como Schellenberg – indicó el general Onadera, que era amigo personal de Hirohito y una de las personas más influyentes en los servicios de espionaje japoneses en Europa.

– Infórmele de que también puede contar con Otto Weilern – apunté, con voz decidida.

– ¿De verdad? – repuso Atami. Onadera y él se miraron y comenzaron a reír de algo que sólo podía ser una broma privada.

Yo solté una carcajada, aunque no sabía la causa de su hilaridad. ¿Se reían conmigo o de mí? No me importaba lo que pensaran mientras pudiera aprender gracias a ellos algo más de política internacional, de las virtudes y sobre todo los defectos de Alemania, para poder finalmente valerme de todos aquellos conocimientos para destruir un día el imperio de Hitler.

Porque gracias a mi hermano estaba abriendo los ojos. Ahora podía ver los Lager como Mauthausen, donde se reeducaba o destruía a nuestros enemigos; las cámaras de gas como la del Castillo de Hartheim; los asesinatos de débiles mentales o de judíos; los crímenes de los Einsatzgruppen... yo conocía todo aquello antes de que Rolf muriese. Y había mirado hacia otro lado, pero ahora era incapaz de hacerlo. Tenía los ojos tan abiertos que estaba deslumbrado por el sol.

Yo no heredaría el Reich. Sería el que lo aniquilase.

MOMENTOS DECISIVOS DE LA HISTORIA

SUCESO: EL ESPIONAJE JAPONÉS

Los japoneses tenían un servicio de espionaje profesional. Por tanto, espiaban a todo el mundo y trataban de obtener beneficios para su país a cualquier coste, sin escudarse en la moral ni ponerse limitaciones. Alemania, por el contrario, no podía espiar a las naciones amigas por orden directa de Hitler. Solo Schellenberg se quejaría de esta orden y trataría de organizar una red en Tokio. Pero nunca recibió apoyo de sus superiores.

FECHA: TODA LA GUERRA.

Los esfuerzos del espionaje nipón fueron muchos, sobre todo porque todos los diplomáticos japoneses eran, como se ha dicho, también espías. Rusia, Alemania, Polonia, Suecia, la Orquesta Roja, muchos fueron sus intereses, sus campos de acción y sus bases, que serán convenientemente explicados a su debido tiempo.

CONSECUENCIAS: DILETANTISMO ALEMÁN

Canaris y Schellenberg nunca encararon sus servicios de forma profesional. El primero era un traidor, el segundo nunca dispuso de medios suficientes y, cuando dispuso de ellos, los usó principalmente para su propio beneficio. Una de las grandes derrotas de Alemania en la guerra mundial fue la batalla de los espías. No solo la máquina Enigma y el descifrado de los mensajes del Eje ayudaron a la victoria aliada. La propia organización del espionaje alemán fue clave en la caída del nazismo.

– Creo que con un poco de ayuda puedo conseguir mi sueño – dijo Traudl, asomando la cabeza entre las sábanas.

Yo apenas la escuchaba. Algo dentro de mí se había roto tras las honras fúnebres de Rolf. En el último medio año todo había pasado demasiado rápido. De ser un nazi convencido (o a medias) a ser un antinazi, de creer en Adolf Hitler a considerarme a mí mismo un traidor. Aquella evolución tan brusca me estaba despedazando por dentro. Yo ponía buena cara, trataba de ser yo mismo si es que realmente sabía quién era yo. Pero cada vez bebía más, cada vez estaba con más mujeres, cada vez las trataba peor y con menos atención en mi relación con ellas, convertido en un Schellenberg, en un degustador de placeres mundanos. Pero mi antiguo amigo Walter era feliz con aquel rol hedonista mientras yo lo hacía como una válvula de escape, una forma de huida de mí mismo porque no estaba contento con la persona que había sido ni con la que iba a ser.

– Mi hermana Inge vive en Berlín y es bailarina en el teatro alemán de danza – me explicaba en ese momento Traudl, ajena a mis razonamientos y a mi dolor-. Me ha vuelto insistir para que venga a la capital, y no sólo por unos días como ahora para estar contigo. Pero necesito librarme del contrato que firmé en Augsburgo.

Aquel era un tema recurrente en mi joven amante. Ni siquiera sabía por que la había llamado para que viniese desde Múnich a Berlín. Me sentía solo, vacío, después de la charla con Schellenberg y aquellos intrigantes japoneses. No quería llamar a Mildred, porque aquella relación había quedado atrás, ni a Coco Chanel que ahora se acostaba con el jefe de la contrainteligencia; tampoco a ninguna de mis otras amantes. Traudl era una buena chica, tal vez la primera buena chica con la que había estado mucho tiempo. Pero su conversación me cansaba. Quería ser bailarina y venir a Berlín. Todas las conversaciones conducían a aquel punto. Había firmado un contrato con un empresario sin escrúpulos y tenía problemas para deshacerse de él. Y eso que el baile no era muy requerido en tiempos de guerra. Pero, obligada por las cláusulas de aquel contrato, no podía intentar su sueño de viajar a la capital para hacerse famosa. Siempre me hablaba del tema como si... como si... Entonces lo entendí todo. Era un idiota. Ella sabía de mi amistad con el Führer y con algunos de los peces gordos del Reich. Esperaba que pudiese ayudarla a liberarse de su contrato para trasladarse a vivir a Berlín. Tal vez incluso podría ponerlo un pisito. No me hallaba ante una buena chica sino ante una golfa y una aprovechada como todas las mujeres que se habían cruzado en mi vida.

– No quiero ser secretaria – continuaba en ese momento Traudl su monólogo –. Debo intentar mi sueño de ser artista. Pero para ello...

– Ya sé – le interrumpí –. Tienes que librarte de tu contrato con ese estafador de Augsburgo que organiza espectáculos de cuarta fila. Tienes que venir a Berlín y quedarte una temporada hacer audiciones, bailar como una loca y convencer a algún imbécil para que te contrate. Alguien que no se dé cuenta del tipo de persona que eres

Traudl estaba pálida. Me miró fijamente.

– ¿Porque me hablas así, Otto?

– Todo el mundo traiciona a todo el mundo – le aseguré –. Todo el mundo engaña. Todo el mundo miente. Incluso yo soy un traidor. ¿No lo sabías? Yo soy un traidor tanto o más que tú.

Traudl, por supuesto, no sabía que yo trabajaba para el almirante Canaris y mucho menos que quisiese aniquilar al Tercer Reich. Sólo sabía que era un muchacho joven y apuesto que tenía el favor del gran Adolf, al que ella, como todos los alemanes en 1941, reverenciaba.

– Has bebido mucho. Tal vez deberías dormir y por la mañana...

– Tal vez debería dormir, pero solo. Levántate y márchate.

Traudl dejó caer la sábana y mostró sus pequeños y perfectos pechos. Sus labios temblaban.

– ¿Lo dices de verdad?

– Lo digo de verdad. Quiero quedarme sólo. No quiero a nadie que me pida favores, que quiera que la ayude con su carrera o que la coloque de bailarina en ninguna parte.

– Yo nunca te he pedido nada.

– Pero lo has insinuado. Todo el día parloteando sin parar de tus mierdas.

– No, yo sólo te hablaba de mis sueños. Yo sólo...

Estaba llorando. Me pregunté si no habría sido demasiado duro. Pero en aquel momento mi alma estaba podrida. Me habían sucedido demasiadas cosas en demasiado poco tiempo y necesitaba hacer daño a alguien. Una vez Nietzsche dijo que hay que devolver bien por bien y mal por mal, aunque no sea a las mismas personas que nos lo han hecho. Que necesitábamos el equilibrio antes que la justicia. En aquel momento de duda, Traudl fue la persona a la que castigué por la muerte de Rolf, por los recuerdos que Alfredo había hecho despertar de mi infancia en San Valentín, de mis dudas acerca del nazismo, de mi transformación en una persona nueva y de todas las cosas que pasarían en el futuro. Ella pagó por mis pecados.

– Me pregunto qué demonios haces ahí todavía sentada en cueros – le pregunté, encendiendo un cigarrillo –. Márchate de una vez. ¿No dices que tienes una hermana en Berlín? Pues ve a su casa. Yo te pago el taxi. Pero es la última vez que te pago nada y la última vez que sabes algo de mí.

Entre sollozos, vi cómo Traudl se vestía. Lentamente, olvidándose de alguna prenda y estallando en nuevos sollozos que comenzaron a martillarme la cabeza.

– Date prisa, maldita sea, golfa – le dije cuando se estaba poniendo las medias sentada en una silla baja que había junto mi cama.

Poco después, la muchacha se incorporó y me dijo:

– Pensé que eras especial. Es más, pensé que lo nuestro era especial.

Me encogí de hombros.

– Pues te equivocabas. Somos dos jóvenes de 20 años que nos hemos acostado... cuánto, ¿una docena de veces? Sólo era eso y ni siquiera "eso" era nada del otro mundo. Ahora sal de mi vida.

197

Unos instantes después, oí unos tacones repiqueteando de rabia mientras bajaba las escaleras de mi piso camino de la calle. No sentí pena por ella sino por mí mismo, porque había hecho daño a una persona buena en un rapto de ira. Y todo sin pruebas, sin razones que avalasen mis suposiciones, sólo porque necesitaba hacer daño a alguien. Así es como se manejaban en la vida gente como Himmler o Heydrich, gente de la Gestapo, de las SS, brutos que se dejaban guiar por el odio. Pero yo no era así. No quería ser así. Lucharía contra los nazis, pero no a costa de convertirme en un nazi.

    – Perdóname, Traudl – dije en voz alta.

    Pero allí no había nadie más que Otto Weilern y un cigarrillo consumido entre sus dedos. La ceniza cayó sobre las sábanas que antes había ocupado Gertrud. La limpié con un gesto antes de que dejase marca. No sé si lloré. No lo recuerdo. Pero si no lo hice debería haberlo hecho.

    Tardaría mucho en ver de nuevo a Traudl y, para entonces, ya estaría trabajando como secretaria para Hitler.

*_ *_ *_ *_ *_ *

    Al día siguiente, Kempka, el chófer del Führer, vino a buscarme. Se me esperaba en Gotenhafen, en el golfo de Gdansk, una ciudad portuaria bañada por las aguas del mar Báltico. Allí se hallaba el Führer, dos de sus ayudantes (uno de la Luftwaffe y otro de la Kriegsmarine) y el Comandante en jefe de la Wehrmacht, Wilhelm Keitel.

    – El jefe me ha dicho que quiere que le acompañes en la visita que va a hacer mañana al Bismarck y al Tirpitz – me explicó el chófer.

    Vaya, el Bismarck y el Tirpitz. Nuestros dos grandes acorazados, el orgullo de la marina alemana. Siempre me había seducido la marina de guerra y era de todas las armas del ejército mi preferida. Una vez le había dicho a Hitler que, de haber podido, habría elegido la Kriegsmarine como destino. Servir en una nave de guerra, perderme en el ancho mar. Sería algo maravilloso.

    Y dos años atrás se había cumplido mi sueño. Me había encantado viajar en el submarino experimental U-00a durante la batalla del Mar del Plata o en Narvik. Conocer a leyendas como Raeder o Doenitz, el jefe del arma submarina, que había sido mi guía en aquel mundo de hombres aguerridos y temerarios que surcaban las aguas de medio mundo.

Así que, de alguna manera, aquel viaje inesperado me animó un poco. Hablé de muchos temas con Kempka y comenzó a cimentarse nuestra amistad futura. Cuando llegamos a Gotenhafen estaba sonando el himno de Hosrt Wessel y un centenar oficiales en traje de gala saludaban al Führer desde la cubierta del Bismarck.

– Gracias por venir, Otto – me dijo el Führer.

– Un honor – repuse sencillamente.

Caminamos por la cubierta del Bismarck, maravillados por sus potentes cañones y sus sistemas de control de fuego. El almirante Günther Lutjens nos contó el relato pormenorizado de las recientes victorias de la marina alemana de superficie en el Océano Atlántico, parte de las cuales había realizado personalmente al mando de dos acorazados de bolsillo, el Gneisenau y el Scharnhorst. Casi 30 mercantes enemigos habían enviado al fondo de las aguas. Aquellos éxitos le habían concedido el mando de la nave que visitábamos, la joya de la corona de nuestra marina, un navío que muchos creían indestructible.

– Nuestra nave, el Bismarck, y su gemelo el Tirpitz son los primeros grandes acorazados de la Kriegsmarine. Ya no hablamos de pequeños acorazados de bolsillo sino de naves magníficas de más de 40 mil toneladas y 250 metros de eslora. Puedo afirmar sin modestia que son naves muy superiores a cualquiera británica actual.

– Sin embargo, hasta ahora los submarinos se han mostrado mucho más efectivos que los acorazados de bolsillo – opinó Hitler.

Las Manadas de Lobos de Doenitz, aquellas formaciones agresivas de submarinos que acechaban a los convoyes ingleses en el Atlántico, vivían sus días más felices y estaban causando estragos en el enemigo. Y dañando de paso seriamente la economía británica.

– El gran almirante Raeder confía en la marina de superficie – opinó Lutjens –. Yo también. Y daremos grandes

199

victorias al Reich.

Pero lo cierto es que el gran almirante por primera vez no había realizado una visita de inspección junto a Hitler. Se decía que había grandes diferencias entre ellos y que el Führer se inclinaba más por el arma submarina comenzando a desconfiar de los enormes gastos que realizaba la Kriegsmarine en los acorazados de bolsillo o en grandes naves como el Bismarck, que realizaban grandes acciones para la propaganda, pero poco efectivas a nivel real... mientras los submarinos estaban ahogando a los ingleses y dejándoles sin suministros. De fondo, tenía lugar una lucha sorda entre Doenitz (y sus submarinos) y Raeder (y sus acorazados), dos formas opuestas de interpretar la guerra en el mar.

– Ya veo – dijo Hitler dando por terminado aquel asunto

La conversación no fue en efecto mucho más allá. Tomamos una comida vegetariana preparada según los gustos de Hitler. No hablamos demasiado. Yo no tenía ganas de conversar con un hombre al que pensaba traicionar y destruir. Y Hitler parecía ensimismado. Nadie sabía si debido a sus recientes desencuentros con Raeder o por la inminencia del ataque a Rusia. De cualquier forma, todos estuvimos distraídos y comimos en silencio.

– Mi preocupación es ésta – dijo de pronto Hitler, regresando de sus cábalas. Todos paramos de comer y le miramos: –. Considero todo el asunto concerniente al nuevo gran acorazado Bismarck algo relacionado más con la propaganda que con la guerra. Nunca tendremos una marina lo suficientemente potente para combatir a la inglesa de tú a tú. Mi temor es que el efecto propagandístico que hasta ahora está teniendo el hundimiento de los mercantes enemigos no sea nada en comparación al gran revés propagandístico que sería el que los británicos hundiesen el Bismarck. Si yo fuese Churchill dejaría todo lo que estuviera haciendo y me concentraría en hundir la nave en la que estamos pasando esta velada. Porque los periódicos y la radio la han convertido en un símbolo. Y en tiempo de guerra destruir los símbolos es algo importante.

– Nadie hundirá al Bismarck – le aseguró Lutjens.

Hitler tomó una hoja de lechuga y la contempló como si fuese su verdadero interlocutor.

– Yo diría lo mismo que usted si estuviese en su lugar. Aunque no tuviera la completa certeza. Aunque supiera que me enfrentaré a graves peligros si me hago a la mar e intento combatir a los ingleses.

Mientras masticaba la lechuga, el Führer masculló una frase que no entendimos, pero si pudimos oír claramente la palabra "Raeder". Era evidente que, como sucedía con muchos de sus otros príncipes, Hitler dejaba hacer al gran almirante a pesar de que pensaba que estaba equivocado. La confianza en sus hombres era clave en el pensamiento del Führer, que pensaba que solo con libertad podía un hombre alcanzar sus máximos logros. Ese pensamiento, claro, atañía a los temas que no entendía, como el espionaje, la marina de guerra, la gestión administrativa de las conquistas o la política interior. En otros temas, como la estrategia militar, se entrometía constantemente porque se creía un experto.

Pero Hitler era un completo ignorante en cuestiones marítimas y no quería imponer su opinión ante alguien con un conocimiento tan erudito y con una capacidad de trabajo y de entrega tan grande como el gran almirante. Pero su paciencia no sería infinita. Todo aquel asunto de los acorazados, si salía bien, sería un gran triunfo para Raeder... pero si salía mal Hitler le pondría una cruz y no tardaría en caer en desgracia. Porque si alguien hundía un submarino, o diez, a nadie le importaba. Pero la caída del Bismarck sería un cataclismo, un terremoto que daría alas a la moral británica y humillaría a Alemania a ojos del mundo.

El Führer, todavía ensimismado en este y otros pensamientos, apenas me dirigió la palabra el resto de la visita. Tal vez ni reparase que estaba allí. Tal vez ni recordase que me había hecho llamar. El caso es que finalmente se montó en su coche junto a Kempka y regresó a la capital. Yo decidí quedarme unas horas más y tuve ocasión de hablar brevemente con el almirante Lutjens.

– ¿Cuándo saldrá el Bismarck al mar para combatir con los ingleses? – Le pregunté.

Lutjens se mostró cauto.

201

– Es difícil decirlo con exactitud

– ¿Un mes? ¿Tres semanas?

– No, no tanto. Digamos que... sólo unos días.

El almirante me había visto compartir mesa con el Führer y su plana mayor pero, como casi todos los oficiales que conocí durante mi misión, al principio no tenía muy claro cuál era mi función dentro del Reich. En realidad, yo tampoco lo sabía.

No regresé directamente a Berlín sino que decidí ir hasta el campo de Mauthausen. Era el momento de empacar todas mis cosas y decir adiós a aquel lugar. Paseé por la casa que fuera de mi hermano y que antes había sido nuestra escuela. Bajé hasta el sótano y contemplé los restos del naufragio que fue nuestra infancia. Los pupitres amontonados, las mesas rotas y cubiertas de arañas, los organigramas con la historia racial de nuestro pueblo, los libros amarilleados por el tiempo, cajas con ropa vieja y cuentos infantiles revisados por los nazis... todo aquello me retrotraía una vez más a los recuerdos que había despertado Alfredo, y también Rolf con su muerte.

Abrí una caja al azar y vi unos mapas, unos árboles genealógicos que trataban de reseguir la historia de la raza aria desde el pasado hasta el nacimiento de los siete pequeños mocosos que allí estudiábamos.

– Árbol genealógico de Alfred Ploetz – leí en voz alta. Luego arrojé la libreta de nuevo a su prisión, de nuevo al olvido y al paso del tiempo.

Necesitaba un acto que me alejase del pasado, de todas las cosas terribles que habían pasado en aquella casa y que no quería recordar. Necesitaba un acto de purificación para dejar de mirar atrás y mirar hacia delante, construir un nuevo hombre y sobrevivir a la guerra mundial. Comprendí una vez más que Schellenberg debía ser mi espejo. El objetivo era ser un poco más listo, un poco más arribista, disfrutar de lo que pudiera en aquellos años terribles y tratar de sobrevivir. No había más. Pero para dejar atrás definitivamente al Otto nazi, para dejar atrás al hombre que fui... necesitaba un acto de purificación.

Un sacrificio al altar de los dioses.

Miré con cuidado la casa. Tres plantas: bajo, primer piso y ático, aparte de un sótano por debajo del nivel del suelo. Me asomé al balcón, desde donde podía verse la vieja iglesia parroquial. Y luego prendí fuego al salón del primer piso.

Las llamas se alzaban majestuosas apenas unos minutos más tarde. Mis cosas (apenas un par de maletas con ropa y enseres básicos) estaban afuera de la calle. Terminé de echar gasolina en el jardín cuando decidí que era el momento de marcharme. Pero entonces tuve un pálpito. Recordé algo que había olvidado.

–Ah, es aquí.

Había regresado al interior. El fuego estaba a menos de un metro de donde me hallaba, arrodillado bajo los restos de la estantería que contenía "La Cabaña del Tío Tom" en versión nazi. Trataba en vano de apartar unas maderas para ver la parte inferior derecha de la pizarra y apuntar lo que había allí escrito. Era muy importante y no podía dejarlo atrás. Tal vez me había precipitado al prender fuego a la casa de Rolf.

Por suerte siempre llevo lápiz y pude escribir a toda prisa con el mayor detalle que me fue posible. Una viga carcomida por las llamas cayó a mi derecha y salté a un lado. Una última palabra escrita bajo una nube de humo y salí corriendo de la casa.

– ¿Qué demonios ha sucedido? – Me preguntó el comandante en jefe del campo de Mauthausen, el Lagerführer Frank Ziereis, que se había personado a toda prisa, junto a algunos de sus oficiales de confianza.

– Un accidente.

– ¿Un accidente? – preguntó Ziereis, contemplando estupefacto mis maletas perfectamente ordenadas en la calle mientras la casa ardía hasta sus cimientos.

El comandante no tendría aún ni cuarenta años. Era un tipo alto, rubio y de ojos azules, aunque no demasiado guapo. Lucía un corto bigote y era un hombre vanidoso, estirado y pusilánime: un analfabeto que había llegado hasta su puesto lamiendo culos de altos oficiales del partido. El típico nazi de interior.

– Todo es un accidente, mi querido Lagerführer. Todo. Este lugar, esta guerra hasta yo mismo. Otto Weilern es un accidente y todos somos accidentes. Y al final, como todos los accidentes, acabaremos muertos, irreconocibles hasta para nosotros mismos o lisiados y con secuelas incurables.

Ziereis me miró estupefacto y luego se encogió de hombros. Se alejó pensando que yo era un pobre loco, pero en el fondo contento de librarse de mí. Hacía tiempo que no quería a alguien como yo husmeando en sus asuntos, alguien con mis amigos y mis contactos.

– Es el momento de empezar una nueva vida, Rolf, querido hermano – dije a las brasas ardientes que en ese momento se enroscaban alrededor de los muebles de la cocina, de las cortinas del salón... hasta alcanzar el alféizar de la ventana y al final la ventana misma, a través de la cual vi cómo el fuego seguía su danza macabra, lanzando astillas crepitantes mientas el humo se alzaba de todas partes lanzando espirales ominosas.

Cogí el papel que había apuntado y comprobé que todo lo escrito era reconocible. Miré cada sílaba con cuidado y dejé pasar los minutos, sin prisas, hasta que hube memorizado su contenido. Entonces arrojé el papel a las llamas y me alejé con mis maletas hacia un futuro desconocido.

O quizás no tan desconocido. Al menos sabía mi primera parada: el Bismarck.

LIBRO SEGUNDO

RUSIA

La operación Barbarroja

3. CAMINO DE MOSCÚ

(Mayo a noviembre de 1941)

VII

Mientras se vestía, Walter Schellenberg repasaba su vida. Con el ceño fruncido, contempló el rostro dormido de Lina Heydrich, la arpía nazi, la ferviente seguidora del Führer que era al mismo tiempo esposa y la guía moral del todopoderoso jefe de los cuerpos policiales de Alemania: Reinhard Heydrich.

Tuvo una sensación de "déjà vu", la impresión de que aquel instante había sucedido ya, de que estaba viviendo un momento repetido. Sería una sensación que le perseguiría todo el día. Se preguntó si sería un efecto secundario de su enfermedad. Últimamente no se encontraba bien y trataba de llevar otro estilo de vida, alejado de los excesos de antaño. No había abandonado, por supuesto, su afición a las mujeres, pues no habría sido consecuente con su posición de "hombre más atractivo de Alemania".

Contempló de nuevo el rostro aniñado y dormido de Lina. No, nunca abandonaría su afición a las mujeres, pero era mucho más comedido a la hora de comer y prácticamente había abandonado la bebida. Luego de su segundo matrimonio con Irene y de su luna de miel en Luxemburgo, se había prometido convertirse en otro hombre. Incluso por un momento (breve) había intentado rebajar la intensidad y la frecuencia de sus relaciones sexuales. Sus médicos le informaron que su afección cardíaca había empeorado y que su hígado se estaba deteriorando a marchas forzadas. Uno de los galenos que le atendían le preguntó si alguien le había envenenado en el pasado. Aquello le recordó la ocasión en que

207

Heydrich, en un bar de la Alexanderplatz, le anunció que le quedaban unos minutos de vida a menos de que le convenciese de que no tenía una relación con su esposa. Luego de que Schellenberg se disculpase y diese todo tipo de explicaciones, vertió en su copa algo que él llamó "antídoto". Aunque no podía probarlo, siempre estuvo convencido de que realmente le había envenenado. Tal vez el antídoto no había sido tan efectivo como había esperado la maldita araña Heydrich. Había muchas substancias que, aunque te administrasen una cura inmediata, quedaban para siempre en tu organismo. No te mataban de golpe pero lo hacían igualmente... poco a poco.

Y ahora su salud se había agravado por culpa de aquel asunto.

Lo más curioso del caso era que, por entonces, no tenía ninguna relación (carnal, se entiende) con Lina Heydrich. Fueron las amenazas del jefe de la policía del Reich las que le llevaron a su cama, las que le forzaron a asumir aquel riesgo. Nadie se reía de Walter Schellenberg, sólo el propio Walter mismo tenía esa prerrogativa. Y la ejercía a menudo, porque la vida le parecía una broma estúpida. Ahora que sabía que no llegaría a viejo, le parecía una broma aún más hilarante.

Mientras se recuperaba de sus afecciones en Karlsbad y más tarde en Turíngia, Walter reflexionó sobre su vida, sobre su relación con Otto Weilern, sobre la misión que el muchacho desarrollaba para el Führer. No le gustó quién era, en lo que se había convertido tras la muerte de su hermano, pero por otro lado dudaba de que pudiera ser cualquier otra cosa. Otto tenía demasiadas cartas marcadas en la baraja de los acontecimientos. La espiral de la guerra le conducía por extraños corredores y solo él debía aprender a sortearlos.

Como jefe del contraespionaje SS, Schellenberg se había encargado muchas veces de lidiar con el bien y con el mal, de tomar decisiones que ningún otro hubiese sido capaz, en Venlo, en Polonia y finalmente en Portugal, cuando hizo todo cuanto estuvo en su mano para no obedecer a Hitler y secuestrar al duque de Windsor, al que pretendían colocar como líder títere de una Gran Bretaña ocupada. Aquella situación le valió caer en desgracia, o quizás de forma más exacta en dejar de ser la primera opción cuando había que resolver ciertos temas con mano izquierda. Tanto es así que se rumoreaba que iba a ser trasladado. No tenía claro si lo llevarían fuera de la contrainteligencia, o de las SS, o si le volverían a llevar bajo el ala de Himmler, con el que había trabajado anteriormente y tenía buena relación. Pero lo que era evidente es que no sería un ascenso.

– ¿Ya te vas?

Lina estaba despierta.

– Tengo una reunión.

– Siempre tienes una reunión. Quedamos, me follas y te marchas a la siguiente reunión. Nuestra relación comienza a parecerse a la que tengo con mi esposo.

Walter sabía que los Heydrich eran sadomasoquistas. Y no sólo porque había intuido algo muy raro desde el principio de su relación con Lina, sino porque había investigado y colocado escuchas telefónicas a la araña Heydrich. Lo hizo junto a Canaris, en un esfuerzo por saber qué se escondía detrás de los tejemanejes que algunos jerarcas del Reich tenían con Otto.

Y entonces quedó claro que no eran gente común. Les encantaban azotes, látigos, cuero y mordazas. Eran una pareja extraña, disfuncional, guiada por el odio. Heydrich fue en su día un muchacho bueno y sensible que había sido completamente corrompido por aquella mujer. Lina, nazi fanática, controlaba a su esposo a través del dolor. Aunque ejercía el papel de sumisa era quien realmente dominaba a Reinhard, un imbécil que se creía jefe de la policía, de su casa o de medio Reich. Tal vez fuese Lina la verdadera persona al frente de todo aquello.

– Siempre te trato con dulzura, mi palomita –dijo Schellenberg a la arpía–. Ya lo sabes. Nuestra relación es hermosa, pero no dejó de ser un hombre ocupado.

A Lina le encantaba que le hablase como una niña pequeña, sabía que el sexo que tenía con él era el contrapunto a la violencia que usaba con su esposo. Asintió satisfecha al ver que Walter se plegaba a sus exigencias, que parecía atento y bondadoso, que era el tipo de hombre que ella deseaba que fuese. Porque Lina siempre controlaba a los demás y los dominaba de diversas formas, con diferentes trampas. Si

Heydrich era la araña... Lina era la tela de la araña.

– Así me gusta, Walter. Me gusta oír tu voz diciéndome esas cosas bonitas con ese dulce acento tuyo de Renania.

Cubrió a Lina de caricias y la dejó de nuevo dormida. Entonces, abandonó el apartamento secreto que tenían en Berlín a toda prisa. Su chófer, un bávaro que estaba su servicio desde hacía cinco años, le condujo apenas un kilómetro hasta el hotel Adlon. Allí le esperaba Coco Chanel. Desde que Otto le había aconsejado trabar amistad con la famosa modista se habían convertido en amantes. Apenas tardaron una hora entre darse la mano y quedar desnudos el uno frente al otro. A Walter le encantaba aquella francesita y a veces lamentaba el haberse casado. De lo contrario, tal vez se hubiese marchado a Francia con ella, habría pedido una dispensa de sus muchas labores en las SS y se habría ido vivir a un "chateau" con la Chanel. Pero en la vida a veces uno acaparaba tantas cosas que acababa por no tener lo que realmente le importa. De alguna forma, Coco y Walter se amaron desde el primer momento. Estarían juntos hasta el final.

– ¿No me vas a dar ninguna misión? – preguntó Coco, completamente desnuda sobre la cama de estilo Luis XVI que se habían hecho traer especialmente desde París.

Incluso a Schellenberg le había costado convencer de aquella excentricidad a la familia Adlon, pero se trataba de un hotel concebido para el lujo, para dar las máximas comodidades a sus clientes. Así que al final cedieron, no en vano allí se habían alojado reyes, estrellas de cine y había sido el alojamiento principal de los invitados de más alto rango durante los juegos Olímpicos de 1936.

– ¿No me vas a dar ninguna misión? – insistió Coco.

Walter contempló sus pequeños senos y la curva del triángulo de su pubis. Sintió pena por no tener más tiempo ni más energías para dedicar a aquella mujer.

– No de momento. Pero te voy a introducir en los círculos del espionaje francés. Gente como Dinklage, Vaufreland o Spatz. Algunos ya los conoces y otros ya los irás conociendo. Y con el tiempo te asignaré la misión que crea más conveniente.

– Y liberarás a mi sobrino André.

– Te dije que lo haría y lo conseguiré en breve. Tienes mi palabra.

– He oído que ha enfermado de tuberculosis en el campo de detención, en uno de vuestros famosos "Stalag".

El sistema de detención nazi iba muchos más allá de los Lager o campos de concentración. Los "Stammlager" o abreviado "Stalag" eran campos de prisioneros para todas las naciones que se enfrentaban a la Wehrmacht y para los que se oponían al nuevo régimen en territorios ocupados. También estaban los "Dulag", centros provisionales de detención desde los que se organizaban los envíos a los Stalag. Y ahí no acababa ni mucho menos la cosa. Schellenberg sabía que en organización nadie superaba a la Alemania de Hitler. El que la usasen para fines terribles era ya otra cosa. Y él no podía hacer nada. Pero al menos podría ayudar a aquel muchacho.

– Me encargaré de que le lleguen a André las mejores medicinas y que obtengo un trato especial – le aseguró a su amante.

Chanel tenía amigos influyentes en España, en París y hasta en Londres. No sólo era una francesita preciosa sino alguien de un gran valor estratégico para un espía como Schellenberg.

– Cuando liberes a mi sobrino, también quiero que obligues a las autoridades de la Francia ocupada de Vichy a devolverme mi empresa de perfumes.

– Entonces me deberás dos favores y tendrás que hacer para mí dos misiones.

Coco Chanel se dio la vuelta en la cama y montó encima de Schellenberg. Antes de que Walter se diese cuenta su miembro descubrió que su cansancio había desaparecido. Su miembro viril volvía estar erecto y dentro de su francesita.

– Haré por ti todas las misiones que haga falta. Y puedo empezar ahora mismo – le garantizó Coco.

Y Schellenberg dio por buenas sus palabras, por supuesto.

Una hora después, y luego de haber realizado otra importante misión para Alemania y su Führer, Schellenberg subió de nuevo a la carrera a su vehículo. Volvía a llegar tarde. Su chófer le llevó a toda prisa hacia el oeste de la ciudad hasta

211

llegar al bosque de Grunewald. Como todos los martes tenía una reunión con Canaris, probablemente el hombre que más odiaba a Hitler en toda Alemania. Era curioso que allí se encontrasen los dos máximos responsables del espionaje y la inteligencia del Reich, que a ambos les importase poco Adolf Hitler, que no fuesen miembros del partido nazi y que nadie se lo hubiese pedido jamás pese a la importancia de sus cargos.

Canaris y Schellenberg. Los libros de historia que se escribirían acabada la guerra mundial no les harían justicia. Ambos eran personajes claves en Alemania y serían decisivos en la derrota de sus tropas, pero los historiadores recordarían mucho más a gente como Bormann, el jefe del partido tras el vuelo insensato de Hess a Escocia, y muchos otros personajes menores, olvidándose de que el espionaje fue clave en la resolución de la guerra. Por un lado, la Abwehr que dirigía Canaris se dedicaba en exclusiva a la destrucción de Hitler. Aunque solo el almirante traidor y algunas figuras claves de la organización conocían su verdadero objetivo, porque decenas de miles de trabajadores y colaboradores pensaban que trabajaban por Alemania. Por otro, Schellenberg, un arribista que no creía nada más que en sí mismo, pero alguien que no disfrutaba del dolor, de las torturas, y de toda la sórdida parafernalia de Hitler y de sus seguidores. En suma, dos hombres que nunca deberían haber sido colocados en puestos de tanta responsabilidad.

– Querido amigo... – comenzó a decir Walter al ver a Canaris de pie junto a su montura, pues aquellas reuniones eran paseos a caballo, tranquilos y serenos, donde los dos hombres claves del espionaje alemán hablaban de todo un poco, de filosofía, de la vida, y de cómo dejaban que Alemania perdiese la guerra, uno por acción directa, el otro por su inacción.

– Querido, querido...

Las palabras de Schellenberg se habían helado en su boca. Delante suyo se hallaba un hombre alto y delgado de largas extremidades que se movían de forma espasmódica, como las patas de una araña. El mismísimo Reinhard Heydrich le sonreía, tomándole de la mano, estrechándola, ignorando que Walter acababa de salir del interior de su esposa, que acababa de besarla, de acariciarla, de llamarle palomita y que probablemente su piel y sus manos todavía olían al perfume de Lina. Que, por cierto, oh ironías de la vida, era Chanel nº5.

– Veo que te has llevado una gran sorpresa al verme – dijo Heydrich, guiñando un ojo a Canaris, que sonreía envarado, sin poder disimular tampoco su incomodidad –. Tenéis ambos que perdonarme, pero llegaron a mis oídos estos paseos a caballo que hacéis por el Tiergarten y a veces aquí, en el bosque de Grunewald. Pensé en daros una sorpresa y unirme a vosotros. Supongo que no habrá ningún problema

Oficialmente, por supuesto, no lo había y no podía haberlo, por lo que unos instantes después los tres cabalgaban por uno de los parajes más hermosos del país, avanzando entre la espesura, con un enorme lago surgiendo a su derecha, muy cerca de un castillo y antiguo pabellón de caza. Se detuvieron al borde del agua en lugar de ir a un local cercano y tomarse una cerveza. Parecía que la araña buscaba algo de privacidad. Y así era porque Heydrich fue el primero en hablar:

– Hay algo que quería decirte, Walter y pensé que era mejor hacerlo en persona.

Schellenberg sonrió y tragó saliva tratando de parecer tranquilo. Recordó que una vez aquel hombre le había envenenado y agradeció que no estuvieran tomándose una cerveza.

– Dime lo que gustes, sabes que somos amigos – mintió, forzando aún más el rictus de su sonrisa.

Reinhard se volvió hacia las aguas del lago y asintió ante la belleza del paisaje, los ojos fijos en un cisne que remontaba el vuelo.

– Te vamos a dejar fuera del Amt IVe.

Schellenberg era el jefe de la contrainteligencia de las SS. El nombre oficial: jefe del departamento cuatro, sección E o Amt IVe de la Reichssicherheitshauptamt o RSHA. Es decir, el encargado de desmantelar el espionaje enemigo tanto dentro como fuera del Reich.

– Yo estoy, por supuesto al servicio de Alemania y del Führer – dijo Schellenberg, procurando parecer frío –. Allí donde creáis que voy a ser útil no tendré ningún problema en acudir.

Heydrich sonrió.

– Eso no lo ponía en duda. De todas formas, no debes preocuparte porque te voy a poner al frente del Amt VI.

Schellenberg no se quedó demasiado sorprendido. Aquella solución era la típica de la Alemania nazi. Cuando alguien estaba bien considerado (y Schellenberg estaba muy bien considerado por varios jefes nazis como Himmler) nunca caía realmente en desgracia a pesar de sus errores. La contrainteligencia o departamento 4E había caído en desgracia, pero no su líder. Ahora que el departamento sería reformado o incluso cerrado si hiciera falta, se le ponía al frente de otro departamento: el de Seguridad Exterior de las SD o Amt VI, en el que básicamente haría exactamente lo mismo que estaba haciendo en la contrainteligencia (o sea, tratar de desbaratar el espionaje enemigo). Aunque con un leve matiz.

– Te agradezco la confianza, Reinhard. Sabes que no te defraudaré.

Ambos se estrecharon la mano y se sonrieron de forma ladina. Porque Reinhard sabía que Schellenberg había entendido el matiz. La Seguridad Exterior de las SD o Amt VI era un departamento que supervisaba personalmente la araña. Schellenberg tal vez tuviera las mismas responsabilidades que antes, pero la sombra alargada de Heydrich estaría sobre su cabeza. Aquella era tal vez una noticia aún peor que su destitución.

Entonces la araña añadió:

– Aún tengo otra noticia para ti, pero voy a dejar que te informe de ello nuestro amigo común, el bueno de Wilhelm.

Canaris asintió ante las palabras del todopoderoso jefe de policía y contempló cómo la araña montaba su cabalgadura. Se alejó sin despedirse hacia las caballerizas con aire marcial y pomposo.

En ese momento la araña estaba muy ocupada, no en vano sus Einsatzgruppen estaban en plena fase de formación, preparándose para la campaña en Rusia. Había reunido cuatro pequeños ejércitos privados que había entrenado personalmente. Gente con formación, fanáticos nazis, universitarios, asesinos diligentes que había reunido en

Leipzig para instruirles en la persecución y asesinato de judíos y de elementos contrarios al régimen, como fanáticos bolcheviques, gitanos o partisanos.

Heydrich se sentía muy satisfecho de aquellos hombres que ya habían hecho un gran servicio en la campaña de Polonia, hombres que en su momento habían asqueado a Otto por su extrema violencia y falta de empatía hacia cualquier ser humano. Pero el bueno de Reinhard pensaba que no tener empatía hacia los subhumanos era algo maravilloso, un don del que debían valerse aquellos cuya sangre era superior. Por ello, los Einsatzgruppen eran la niña de sus ojos. Se sentía orgulloso de lo que había conseguido con aquellos hombres, modelándolos, pervirtiéndolos como su esposa Lina había hecho con él. Los Einsatzgruppen acabarían con el problema judío, y los campos de trabajo y los Lager harían el resto. El Führer tenía la loca idea de expulsar a los judíos de Europa y llevarlos a Madagascar (y aunque ese proyecto había sido oficialmente desechado, en sus conversaciones con amigos todavía lo sacaba Hitler a colación). Pero Heydrich tenía otros planes, planes grandiosos para acabar con el problema judío. Pronto los pondría sobre la mesa.

– Vaya hijo de puta – dijo Canaris, cuando ya estuvo lo bastante lejos la araña –. El día que caiga Hitler lo ejecutaré con mis propias manos.

– Ya hemos hablado alguna vez acerca de esos exabruptos – dijo Schellenberg –. No quiero que en mi presencia los digas en voz alta.

– Pero estamos solos.

– Esto es la Alemania nazi. Nunca estamos solos, nunca sabemos qué hay detrás de aquel seto, o debajo del agua o...

– Te estás volviendo paranoico. Desde que enfermaste no eres el mismo.

– No soy un paranoico. Soy un hombre de treinta y un años que al paso que va no llegará a los cuarenta. Me gustaría pasar el tiempo que me queda de vida cabalgando con amigos, asistiendo a fiestas y acostándome con cuantas mujeres pueda, no en una cárcel perdida de la Gestapo.

Canaris soltó una carcajada y pidió perdón a su amigo.

– Procuraré contenerme en adelante – añadió.

Montaron ambos sobre sus caballos, dos buenos y obedientes alazanes Hannoverianos. Cuando estuvieron sobre sus monturas los pusieron al paso. Walter dijo:

– ¿Qué es eso que tenías que contarme?

–Ah, poca cosa. El Führer te espera esta misma tarde en el Berghof.

Schellenberg se quedó pálido. No porque tuviera miedo de Hitler sino porque nunca se sabía lo que podía suceder en aquellas reuniones. Y él ya no estaba para demasiados sustos.

– ¿Sabes la causa?

– Heydrich no ha estado muy comunicativo. Pero el asunto va de Otto Weilern.

– Otto ya no es cosa mía. El propio Hitler me lo dejó muy claro hace meses. Ahora es cosa de Heydrich y sólo de él.

– Pues parece que ha habido un cambio de planes.

– No me gustan los cambios de planes y menos cuando tienen que ver con Otto.

Canaris estuvo de acuerdo, pero decidió terminar con aquella conversación. Aunque ahora Otto trabajaba para él, había caminado un largo trecho hasta llegar a aquel punto. Incluso intentó matarlo durante la campaña de Francia mientras servía junto a Rommel. Aquel muchacho era demasiado importante para Hitler y "todo lo que le importaba a Hitler debía ser suprimido". Aquello era un mantra para Canaris. Pero finalmente había decidido hacer una excepción con Otto. A veces se preguntaba si no habría cometido un error.

Así que el jefe del espionaje de Alemania, un hombre casi tan poderoso como Heydrich o Himmler o Goering, hincó las espuelas en su caballo y se lanzó a toda velocidad hacia el interior del bosque de Grunewald.

– Me pregunto qué querrá GröFaZ –murmuró Schellenberg.

GröFaZ (un acrónimo de "El más grande caudillo militar de todos los tiempos") era el apodo en forma de burla con el que muchos llamaban a Hitler. Bueno, no muchos, tan solo sus enemigos dentro del Reich.

– Vamos, amigo mío –ordenó Walter a su alazán.

Y su cabalgadura comenzó a seguir los pasos de

Wilhelm Canaris, pero a paso ligero, sin prisas. El tiempo de los excesos había pasado para su jinete.

*_ *_ *_ *_ *_ *

Cuando Schellenberg penetró en el gran salón del Berghof encontró a Hitler de espaldas, contemplando el retrato de su queridísima sobrina, Geli Raubal. Parecía estar sollozando o al menos emitía un sonido similar a un hipido, un llanto controlado. Hitler caminó lentamente, con reverencia, como el que se halla delante de un altar y metió dentro de un jarrón unas flores frescas. Lo colocó delante del cuadro y musitó unas palabras. A oídos de Schellenberg sonaron casi ininteligibles, pero algunos fragmentos parecieron flotar en el aire: "demonios de la mente... Peligro... Otto Weilern"

No podía saber, por supuesto, que Hitler, al igual que su amada Geli, oía voces desde hacía tiempo, y que la enfermedad, la neurosífilis que padecía, avanzaba en su cerebro a la misma velocidad que el corazón del propio Schellenberg se deterioraba. Los dos estaban heridos de muerte, de diferente forma y aquello les hermanaba sin saberlo. Ambos luchaban contra el tiempo, y los años venideros tomarían decisiones guiados por la ausencia de un futuro a largo plazo.

Pero todo eso aún estaba por llegar. En el presente, el recién destituido jefe de contrainteligencia (y próximo jefe de la Seguridad Exterior) se hallaba delante del Führer de la gran Alemania nazi, esperando a que este se diese la vuelta y le dijese qué quería de él. Cuando esto finalmente sucedió encontró a una Adolf con los ojos brillantes intentando parecer calmado, acercándose solícito y señalándole una silla de madera labrada. Se miraron brevemente a los ojos bajo la sombra de la gran chimenea de mármol escarlata, reflejados en el cristal de la ventana, que mostraba unas montañas siempre nevadas, como en una vieja postal.

– Tome asiento, Sturmbannführer –dijo Hitler, que optó por usar para interpelarle su graduación militar,

217

equivalente a un Mayor del ejército de tierra.

Luego de acomodarse cada uno de ellos en sus asientos y de los saludos de rigor, Hitler fue directamente al grano:

– Quiero que salves la vida a Otto – anunció el Führer, tuteándole.

Ninguno de ellos tuvo dudas acerca de qué Otto se estaba hablando. Era un nombre bien común en Alemania, pero para ellos sólo había un Otto y este era Otto Weilern.

– Pero usted me dijo que debía dejar en manos de Heydrich todo lo relacionado con...

– Sé perfectamente lo que te dije, pero bien sabes que, en la batalla, como en la vida, no deben tomarse las órdenes al pie de la letra. No siempre. Debe haber un espacio para la interpretación, para improvisar y mejorar las órdenes recibidas. Esa flexibilidad es una de las razones de la grandeza de nuestro ejército.

Schellenberg no estaba completamente seguro de que aquella fuese realmente una de las virtudes del ejército alemán, pero no había ido allí para contrariar al jefe del Estado así que dijo:

– Así que al menos por esta vez debo cuidar de Otto.

– Sé que una vez le ayudaste en Noruega y probablemente alguna vez más que no ha llegado a mis oídos. Sé que habéis sido grandes amigos pero que ahora os separan algunas diferencias. Pero estas diferencias deben quedar atrás. Él es demasiado importante.

El Führer había dejado claro la última vez que hablaron que luego de que Goering le sucediese, al cabo de pocos años, sería Otto Weilern el líder del Reich. Un líder lo bastante joven como para alcanzar de su mano incluso el siglo XXI. Schellenberg tampoco tenía muy claro que fuese una decisión acertada, al menos para los nazis, pero tampoco esta vez quiso contrariar a su líder y asintió:

– Yo también creo que Otto es extremadamente importante y es verdad que le tengo un gran aprecio. Para mí, cualquier diferencia entre nosotros hace tiempo que ha quedado atrás. Así que puede usted contar conmigo para lo que necesite.

El Führer se preciaba de ser un conocedor del alma

humana y, fuera esto o no verdad, el caso es que vio la verdad en los ojos y en el tono de la voz de Schellenberg. Supo que su decisión había sido la correcta. No quería dedicar demasiado tiempo a su corazonada sobre Otto, por eso quería que aparte de la vigilancia de Heydrich... Schellenberg, de cuyas habilidades no tenía dudas, cuidase del bienestar del muchacho.

– Muy bien, muy bien – dijo Hitler–. Ya una vez le expliqué cómo buscamos en su día a los grupos raciales superiores y, entre los caucásicos, elegimos la raza germano-nórdica, y de ella separamos las siete subrazas, las más puras, las que tienen que liderar el mañana. Le hablo de la subrazas corded, danubiana, hallstatt, kéltica, borreby, brünn y nórica. Se eligió a un niño de cada subraza y se les preparó para que alcanzasen la edad adulta en el momento en que comenzasen las gloriosas batallas en las que ahora estamos embarcados. Arios perfectos educados en los valores nacionalsocialistas y listos para ocupar su lugar en la cima de nuestra raza, la más importante de este mundo. La más pura de las subrazas germano nórdicas es la hallstatt, y Otto, representante de esa raza, debe prevalecer.

– Haré lo que esté en mi mano para que esté a salvo – le aseguró Schellenberg.

El Führer asintió, inclinando la cabeza, dando muestras de cansancio. En aquel momento sufría una sobrecarga de trabajo. Por un lado, estaban los preparativos para la operación Barbarroja, la invasión de Rusia; también estaban los problemas en Irak, el apoyo que debía dar al régimen pronazi que había llegado al poder tras un golpe de Estado; por último, la invasión de Creta estaba en marcha y uno de sus mejores generales, Kurt Student, combatía ferozmente con sus paracaidistas. Esto último preocupaba especialmente a Hitler, que consideraba a los paracaidistas una fuerza de choque esencial y temía por el número de bajas. De cualquier forma, fuera por una cosa u otra, su mente estaba centrada en los problemas de los frentes de guerra y diplomáticos cuando las voces de los demonios de la mente, las voces que habitaban su cabeza, reaparecieron:

"El primer nacido... el primer nacido de Lebensborn

está en peligro", decían.

"Otto debe sobrevivir. Ya te salvó la vida una vez y te la salvará otras dos veces. En la hora decisiva tiene que estar a tu lado porque de lo contrario no sobrevivirás".

"Otto Weilern. Otto Weilern. Otto Weilern. Otto Weilern. Otto Weilern. "

Las voces insistieron tanto en aquel asunto que mandó a dos de sus ayudantes personales a informarse de dónde se hallaba exactamente Otto. El muchacho, que al principio de la guerra le llamaba cada semana, había comenzado a hacerlo una o dos veces al mes, incluso alguna vez se olvidaba. Adolf entendía que tenía diecinueve años y mucho aún por aprender, que era un adolescente que necesitaba ese punto de rebeldía para encontrarse a sí mismo. Pero, de cualquier forma, montó en cólera cuando supo que había embarcado en el Bismarck.

En el momento que supo del verdadero problema que tenía Otto, se dio cuenta que solo un hombre podría solucionarlo: Walter Schellenberg. Y ahora, en el presente, no podía por supuesto decirle a su interlocutor que los demonios que había en su mente, unos seres imaginarios (o no tanto) ligados al pasado de su familia, le habían indicado que Otto estaba en peligro. Así que optó por una solución más sencilla. Pero antes de hablar preguntó Schellenberg:

– Querría saber, mi Führer, qué problema tiene exactamente Otto.

– A eso iba. Llegó de casualidad a mis oídos que Otto forma parte de la tripulación del Bismarck. En el momento que lo supe me sentí preocupado, la misión es demasiado importante y los peligros que ha de afrontar excesivos. Yo mismo le prohibí que se arriesgase en primera línea de batalla. Ha faltado a la promesa que me hizo. Pero de cualquier forma quiero que llegues hasta él, le bajes de ese maldito acorazado y le lleves de vuelta a Alemania. El Bismarck va a afrontar grandes peligros y allí no podemos protegerlo.

Schellenberg, de pronto, se sintió tan preocupado o más que Hitler. Porque pocos lugares eran más peligrosos que hallarse en el interior de un acorazado de guerra, esos corsarios que perseguían a los convoyes ingleses en el Atlántico y combatían en solitario contra fuerzas superiores causando innumerables bajas, pero afrontando, en efecto como decía Hitler, increíbles peligros. De todas formas, había una cosa en la que el Führer parecía no haber pensado:

– Si Otto está en el mar, mi Führer, a miles de kilómetros de la costa francesa, no sé qué puedo hacer yo.

– Soy consciente de sus extraordinarias habilidades. Seguro que encontrará la manera de lograrlo. Por otro lado, llegó a mis oídos una extraña aventura que tuvo lugar en un submarino en el mar del Plata. En esta ocasión creo que estuviste junto a Otto.

– Pero esa nave fue hundida en Narvik.

– He ordenado a Doenitz que se ponga a tu disposición cualquier cosa que pidas. Incluso tienes potestad para desviar un U-Boot en activo y que te recoja. Debes contactar a la mayor brevedad con el Bismarck y sacar a Otto de allí. A cualquier precio.

Las órdenes estaban claras y había poco más que añadir. Schellenberg se cuadró y saludó al Führer con un sonoro "Heil":

– Si no ordena nada más.

Hitler negó con la cabeza, pero cuando Schellenberg se alejaba se escuchó de nuevo su voz, pero con un eco extraño, de ultratumba, como si estuviese dormido y no despierto:

– No sé si sabe que Goethe, el gran poeta y escritor alemán del XVII, padre del Romanticismo, un día se hallaba gravemente enfermo. La casa donde se hallaba le pareció una cosa muerta, sin alma. Antes de morir pidió más luz, siempre más luz... Otto es la luz. Si él muere podríamos caer en la oscuridad. Otto debe seguir vivo. Lo siento en mis entrañas –El Führer se señaló el vientre, en la parte donde los tres botones de oro de su chaqueta gris cruzada alcanzaban el cinturón–. Sé que sólo usted puede encontrarlo y ponerlo sano y salvo.

– Haré que Otto regrese a Berlín. No morirá en el Bismarck. Le doy mi palabra.

Schellenberg se arrepintió al instante de haber dicho aquello. Era la típica frase que luego cuando fracasabas te valía un pelotón de fusilamiento. Pero la había dicho porque realmente la sentía, porque haría cualquier cosa por salvar a Otto. El muchacho le caía simpático. Le tenía un aprecio similar

221

al de un hermano mayor hacia el menor o al de un tío hacia su sobrino. No entendía la causa porque, al igual que Canaris, tenía la sensación de que si Otto era tan importante para Hitler tal vez no era buena cosa para Alemania. Pero creía que Adolf en ese punto se equivocaba: Otto no era una cosa buena para los nazis y de alguna forma acabaría siendo su perdición. Pero fuera como fuese, sentía también que debía ayudarle, salvarle la vida... y lucharía por ello hasta la última de sus fuerzas.

– Gracias – dijo sencillamente el Führer –. Confío en usted.

Y Schellenberg se marchó del Berghof con la sensación de que ahora eran dos las personas cuya cabeza estaba en peligro: Otto Weilern y él mismo.

*_ *_ *_ *_ *_ *

– No quiero que muera el muchacho – dijo el vicealmirante Doenitz –. ¿Sabías que cuando nos conocimos me dijo que si no lo hubiesen forzado a entrar en las SS hubiese elegido la Kriegsmarine como destino? Me hubiese gustado tener ese muchacho a mis órdenes en uno de mis U-Boot. Las Manadas de Lobos serían aún más fuertes con oficiales como él.

Schellenberg disimuló la sonrisa. Otto le había explicado que al principio no tuvo una buena impresión de Doenitz, que pensó que era un tipo estirado, uno de esos que parecía que les hubiesen metido un palo por el culo. En resumen, un hombre tal vez demasiado puntilloso, incapaz de disfrutar de la vida. Por el contrario, nunca tuvo dudas de que era un marino excelente y uno de los mejores oficiales de todo el Reich.

– Yo tampoco quiero que muera el muchacho – dijo Schellenberg –. Ni Hitler. Por eso nos encontramos aquí

Doenitz era muy delgado, tenía las orejas salidas y una calva brillante. Contempló a Walter con sus pequeños ojos.

– Yo sólo estoy al frente del arma submarina, como bien sabe – expuso el marino–. Es el gran almirante Raeder quien toma las decisiones y él quiere enfrentarse a la flota inglesa en mar abierto, cuando sus acorazados y cruceros que no superan diez a uno, por decir una cifra. Tal vez sean hasta más.

Hizo una pausa y prosiguió:

– El plan Z para reformar nuestra armada, el plan que Hitler puso en marcha para ponernos a la par con los ingleses, debía acabar en mil novecientos cuarenta y nueve. La guerra ha comenzado una década antes de lo previsto y no nos podemos enfrentar a los ingleses en el mar, por más que mis superiores piensen lo contrario. El Bismarck, los acorazados de bolsillo y todas las nuevas naves que se construyan... serán extraordinarias, qué duda cabe. Pero están condenadas de antemano. Serán hundidas por los ingleses. Tal vez no hoy, tal vez no mañana, pero sí muy pronto.

– Así que usted también piensa que Otto está en peligro.

Doenitz miró alrededor a ver si alguien le estaba escuchando. Se hallaban al fondo de una cantina en Flensburg, muy cerca de la academia naval donde se formaban los mejores marinos del Reich.

– Sí está embarcado en el Bismarck se halla en peligro de muerte.

– Aunque sea tal vez el mejor acorazado en activo del mundo.

– Precisamente por eso los ingleses se dejarán la piel para hundirlo. Un acorazado que combate a solas con el apoyo tan solo del Prinz Eugen y una pequeña flotilla de apoyo. Eso enfrentado a toda la maldita flota británica. Y créame. La mandarán toda entera si les es posible.

Schellenberg no quería dar su brazo a torcer. No quería creer que la suerte de Otto estuviese echada. Y dijo:

-Pero las victorias de los navíos de superficie hasta ahora han sido incontestables.

– Cierto. la batalla del atlántico está siendo un éxito: nuestros corsarios han causado millones de toneladas de pérdidas en buques. Mis chicos desde sus U-Boot, modestamente, han colaborado lo suyo. Cada día regresa uno de mis submarinos a sus bases en el Atlántico y reporta miles de toneladas de barcos ingleses hundidas. El imperio británico es enorme y sus convoyes a menudo atraviesan largos espacios de mar abierto solo con un crucero auxiliar de apoyo. Cuando consiguen concentrar un grupo importante de barcos respondemos concentrando a varios de nuestros chicos y creando una manada de lobos. Más de 300 barcos hundidos por solo 6 submarinos destruidos en combate. Las victorias se suceden.

La situación era tan mala que Churchill había escrito en secreto al presidente americano Roosevelt solicitándole reconocimiento aéreo en ciertas rutas de convoyes. Y este además le había cedido 50 destructores a cambio de unas islas perdidas del Pacífico que no le interesaban a nadie. Doenitz no sabía nada de esto con certeza, aunque tal vez lo sospechara como parte del alto mando de la marina. Los Estados Unidos no estaban oficialmente en guerra, pero habían aprobado la ley de préstamo y arriendo la cual hacía que fuesen un aliado encubierto. Y cada vez menos encubierto. Tanto que Roosevelt les abocaría tarde o temprano a la guerra mundial.

– Y podrían haber sido mayores nuestras victorias – añadió Doenitz, acaso pensando precisamente en la entrada en guerra de los Estados Unidos–, porque, aunque le hemos pedido al Führer que nos dé total libertad de movimientos, hay ciertas zonas del Atlántico que nos están vedadas porque no quiere que provoquemos a los americanos.

– Entiendo. No todo son buenas noticias.

– No lo son. El mal tiempo, los torpedos que fallan, la distancia hasta nuestras bases y, sobre todo, que no se me esté escuchando en el alto mando cuando pido más submarinos y más tripulaciones entrenadas. Se destinan demasiados recursos y material a la marina de superficie, que está destinada al fracaso. Y esta época dorada de los submarinos y del hundimiento de convoyes ingleses podrían no durar para siempre. Este año de 1941 las cosas están comenzando a ponerse difíciles. Poco a poco, pero las cosas podrían torcerse si no aumentamos de forma drástica nuestro número de submarinos.

Hitler tenía una visión terrestre de la guerra. No comprendía que la guerra contra Inglaterra no se iba a ganar bombardeando sus ciudades. La guerra en el mar y en el norte de África eran las claves para su victoria. Por suerte para hombres como Canaris, que lo habían comprendido hacía tiempo, el Führer estaba equivocando por completo la estrategia.

– Perdone que me haya ido por las ramas. Pero es que los submarinos son mi pasión –dijo Doenitz, con una sonrisa tensa–. Hablábamos de Otto.

Y prosiguieron la conversación sin darse cuenta de que alguien les estaba observando. Un hombre diminuto enfundado en un traje beige claro. Disimulado, parecía estar leyendo el periódico mientras se tomaba un café. Pero en realidad escuchaba toda la conversación con pelos y señales. Y tomaba notas.

Cuando Doenitz y Schellenberg se levantaron de la mesa, el hombre se levantó a su vez y les siguió a una prudente distancia. Era un experto en su trabajo y nada notaron los dos alemanes. Tranquilos, ensimismados en su conversación, prosiguieron en dirección a la Academia Naval y al puerto.

*_ *_ *_ *_ *_ *

-Supongo que sigue usted pensando que esta misión del Bismarck es un error –dijo Schellenberg que aún no entendía del todo la línea de razonamiento de su interlocutor.

– Mandar a nuestros dos acorazados más importantes a una batalla desigual ha sido un error de inmenso calibre. Tal vez bueno para la guerra submarina en el futuro, pues en breve será la única protagonista, pero malo para Alemania porque podríamos haber estado amenazando constantemente al enemigo, provocándole, fingiendo salidas, realizando pequeños movimientos de la marina de superficie. Así les obligaríamos a tener casi todas sus naves en las bases inglesas, protegiéndose de esos dos monstruos maravillosos que hemos construido. Mientras, los submarinos camparían a sus anchas por el Atlántico. Pero en lugar de eso, la obsesión de Raeder por luchar con los chicos de Churchill en mar abierto va a hacer que perdamos una baza importante sino decisiva. Nuestros grandes acorazados serán derrotados, esto es un hecho. Tal

225

vez el error de sacar al Bismarck y al Prinz Eugen nos hayan condenado a perder la guerra en los mares.

– Ya veo. Creo que... perdón.

Schellenberg casi chocó con un hombre con un traje de un color pajizo. No le llamó la atención más allá de su enorme nariz y su baja estatura. Apenas le dedicó una mirada de soslayo y prosiguió la frase que había sido interrumpida.

– Creo que comienzo a tener una visión de conjunto.

Doenitz sentía una enorme pasión por el momento que estaba viviendo la marina de guerra. Pensaba que el destino de Alemania se estaba jugando en esos días y que nadie conseguía verlo. Vehemente, apenas dejaba hablar a Schellenberg mientras avanzaban por el puerto en dirección a la dársena.

– No, no creo que vea todo el conjunto. Voy a explicarle lo que sucedió cuando hace un par de meses coincidí con el almirante Lutjens, el capitán del Bismarck como bien sabe. Fue en París. Le conozco hace tiempo y creo que es un tipo extraordinario. Hubo una época en la que ambos capitaneábamos dos cruceros de guerra. Fueron buenos tiempos y nos une todavía la amistad, casi tan grande como la que tuve en su día con Heydrich. Pero Lu no se ha corrompido como la araña y sigue siendo un hombre extraordinario. En nuestra última reunión dispusimos que los submarinos debían estar en constante contacto con la flotilla del Bismarck, sobre todo para explotar la victoria en caso de producirse, ayudar en los avistamientos o darle apoyo en caso necesario. Mi amigo Lu sabe que ha sido extremadamente arriesgado poner a nuestros mejores barcos en combate, especialmente tras el ataque de la R.A.F. al puerto de Brest y los graves daños infligidos al Gneisenau y otros barcos, que ahora mismo se están reparando en dique seco. Una flota de cuatro o cinco acorazados hubiese sido algo distinto, esperando un poco para que la tripulación del Tirpitz, el gemelo del Bismarck, esté lista o que se incorpore el Scharnhorst. Pero Raeder no quiere esperar, tiene prisa por probar que tiene razón y deslumbrar a Hitler. Y salir del mar Báltico, atravesar el estrecho de Dinamarca, bordear los mares helado de Groenlandia, combatir a los ingleses y finalmente alcanzar el Atlántico... son demasiados riesgos para esa pequeña flotilla. Eso sin tener en cuenta el carácter de

Churchill.

– ¿Churchill?

– Winston ha sido Primer Lord del Almirantazgo en varias ocasiones, la primera hace ya un cuarto de siglo. Es decir, el líder de la nación que nos enfrenta es un experto en temas marinos y fue responsable máximo de toda la marina real británica. Sabe del daño que estamos haciendo a sus convoyes y de la importancia de evitar que formemos una gran flotilla de superficie que pueda infligirle derrotas decisivas en alta mar. Si yo fuera Churchill habría dispuesto todos los recursos a mi alcance para hundir el Bismarck: diseminaría mi flota, buscaría como un loco a los grandes acorazados del Reich y haría que constantemente aviones de reconocimiento los acechasen como a perros. En el momento que diese con ellos mandaría lo más granado de mis navíos, con uno o varios portaaviones al frente, un lujo del que no disponemos en Alemania. Y entonces atacaría al Bismarck y su flotilla hasta su muerte y destrucción completa.

– Está convencido que es eso lo que va a suceder.

– ¡Estoy seguro de que eso es lo que va suceder! Si no hoy, mañana... o muy pronto en todo caso. El Bismarck será hundido en esta misión. Si por un milagro sobrevive caerá en la siguiente. Los ingleses tienen que hundirlo: es cuestión de vida o muerte para ellos.

En ese momento llegaron de la dársena, donde les aguardaba un submarino diminuto. A Schellenberg le parecía prácticamente idéntico al que había visto hundirse en Noruega hacía un año.

– Se halla usted ante el U-Boot experimental U-05b –le anunció Doenitz–. De esta nueva clase, la ZXB, sólo han sido votados tres. El que usted conoció, un segundo que fue desechado tras detectarse fallos irrecuperables y este tercero. Hemos hecho diferentes mejoras y por fin tenemos otro submarino experimental operativo.

Doenitz le explicó que sus ingenieros seguían trabajando en nuevas armas secretas para la Kriegsmarine. El submarino en miniatura era solo una más, aunque pensaba que ninguna otra armada poseía un modelo indetectable. El ASDIC, el sonar inglés, no estaba siendo el arma decisiva que muchos preveían (al menos de momento) pero igualmente los expertos trabajaban sin descanso en mejorar el camuflaje de los submarinos alemanes. Los modelos U-00 fueron los primeros capaces de avanzar bajo el agua utilizando un complicado ingenio llamado Schnorkel que, a través de un mástil telescópico que emergía hasta la superficie, introducía aire desde el exterior hasta las entrañas del sumergible. De esta forma, unos motores refrescados podían funcionar de forma completamente silenciosa largo tiempo bajo el agua sin necesidad de subir a la superficie, al tiempo que los gases de los motores eran expulsados por otro conducto. El U-05b era el segundo submarino operativo con este ingenio, que le hacía indetectable para el sonar. Aún faltaba mucho para que las Manadas de Lobos de Doenitz pudieran usar aquel invento, que de momento estaba en fase de pruebas.

– Últimamente estoy teniendo muchos "déjà vu" –dijo Schellenberg–. Me parece que este viaje va ser similar al que hiciera siguiendo los pasos del Graf Spee.

En aquella ocasión, navegando junto a Otto en un submarino similar tras los pasos del por entonces navío más famoso de Alemania, fue testigo de un desastre. El Graf Spee fue gravemente dañado y luego su capitán ordenó hacerlo volar por los aires para evitar su captura.

– Esperemos que el Bismarck tenga mejor suerte – le deseó el vicealmirante, que conocía de sobras lo que le había pasado a aquel acorazado en la bahía de Montevideo.

– Por lo que me ha contado, no lo tengo nada claro.

Schellenberg y Doenitz se dieron la mano. Walter estaba especialmente agradecido por las explicaciones del marino. Sabía que era un hombre lacónico, odiaba decir una palabra de más y buscaba entre sus colaboradores también a gente que no hablase demasiado, que actuase, que tomase decisiones y no se andase por las ramas. Era un perfeccionista, un hombre obsesivo que estaba convencido que hablando solo se perdía tiempo. Pero aquel día había hecho una excepción. Era consciente de que su interlocutor debía saber la verdad para salvar a Otto, y por eso le había informado con un nivel de detalle superior al que nadie habría esperado de una persona como él.

– Gracias por todo.

Doenitz sonrió tímidamente.

– No hay de qué. Traiga de vuelta a Otto. Eso es ahora lo que importa. No sólo por el bien de muchacho, sino porque, si un día muere, quiero que lo haga en un frente lejano, lo más alejado posible del mar de mis submarinos y de cualquier unidad de la marina de guerra. No quiero tener que ir a dar explicaciones al Führer. Estoy convencido que no le valdrá ninguna explicación y aquel que venga con la noticia de la muerte del señor Weilern caerá inmediatamente en desgracia.

– Por otro lado, si triunfamos... el Führer nos deberá una.

Doenitz se dio la vuelta y se alejó lentamente hacia el edificio de la Academia naval.

– El que alguien como el Führer esté en deuda contigo no es algo tan bueno como pueda parecer. Si triunfas en tu misión ya lo comprobarás por ti mismo.

Schellenberg contempló al vicealmirante alejándose y se preguntó por qué aquel hombre no hablaba más a menudo, no hacía discursos o daba clases. Porque tenía la sensación de que era un hombre que tenía mucho que decir.

Ya estaba a punto de subir a la nave cuando alguien carraspeó. Alguien que le había estado vigilando, alguien que se acababa de quitar algo de maquillaje y una nariz prostética, y había dado la vuelta a su chaqueta beige. Por el lado interior, era una cazadora oscura de tweed, algo mucho más informal, el tipo de prenda de abrigo que alguien se pondría para ir de caza o subirse a un submarino. Schellenberg se giró y contempló atónito a un rostro conocido, un hombre cuyas cualidades tenía en alta estima y nunca terminaban de sorprenderle.

– Si me permite la intromisión –dijo el recién llegado–. Deseaba formar parte de esta aventura y he pedido un favor muy especial a mis amigos en el Alto Mando. No va a ir solo en esta misión. Espero que eso no sea un problema.

Schellenberg no entendía qué demonios hacía allí aquel hombre y qué interés podía tener la embajada japonesa en salvar la vida de Otto Weilern. Pero no lo preguntó porque sabía que no obtendría respuesta. Así que se limitó a decir:

– Por supuesto. Ningún problema. Será un honor que

229

me acompañe, señor Atami.

El maestro de espías japonés sonrió. Le gustaba disfrazarse de occidental y engañar a los occidentales. No era un racista de blancos como Abe y algunos asiáticos que pensaban como él, pero agradecía tener un abuelo europeo que había suavizado sus rasgos orientales y el óvalo de sus ojos. Se sentía feliz cuando se metía en un papel y nadie se daba cuenta que se hallaba ante un ciudadano del imperio del sol naciente. Y todavía más cuando se quitaba su disfraz y volvía a ser él mismo.

– El honor es mío – repuso Yukio Atami.

EL SECRETO MEJOR GUARDADO DE LA GUERRA (OPERACIÓN KLUGHEIT)

[Extracto de las conversaciones de Otto Weilern en la prisión de la Lubianka]

Estaba a bordo del Bismarck. Pero, ¿por qué en realidad?

A veces me pregunto si buscaba la muerte, si el fallecimiento de mi hermano me había convertido en un suicida, en alguien que buscaba un riesgo tan extremo que acaso pudiera destruirle. ¿Era yo, como Alfredo Buonamorte, un ser que no quería seguir en este mundo?

Nunca estaré del todo seguro, pero sí sé que el impulso de subir al Bismarck y afrontar mi sueño de pertenecer a la Kriegsmarine pronto mostró un lado amargo. Porque descubrí que no había nacido para ser marinero. Mi anterior experiencia en el submarino experimental de Doenitz pensaba que me había curtido. Me equivocaba. Porque no dejaba de vomitar y aún me sentía superado por el influjo de los mares; me sentía perdido en la inmensidad. A mi alrededor un infinito de niebla y aguas insondables, y el silencio roto sólo en ocasiones por algún avión de reconocimiento inglés, muy lejano, que de momento no había conseguido dar con nosotros.

Fueron días terribles. He de reconocer que no fui feliz a bordo del Bismarck. Los marineros eran gente estupenda, los mejores soldados de Alemania, y su capitán, el intrépido Lutjens, un hombre magnífico, extremadamente bien preparado. Doenitz en su día me había hablado maravillas. No se equivocaba. Pero yo no había nacido para ser marinero. Y debería haberlo descubierto en mejor ocasión, no a bordo de un acorazado que emprendía, sin saberlo, una misión aún más dura de lo que ninguno de los presentes había imaginado.

Una sensación extraña en la boca del estómago me sobrevino cuando los ingleses por fin dieron con nuestra pista. Habíamos tenido mala suerte, la niebla se había disipado en el estrecho de Dinamarca y habíamos recibido por error la información de que las naves inglesas no se habían hecho a la mar. Dos cruceros enemigos nos encontraron y no pudimos esquivarlos ni escondernos en la escasa bruma. Nos seguían a cierta distancia informando al almirantazgo que habían dado con nosotros. Y finalmente aparecieron para interceptarnos dos grandes naves enemigas: el Hood y el Prince of Wales.

Lutjens no parecía preocupado, pero ni siquiera las palabras del capitán pudieron calmarme. Mirando severo desde sus prismáticos hacia la lejanía, con la mirada fija en los colosos enemigos, dijo:

–El Hood es un navío excelente, pero fue fabricado hace ya unos años y no es rival para nosotros. Estos cruceros de batalla tienen una gran potencia de fuego pero su blindaje es endeble. Creo que lo podemos hundir fácilmente –Hizo una pausa, mientras reflexionaba–. Ahora me veo ante una dicotomía. Por un lado, las órdenes del Führer son claras. Debo evitar la contienda, marchar en dirección al Atlántico para hacer nuestras tareas de corsario. No estamos aquí para hundir al Hood y al Prince of Wales. Sin embargo, eso es lo que vamos hacer.

– ¿Y desobedecer al Führer? – pregunté, sorprendido.

– Nuestros enemigos no se van a marchar, por lo que o les combatimos ahora o lo hacemos más tarde. La dicotomía se ha resuelto: o combatimos o combatimos. Porque ya no tenemos dos opciones.

Así pues, combatimos.

El Hood aguantó tan sólo cinco salvas del Bismarck. Entonces, alcanzado uno de los almacenes de municiones, explotó en un macabro juego de fuegos artificiales. Poco después, ya partido en dos, se hundió en apenas unos minutos. Solo tres hombres sobrevivieron de una tripulación de más de 1400.

El Prince of Wales corrió mejor suerte. Aunque sufrió graves daños y la muerte de todo el puente de mando en un impacto certero, no fue hundido como su compañero. Pudo huir. Nosotros también sufrimos bajas y recibimos algunos impactos. No salimos indemnes de aquel primer enfrentamiento. Perdimos combustible y el acceso a una parte del que nos quedaba.

– Tal vez debiéramos regresar – le comenté al almirante mientras cenábamos con sus oficiales de confianza–. Hemos perdido el elemento sorpresa y alcanzado una sonora victoria hundiendo al Hood.

Varios de sus hombres estuvieron de acuerdo con mi aseveración. Pero Lutjens no dijo nada. Se limitó a masticar lentamente, como si no me hubiese oído.

– ¿Saldremos de esta? – pregunté entonces.

Esta vez el almirante se apresuró a contestar.

– Por supuesto. Dudarlo sería alta traición – dijo, sabiendo que la Gestapo tenía ojos y oídos en todos los lugares de Alemania e incluso en los barcos que surcaban los mares.

Pero yo me di cuenta que no estaba seguro. ¿Quién lo estaría? La Home Fleet conocía nuestra posición y, por más que intentásemos alejarnos, todos los barcos a su disposición intentarían converger hacia el Bismarck, el Prinz Eugen y su pequeña flotilla. A una prudente distancia uno de los cruceros ingleses (el Norfolk) nos seguía aún, sin perdernos de vista, y todos sabíamos que en breve aparecerían los portaaviones.

A las pocas horas sucedió algo inesperado, viramos abruptamente y nos enfrentamos a nuestros perseguidores. Se intercambiaron disparos, pero el Norfolk era una nave mucho más rápida y no quería de modo alguno enfrentarse sola al Bismarck. Desde el principio fue evidente que no podríamos hundirla. Yo me hallaba en el puente de mando cuando comprendí la verdad.

– ¿Dónde está el Prinz Eugen?

El acorazado que nos acompañaba en aquella misión había desaparecido. El capitán me miró sombrío.

– He ordenado que intente llegar por sus medios al Atlántico. Si no le es posible, regresará a algún puerto francés. El Prinz Eugen ha dado esquinazo a los ingleses mientras les entreteníamos con esta pequeña batalla.

– Eso significa...

– Eso significa que he conseguido que una nave formidable se salve. ¿Nosotros nos salvaremos? Eso me has preguntado durante la comida. Pronto lo sabremos.

Y no tardamos en conocer la realidad. A través de los altavoces de la nave, la voz seca del almirante informó a la tripulación que estábamos solos e íbamos a intentar regresar por nuestra cuenta. Pocas horas después, quedó claro que no sería tarea fácil: el portaaviones Victorious nos atacaba con sus aviones torpederos, los viejos pero aún imprescindibles Swordfish que tan buena fama se habían ganado en el Mediterráneo frente a los italianos.

Por desgracia, el Victorious era sólo la primera de las doce naves que nos estaban rodeando. Combatimos duramente el ataque de los Swordfish y, aunque recibimos algunos impactos, salimos relativamente bien librados.

La voz de Lutjens resonó de nuevo en los altavoces del Bismarck:

– Habéis conseguido una gran victoria para Alemania hundiendo el Hood. Ahora la lucha prosigue. ¡Y venceremos de nuevo!

Tuvimos un golpe de suerte. Los ingleses cometieron un error a la hora de situar nuestra demarcación exacta en los mapas. Aunque nosotros no sabíamos entonces la causa, lo cierto es que un incrédulo Lutjens aprovechó la pausa en la batalla. Cuando durante horas dejamos de ver naves enemigas, el almirante nos lleva a toda máquina en dirección a Brest, en la Bretaña francesa. Pero en uno de los ataques enemigos habíamos perdido otro de los tanques de combustible y ni siquiera estábamos seguros de poder llegar aunque la flota inglesa nos dejase en paz.

– La suerte es una aliada esquiva en los mares – me dijo Lutjens mientras con sus prismáticos contemplaba el horizonte a la búsqueda de aviones de reconocimiento enemigos.

– ¿Qué quieres decir?

No respondió. El almirante sabía que había sucedido algo inesperado. Un golpe de suerte nos había alejado de los ingleses, pero otro golpe de suerte podía volverlos a poner en el camino correcto.

– ¿Qué harás si sobrevives a esta batalla, Otto? –me preguntó bajando los prismáticos y lanzando un suspiro–. Debe ser un trabajo increíble ser un observador con plenos poderes, tener libertad de movimientos como nosotros los tenemos en el Atlántico cuando perseguimos a las flotas enemigas.

No había pensado en mi trabajo ni en su similitud con las acciones de los corsarios en alta mar. Yo, de alguna manera, era también un corsario que iba de un frente a otro, que buscaba su camino entre los diferentes generales del Reich. Pero al contrario que el almirante y otros grandes marinos que buscaban la destrucción del enemigo... yo no busqué al principio la perdición de nadie, ni del Führer ni la de nadie. Aunque ahora sí, ahora buscaba la destrucción de Alemania. Me había convertido en un traidor y no sabía cuánto quedaba de aquel niño de diecisiete años que amaba a Hitler en este medio hombre de diecinueve que lo odiaba.

– Sí sobrevivo tengo pensado acudir al norte de África con Rommel.

– Esa sí que puede ser una gran aventura. Espero que lleguemos a Brest y puedas decirles a todos que viviste una grata experiencia en el Bismarck.

Lutjens era un hombre delgado, de aspecto severo, marcial. No parecía a primera vista alguien que destacase. Pero se trataba de un gran marino al que pronto el destino pondría a prueba.

– ¿Qué es eso? – dije señalando a una figura que se veía a lo lejos, una especie de pájaro enorme de grandes alas rectas.

– Es otro hidroavión inglés. Creo que de nuevo es un Catalina – dijo el almirante con un tono profundamente triste en su voz.

El capitán salió a la carrera y ordenó que derribasen al avión enemigo, que provenía de una base cercana en Irlanda del Norte. Nuestros chicos lo consiguieron y, por unos minutos, rezamos porque de nuevo un golpe de suerte nos estuviera salvando. Pero como bien había dicho el capitán la suerte es una aliada esquiva. Pronto comenzamos a ver nuevos aviones de reconocimiento. Más hidroaviones Catalina que rápidamente fueron atacados por nuestras baterías antiaéreas antes de desaparecer entre las nubes. No cometieron el error de ponerse a tiro y se alejaron para informar de nuestra posición.

– Aún estamos demasiado lejos del radio de acción de los cazas que podrían defendernos de la costa francesa – me

informó el almirante –. Si la Luftwaffe no puede ayudarnos ...
   – Estamos muertos – concluí su frase.

*_ *_ *_ *_ *_ *

   Los Swordfish nos atacaban con furia. Las torretas disparaban ráfagas sin tregua sobre ellos, pero los viejos colosos de los cielos avanzaban lentos, estáticos en el aire, aguantando embestida tras embestida de nuestros antiaéreos. Una y otra vez el portaaviones enemigo nos mandaba oleadas de aquellos aviones, cargados con sus bombas y torpedos, volando sobre las olas del mar, muy bajos, intentando esquivar nuestras balas. Las explosiones se sucedían por doquier, los marineros saltaban por los aires envueltos en llamas, y un grupo de destructores ingleses acudió rodeándonos como hienas que huelen la carroña, o la inminencia de la muerte de un animal herido.
   El almirante transmitió por radio una última vez:
   – La nave es incapaz ya de maniobrar. Combatiremos hasta el último hombre y la última bala. ¡Viva el Führer!
   Hitler en persona había mandado en persona un mensaje unas pocas horas antes:
   "Alemania os está contemplando. Sé que haréis lo que debe hacerse. Y vuestro coraje será ejemplo para las futuras generaciones".
   – El Führer nos dice adiós y nos pide que combatamos hasta la muerte. Cosa que, por supuesto, haremos, como buenos marinos que somos.
   El que había hablado de tal forma era un teniente de navío con el que horas antes había estado cenando. Se llamaba Friedrich Karl Günther y tenía mi misma edad. Era castaño claro, tenía los ojos verdes y habíamos pasado algunos ratos juntos en el viaje.
   – Aún podemos salvarnos –repuse.
   Friedrich esbozó una sonrisa.
   – Y el Führer puede aparecer en el horizonte en un carro dorado y llevarnos volando a Berlín. Pero no creo que

pase.

Mientras hablábamos vimos acudir a la carrera al almirante Lutjens y algunos de sus oficiales de confianza. Señalaban a estribor, donde se veía a algunos cruceros pesados británicos alcanzando la línea de la batalla. Eran cerca de las nueve de la mañana y estábamos al borde de la destrucción.

Lutjens me reconoció y vino a mi encuentro.

– Y apenas estamos a cuatrocientas millas de Brest. Casi lo conseguimos – me dijo.

Fue la última vez que lo vi con vida, porque apenas unos minutos después el acorazado Rodney disparó sus poderosas piezas de cuatrocientos seis milímetros (dieciséis pulgadas inglesas) e impactó directamente sobre Lutjens y su plana mayor. Tuve la suerte de estar ayudando a achicar agua en los niveles inferiores y no fui testigo de su muerte. Por una vez, los hados me habían dispensado de ver la muerte de alguien al que admiraba y comenzaba a apreciar. No pasó a menudo en la guerra que los hados fuesen tan benevolentes conmigo.

Las naves inglesas fueron sucediéndose en sus ataques como en una extraña competición para ver quién era finalmente el que conseguía hundir el buque insignia de la flota alemana. El ganador fue el crucero Dorsetshire, pero para entonces ya estábamos casi todos muertos.

Cuando finalmente comenzamos a irnos a pique vimos que algunos U-Boot de Doenitz se hallaban en los alrededores. Trataban de recoger de las frías aguas a los pocos supervivientes que quedaban.

Una explosión me lanzó por los aires y caí por la borda. A mi alrededor el sonido del agua mezclado con el de las balas, buceando a mi alrededor como centellas cargadas de muerte. Y luego las explosiones, los aullidos de los heridos y el cañoneo enemigo. En la bruma vi, no muy lejos un gran acorazado inglés y detrás, a la derecha, un portaaviones. De pronto, un submarino alemán subió a la superficie. Algunos marineros a bordo de los botes salvavidas intentaban llegar al U-556. La mayoría no lo consiguieron: estaban heridos, demasiado cansados o demasiado lejos. O sencillamente no los encontraron.

Yo fui de estos últimos. Aunque nadaba como un loco hacia el submarino no conseguía avanzar lo suficiente y las aguas eran como un cepo en torno a mi cuello, llamándome, susurrándome que dejara de luchar. Cuando aún me faltaba una eternidad para llegar hasta mis salvadores... sencillamente no pude más. Y me rendí, empapado y exhausto. A mi lado, el cadáver del teniente de navío Friedrich Karl Günther, mirándome desde sus ojos vacíos, se sumergió conmigo bajo las aguas.

Apenas cien hombres se salvaron. Mi último recuerdo fue sentir la llegada de mi propia muerte, percibir que me engullía el Atlántico, sabedores ambos de que iba a reunirme con hermano Rolf. Creo que sonreí cuando pensé que iba a ser pasto de los peces.

Pero el destino tenía otros planes para mí y desperté en la cama, dentro de un pequeño camarote que me resultó extrañamente familiar. Tiritaba de frío, aunque estaba cubierto de mantas, desnudo debajo de ellas, luchando mi cuerpo por sobrevivir aunque mi mente hubiese aceptado mi final. Delante de mí la sonrisa cínica del último hombre del universo que pensaba que iba a encontrarme.

– Te debía una, amigo mío – dijo Schellenberg –. Y ahora te la he pagado con creces. No puedes quejarte; mejor momento que este no creo que haya para redimir mi torpeza anterior. Te rescatamos cuando ya todos te daban por muerto. Pero ni la flota inglesa, ni el azar ni la hipotermia pueden contigo.

– Puedo dar fe de ello –dijo una voz a su espalda. Una voz con acento y entonación extranjera. Aunque forzada, porque era capaz de hablar un alemán perfecto, indistinguible para un nativo.

Era Atami. El espía japonés me miraba circunspecto.

– El señor Schellenberg saltó de la cubierta de nuestro submarino. Parecía haberse vuelto loco. Gritaba su nombre y braceaba en todas direcciones, se sumergía en las aguas una y otra vez. Sin descanso. Pensamos que había muerto, que ambos lo habían hecho. Pero regresó con su cuerpo. Inerte pero aún con vida.

Me sorprendí, como casi siempre, de la corrección del

alemán que hablaban los diplomáticos nipones. Pero no pude decir nada en ese momento. Ni siquiera para dar las gracias a Walter. Cerré los ojos. Respiraba con dificultad y parecía que el frío manaba del interior de mi cuerpo, manaba de mis propios huesos como una corriente sin fin. Pero poco a poco mi temperatura se fue estabilizando. La siguiente vez que desperté de nuevo estaba Schellenberg delante de mí. Ni rastro de Atami esta vez.

Me pregunté si Walter dormía en aquella silla esperando para que le diese las gracias por haberme salvado la vida o que le dijese que había olvidado la vez que me dejó a mi suerte en Francia. Supe que seguiría acechándome como un padre a su cachorro hasta que abriese la boca y zanjásemos nuestros problemas. Así que dije:

– Lo de Morgen en Francia queda olvidado. Pero quiero saber por qué te acostaste con mi novia.

Pensé que iba decir algo inteligente, que iba a disculparse por no intervenir cuando Morgen, aquel maldito comando de Brandemburgo, quiso quitarme la vida. O que me diría que se enamoró de Mildred y no pudo evitar acostarse con ella. Pero Walter no tenía una excusa y me dijo la verdad:

– No creí que fuese tu novia. Solo un ligue. Otra chica más como yo soy otro hombre más para muchas mujeres. Vivimos tiempos convulsos y todo es provisional. No le di más importancia.

– ¿Si hubiésemos estado prometidos habrías obrado de forma distinta?

– No creo. Soy quien soy. He renunciado a la buena comida, al tabaco y a la bebida a causa de mi afección cardíaca y mis otros problemas de salud. Incluso debería renunciar a las mujeres porque ciertos esfuerzos no son buenos para el corazón –sonrió–. Pero ya te lo he dicho. Soy quien soy. Renunciaré a lo que sea, pero no a pasar un buen rato con una mujer hermosa.

No sabía que estuviese enfermo. Por otro lado, Mildred era una mujer con muchas virtudes, pero la belleza no era una de ellas. Incluso habían hecho burla de su rostro caballuno en el pasado.

– Tampoco renunciaré a las que no son hermosas –

239

añadió Schellenberg, probablemente imaginando lo que pasaba por mi cabeza.

Nos echamos a reír. Aquel hombre era incorregible. O lo aceptaba como era o...

Pensé en la dicotomía de la que me había hablado el almirante Lutjens unos días antes. Fue cuando comprendió que debía atacar a los ingleses porque no atacar no era una verdadera opción. Las cartas estaban ya sobre la mesa y no había marcha atrás para el Bismarck. En realidad, tampoco había dicotomía en el caso Schellenberg. Lo aceptaba como era o lo aceptaba como era. Porque aquel hombre seguiría formando parte de mi vida y eso, de momento, no podía cambiarlo.

– Eres un imbécil – le dije.

– Completamente de acuerdo.

Y estallamos de nuevo en sonoras carcajadas.

VIII

Hitler estaba furioso por la pérdida del Bismarck. Consideraba que el Gran Almirante Raeder había cometido un error imperdonable, pues el riesgo asumido era excesivo. Comenzaba a creer como Doenitz que el futuro de la marina alemana eran los submarinos. Pero algo le distraía de los problemas del Bismarck. Estaba preocupado por Otto. Había pasado dos noches como un idiota pegado a la radio escuchando las noticias, pues en Alemania se retransmitía en directo la agonía del coloso y su tripulación. ¿Seguiría Otto con vida?

Poco después del hundimiento recibió un telegrama de Schellenberg: el muchacho estaba vivo. Así que pudo respirar tranquilo, maldecir a todos aquellos que defendían el enfrentamiento en superficie de los acorazados del Reich frente a los portaaviones ingleses y regresar a un asunto más importante, tal vez el asunto más importante de aquella guerra. Se trataba, claro, de la invasión de Rusia.

En los días que siguieron se reunió con Mussolini, pero no le dijo nada sobre la inminente Operación Barbarroja. Ribbentrop, por su parte, le aseguró sin rubor a Ciano que no habría guerra con Rusia, que sólo estaban moviendo tropas en la frontera de forma preventiva. Hitler también se reunió por aquellas fechas con el embajador de Japón. Allí le felicitó de nuevo por su regreso a Berlín. Había muy buena sintonía entre ellos y también con sus hombres de confianza, sobre todo Atami que, como el embajador, era un nazi fanático.

Un par de días después le llegó el turno al mismísimo almirante de la flota alemana, al Gran Almirante Raeder, que se presentó ante Hitler, pero no para pedir disculpas por el desastre del Bismarck. No. Eso fue lo que terminó de enfadar a Adolf. Lo hizo para quejarse de forma vehemente de algo que consideraba un gigantesco error:

– Le pido, mi Führer, que considere concentrar nuestros esfuerzos bélicos en el Mediterráneo –dijo Raeder, vestido como solía muy formal, con uniforme, gorra y guantes

241

negros, como era su costumbre–. Es un error atacar a Rusia. Inglaterra debería ser nuestro objetivo. Lo está pasando lo muy mal debido a las pérdidas en sus convoyes y...

– Pérdidas en sus convoyes que debo atribuir sobre todo a los submarinos de Doenitz.

Raeder era un marino de la vieja escuela. Consideraba que lo más importante era asegurar el control de los mares cercanos a Alemania. Nunca creyó que su misión fuera interferir en los océanos y en las rutas de suministro de los ingleses. Lo hacía solo por orden de Hitler. Tal vez por eso seguía sin ver importante el uso de los submarinos. Pero eso no lo podía decir abiertamente.

– Sí, sin duda. Doenitz está haciendo un trabajo excelente con los U-Boot. Pero volviendo al tema de los británicos, creo que si concentramos nuestras fuerzas en el sur de Europa, podríamos tomar Egipto e incluso llegar hasta Irak y de esta forma...

Lo que estaba proponiendo el Gran Almirante era aquello que había temido Canaris desde la caída de Francia. Que alguno de los ayudantes de Hitler fuese lo bastante inteligente como para proponerle aquel plan: que la única manera de ganar la Segunda Guerra Mundial era centrarse en el Mediterráneo y olvidar el este. Por suerte, el hombre que con más ahínco defendió ante el Führer ese punto de vista era alguien que estaba perdiendo crédito en el Alto Mando. La suerte, esa aliada esquiva de la que hablara el capitán Lutjens, estaba comenzando a girar en contra de la Alemania nazi. Al principio de la guerra le había favorecido en todas las ocasiones... pero ahora parecía darle la espalda en todas aquellas pequeñas decisiones que podrían haber ayudado a la victoria de Hitler.

– He oído que el propio Doenitz era contrario a sacar al Bismarck del Báltico y conducirlo a la trampa que habían montado los ingleses – interrumpió de nuevo Hitler al Gran Almirante.

– Nos aconsejó prudencia, pero pensé que era la decisión más adecuada. Yo estaba convencido de que...

Hitler decidió interrumpir a Raeder por tercera vez.

– Ya que el vicealmirante Doenitz parece tener una

visión más amplia de lo que está sucediendo, acaso convendría que me reuniese con él la próxima vez en lugar de que con usted.

El Gran Almirante palideció. La pérdida del Bismarck lo había puesto en una difícil situación ante el Führer. Y lo sabía.

– Si me está pidiendo la dimisión debe saber que yo estoy al servicio del Reich y la presentaré en cuanto me sea requerida.

Se hizo el silencio. Hitler deliberadamente no dijo nada durante más de un minuto. Entonces dijo:

– De momento vamos a dar por terminada hasta reunión. El tema del Bismarck lo soslayaremos de momento. Respecto al frente sur, creo que se halla suficientemente dotado de hombres y de material. Rommel está haciendo un gran trabajo. Tenemos capacidad para luchar ahora en Rusia y vencer. Eso es lo que cuenta.

– Pero si solo la mitad de las divisiones que se están preparando para Barbarroja las mandamos al Mediterráneo – dijo Raeder subiendo la voz en un agudo que casi parecía un gritito – podríamos tomar el Norte de África en cuestión de semanas y entonces...

Hitler parecía encontrar un cierto placer aquella mañana en interrumpir al responsable de la Kriegsmarine.

– Ya no estamos discutiendo ese asunto, querido Erich. La reunión ha terminado. Solo le informaba de que vamos a concentrar nuestras tropas en Rusia. Hace mucho que estamos preparando la ofensiva. Ya no podemos volvernos atrás.

Y así era. Hitler ya no podía volverse atrás. Luego de revelarle al dictador rumano Antonescu que pronto habría movimiento de tropas en la frontera con la URSS, y que tal vez necesitaría su ayuda en un ataque preventivo contra los bolcheviques, se reunió la cancillería del Reich con Keitel y los comandantes de los ejércitos que atacarían Rusia. Allí se hallaban entre otros Walter von Brauchitsch, Comandante en jefe del Ejército de Tierra. Wilhelm Keitel, Comandante en jefe de la Wehrmacht. Gerd von Rundstedt, Comandante en jefe de uno de los Grupos de Ejércitos tanto en Polonia como en Francia y Franz Halder, responsable del OKH, el Alto Mando del Ejército.

Hitler hizo un largo discurso en el que surgió el asunto de Inglaterra. Desde el principio tuvo dudas a la hora de enfrentarse a los británicos. Le prometió ya en 1939 a su amante Unity Mitford que conseguiría que las dos naciones fuesen amigas, incluso aliadas. Hitler seguía obsesionado por hacer el menor daño posible a Inglaterra. Estaba convencido que el destino del Reich y de los británicos estaba unido. No quería y nunca quiso un enfrentamiento contra los ingleses. Atacando a Rusia les daba una última oportunidad de rendirse, de comprender que el futuro estaba en manos de la raza aria. Cuando vieran a Stalin arrodillado a sus pies, comprenderían que no había más solución que aceptar la realidad de un mundo futuro gobernado por el Tercer Reich. Ellos, los gobernantes del Reino Unido, con una buena parte de su población también de raza aria, podían formar parte de un futuro glorioso si se avenían a aceptar el nuevo orden mundial.

Von Rundstedt era un anciano de rostro alargado y muy chupado, con el típico semblante indiferente del prusiano del más rancio abolengo. Un hombre que había conocido a Otto Weilern en la campaña de Polonia y se había sorprendido de la existencia siquiera de un observador plenipotenciario. Cauto, un militar notable pero en modo alguno brillante, había sido uno de los responsables de dejar escapar a los ingleses en Dunkerke. De cualquier forma, era el típico soldado siempre con los pies en el suelo, por lo que todas aquellas explicaciones de Hitler sobre Inglaterra y el destino de la raza le parecieron una soberana tontería. Pero como los otros mandos, quería confiar en la victoria de Alemania. Así que no se opuso o no lo hizo suficientemente. Keitel, el lameculos oficial de Hitler, fue el primero en alabar los razonamientos del líder. Halder aplaudió al Führer y tomó notas para organizar la campaña, tarea que recaía en sus manos y en la de su ayudante Paulus. Ni siquiera Von Brauchitsch, que odiaba al diminuto cabo de Bohemia que gobernaba Alemania... ni siquiera él, que había conspirado para matarlo dos años atrás, levantó la voz para decir que atacar a Rusia era un suicidio y una estupidez. Porque en ese momento todos creían que Alemania era invencible. Por ello, pese a las diferencias que tuvieran con Hitler, era el momento de cerrar filas en torno al hombre que les había llevado a conquistar media Europa en sucesivas guerras relámpago.

El 21 de junio Hitler informó a Mussolini por carta de la inminencia de la operación Barbarroja: la invasión de Rusia estaba a punto de comenzar. No dedicó al dictador italiano un trato de favor, no lo informó con anterioridad cuando incluso lo había hecho con el rumano Antonescu. Mandó cartas similares a los líderes pronazis de Hungría y Finlandia. Y entonces dejó la siguiente fase en manos de su ministro de la propaganda.

Goebbels estaba listo. En la radio sonaba la música de Lizst y tan pronto terminó la pieza, se alzó la voz sonora de Goebbels hablando en nombre de Hitler:

"Pueblo alemán. ¡Nacionalsocialistas! Tras un largo silencio ha llegado la hora de hablaros francamente. Hasta el momento han sido muchos los enemigos, pero en ningún momento me habéis oído expresar ideas hostiles contra los pueblos de Rusia. Pero los judíos bolcheviques han corrompido las raíces ideológicas de Moscú. Tras nuestro avance en Polonia, los líderes soviéticos contrarios a nuestro tratado reclamaron también Lituania, violando así los términos del mismo. Y sólo fue el principio de una serie de extorsiones sin fin. Nos exigieron la Besarabia rumana, y cuando invité a Alemania al ministro de exteriores ruso, Molotov, discutimos no sólo sobre Rumanía sino sobre la frontera de Finlandia o de Bulgaria o del paso de los Dardanelos. Fue entonces cuando comprendí que las peticiones rusas no tendrían fin, que se creían en una posición de poder que les permitía exigirnos cesiones, una tras otra, como si fuésemos sus vasallos".

Goebbels detuvo por un momento su discurso, tomó un sorbo de agua y prosiguió con las ofensas reales e imaginarias de Rusia, incluyendo presuntas violaciones de la frontera por patrulla soviéticas. Entonces adoptó su voz más profunda y airada. Dijo:

"¡Pueblo alemán! Ahora mismo, mientras me escucháis, formaciones del ejército alemán en el este, soldados rumanos y finlandeses, desde Prusia a los Cárpatos, desde el Danubio hasta las costas del Mar Negro... todos ellos están preparados para entrar en acción. Una vez más he decidido dejar el destino

245

y el futuro del Reich alemán y de nuestro pueblo en las manos de nuestros soldados. Que Dios nos acompañe en este combate".

*_*_*_*_*_*

Erich von Manstein recordaba perfectamente a Otto Weilern. Recordaba la primera vez que le vio, un niño vestido como civil presentándose en la base del Estado mayor del grupo de ejércitos Sur en Polonia. Recordaba también cómo le vio crecer durante la campaña, cómo estuvo a su lado cuando murió uno de sus mejores amigos o cuando se suicidó en combate Von Fritsch, acusado injustamente por Hitler y los suyos de ser homosexual. Manstein había depositado su confianza en el muchacho, y le explicó cómo funcionaba el ejército alemán, a semejanza de las huestes de Aníbal el cartaginés en la batalla de Cannas. Volvió a verlo en la ciudad de Liegnitz cuando fue apartado del mando, y más tarde durante la campaña de Francia, aunque muy brevemente ya que Otto fue destinado para servir junto a Rommel.

– El mundo ha dado muchas vueltas el último año – le dijo Otto, estrechando su mano.

Manstein era un hombre de pelo blanco peinado hacia un lado y rostro afable, especialmente afable al contemplar a su antiguo pupilo.

– Vaya que sí, amigo mío. Mírate. Ya no pareces un muchacho. Ya no tienes esa mirada ingenua que vi en el convento de la Santa Cruz de Neisse. Ahora eres todo un hombre.

– Todo un hombre de diecinueve años.

– Las guerras hacen madurar pronto a los jóvenes y a los viejos nos convierten en ancianos.

Manstein aún no había cumplido los cincuenta y cuatro años, pero su pelo había terminado de encanecer desde la invasión de Polonia y se lo peinaba hacia un lado de una forma que pretendía ser coqueta. Le quedaba bien el uniforme y se sentía menos presionado que en anteriores campañas. Había aprendido a tomarse un respiro, y se esforzaba en cuidarse un poco más a sí mismo. Tenía la intención de llegar a los sesenta años y luego a los setenta. Su propio padre había muerto con más de ochenta y le parecía que querer llegar a viejo no era un objetivo desdeñable.

– Así que un cuerpo Panzer – dijo entonces Otto.

Manstein se echó a reír. Era lo que siempre había deseado. La vida en los últimos años había dado demasiados vaivenes. Primero había sido un estratega muy bien considerado a las órdenes de Von Fritsch. Cuando cayó en desgracia, Manstein cayó a su lado. Fue rescatado por el mariscal Von Rundstedt y devuelto al mando. Pero cuando diseñó para Hitler la maniobra con la que los ejércitos alemanes destruyeron a los aliados en Francia (avanzar por el centro y penetrar a través de las Ardenas), cayó en desgracia de nuevo ante sus compañeros por saltarse la línea de mando. Se había quedado solo durante un tiempo, pero no había tardado en recuperar el mando. Primero el XXXVIII cuerpo de ejército y ahora el LVI cuerpo Panzer. En la campaña de Rusia, en teoría, no iba a desempeñar un papel esencial en la estrategia de los ejércitos del Reich. Sería un general más. Y casi que veía con buenos ojos dejar de estar en la pizarra donde se tomaban las grandes decisiones, observado por todos, juzgado y finalmente menospreciado a pesar de sus victorias.

– Hace tiempo que quería llevar un cuerpo Panzer. Disfrutar del combate en primera línea, convertirme en Aníbal por un día y sobrepasar al ejército enemigo. Me hace feliz que nadie me haya consultado cómo atacar la Unión Soviética y casi es mejor que nadie lo haya hecho.

– Supongo que eres de los que creen que este ataque es un error.

– Hitler ha subestimado al ejército ruso – dijo Manstein –. No digo yo que sea un ejército tan organizado como el nuestro, pero no es el enorme desastre que combatió en Finlandia. He oído que Hitler se ha marchado a la Guarida del Lobo y que solo va a permanecer allí cuatro semanas. Por lo visto porque cree que en ese tiempo habremos destruido al gigante soviético.

La Guarida del Lobo o Wolfsschanze, el cuartel general de Hitler en el este, pronto se haría famoso. Pero de momento pocos habíamos oído hablar de ello. Solo los que estábamos al tanto de la invasión de Rusia. Una invasión que Manstein no creía que fuese tan "relámpago" como las anteriores campañas.

    – ¿No será así? ¿No destruiremos al gigante soviético, como tú lo llamas?

Manstein no respondió. Enarcó una ceja como si yo fuese de nuevo aquel niño ingenuo que hacía preguntas ingenuas. Tal vez tenía razón en que me había convertido en un hombre, pero dentro de mí seguía aquel niño de diecisiete años que había comenzado su labor de observador plenipotenciario junto a Manstein en Polonia.

    – Todos los generales importantes y los mariscales del alto mando están deseosos de atacar Rusia. Así que no seré yo quien diga lo contrario. Por otro lado, está el asunto de la invasión de los Balcanes y el ataque paracaidista en Creta.

    – Eso ya quedó atrás. Además, ¿qué tiene eso que ver con Rusia?

    – Todos esos asuntos inesperados, por errores de Mussolini o necesidades del frente Mediterráneo, nos han retrasado cinco semanas. Hitler podría haberse inclinado por no atacar Rusia y centrarse en el Norte de África. Pero si se había decidido por la operación Barbarroja nunca debería haber perdido el tiempo solucionando los problemas de los italianos. Cinco semanas de retraso es muchísimo tiempo cuando tienes que atacar un lugar tan enorme como la Unión Soviética. Esperemos que el invierno no se adelante y que tengamos tiempo para sobrepasar a varios millones de soldados enemigos intentando imitar de nuevo a Aníbal, pero en un escenario de batalla casi infinito. Porque este es el asunto esencial: no nos enfrentamos a un ejército como el polaco de setecientos u ochocientos mil hombres, sino a un ejército que algunos estiman en cinco millones. Yo creo que podrían ser incluso más. Son muchas pequeñas y grandes batallas de Cannas las que deben librarse. Tal vez demasiadas.

Sea como fuere, en los siguientes días Otto se embarcó junto a Manstein en los preparativos para Barbarroja. El Estado mayor de la comandancia del cuerpo se hallaba en

Insterburg, en la Prusia oriental. Pero el general, su ayudante Specht y Otto se alojaron en una casa de las afueras. Allí trabaron amistad con los lugareños, bebiendo vino y paseando entre venados. Fueron días felices que no presagiaban el horror que les esperaba.

Cuando llegó la noche del veintiuno de junio, Goebbels leyó un discurso de Hitler por la radio. Hablaba de una cruzada europea contra el bolchevismo y todas esas zarandajas. Una excusa para la guerra, la misma excusa de siempre vestida de distinta forma. Siempre hay una razón para la guerra. Patriotismo, unas ofensas reales o imaginarias o en este caso el Espacio Vital. La raza aria, ya lo habían dicho Hitler y Hess en "Mi Lucha", debía expandirse hacia el este. Y había llegado el momento de que se cumpliese el presagio que el Führer había puesto en papel 20 años antes.

El grupo de ejércitos Norte estaba listo para el combate. La unidad de Manstein formaba parte de las tropas que mandaba el mariscal Ritter von Leeb, que debía marchar avanzando por el Báltico hasta llegar a Leningrado.

A las tres de la mañana del día veintidós de junio comenzó la ofensiva y, al menos al principio, pareció que Hitler había vuelto a dar en el clavo. El ejército rojo no estaba preparado para el ataque y no había táctica defensiva. Ni ofensiva, claro. Los cañones rusos no disparaban porque Stalin, incapaz de creer lo que estaba sucediendo, había prohibido que lo hiciesen. Se cuenta que se retiró a una casa de campo, anonadado. El padre de la gran patria soviética estuvo tres días sin hablar con nadie, incapaz de creer lo que estaba sucediendo. Entretanto las formidables artillerías rusas (un campo en el que superaban ampliamente a los alemanes) seguían en silencio.

– Después de lo que sucedió en Gleiwitz, cuando intentamos en vano hacer creer al mundo que los polacos habían atacado Alemania, creo que esta vez no van a trabajarse tanto las mentiras. Ya estamos en guerra con Inglaterra y nadie va a creerse las añagazas de las SS.

Otto explicó a Manstein como había vivido el ataque a la emisora de Gleiwitz por parte del terrorista Alfred Naujocks (a las órdenes de la araña Heydrich), que había asesinado a un grupo de alemanes solo para hacer creer al mundo que los polacos eran los agresores. Pero Otto se equivocaba. Aunque nadie se hubiese creído esa mentira, ciertos iluminados cercanos a Hitler estaban dispuestos a repetir acciones semejantes. O a fingirlas.

– He oído por la radio que aviones rusos bombardearon los aeródromos rumanos. Por eso, de forma oficial, estamos atacando. –dijo Manstein –. Pero bueno... todo eso son cosas de la diplomacia. Es bien sabido que llevamos tiempo en la frontera preparados para esta ofensiva. Este tipo de componendas no me interesan, no son propias de un militar ni de un hombre de honor.

En otra emisora de radio, muy lejos, en Moscú, el ministro de asuntos exteriores Molotov llamaba a la Guerra Patriótica, el nombre con que los rusos conocerían a la Segunda Guerra Mundial. El llamamiento lo había hecho Molotov en nombre del jefe del estado porque Stalin seguía inmóvil, incapaz de creer lo que estaba sucediendo, lejos del Kremlin, en una casa que tenía en Kunzevo. Manstein ordenó que apagasen la radio. No quería oír las mentiras de unos ni las proclamas de los otros. Nos hallábamos en un coche blindado que hacía las veces de vehículo de mando. Nada parecido a lo que había vivido junto a Rommel en la batalla de Francia, desde un tanque Panzer III. Esta vez era un SdKfz, abreviatura de Vehículo de Ordenanza de Múltiples Usos, y que englobaba precisamente eso, multitud de vehículos para muchos y diversas funciones. Una de ellas ejercer de vehículo de mando. Así pues, aunque con mucho menos glamour que el tanque de Rommel, desde su coche blindado Manstein coordinaba el avance de la VIII división Panzer, la 990 de infantería y la 3ª de infantería motorizada, las tres unidades que formaban el cuerpo del que era comandante en aquella ofensiva inicial.

– Apenas hay unos pocos batallones en este sector de la frontera – le informó a Manstein su ayudante–. El resto de los hombres del general Voroshilov se hallan a varios cientos de kilómetros al interior.

– ¿Cuántas divisiones tiene el enemigo en este sector? – preguntó Manstein.

Specht consultó un informe.

– La inteligencia cree que sobre cuarenta.

Manstein se volvió y guiñó un ojo a Otto.

– Cabe preguntarse si los rusos se estaban solo defendiendo o, como alguna vez ha afirmado Hitler, se estaban preparando para atacarnos. – Manstein sonreía–. Cuarenta divisiones sólo en nuestro sector. Fácilmente podrían avanzar hacia Alemania en pocos días de haberlo querido. Se trata de más de un millón de hombres a lo largo de la frontera, tal vez dos millones. Demasiados soldados si uno está buscando la paz.

– ¿Crees de verdad que la Unión Soviética estaba pensando en atacarnos?

– Probablemente no. O al menos no de forma inmediata. Sólo digo que podían hacerlo cuando quisieran en caso de que llegasen las derrotas en África o en cualquier otro frente. Era un ejército preparado para todo. A partir de ahí te dejo sacar tus propias conclusiones.

El SdKfz se detuvo. Una hora atrás, un grupo de rusos simularon rendirse. Luego habían sacado unas armas escondidas y asesinado a un pelotón de infantería. A uno de los hombres le habían torturado y mutilado de forma terrible. No tenía manos. Le habían sacado los ojos y empalado en medio del camino. Sacamos al soldado de su potro de tortura y lo dejamos en una vereda cercana.

– Así va a ser la guerra que vamos a librar – dijo entonces Manstein –. No se engañen, señores. Esto no se va a parecer a la guerra que hemos librado en occidente. Esto es Rusia. Procuren no olvidarlo.

Muy pronto el LVI cuerpo Panzer de Manstein demostró su efectividad. Mientras otros cuerpos de blindados luchaban denodadamente contra el enemigo, progresando con dificultad, paso a paso... las tropas de Manstein avanzaban centenares de kilómetros rompiendo como un estilete el entramado defensivo del general soviético. El día veintiséis habían penetrado ya trescientos kilómetros, tomado unos puentes clave antes de que los destruyese el enemigo y cantaban ya su primera victoria.

Y victorias similares se sucedieron por toda la frontera. La Wehrmacht tomó centenares de miles de prisioneros. El ejército rojo no estaba preparado para la batalla y fue barrido por Von Leeb en el norte, Von Bock en el centro y Von Rundstedt en el sur. Hitler pensaba que en cuatro semanas habría derrotado a Rusia y en ocho alcanzado la desembocadura del Volga en el Mar Caspio. Es decir, creía que el ejército rojo sería sobrepasado un día tras otro, que todas las batallas serían la batalla de Cannas, que el golpe de hoz que Manstein había dado en Francia haría rodar cabezas una y otra vez en un territorio que equivalía a más de cuarenta veces el que habían defendido los soldados franceses y británicos en 1939. Una locura.

Pero en el mundo real los sueños se desvanecen. Aunque Manstein, Von Kleist y Guderian, y algunos otros jefes Panzer, alcanzaban resonantes victorias, poco a poco los rusos iban colocando fuerzas de reserva que llegaban desde la retaguardia, desde Minsk o Moscú. Cierto que se reproducían resonantes victorias y que los ejércitos alemanes continuaban su avance, pero este avance cada día era un poquito más lento. Y había una razón adicional para ello. Un tanque. El T-34.

– Es inconcebible que los soviéticos tengan mejores tanques que nosotros – dijo una mañana Manstein, airado –. La inteligencia nos debería haber informado de ello.

Otto no había pensado en ello hasta ese instante porque, aunque era cierto que sus tanques eran superiores, los alemanes les superaban por completo en táctica de combate. Los tanques rusos actuaban de forma dispersa. Podían eliminar a varios Panzer de forma puntual, pero seguían usándolos para apoyar a la infantería como en la Primera Guerra Mundial. Por lo tanto, los tanques alemanes, mucho más compactos, formados por varios grupos atacando al unísono y con una táctica definida, acababan con los T-34. Además, los carristas rusos eran peores y no tenían radio en sus vehículos salvo contadas excepciones.

– Igualmente los estamos derrotando – opinó Otto, porque resultaba demasiado evidente para negarlo.

– Los rusos terminarán aprendiendo a luchar –le explicó Manstein–. Y no tardarán en combatir de una forma mucho más profesional. Cuando lo hagan en grupos mayores nos encontraremos cara a cara con veinte tanques enemigos que son mejores que los nuestros. No es una perspectiva muy halagüeña.

En una loma cercana vieron aparecer precisamente un T-34. Se trataba de un vehículo ruidoso, al que se podía oír a gran distancia. Pero también era más bajo que los tanques enemigos (luego más fácil de camuflar y más difícil de impactar), con un blindaje inclinado que lo hacía casi imposible de penetrar en 1941 y, además, montaba un cañón de 76.2 milímetros. Un armamento claramente superior al de los alemanes, que normalmente usaban cañones de 37 o 50 milímetros en el mejor de los casos.

El T-34 se había perdido o bien era un suicida. Otto decidió que debía ser lo primero, porque el conductor del vehículo dudaba hacia dónde dirigirse. Finalmente se dio media vuelta. Dos Panzer III le dispararon a bocajarro y el coloso siguió su camino. Cuando se disipó la humarada, embistió a uno de sus atacantes, lanzándolo loma abajo. Un Panzer IV apareció en la lejanía y disparó. Falló. La velocidad del proyectil y su penetración, aún de los mejores tanques alemanes, no era comparable a la del T-34. El tanque ruso giró su torreta y disparó también. Errando de igual manera. Se inició un combate entre los dos tanques alemanes y el soviético que se saldó con otro Panzer III destruido, un Panzer IV inmovilizado y el T-34 huyendo agujereado como un queso gruyere hacia sus líneas. Por el camino aplastó a una artillería que intentaba dispararle, a dos camiones y abatió con una de sus ametralladoras a un grupo de infantes. Siguió disparando hasta que se le acabaron las municiones y luego se alejó, renqueante, herido de muerte, como un paquidermo anciano hacia un cementerio de elefantes.

Aquel combate hizo reflexionar a Otto. Manstein tenía razón en que la victoria no duraría siempre, que esto no sería Polonia ni Francia. Incluso en esta etapa inicial se veían indicios de problemas futuros, como los T-34. ¿O se equivocaba? Los ejércitos rusos a los que se enfrentaban parecían derrotados. Las divisiones acorazadas de Manstein les superaban emulando de nuevo a Aníbal, sobrepasándolos, formando innumerables bolsas en las que miles y miles de soviéticos eran rodeados hasta su aniquilación o, excepcionalmente, su rendición. Porque la rendición no era la norma. Al contrario que en Francia, muchos rusos combatían hasta el último hombre. Y esto se debía a un error de cálculo de Hitler: la orden de asesinar a los comisarios.

El Führer había dejado un aspecto crucial en manos de las SS. La gestión inicial de los territorios conquistados. La araña Heydrich, loca y fanática, avanzaba junto a las tropas de la Wehrmacht con sus Einsatzgruppen asesinando a civiles, buscando a traidores anti alemanes, judíos, comunistas, enemigos del Reich y cualquiera que decidiese que debía ser suprimido. Y aquella forma de actuar era contraria al concepto de un avance rápido. Porque ponía a la población en contra del invasor. Una quinta parte del ejército alemán tuvo que detener su avance para combatir con las bolsas de soldados que no se rendían a causa de los comisarios y de los crímenes de Heydrich contra la población civil, algo que no se había tenido en cuenta cuando se había planificado derrotar a los rusos en cuatro semanas y tomar toda la Rusia europea en ocho. Y no sería el último error de Hitler y el alto mando.

Porque, además, los objetivos estratégicos no estaban del todo claros. Se decidía tomar Leningrado, una ciudad sin demasiado interés militar. ¿La razón? Leningrado era la cuna del bolchevismo, un símbolo. Y a Hitler le encantaban los símbolos. Por otro lado, se quería hacer un favor a los finlandeses, cuyas fronteras estaban muy cerca y no querían una ciudad tan importante amenazando su flanco. Hitler, no contento con desviar tropas a Leningrado, llevó a buena parte del resto del Ejército hacia el Cáucaso, también desoyendo los consejos de los profesionales y buscando el petróleo.

Todas estas decisiones (que no respondían a un interés militar) se tendrían que haber tomado luego de derrotar al ejército rojo y no durante la campaña. Porque se estaban desviando recursos.

La decisión estratégica adecuada habría sido atacar con todas las fuerzas disponibles en dirección a Moscú.

-Ha llegado a mis oídos que en el sur -explicó una mañana Manstein-, en Ucrania, nos recibieron como a héroes, pues los ucranianos siempre han odiado a los rusos. Pero los amigos de Heydrich, que consideran a todos estos eslavos subhumanos, no tardaron en convencerles de que se hallan ante un enemigo aún peor: Hitler. Sus torturas, violaciones, detenciones y excesos han convertido a unos posibles aliados en nuestros enemigos. Al menos veinte millones de enemigos más, veinte millones de posibles partisanos, de civiles motivados que, más tarde o más temprano, realizarán acciones de guerrilla y nos retrasarán durante nuestros avances.

– Me da la sensación que Hitler es el principal enemigo de Alemania ahora mismo –afirmó Otto, sin pensar demasiado en medir sus palabras–. Algunas de sus decisiones acabarán abocándonos al desastre.

Manstein miró a su alrededor. Era el cambio de turno y el conductor saliente, Nagel, estaba charlando con Schumann, su sustituto. El general advirtió con alivio que los dos conductores estaban lejos del coche blindado, fumando y charlando entre risas con Specht, su ayudante y mano derecha.

– Eso no deberías decirlo en voz alta, Otto. ¿Qué pasaría si alguien, aparte de mí, te oyese decir algo semejante?

– He hablado con toda franqueza porque sabía que sólo usted podía oírme.

Manstein bajó la cabeza. Abrió la boca en dos ocasiones como si fuese a hablar y finalmente me miró fijamente y dijo:

– No voy a decir nada porque no he oído nada de lo que has dicho. Yo soy un soldado. Algunas cosas las digo en voz alta; detalles, conceptos generales, errores subsanables.... Ya sabes. Aquello que puede mejorarse para ayudar en la causa de la victoria del Reich y de nuestro Führer. –Había recalcado la palabra "Führer" al terminar la frase. Suspiró y añadió–: Otras cosas que pienso no las digo jamás en voz alta, ni siquiera delante de Specht, ni delante de aquellos que son de mi máxima confianza. Ya eres un hombre y te aconsejo que hagas lo mismo.

Por desgracia, tal vez no fuera el teniente Weilern aún un hombre hecho y derecho. Acaso seguía siendo un adolescente abocado a un conflicto que le venía grande. Porque desoyó aquel consejo.

MOMENTOS DECISIVOS DE LA HISTORIA

SUCESO: LA OPERACIÓN BARBARROJA

El 22 de junio de 1941 el ejército alemán ataca la Unión Soviética. Hitler cree que el enemigo puede ser vencido solo en cuatro o seis semanas. Para ello manda a 4 millones de hombres frente a los tres millones de soldados rusos que hay en la frontera y regiones limítrofes.

LUGAR Y FECHA: URSS. JUNIO A DICIEMBRE DE 1941

Durante medio año, la ofensiva causará estragos en la URSS. Pero las primeras victorias de la Wehrmacht serán frenadas por los gigantescos errores de cálculo del Estado Mayor alemán y del Führer.

CONSECUENCIAS: UNA TAREA IMPOSIBLE

Alemania nunca supo el número real de soldados a los que se enfrentaba ni la capacidad de Rusia para generar reservas y mandar nuevas unidades. Los tanques rusos eran muchísimos más y mucho mejores, encabezados por el T-34, pero los soviéticos además poseían tanques pesados, como el KV-1, también superiores a los carros alemanes, que eran carros ligeros y medios, ninguno pesado, en 1941 dominados aún por el Panzer III y el Panzer 38(t). La artillería soviética también era superior (o al menos igual de buena) a la alemana. El ejército nazi nunca tuvo la capacidad de extender lo suficiente las líneas de suministro en la inmensidad de la URSS, ni de controlar a los incontables prisioneros, ni de frenar a los partisanos en un territorio que conocían mejor. A lo que se sumaron errores logísticos (el ancho de vía de los trenes, que no eran compatibles) o de intendencia (falta de ropa de invierno para una tropa que, se creía, nunca combatiría en invierno, pues la guerra terminaría en un mes) o de trato con la población civil, que acabó odiando a los alemanes por culpa de Heydrich y sus escuadrones criminales de las SS Einsatzgruppen

Hitler ignoraba todo esto (algunas cosas desde el desconocimiento real y otras porque prefirió no saberlas) y organizó una campaña relámpago en la creencia que el ejército ruso era el desastre que se había enfrentado hacía poco tiempo a los finlandeses. El ridículo de entonces inspiró tímidas reformas en el ejército rojo, seguramente insuficientes, pero sobradas para frenar a los alemanes a largo plazo y obtener, al coste de grandes pérdidas, una victoria estratégica. Porque incluso la Operación Barbarroja, pese a las enormes pérdidas de hombres, material, territorio, fábricas, maquinaria... pese a todo, ya en esta fase inicial de la guerra, no fue una derrota completa soviética, cosa que podría haber sucedido.

A pesar de que muchos creen que Barbarroja fue un éxito y la guerra se perdió más tarde, esta operación fue una oportunidad perdida para Hitler. La enorme superioridad táctica y de concepto de la guerra de sus tropas, impidieron ver las muchas carencias del plan. Barbarroja, desde el punto de vista organizativo, fue un desastre.

EL SECRETO MEJOR GUARDADO DE LA GUERRA (OPERACIÓN KLUGHEIT)

[Extracto de las conversaciones de Otto Weilern en la prisión de la Lubianka]

Antes de regresar al Norte de África decidí conocer el frente ruso. Fue Schellenberg quien me convenció de que la acción estaba en el este. Rommel tenía en ese momento pocas cosas que hacer (aunque luego no sería del todo cierto, pues los ingleses contraatacarían, aunque con escaso éxito) y la Operación Barbarroja era algo demasiado importante para pasarla por alto.

Al principio, tuve muchas dudas. Pero cuando me di cuenta de que podía volver a ver a un viejo amigo, me decidí. Porque en Rusia combatí al lado de Erich Manstein, un hombre al que admiraba y al que no le habían otorgado el mando que le correspondía sino tan solo un cuerpo de ejército. Poca cosa para el responsable del plan que nos hizo vencer en Francia. De cualquier forma, a su lado vi cómo las defensas rusas se hundían y Stalin desaparecía del mapa, asustado ante el poderío de los Panzer de Hitler.

Pero una mañana Stalin resucitó. Hacía casi dos semanas que, victoria tras victoria, los ejércitos alemanes hendían con su bayoneta el cuerpo de la madre Rusia. Fue ese el momento que el todopoderoso dictador soviético eligió para reaparecer, haciendo discurso en la radio en el que llamaba a luchar proclamando la Gran Guerra Patriótica. ¿Qué había pasado en todo ese tiempo? ¿Por qué había desentendido sus deberes como jefe de Estado? ¿Realmente le sorprendió tanto la ofensiva de Hitler? Son preguntas que nunca serán del todo respondidas. Lo importante es que Stalin estaba de vuelta y llamaba a su pueblo, en nombre del orgullo de ser un patriota ruso, a disponerse para una contienda terrible que cambiaría el futuro de Europa y no solo el de la guerra mundial.

El pueblo soviético respondió a la llamada de su líder y acudió en masa a los centros de reclutamiento. De acuerdo, eran hombres que no tenían formación y a menudo se les ponía en primera línea en batallones de nuevo cuño, muriendo centenares o miles de ellos sin ni siquiera llevar un arma bajo el brazo (ya que la idea era que recogiesen las armas de los camaradas muertos). Pero las tropas soviéticas, que habían comenzado siendo tres millones (solo algo menos que las alemanas), no paraban de crecer en número. Las batallas cada vez eran más duras, la defensa más enconada y el fanatismo de los rusos parecía no tener fin. Por el contrario, los alemanes no podían reponer tropas a semejante ritmo, habían perdido ya cerca de cuatrocientos mil hombres, entre muertos y heridos, y muchos comenzaban a darse cuenta que aquello no sería un paseo como Polonia. Ni siquiera el superar la línea Stalin sirvió para detener la sensación de que aquello no iba a ser un camino de rosas. Y eso que la línea Stalin (una suerte de fortificaciones situada entre el golfo de Finlandia y el Mar Negro) marcaba los antiguos confines occidentales de Rusia, un lugar que había sido considerado por los generales soviéticos como infranqueable. Pero ahora eso poco importaba. Nuestros enemigos colocarían las líneas Stalin que fuesen necesarias y los alemanes tendríamos que saltar una tras otra como si estuviésemos corriendo una carrera de vallas infinita. Más tarde o más temprano perderíamos fuerza en nuestras extremidades o tropezaríamos en una de ellas.

Y la primera valla en la que tropezamos fue Smolensk.

Pero faltaban algunos días para que se alcanzase aquella batalla y poco podíamos imaginar su trascendencia. Por entonces, Manstein recibió la orden de incorporar a su cuerpo de ejército una nueva unidad: la división Totenkopf de las SS. Aquello me puso en una difícil situación. Porque no podía pasar por alto visitar al líder de aquella formación, ya que se trataba de mi tío, mi tutor (o lo que fuese). Os hablo de Theodor Eicke.

– En la división Totenkopf son todos unos asesinos como los Einsatzgruppen de Heydrich – informé a Manstein cuando nos hallábamos ya cerca del cuartel general de Eicke.

Yo había sido testigo del fanatismo con que mi tío entrenaba a sus hombres; de cómo los asesinaba en juicio sumarísimo en caso de insubordinación o al cometer errores que para otros mandos habrían sido faltas menores; de cómo

259

fomentaba la camaradería entre ellos, alejándolos de sus propias familias para que no tuvieran más hogar que el cuartel de las SS, como los espartanos; de cómo les arrebataba cualquier atisbo de humanidad para que se convirtiesen en asesinos.

– Yo no soy precisamente un admirador de las divisiones SS – dijo Manstein –. Creo que asumen demasiados riesgos en combate, creo que reciben las mejores armas, el mejor material y los mejores hombres. Y que sus resultados no siempre están a la altura de tanto esfuerzo. Si sirvieran en el ejército regular en lugar de ser soldados bajo las órdenes de Himmler y sus secuaces, creo que sacaríamos mucho mejor partido de ellos.

Se hizo el silencio, roto un minuto después por mi voz, que masculló:

- No son más que unos asesinos.

- He oído que Eicke fue el creador del sistema concentracionario del Reich y que el Reichsführer Himmler le tiene en alta estima – añadió Manstein con voz sombría, porque no le gustaba la forma en que en ocasiones yo expresaba mis ideas. Creía que bordeaba la alta traición.

Los Lager, instituciones de infausto recuerdo, que serían llamadas más tarde campos de concentración, se debían a aquel hombre, que convenció a Himmler, remodelando el campo de Dachau, para luego gracias a sus increíbles logros recibir el cargo de Inspector General, con órdenes de que cada nuevo Lager se hiciese a imagen y semejanza del Dachau original. Realizando aquel infame trabajo ensayó el tipo de disciplina llevada a los últimos extremos que utilizaría en las divisiones de combate. Porque los hombres de la calavera, los hombres de la Totenkopf, originalmente habían sido guardias de campos de concentración. Ahora eran la banda de la calavera, un grupo de asesinos, solteros la mayor parte de ellos, entre dieciocho y veintitrés años, fanáticos nazis que quemaban y destruían en el nombre del Reich. Aquella división era los Einsatzgruppen de Eicke.

– Sí - dije con ironía –, Eicke es un hombre extraordinario.

Nos hallábamos cerca del puesto de mando. Nos había

llegado la noticia de que mi tío estaba a punto de regresar en su Kubelwagen. La división Totenkopf estaba desplegada cerca del pantano de Duneburg y allí esperamos su llegada. Un grupo de soldados habían encendido un fuego. Estaban haciendo café y calentando un poco de carne. Más allá un grupo de tanquistas colocaban redes de camuflaje sobre sus vehículos para que no fuesen avistados por la aviación soviética. Un mecánico cubierto de grasa apareció debajo de un Panzer III y se cuadró al reconocer a Manstein. No en vano era uno de los generales más valorados de Alemania.

– Ten cuidado a la hora de hablar con tu tío – me avisó Manstein –. Sé que te consume una rabia que no quiero ni pretendo entender. Pero debes disimularla delante de aquellos que no serán tan comprensivos como yo.

– Ya me has avisado en más una ocasión. Y ya te dije que no soy un niño. Sé delante de quién debo hablar y delante de quién no.

Ambos pensábamos probablemente en Canaris, que llevaba años hablando en contra de Hitler a los militares de la Wehrmacht y todavía nadie le había delatado. En el ejército alemán no todos amaban a Hitler, no todos eran un "lakeitel", pero era evidente que delante de gente como Heydrich o Eicke, había que vigilar las palabras.

Miramos al cielo, donde un grupo de aviones soviéticos se alejaba. Vimos los resplandores de las bombas a varios kilómetros, en dirección a la vanguardia de nuestros ejércitos. Las artillerías los derribaban, uno tras otro, y nuevas oleadas regresaban. Caían diez, veinte, treinta aviones en menos de una hora. La aviación rusa seguía el mismo comportamiento suicida que la infantería bolchevique que vi combatir en Finlandia y ahora en la propia Rusia. Si seguían, pese a los muchos errores del Führer a la hora de diseñar Barbarroja, tal vez la victoria final le sonreiría a Adolf Hitler.

– No seguirán haciendo esto mucho tiempo – me dijo Manstein, como si me estuviera leyendo la mente.

Fue en ese momento cuando el coche de mi tío llegó por un camino de tierra. Venía de combatir con una avanzadilla reconociendo el terreno en dirección a Jakobstadt. Se había enfrentado a un par de pelotones rusos y aquello siempre le ponía de buen humor. Los rusos combatían en unidades básicas de 11 hombres y sus tácticas eran muy deficientes. Los "superhombres" de las SS de Theodor Eicke barrían con facilidad con aquellos campesinos rusos armados con un rifle Nagant o en el mejor de los casos un Tokarev SVT 40. A veces, solo por diversión, les dejaban desplegarse con sus subfusiles PPD-40 e incluso montar las ametralladoras ligeras DP-28 solo para luego abatirse sobre ellos y matarlos como a conejos deslumbrados por los faros de un coche.

Y precisamente, satisfecho de su expedición de caza, cómodamente sentado en su automóvil, regresaba Eicke dando órdenes a su ayudante, al que hablaba a gritos mientras este tomaba notas.

– ¡Otto!

Theodor me reconoció e hizo frenar al conductor de su Kubelwagen. Dando un enorme salto, como si se tratase de un joven y no de un hombre de cincuenta años, se precipitó al suelo y me abrazó efusivamente. Aquello hizo que tuviese ganas de vomitar. Porque conocía bien a aquel hipócrita. Delante de sus hombres se mostraba jovial como si tuviese veinte años; te tocaba, te abrazaba, daba discursos acerca de la superioridad de la raza aria y parecía el hombre más extrovertido del mundo. Un hombre del pueblo y para el pueblo. En privado era un hombre taciturno, que apenas abría la boca más que para criticarte o vejarte con su superioridad moral.

– Te veo estupendamente, muchacho – dijo el Gruppenführer SS Eicke. Enfundado en su abrigo de cuero gris, orondo y fumando en pipa, era la viva imagen de la decadencia del nazismo. A pesar de las advertencias de Manstein, no pude callarme luego de sentir su afecto falso. Me acordé de la última conversación que tuvimos, cuando me dijo que podría heredar el imperio de Hitler. Tuve arcadas. O cuando me aconsejó que dejase de acostarme con Mildred Gillars, mi amante inglesa.

– No te vi tan alegre ni afectuoso cuando, no hace mucho, me acusaste de malgastar mi esperma en mujeres con sangre inadecuada, de origen no ario.

Manstein se echó las manos a la cabeza, viendo lo rápido que yo había olvidado sus consejos. No sabía de qué estaba hablando, por supuesto, porque no le había contado nada de Mildred, una locutora de radio y aspirante a actriz que mi tío había desaprobado cuando la conoció en nuestro piso de Berlín.

– La última vez que nos vimos no tratamos este tema sino otros más elevados – dijo mi tío de forma críptica.

– Creía que esa reunión había sido alto secreto y por eso decidí pasarla por alto.

Ninguno de los dos quería hablar delante de Manstein de las palabras de Hitler o de mi destino, que se presuponía magnífico, el destino del primer hijo del proyecto Lebensborn. Sin embargo, Eicke también me había dicho que yo no tenía padre, que no era hijo de nadie, y aquello era algo que no terminaba de comprender. Una vez más pensé en el libro que me había dejado Heydrich. Era imperativo que recuperase aquella copia (en manos paradójicamente de Mildred) y la leyera cuanto antes. Pero embarcado en aquella maldita guerra, de un frente a otro, nunca encontraba tiempo para ir a ver a mi antigua amante y recuperar aquel informe.

– Pero no hablemos del pasado – me aconsejó Theodor, lanzando una risotada, intentando superar el momento de tensión –. Vuelvo a reunirme con mi sobrino y eso es lo que importa.

Dio unos pasos al frente, casi un salto, con su estilo jovial de costumbre (que contrastaba no solo con su edad sino con su exceso de peso), y tomó la mano de Manstein, que apretó con vehemente efusividad.

– Es un placer volver a verle, general. Soy un gran admirador suyo y será un placer servir a sus órdenes con mis muchachos de la Totenkopf. El plan que realizó para la ofensiva de Francia fue extraordinario. No se habla de otra cosa en círculos militares.

Y sin embargo, en Barbarroja, una batalla aún más importante que la de Francia, Manstein mandaba tan sólo un cuerpo de ejército. Mientras, algunos oficiales que se habían opuesto a sus planes, como Von Brauchitsch, estaban a la cabeza del ejército o eran miembros clave del Estado mayor.

– Yo también oí de su excelente desempeño en Francia – dijo Manstein.

Otto captó claramente la crítica velada de su nuevo comandante. El general también le despreciaba, aunque era mucho más sutil. La actuación en la campaña Francia de la división Totenkopf había sido desastrosa. Habían perdido innecesariamente miles de hombres, habían demostrado un exceso de celo y una ineptitud impropia de las SS; además habían sido prácticamente los únicos en cometer crímenes de guerra, fusilando indiscriminadamente a prisioneros, acciones por las que algunos de sus oficiales serían condenados a muerte terminada la guerra mundial. Todos sabían que la Totenkopf era la más valiente y osada, pero también la peor preparada de todas las divisiones SS. Y esto era así porque a pesar de que los hombres eran fanáticos nazis, sus oficiales superiores no habían sido formados según los estándares de las SS, sino elegidos personalmente por Eicke, que había elegido precisamente a los más fanáticos y dementes, obviando sus capacidades. De esta forma, a todos los niveles se cometían errores. En la propia campaña de Francia en ocasiones no tenían qué comer porque los mandos encargados de la intendencia eran unos ineptos. Tuvieron que robar provisiones a los campesinos franceses e incluso a la séptima división Panzer de Rommel. Dos años atrás tuve la ocasión de encontrarme en pleno avance hacia la costa francesa con hombres de la Totenkopf, famélicos, que llevaban vagando buscando qué llevarse a la boca y terminaron atacando nuestros carros de aprovisionamiento. Eicke sabía de esta historia porque se la había contado para humillarle.

– Yo también tuve ocasión de comprobar el desempeño de los hombres de mi tío en Francia. Me quedé totalmente sorprendido – tercié, forzando tanto la ironía original que incluso un hombre tan pagado de sí mismo como él, se dio cuenta y torció el gesto. Nos miramos con odio y rencor.

Porque varios generales se habían quejado de la brutalidad de las fuerzas de la Totenkopf, incluido el general Blaskowitz, que ya había protestado en su día de los excesos de los Einsatzgruppen de Heydrich en Polonia. Pero Hitler, una vez más, considero a Blaskowitz un blando y permitió a Theodor Eicke dejarse llevar por su furia asesina en lugar de castigarle, otorgándole un ascenso. Ahora, en lugar de unos pocos regimientos de combate, tenía el mando de toda una división motorizada completa.

– Me alegra mucho que apoyen cómo gestiono a mis soldados. Modestamente, solo sirvo lo mejor que puedo a nuestro Führer – dijo, recuperándose al instante y poniendo su mejor cara. Todo para que le vieran sus subalternos dando saltos, prácticamente bailando delante de Manstein, estrechándole su mano, golpeándole la espalda y los hombros, y riendo de bromas que sólo a él hacían gracia.

Eicke quería mantener la ilusión de que era un líder respetado por sus superiores, cuando era evidente que Manstein no iba a permitir los errores y la cantidad excesiva de bajas que su unidad tuviera en el pasado.

A nuestra izquierda, los mecánicos habían terminado su trabajo, los soldados y los tanquistas se hallaban en orden de revista, y los motores resonaban listos para el combate.

– Los mejores soldados del mundo -dijo, señalando a sus hombres –. No los veréis más valientes en ninguna división del ejército alemán.

En eso al menos tenía razón porque los hombres de la Totenkopf eran los más arrojados de la Wehrmacht. Casi hasta el suicidio en combate.

– Supongo que estabas demasiado ocupado entrenándolos para que fueran valientes y temerarios, y por eso no tuviste tiempo de venir a las honras fúnebres de Rolf.

Esta vez el rostro de Eicke se contrajo. Abandonó su máscara de jovialidad y se enfrentó a su supuesto sobrino.

– En efecto, estaba entrenando a estos hombres para ser los mejores. Rolf en un buen muchacho, pero...

– Pero es que Rolf no era demasiado listo. Era alguien con una inteligencia limitada y por tanto no merecía tu respeto. ¿Es eso lo que querías decir?

– No es eso lo que quería decir. Pero tienes razón. Rolf, a pesar de su buen corazón, no tenía sitio en la Alemania que estamos construyendo. Y hasta tú lo sabes.

Cerré los puños y creo que hasta Manstein temió por un momento que fuese a golpear al poderoso Gruppenführer. Porque, aunque Erich era su superior, mi tío tenía muchos más amigos y contactos en las altas esferas del poder nazi. Si decidía ponerme un consejo de guerra, ni Manstein podría evitarlo. Solo Hitler.

– Un pelo de Rolf vale más que todos estos asesinos que tienes a tu servicio.

– Cuidado con lo que dices, porque de lo contrario...

Theodor Eicke calló y yo me acerqué todavía más a su abrigo negro de las SS, que olía a sudor y a tabaco ruso. Casi colisionan nuestras cabezas.

– De lo contrario, nada, querido tío. ¿No me has dicho que me esperan grandes logros y que tengo un gran futuro en el Reich? ¿Que mi sangre es la más pura? ¿No me dijo eso Heydrich en Polonia, tú en Berlín y hasta el mismo Führer? Mi destino es el de ser el mejor de todos porque mi sangre así lo afirma, da igual lo que haga o lo que diga o a quien enfade. Mi destino igualmente será magnífico. La sangre lo es todo. La raza lo es todo. Quiénes somos no vale nada.

Los labios de Eicke temblaban.

– Tal vez nos equivocamos contigo.

– Deberías llamar a la araña Heydrich y decírselo. A mí tal vez no me crea.

Poco después, con el rostro aún crispado por nuestro enfrentamiento, el Gruppenführer Eicke se despidió con la excusa que quería avanzar junto a sus hombres los primeros kilómetros. Y en primera línea. Era algo que hacía a menudo. Seguramente pensaba que tenía que demostrar que era tan suicida como su propia tropa para infundirles valor.

– Menos mal que te avisé de que tuvieras cuidado – dijo Manstein en voz baja mientras el coche de Eicke se alejaba atravesando una plaza más allá de una vieja Iglesia, camino de unas calles repletas de blindados de las SS con sus motores rugientes.

El Kubelwagen saltó un terraplén y entró el primero de la fila en una calle sin pavimentar.

– No fue un error. Fue algo buscado. Necesitaba decirle un par de cosas a la cara.

Entonces sonó la explosión. El coche del general estalló por los aires, dando una vuelta de campana y estrellándose contra el cemento. Todo el mundo salió corriendo y se encontraron la escena dantesca del chófer de la división partido en dos. Tenía el rostro cubierto de sangre, tan sólo visibles los ojos mirando al cielo de Rusia. Un lugar que ya no abandonaría jamás.

– ¡Cuidado, debe haber sido una mina soviética! – grité, haciendo grandes aspavientos y corriendo hacia mi tío.

Theodor Eicke estaba vivo. Había perdido el pie derecho y el resto de la pierna se retorcía hecha un guiñapo, mostrando músculos y tendones de los que manaba la sangre a chorros. Un grupo de sanitarios vino en su ayuda y le evacuaron a toda velocidad en dirección al hospital de campaña.

Tardaría casi cuatro meses en recuperarse y hasta entrado septiembre de 1941 no volvería al frente. Para entonces las cosas habrían cambiado mucho en Rusia. Lo mejor de todo era que aquel fanático no volvería a dar saltitos ni a mostrarse jovial con todo el mundo porque sufriría de grandes dolores y caminaría con bastón hasta el fin de sus días.

Detrás de mí, Manstein contempló cómo se llevaban al comandante de la Totenkopf y meneó la cabeza, contrariado. Era extraño que hubiera una mina rusa tan cerca del cuartel general alemán. Además, algo en aquella escena le había llamado la atención, algo extraño... algo como si...

Pero dejó de darle vueltas a la cabeza cuando vio a un hombre extraño, muy bajo, casi diminuto, vestido con una gabardina negra, que contemplaba la escena desde el margen de la carretera donde acababa de tener el accidente. Algo en aquel hombre le resultó extraño, una fría determinación, unos ojos de mirada salvaje y una enorme nariz gruesa y puntiaguda.

De cualquier forma, tal vez fuera una visión porque cuando el vehículo de los sanitarios pasó de largo, tapándole la visión fugazmente, el hombre ya no estaba.

Además, un nuevo suceso desvió su atención del momento presente. Specht apareció de la nada. Tenía el rostro turbado, un gesto que hasta yo conocía. Era la cara que ponía cuando llegaban malas noticias del frente.

– General –dijo Specht, cuadrándose y entrechocando los talones.

– Sí, capitán.

Hasta yo mismo me acerqué hasta donde ambos departían. El ayudante de Manstein era una de esas personas que no saben disimular. Si algo grave había sucedido, se le veía tan atribulado que era hasta cómico. No habría sido un buen jugador de póker.

– General... –comenzó Specht.

– Dime.

– General... los rusos, por primera vez, han conseguido frenar a nuestras tropas.

Manstein se encogió de hombros. La línea del frente era inmensa y atravesaba medio continente de norte a sur, de Leningrado a Sebastopol. No todos los generales alemanes eran brillantes. Los había también mediocres. Seguramente alguno de ellos no había podido avanzar más. Pronto el Führer mandaría refuerzos y todo quedaría solucionado. No era nada grave, como si Guderian (para muchos el mejor líder de Panzers de la campaña), Manstein (el mejor estratega) u otros grandes generales como Von Kluge fueran incapaces de derrotar a un grupo de bolcheviques. Manstein estaba seguro de que los rusos mejorarían sus prestaciones en poco tiempo. Pero aún estaba lejos el día en que pudieran hacer frente a los grandes generales del Reich.

– Bueno, no pasa nada, Specht. Es normal que algún contingente de nuestras tropas sufra algún contratiempo...

– No, no me ha entendido, general. Guderian... –Al pronunciar aquel nombre su ayudante tragó saliva–. Guderian ha sido frenado en Smolensk. Los rusos contraatacan.

Medio millón de soldados, varias divisiones Panzer, algunas de las mejores en activo, con un mariscal de la talla de Von Bock al mando y como punta de lanza al invencible Guderian. Y los rusos, ese ejército que según los cálculos de Hitler y su estado mayor ya no deberían tener divisiones de reserva al otro lado del río Dnieper, no solo disponían de hombres para frenar la ofensiva sino que eran capaces de pasar al ataque.

– Parece que esta campaña se pone interesante, ¿no es cierto, Otto? –dijo Manstein, con una voz sonora y confiada, la voz de alguien que está de charla animada con sus camaradas y cuenta anécdotas divertidas, confiado en la victoria.

Pero al alzar la vista me di cuenta de una cosa. Manstein no sonreía.

MOMENTOS DECISIVOS DE LA HISTORIA

SUCESO: LA BATALLA DE SMOLENSK

Se acabó el paseo triunfal de la Wehrmacht y en Moscú, a menos de quinientos kilómetros, respiran aliviados.

Sucedió en el sur de Ucrania donde los rusos organizaron por primera vez una defensa a gran escala. Gran número de unidades, un frente amplio y constantes contraataques hicieron imposible el embolsamiento al que estaba acostumbrado el ejército de Hitler. Además, llegados a este punto, los alemanes habían sufrido muchas pérdidas, especialmente en carros de combate, muchos de ellos averiados o destruidos, conducidos por tripulaciones exhaustas después de un avance interminable.

LUGAR Y FECHA: URSS. JULIO A SEPTIEMBRE DE 1941

La operación Barbarroja había causado estragos en la URSS. Los alemanes parecían invencibles hasta Smolensk.

Pero para los bolcheviques no fue un éxito esperado. En realidad, fue una batalla que plantearon con todas sus reservas disponibles, llevados por la desesperación, tras semanas de una derrota tras otra. Si no conseguían frenar a los alemanes el camino hacia Moscú estaba libre. La sorpresa fue enorme en sus filas cuando vieron que eran capaces de contener al enemigo.

Fue un combate dominado por las artillerías. Las rusas eran al menos tan buenas como las alemanas y una de ellas era incluso mejor: el lanzacohetes Katiusha. Se trataba en esencia de un camión que llevaba adosada una rampa con cohetes sobre la caja. Un arma mortífera, sobre todo por el uso masivo que hicieron los soviéticos, haciendo caer sobre sus enemigos un sinfín de proyectiles que silbaban y explotaban en todas direcciones. Muy pronto sería conocida por todos por el nombre con que la bautizaron los soldados alemanes que las sufrieron: "Stalinorgel" u "Órganos de Stalin", pues los tubos de los cohetes recuerdan a los tubos de un órgano de iglesia.

CONSECUENCIAS: DE NUEVO HITLER VUELVE A EQUIVOCARSE.

El frente se había detenido en Smolensk.

Pero Moscú no quedaba lejos y, si se hubiese insistido de forma perentoria en combatir en dirección a la capital rusa, se hubiesen hecho grandes avances. Pero Hitler, incluso antes de esta batalla, comenzó a declarar que, más que un ataque por el centro hacia Moscú, estaba mucho más interesado en Leningrado en el norte y en el Cáucaso en el sur. Algunos de sus generales lo consideran un error mayúsculo, aunque pocos lo dicen en voz alta. Hitler, obsesionado con la guerra económica y el petróleo, o con objetivos morales como Leningrado, está dejando de lado Moscú, el nudo de comunicaciones de los ejércitos rusos. No tuvo en cuenta que su caída podría ser más letal que la consecución de todos los demás objetivos juntos.

LA OPERACIÓN KLUGHEIT DESDE EL PUNTO DE VISTA DE UN ESPÍA JAPONÉS
[Atami vs Hauser]

Se llamaba Bernd Hauser y trabajaba para una agencia de las SS: la Sociedad para la Investigación y Enseñanza sobre la Herencia Ancestral Alemana. Sin embargo, todos la conocían por la versión acortada: Ahnenerbe, una palabra que podríamos traducir como Herencia Ancestral o Herencia de Nuestros Antepasados.

El capitán Hauser era huérfano, más bien bajo (apenas llegaría al metro sesenta) y no tenía familia. Siendo casi un niño, su padre murió en la primera Guerra Mundial, su madre falleció durante la depresión en los años 30, y su único hermano, que le había cuidado y se había convertido en su referente moral... acababa de morir en Rusia, precisamente en Smolensk. Por todo ello, el solitario Bernd estaba concentrado plenamente en su trabajo. Era meticuloso, escrupuloso, casi obsesivo en cada tarea que se le encomendaba. Y eso le gustaba a sus jefes, que le daban aquellos trabajos que precisaban un ojo crítico fuera de lo común. No les importaba que trabajara por libre, que apenas pisara las oficinas de la Ahnenerbe y que fuese completamente inepto a nivel social. Las SS fueron de las primeras organizaciones en Europa que dieron importancia a la productividad. Los grados superiores estaban reservados a amigos, como todo el sistema nazi, que apestaba a nepotismo, pero los mandos intermedios debían ser brillantes y obtener resultados. Y en eso, Hauser era de los mejores. Así que toleraban su misantropía y, llegado el caso, cuando vieron que su trabajo mejoraba, incluso la alentaron.

Pero, ¿qué era la Ahnenerbe? Eso no es fácil de explicar. Básicamente, era una secta ocultista dirigida en persona por Himmler y un par de amigos que, como él, estaban obsesionados por la raza y por las ciencias ocultas. Tenían a docenas de expertos trabajando en la Atlántida, los hiperbóreos, los cátaros, los templarios y en mil historias semejantes, tratando de buscar los orígenes de la raza aria por medio mundo y conectando mitos y sectas del pasado. Intentaban hallar unas bases históricas que explicaran por qué los arios eran superiores y estaban destinados a gobernar el mundo.

A niveles prácticos, la principal tarea de la Ahnenerbe era organizar expediciones al Tíbet, al Cáucaso tras el Arca Perdida, al monasterio de Montserrat, al cátaro Montsegur... y a un sinfín de lugares donde expertos de su organización trazaban el mapa de los ancestros de los alemanes raciales.

Pero esta no era la única tarea de la Ahnenerbe, también proveían a investigadores de seres racialmente inferiores para sus experimentos con gas mostaza o resistencia del cuerpo humano a temperaturas bajo cero. Cometieron diversos crímenes contra la humanidad que les valdrían a muchos de sus miembros ser ejecutados tras la derrota del Reich de los mil años.

Bernd Hauser, sin embargo, no realizaba este tipo de tareas, no viajaba en expediciones arqueológicas, no traficaba con seres humanos. Su especialidad era bien distinta. En la Ahnenerbe se trataba todo tipo de asuntos raciales. Por ello, tenían más de una docena de hombres como él que trabajaban por libre recabando datos para científicos y doctores de bata blanca. Esencialmente, eran detectives. En 1939 el capitán investigó el origen de un colgante de oro y diamantes que se decía provenía de la Atlántida. En 1940 viajó por la Francia ocupada tras los pasos de un monje que aseguraba conocer el paradero del Santo Grial. En 1941, luego de desenmascarar a dos oportunistas que pretendían timarles con más reliquias antiguas, recibió un extraño encargo: Otto Weilern. ¿Quién era en realidad? ¿Por qué Hitler había dado luz verde a la operación Klugheit? ¿Qué había de verdad tras los rumores de que el Führer tenía grandes planes para él? ¿Por qué uno de los informadores de la Ahnenerbe había oído en una fiesta que era el ario perfecto y su sangre la más pura? Hauser estaba convencido de que la orden de investigarle provenía del propio Himmler, líder de las SS y la tercera persona más influyente de Alemania tras el Führer y Goering. Lo consideró, a todos los efectos, como un ascenso.

273

Así que fue meticuloso, aún más que de costumbre. Y viajó a Polonia tras los pasos de la primera campaña de Otto; luego fue a Narvik, donde supo que Weilern casi fue asesinado por un gigante al que todos en la zona recordaban y que se rumoreaba trabaja para la Abwehr de Canaris. Más tarde Hauser marchó a Francia. Allí se entrevistó con el conductor del tanque de mando de Rommel. Fue atando cabos, de Berlín a Augsburgo, de Hendaya a Roma, de Libia a Egipto y finalmente hasta el Bismarck y el impensable rescate del joven teniente. Y pronto surgieron nombres inesperados: Udet, Kesselring, de nuevo Canaris, Schellenberg y hasta los japoneses de la embajada en la capital. Removió la vida de Otto Weilern incluso en el pasado. Viajo a Sankt Valentin y pasó varios días hablando con los ancianos del pueblo, gente que recordaba a un joven que destacaba entre sus compañeros en aquella escuela improvisada en los sótanos de una vieja casa.

Hasta que llegó el día que decidió hurgar en el presente y viajar a Rusia. Tenía ya muchos datos, muchas incógnitas, las suficientes para redactar un informe preliminar a sus superiores. El día antes de partir hacia el frente del este, se sentó a escribir. Iba a encabezar cada capítulo de su trabajo con un interrogante. Comenzó la lista:

- *¿Quién y por qué educó a siete niños en un lugar apartado de ojos indiscretos en una fase tan temprana del nazismo como mediados de los años 20?*

- *¿Por qué es tan importante el teniente Weilern?*

- *¿Qué relación tienen los dos jefes de la inteligencia alemana con el muchacho?*

- *¿Quién ha matado a Alfredo Buonamorte?*

- *¿No era acaso posible que Otto fuese...?*

Hauser detuvo su pluma. Alguien llamaba a su puerta. Cosa muy extraña. El piso, sencillo, de dos habitaciones, era de su propiedad. No tenía pues, casera. No hablaba apenas con sus vecinos y, dado que todos sabían que era de las SS, nadie iniciaba una conversación ni se inmiscuía en sus asuntos. Incluso el cartero sabía que no debía jamás molestarle y dejaba los envíos, incluso los de la Ahnenerbe, en su buzón y no subía al segundo piso para no importunarle.

Estaba pensando en todo esto cuando atravesó el salón

y abrió la puerta de su casa. Debería haber mirado antes por la mirilla. Aquel fue uno de los pocos errores que cometió en toda su vida. Por desgracia, fue el último de ellos. Porque al girar los goznes sucedió algo completamente increíble: delante suyo apareció... no, no era posible.

Delante suyo se hallaba Bernd Hauser en persona. Es decir, él mismo. Cabello oscuro, nariz gruesa, barbilla altiva, ojos... ¿un momento? ¿Aquello que había al final del párpado era maquillaje? Sí, lo era, como si quisiesen disimular...

El Capitán Hauser no tuvo tiempo de pensar en nada más. Una pistola semiautomática modelo Nambu apareció en la mano de su alter ego. Disparó una sola vez, amortiguando el ruido con un silenciador. Directo al corazón. Bernd cayó hacia atrás, muerto antes de tocar el suelo.

– El gran problema de los investigadores de la Ahnenerbe es la falta de profesionalidad –dijo el segundo Hauser, entrando subrepticiamente en el piso y cerrando la puerta a sus espaldas–. Supongo que te creerás un tipo hábil, un detective de primera. Pero has actuado como un elefante en una cacharrería, preguntando a unos y a otros sin esconder tu identidad, mostrando tus cartas en un juego demasiado peligroso. Así sois la gente de las SS. Tan poderosos en la Alemania nazi que pensáis que podéis hacer las cosas sin el menor disimulo. ¿Quién se va a enfrentar a uno de vosotros? Bueno, pues hoy, amigo mío, diste con la horma de tu zapato.

Dos toquecitos muy leves en la puerta. El segundo Hauser se acercó, puso un ojo en la mirilla y comprobó que era la persona que estaba esperando. Porque él no cometía errores.

– Entra, Higuti –le dijo a un japonés enorme que casi no cabía por la puerta sin agacharse.

Cuando ambos estuvieron solos en el salón, contemplaron al Hauser difunto un instante. Estaba en el suelo, con una estúpida expresión de extrañeza en el rostro. La sangre comenzaba a manchar la moqueta. Pero no demasiado, como si aquel individuo quisiese seguir siendo comedido incluso en la muerte.

– ¿Alguna dificultad? –inquirió Higuti, golpeando con su bota la cabeza del cadáver, como asegurándose de que estaba bien muerto.

El segundo Hauser enfundó su arma. Luego se colocó frente a un espejo y se quitó el maquillaje en torno a los párpados, que pretendía enmascarar sus ojos ligerísimamente rasgados. Más tarde se quitó su nariz prostética. Finalmente, el maestro del disfraz eliminó el resto de maquillaje de la cara y escupió unas bolas de algodón que hinchaban sus mejillas.

– Ninguna, teniente coronel –dijo Yukio Atami, oficial de inteligencia, espía del Imperio del Sol Naciente–. Quiero que Kawahara y tú os libréis del cuerpo. Que no quede nada que identificar. A partir de ahora, yo seré Bernd Hauser.

– No entiendo por qué le has dado tanta importancia a este asunto y le has pedido al embajador permiso para esta ejecución –Higuti, enorme, plantado en medio de la habitación con aspecto de luchador de sumo a punto de cargar contra su oponente, meneaba la cabeza, no demasiado convencido–. Lo encuentro un riesgo excesivo por tan poco premio. ¿Representaba este hombre realmente tanto peligro?

Hauser, el verdadero, había metido las narices donde no debía, pero los japoneses eran intocables. Hitler había dejado bien claro que nadie podía importunar a sus aliados, y menos a la gente de su amigo personal, el embajador Oshima.

– ¿Peligro, Higuti? ¿Acaso no lo ves, amigo? Esto no es un problema, es una oportunidad. Hasta ahora no sabíamos cómo investigar a Otto Weilern. Viaja de un frente a otro, se pone en contacto con generales fuera de nuestro alcance y tantos sus motivaciones como las de Heydrich, Eicke, el doctor Morell e incluso el propio Hitler no las entendemos en absoluto. No sabemos qué papel juega la operación Klugheit en la guerra que estamos librando.

– ¿Y ahora qué ha cambiado?

Atami lanzó una carcajada.

– Ha cambiado todo. Las SS y especialmente la gente de Ahnenerbe son temidos y respetados. Nadie le pide explicaciones a un SS de cierta graduación si aparece en un frente de guerra, al menos no demasiadas. Y si pertenece a esta secta de ocultistas todavía menos. Todos saben que los muchachos de la Ahnenerbe estudian temas raciales que nadie comprende ni quiere comprender. Solo saben que es mejor no cruzarse en su camino. Y un investigador como Hauser es un regalo caído del cielo. Sin familia, con apenas trato con sus superiores y siempre a través de informes. Voy a suplantar fácilmente a alguien que puede ir donde quiera y preguntar lo que quiera. No deja de ser una ironía. Voy a convertirme en un observador plenipotenciario que investiga a otro observador plenipotenciario.

Pero Higuti no entendía de ironías. Se encogió de hombros y fue a la búsqueda de una alfombra para envolver el cuerpo de Hauser.

Atami se quedó de pie en el salón, delante del cadáver del capitán de las SS.

– Gracias a ti, allí donde aparezca me dejarán hacer. Para ellos soy un tipo peligroso, al que no hay que enfadar, pero cuya actividad es completamente inofensiva. La Ahnenerbe no se inmiscuye con la labor de los mandos, no se preocupa por cómo van los combates, ni por delitos, ni por robos, ni por deserciones, ni por ninguna cosa que pueda provocar la suspicacia de los generales al mando. Nadie me pedirá nada, ni siquiera explicaciones. Gracias, amigo. Gracias de nuevo.

Y Yukio Atami estaba en lo cierto. Nada más llegar al frente ruso comprobó que incluso la gente de la Gestapo o asesinos como los Einsatzgruppen de Heydrich le dejaban en paz y procuraban no tener demasiado trato con él. Y siempre desde el respeto. Todos sabían que los temas ocultistas eran la debilidad de Himmler. Y todos tenían un miedo cerval al Reichsführer SS. Goering era un tipo bonachón y orondo que se pasaba el día hablando de su amada Luftwaffe. Hitler estaba desaparecido, diseñando planes de batalla en torno a una mesa de operaciones con los tipos del Alto Mando. Himmler era el hombre al que uno no quería desairar si esperaba seguir medrando en la jerarquía nazi.

El mismo día de su llegada, Hauser tuvo la oportunidad de descubrir que su nueva identidad funcionaba a la perfección. Fue precisamente cuando se cruzó con un comando de los Einsatzgruppen. Un hombre con aspecto de ser un burócrata, un tipo delgado con gafas y eterna sonrisa, vino a su encuentro cuando llegó al sector del Grupo de Ejércitos Norte.

Se trataba de Franz Walter Stahlecker, SS-Brigadeführer al mando del Einsatzgruppe A de los asesinos de Heydrich.

– Llega usted en el momento justo, capitán.

– ¿De verdad? – repuso el falso Hauser con su entonación alemana perfecta de costumbre.

– Sí, camarada. Acabo de llegar al cuarto de millón de muertos.

Como Hauser no decía nada, el bueno de Franz añadió:

– Mis hombres han exterminado en unas pocas semanas a 250 mil judíos, gitanos y demás escoria humana. – Franz esbozó una sonrisa enigmática y le susurró al oído, como si fuese un secreto–. Sé que por eso está usted aquí.

– Es usted un hombre perspicaz –dijo Hauser, siguiéndole el juego.

Franz se echó a reír mientras se palmoteaba los muslos.

– Sabía que a Himmler le iban a impresionar mis resultados y mandaría a alguien a investigar la maravillosa limpieza racial que estoy llevando a cabo. ¿Y quién mejor que alguien de la Ahnenerbe?

– Claro, claro, ¿quién mejor...?

El SS-Brigadeführer Stahlecker le guiñó un ojo y se alejó mientras vociferaba:

– 250 mil muertos ya. ¡No se olvide de citar la cifra exacta!

El falso Hauser siguió por la carretera, asintiendo con la cabeza ante los piquetes de ejecución que lanzaban decenas de enemigos raciales del Reich a fosas que acababan de cavar ellos mismos. Muchos estaban aún vivos cuando los Einsatzgruppen llenaban la hondonada de gasolina y prendían fuego.

Tratando de concentrarse en sus propias preocupaciones, Hauser siguió camino hacia el lugar donde la división Totenkopf estaba desplegada, cerca del pantano de Duneburg. Una hora y media después de su llegada fue testigo de la llegada del general Manstein y de Otto Weilern, más tarde de la discusión con Theodor Eicke y de cómo su coche saltó por los aires, hiriendo gravemente al comandante de la Banda de la Calavera y matando a su chófer.

En las sombras, enfundado en una gabardina negra, Hauser contemplaba todo aquello con cierta satisfacción. Le gustaba influir en los acontecimientos en segundo plano, sin que nadie reparase en él.

Cuando Manstein y Otto Weilern se marcharon, Hauser salió de las sombras. Se presentó como un oficial de la Ahnenerbe en misión secreta y nadie le hizo preguntas. Fue ubicado por petición suya en un barracón cerca de la Feldgendarmerie, la policía militar alemana. Pronto trabó amistad con el encargado de la investigación de las causas de la muerte del chófer Erwin Baur y las graves heridas de Theodor Eicke.

– Una mera formalidad –le dijo Hauser al joven oficial de la policía militar–. No le des más vueltas, firma el atestado y comienza con otro caso.

Pero, a pesar de sus esfuerzos, Otto Weiner (cuando Hauser supo el nombre y apellido del policía descubrió que el universo rebosaba de ironía y caprichos del destino) decidió ser tan meticuloso como lo había sido el Bernd Hauser original. Una mañana se presentó en el despacho que le habían puesto al supuesto oficial de la Ahnenerbe.

– Heil Hitler – dijo el policía.

– Heil Hitler – dijo Hauser, levantando el brazo derecho.

– Antes de hacer mi informe para mis superiores quería hablar con usted. Es un hombre de mundo, que conoce gente en Berlín, y sabrá aconsejarme ante un asunto de tal gravedad.

Hauser le invitó a sentarse y le ofreció una copa, que Weiner rechazó.

– Mi investigación ha concluido de una forma inesperada.

Mientras su invitado hablaba, Hauser se alzó para colocar una lona a los pies de una estantería. Weiner le miraba de reojo, preguntándose qué estaba haciendo, pero allí había venido para un asunto grave y quería concentrarse en sus conclusiones:

– Creo que la explosión no fue fortuita ni causada por una mina rusa. Creo que alguien colocó un explosivo bajo el asiento del conductor.

Hauser enarcó una ceja fingiendo sorpresa y terminó de estirar la lona. Dijo:

– No puedo creer lo que me está diciendo. Debe estar en un error.

– No hay error posible. He repasado personalmente mis averiguaciones tres veces.

Y le entregó un informe de tres páginas con el tipo de explosivo utilizado y todo tipo de explicaciones técnicas claramente fundamentadas. No se trataba de una mina rusa sino de una bomba casera, construida, eso sí, con explosivo militar alemán.

– ¿Alguien más sabe esto?

Por desgracia para el policía, había llevado el asunto a espaldas de compañeros y mandos superiores. Y no por celo profesional. Quería marcarse un tanto, deslumbrando al hombre de la Ahnenerbe. Quería que Hauser le recomendase para un puesto en las SS, en Berlín, lejos de los combates en Rusia y la posibilidad de morir en una batalla. Sabía de sobra que el frente del este se iba a cobrar muchas víctimas. Especialmente en la Totenkopf donde sus comandantes exigían a sus hombres un celo suicida.

– No lo sabe nadie, capitán Hauser. Sólo yo he investigado el caso y tiene usted delante la única copia del informe.

– Ya veo. Un trabajo increíble que provocará un vuelco completo en la investigación.

Otto Weiner infló el pecho y dijo:

– Me gustaría que le dijese a sus jefes que he sido yo quien ha descubierto lo sucedido. Sin duda se trata de una conspiración. Y para mí sería un honor que me recomendase usted para...

Weiner detuvo su monólogo. Un círculo rojo había en nacido su pecho y se hinchaba lentamente, la sangre manando y manchando su uniforme.

– No comprendo – dijo sencillamente, antes de perder la consciencia.

Bernd Hauser acarició la culata de su pistola Nambu con silenciador. Se inclinó y efectuó otros dos disparos a la cabeza del policía militar. Luego cogió la lona sobre la que había caído el cuerpo y la plegó con cuidado hasta que Weiner quedó completamente encerrado en ella. El falso capitán de la Ahnenerbe comprobó que no había manchas de sangre en ninguna parte. Limpió su barracón durante horas por si había pasado algo por alto. Antes de que se hiciese de noche entró en el dormitorio del policía militar y dejó, aquí y allá, escondidas pero fáciles de hallar en un registro, propaganda derrotista contra la guerra, insignias del partido comunista alemán y un discurso del antiguo líder del NSDAP Otto Strasser, en el que criticaba duramente a Hitler.

Llevaba varios días preparándose para aquella contingencia. Se había dado cuenta de que aquel joven era demasiado inteligente y estaba comenzando a atar cabos. Una pena.

Por la mañana, le llegaron rumores de la deserción de Otto Weiner. Se escandalizó con otros buenos soldados alemanes en la cantina y luego pasó el resto del día encerrado en su barracón. Esperó a que todo el mundo estuviese durmiendo. Entonces llevó su coche hasta la puerta, metió el fardo con el cuerpo del policía militar, puso sus maletas encima y salió del campamento hacia el puesto de guardia. Lo traspasó sin problemas. Nadie le hizo preguntas y antes de que amaneciese estaba enterrando el cadáver en un bosque cercano.

– No me gusta el cariz que está tomando esta historia – dijo en voz alta al lanzar la última paletada de tierra–. No me gusta nada.

Pero de pronto, tuvo una revelación:

– Claro, ahora lo entiendo. ¡Darwinismo social! Eso lo explica todo. Es maravilloso. ¡Es perfecto!

Hauser (y Yukio Atami desde su interior) se sintió totalmente satisfecho. Ahora todo quedaba explicado y su misión refrendada. Le embargó el orgullo por estar colaborando en algo tan magnífico y trascendental para el futuro del Reich y el imperio del sol naciente.

Acto seguido montó en su vehículo y prosiguió su camino.

IX

Tan solo dos días después del inicio de la operación Barbarroja, Hitler se había trasladado a la Prusia oriental, cerca de la ciudad de Rastenburg, a un nuevo complejo-residencia-cuartel general al que bautizó con el nombre de Guarida del Lobo o "Wolfsschanze". Se trataba de un entramado de búnkeres de hormigón con paredes de dos metros, camuflados para que la aviación enemiga no pudiera descubrirlos. Había también edificios anexos, lugares para hacer conferencias o donde organizar las operaciones de los ejércitos.

La relación de Hitler con la Wehrmacht nunca había sido excelente. Ni siquiera la caída de Von Fritsch había mejorado la situación, pues el nuevo jefe del Ejército, Von Brauchitsch, odiaba profundamente a Hitler (incluso más que su predecesor) e incluso se había reunido con otros conspiradores, barajando deponerle y, llegado el caso, ejecutarle. Pero eso había quedado atrás. En la campaña rusa el apoyo de los generales fue, al menos de inicio, absolutamente unánime. Todos odiaban a los bolcheviques. Aquellos que odiaban a Hitler odiaban todavía más a los rusos. Por tanto, a nivel de relaciones con el generalato, Barbarroja fue una balsa de aceite. Un ir y venir de informes, de órdenes de batalla, de éxtasis y júbilo según el ejército ruso se desmoronaba. Todos creyeron de inicio que de nuevo el Führer (el más grande soldado de todos los tiempos) había vuelto a dar en el clavo y les esperaba otra campaña de Polonia u otra campaña de Francia. Todavía mejor, una victoria sin parangón que eclipsaría a las anteriores.

Incluso los mandos de la Wehrmacht habían aprendido a soportar a Goering, últimamente aún más envanecido y pagado de sí mismo desde que había sido designado oficialmente sucesor de Hitler. Por suerte, la Luftwaffe y sus mandos, al igual que en la campaña de Francia, tenían sus propias y privadas reuniones en trenes anexos, donde se reunían con el obeso mariscal del aire. Por tanto, no molestaban al resto de los oficiales de las distintas ramas del ejército. Además, aunque Goering le había prometido a Hitler la destrucción absoluta de la aviación rusa, lo cierto es que Adolf ya no confiaba en el Mariscal del Aire como antes, al menos no ciegamente como antaño. Desde Dunkerke sabía que la palabra de su sucesor no valía gran cosa. Tanto era así, que el Führer ni siquiera pestañeó cuando Goering dijo:

– Mis muchachos de la Luftwaffe pueden destruir en solitario tanto Leningrado como Moscú.

Y Hitler ni siquiera contestó, porque a aquellas alturas sabía que Goering no era de fiar. Pero lo mantuvo en su puesto porque el Führer era amigo de sus amigos. Una forma de obrar poco aconsejable para un caudillo militar.

De cualquier forma, todos se las prometían muy felices en la Guarida del Lobo. La guerra iba viento en popa y la victoria, pensaban, estaba a la vuelta de la esquina.

Aunque a Hitler le rondaban en la cabeza dos problemas. Por un lado, echaba de menos a Eva Braun. Pensaba en ella a menudo y se moría de ganas de volver a ver a la mujer que consideraba su esposa. Aunque no lo fuese oficialmente. No podía imaginar que no la vería el mes de junio, ni julio, ni agosto, ni septiembre. Seguía creyendo que en cuatro semanas (máximo ocho) el tema ruso estaría concluido. Pero se equivocaba.

El otro tema que le tenía preocupado eran los italianos; el Duce, el Conde Ciano y todas las cosas que no terminaba de comprender de aquel pueblo tan aguerrido como torpe e inclasificable.

– No me he portado bien con ellos, soy consciente – le dijo una mañana a Keitel, la única persona de su Estado mayor que sabía que era completamente incondicional y fiel. Se hallaban en su residencia, situada en el extremo oriental de la Guarida del Lobo. Solo Goering y sus hombres estaban todavía más al este, un poco para darles intimidad y otro poco porque nadie les soportaba.

– No me he portado bien –insistió Hitler.

El Führer acababa de asistir a un par de audiencias con sus generales y había repartido órdenes para todos los frentes.

Luego de engullir uno de sus platos vegetarianos (arroz con guisantes y coliflor), estaba paseando con el comandante en jefe de la Wehrmacht, al que algunos llamaban no Keitel sino "Lakeitel", el lacayo de Hitler.

– ¿Por qué dice eso mi Führer?

– No informé a Mussolini del ataque a Rusia hasta horas antes… y por carta.

– Hizo lo mismo con el resto de sus aliados.

– Precisamente. Mussolini no es un aliado cualquiera. De acuerdo, sus tropas son aún peores de lo que habíamos previsto, pero no deja de ser el padre del fascismo, sus camisas negras la inspiración de mis camisas pardas. Tal vez debería haber sido un poco más comprensivo.

Pero en realidad Hitler y el Duce de la gran Italia fascista soportaban ya una larga lista de pequeños desacuerdos, de no informarse el uno al otro de decisiones bélicas clave, de comportarse como niños que luchan por ser mejor que el otro en una especie de competencia estúpida. Hitler no había informado anteriormente a Mussolini de muchos de sus movimientos estratégicos y el Duce había hecho lo mismo cuando decidió atacar Grecia. La campaña rusa era lo suficientemente importante como para hacer una excepción, pero Hitler había decidido seguir con aquel juego de niños.

– Supongo que ya sabe, mi Führer – dijo Keitel – que nuestro ministro de asuntos exteriores le había dado una pista más a Ciano sobre la inminencia del ataque a Rusia, aunque lo negase de forma oficial o cuando se le preguntaba directamente, según sus órdenes. Ellos debían saber que faltaban pocos días para el ataque y decidieron marcharse a la playa de vacaciones. Mientras nuestras tropas avanzaban y morían, el Duce estaba tomando el sol en Ricione.

– Son italianos – opinó Hitler –. No es la primera vez que la víspera de un acontecimiento importante descubro que están en pantalón corto corriendo por la arena. He terminado por aceptarlo. Pero Italia no deja de ser nuestro principal aliado. Mussolini me ha escrito por carta que quiere mandar un gran contingente de tropas para ayudarnos en nuestra gran cruzada contra el bolchevismo. Palabras textuales.

– ¿Cree usted que sería un error?

El mariscal Keitel estaba convencido de que era un error. La presencia de divisiones italianas en Rusia sería una fuente constante de dolores de cabeza y derrotas en frentes inesperados. Pero decidió postergar el dar su opinión a que el Führer lo hiciese. Aquella era su costumbre. Nunca contrariarle y darle la razón incluso cuando en muchas ocasiones pensase que se equivocaba. Esa actitud de Keitel fue desastrosa en algunos momentos decisivos durante la guerra mundial.

– Estoy convencido de que es un error mayúsculo –dijo Hitler, para alivio del máximo responsable del ejército–. Escribí una carta de contestación instándole de forma velada a que concentrase sus tropas en el frente Mediterráneo. Pero no me hará caso. Ya sabemos cómo es el Duce.

Vaya si lo sabían. El dictador italiano tenía un carácter fuerte y expansivo, le gustaban los grandes gestos. Y nada, ningún gesto era mayor y más grandilocuente que enfrentarse a la hidra comunista.

– Sí que lo sabemos –asintió Keitel, listo por fin para dar su opinión –. Sin embargo, los italianos no están preparados para una guerra en Rusia. No tienen hombres, material, ni ropa de invierno. Podrían ser un estorbo más que una ayuda. Piense especialmente en los tanques soviéticos, que nos han informado que son de una factura realmente notable. Los cañones anticarro italianos se han visto incapaces de perforar los Matilda ingleses. Tiemblo solo de pensar lo que pasará cuando se enfrenten a los soviéticos.

Pero Hitler había decidido permitir que las fuerzas de Mussolini combatiesen contra los bolcheviques. Al fin y al cabo, acababa de dar el sí a Franco y a sus voluntarios de la División Azul. Pero con el dictador italiano se hizo de rogar e intercambió diversas cartas dubitativas antes de dar el sí definitivo. Mussolini y el Führer tenían una relación extraña de amor-odio. El primero era el padre del fascismo y la imagen en la que se reflejó Hitler al iniciar su movimiento. Pero acaso precisamente por ello, le gustaba regodearse en la grandeza y superioridad del Reich frente a unos italianos progresivamente empequeñecidos por sus incapacidades, contradicciones y derrotas.

285

Sea como fuere, la Italia fascista formó a toda prisa el CSIR, un cuerpo expedicionario de cincuenta mil hombres convencidos de que la victoria en Rusia era inminente. Tan fulgurante sin duda como lo fue en Francia meses atrás cuando intervinieron para conseguir solo unas migajas. Pero ahora morirían muchos miles de italianos y el Duce podría exigir mucho más en la mesa de negociaciones. Ese, al menos, era el plan.

Mientras, en España, Franco envió veinte mil trabajadores para ayudar en las fábricas alemanas, aparte de su división de voluntarios. El Führer esperaba que fuese un primer gesto camino de su entrada en guerra. El dictador español esperaba que fuese el único gesto. No deseaba en absoluto entrar en guerra y sólo trataba de contentar a un aliado precioso que, en el pasado, en la guerra civil española, le había prestado una ayuda incalculable. Además, los elementos más germanófilos de su régimen deseaban combatir a los bolcheviques.

La División Azul, oficialmente la 250º división de infantería, fue comandada por Antonio Muñoz Grandes. Pronto destacaría por su valor y tenacidad en combate en el frente ruso. Sin embargo, al contrario que italianos y rumanos (estos últimos en Rusia desde el primer día de Barbarroja), no se trataba de un ejército aliado. La 250º División de infantería se integró dentro de la estructura del Heer, del ejército de tierra alemán, y el único mando español era su general de división. Italianos y rumanos funcionaban de forma semiautónoma, con sus propios uniformes nacionales, con las armas de su nación y teniendo que dar cuentas a Mussolini y Antonescu, respectivamente. La División Azul fue entrenada, vestida y conducida como una división de voluntarios de cualquier otro país, convertida pues en parte de la Wehrmacht. Por ello, juraron fidelidad al Führer como debían hacer todas las unidades alemanas, cosa que no hicieron ni italianos ni rumanos.

*- *- *- *- *- *

Aquella misma tarde, Hitler aún daba vueltas al asunto de la División Azul, del CSIR Italiano y de las tropas rumanas; en resumen, qué hacer con sus diversos aliados. Comenzó a dolerle la cabeza e hizo una pausa para tomar un café con sus secretarias. Hicieron el habitual concurso para ver quién comía más galletas y Hitler aprovechó el momento para explicarles sus sueños de futuro.

– Llegará un día en que no habrá fronteras en Europa porque todo el continente, y hasta la Rusia oriental, será nuestro. Habrá una gran autopista, una Autobahn que vaya desde la costa francesa a los Urales. El bolchevismo será exterminado

– Eso sería maravilloso – dijo Beate Eberbach, la cuñada de Albert Bormann, que estaba de visita junto al nuevo jefe del partido. Albert había sustituido a Hess con eficiencia y el Führer estaba muy contento.

– También haré desaparecer Leningrado de la faz de la tierra –añadió Hitler–. Quiero reducirla a cenizas.

Beate asintió. No serían muchas las ocasiones en las que tendría ocasión de charlar con el Führer, pero sería ella la que, apenas un año más tarde, presentaría a Adolf una joven muy prometedora. Su nombre: Traudl, una antigua amante de Otto Weilern que sería contratada y se convertiría en la más joven de todas sus secretarias... y también su preferida. Pero para aquello todavía faltaba algún tiempo. En el presente, Hitler soñaba con una Rusia destruida justo cuando, en la batalla de Smolensk, la ofensiva nazi se detuvo.

Las semanas siguientes fueron intensas en la Guarida del Lobo. Aún se creía ciegamente en la victoria, y tal vez por eso Hitler y sus más estrechos colaboradores se sorprendían de que los rusos resistieran en Smolensk, que cuando conseguían embolsarlos contraatacaran con tan fiereza que rompían el cerco. Hasta tal punto destacaron algunas unidades del ejército rojo que cuatro de ellas fueron las primeras en transformarse en divisiones de Guardia Soviética, la élite entre las tropas de Stalin.

Hitler estaba estupefacto, pues creía firmemente en la

inferioridad de los eslavos. Comenzó a dormir mal por las noches y a tener pesadillas. Pero poco a poco se fue convenciendo de que su idea inicial era la correcta. El centro de la ofensiva (Smolensk hacia Moscú) no importaba demasiado. Lo que contaba era el norte hacia Leningrado y el sur hacia el Cáucaso.

– Es un error llevar a los Panzer hacia Moscú –decía a menudo en las reuniones con el Estado Mayor–. Nuestros tanques pueden explotar mejor su superioridad en campo abierto. En la ciudad no tienen nada que hacer. Usarlos sería una locura.

Franz Halder, el jefe de su Estado Mayor, no estaba de acuerdo. De hecho, había conspirado también contra Hitler en 1938. Pero eso formaba parte del pasado. Sin embargo, las diferencias entre ambos comenzaban a aflorar de nuevo y el Führer era consciente de que muchos de los que deberían ser sus hombres de confianza cuchicheaban a sus espaldas.

Pero aquel día las discusiones no duraron demasiado. Porque era día de visita en la Guarida del Lobo, la de Mussolini, su hija Edda y su yerno el Conde Ciano, aparte de algunos altos oficiales. El Führer no estaba de buen humor a causa de la desconfianza hacia sus generales y los primeros contratiempos en Rusia. Pero lo disimuló como siempre, jactándose de sus victorias delante del dictador italiano.

– ¿Cómo van las cosas, querido Duce? ¿Están contentas sus tropas en la Unión Soviética? ¿Preparadas para el combate?

Mussolini torció el gesto. De momento, los italianos no estaban realizando precisamente una actuación brillante. Los cincuenta mil hombres y cinco mil vehículos a las órdenes del general Giovanni Messe habían tenido problemas. Y no precisamente en combate. Apenas habían conseguido llegar a Rusia. El tren que los llevaba al frente tuvo un accidente en el Brennero, precisamente donde Hitler y Mussolini se habían reunido tantas veces para hablar de las próximas batallas. Las tropas del Duce, entre retrasos, incompetencia y errores logísticos, tardaron casi un mes en llegar a su destino: los vehículos no estaban preparados para aquel terreno y se encallaban; además, aún estaban completando su despliegue porque no disponían apenas de combustible, no había llegado todo el material de la tropa y la moral comenzaba a flaquear.

– Pequeños contratiempos – repuso Mussolini, tratando de sonreír y mostrar una confianza que no sentía–. Pronto estaremos luchando y persiguiendo a esos bolcheviques. Ya lo verá. Creo que una de nuestras unidades entrará en combate hoy mismo.

Pero Mussolini, pese a sus fingimientos, estaba especialmente triste en aquella reunión. Su hijo Bruno acababa de morir en un accidente aéreo cuando regresaba con su bombardero. No se encontró pues el Führer aquel día ante el hombre extrovertido de costumbre, todo ínfulas y aspavientos. El Duce que conocía de tantas otras ocasiones.

Salieron a pasear por el complejo. La Guarida del Lobo era inmensa. Casi cien edificios enclavados en medio de un bosque inmenso, y la mitad al menos mimetizados con el terreno, ocultos salvo para un observador avezado. Una maravilla de la ingeniería, un endriago cuyas entrañas eran toneladas de hierro, cemento y ladrillo, una maravilla de la ingeniería que había levantado en tiempo récord la Organización Todt, una empresa pública que se dedicaba a construir, usando mano de obra esclava (judíos y prisioneros de guerra básicamente), todo tipo de obras de ingeniería civil o militar.

– Este es la sala de conferencias – le dijo Hitler a su aliado, enseñándole un edificio justo delante del búnker donde se hospedaba a los altos dignatarios como Mussolini y su familia.

– Por supuesto. La Guarida del Lobo es un lugar extraordinario. Toda la estructura es una maravilla de la ingeniería – dijo Mussolini, taciturno, sin disimular el tono melancólico de su voz.

Manstein, que se hallaba también de visita, informando del estado de los ejércitos en el sector de Leningrado, salió en ese momento de la sala de conferencias. Le acompañaba Otto Weilern, un joven al que Mussolini conocía de vista. ¿Un amigo de Ciano y del malogrado Alfredo? Sí, ese era. La comitiva italiana penetró en el búnker. Mussolini se adelantó y le dijo:

– Una pena lo de Alfredo. Espero que volvamos a coincidir en Roma en el futuro.

– Será un honor, Duce.

Cuando el caudillo de Italia pasó de largo, Otto se cuadró delante del Führer y saludo con una inclinación de cabeza al mariscal Cavallero, que caminaba a su diestra.

– Estoy deseando que las tropas de nuestros dos países combatan por fin juntas en suelo ruso –dijo el italiano en perfecto alemán (sin duda había memorizado la frase), obviando al joven y mirando directamente a los ojos a Erich Manstein. Cavallero, que era jefe del Comando Supremo de las fuerzas armadas de Italia, admiraba al general alemán, y de hecho no entendía por qué ocupaba una posición tan poco importante en la Operación Barbarroja.

– Yo también lo estoy deseando, general.

Manstein había optado por una frase amable, tratando de que su rostro no mostrase que le parecía una perspectiva, más que halagüeña, preocupante.

La comitiva prosiguió su visita guiada, con Cavallero al frente de la misma, departiendo con los alemanes en ausencia del Duce. Porque Mussolini, aunque presente, parecía distraído. No se quitaba la imagen del rostro de su querido Bruno de la cabeza. Y siguió distraído incluso cuando después de la cena (como siempre vegetariana para Hitler) fueron al búnker situado en el mismo centro de la enorme estructura. Allí se había instalado una sala de cine. Vieron Metrópolis, de Fritz Lang, una de las películas preferidas del Führer, pero lejos de los gustos más mundanos de Edda Mussolini y del Conde Ciano, que se habían unido a la comitiva. Para agasajarlos, Hitler ordenó que se pusiesen las bobinas de King Kong y luego de Blancanieves y los Siete Enanitos.

– El Führer es un hombre muy afectuoso - dijo Edda a su esposo, sentados en la última fila con Mussolini, Hitler y Cavallero a su izquierda.

– Es así con todas las mujeres –le explicó Ciano–. Baja el tono de voz y se muestra amable y cordial. A sus propias secretarias las trata como a reinas.

– No se parece en nada al hombre que retratan los periódicos occidentales.

– No deberías leer esa basura. No es más que propaganda que trata de deshumanizarlo. El Führer es una persona real, de carne y hueso. Aunque compleja, supongo como todos.

Cuando acabaron las películas y mientras se exhibía un corto de Mickey Mouse (otra de las pasiones del Führer), Hitler regaló a Edda un ramo de rosas. Clavó en ella sus ojos azules metálicos, tan oscuros que parecían a veces negros, y dijo:

– ¿Siguió mi consejo?

– ¿A qué consejo se refiere, mi Führer? Usted siempre se prodiga en consejos y muestras de amabilidad conmigo. No siempre las recuerdo todas.

Hitler sonrió.

– La última vez que nos vimos le aconsejé que visitase ciertas ciudades alemanas, guiada por el interés artístico de algunas de ellas, como Colonia, Núremberg o Linz. Me pregunto si tuvo tiempo de hacerlo.

Edda le explicó que había visitado en efecto la ciudad de Linz, y se quedaron hablando de las maravillas de aquella ciudad que tanto amaba Hitler (más que a ninguna otra, en realidad). Siguieron hablando hasta que, por razones de seguridad, tuvo Edda que quedarse sola en la Guarida del Lobo. Mientras, el resto de la comitiva partía hacia el frente.

– En Ucrania está combatiendo ya una unidad italiana, ¿no es así? – dijo Mussolini en dirección a Manstein, que estaba sentado a su lado en el avión, el cuatrimotor personal de Hitler, un Focke-Wulf Fw 200 Condor con espacio para más de 20 personas.

Otto comenzó a traducir la frase, pero Manstein hizo un gesto con la mano porque entendía perfectamente el italiano.

– Así es – dijo y luego añadió en bien de la diplomacia – : El soldado italiano es famoso desde la época de los emperadores romanos.

Mussolini asintió y aprovechó para hablar de la historia de Roma, que era uno de sus temas recurrentes. Explicó con todo lujo de detalles cómo Trajano había derrotado a los dacios. Cosa que no venía al caso pero que todos escucharon con estoicismo. Se veía al Duce algo más animado y eso les alegró, porque no hay nada más terrible que perder a un hijo y todos entendían su angustia.

El propio Duce condujo el avión durante más de media

hora hasta llegar a su destino. Era un hombre de muchas habilidades. Hablaba ruso de forma fluida, pues en sus tiempos de revolucionario había tratado a muchos comunistas e incluso trató a Lenin en persona. Mientras la tripulación efectuaba el aterrizaje, Mussolini se puso a leer unas cartas en ruso que habían sido interceptadas por los alemanes. Les emocionó a todos con las historias de amor de aquellos bolcheviques muertos en combate.

Luego de visitar a una división italiana, marcharon hacia Krozno, donde fueron recibidos por la población ucraniana como héroes. Mussolini se permitió reír por un rato, rodeado de bellas mujeres y ríos de Vodka. Hitler le dejó aquel instante de felicidad antes de volver a pavonearse ante él de las victorias alemanas y preguntarle de nuevo cómo iba el despliegue de los voluntarios italianos.

Mussolini no respondió y en su lugar volvió hablar de Trajano y de las batallas del pasado de otros grandes emperadores. Ante el rostro impávido de Cavallero, de Manstein, de Ciano o de Otto Weilern, aquellos hombres poderosos se dedicaban a pavonearse uno delante del otro y aún estaban de esta guisa cuando llegó la hora de regresar a la Guarida del Lobo.

– He de reconocer que deberíamos haber mandado al menos el doble de tanques a Rusia – dijo Hitler en un arrebato de sinceridad cuando bajaban del avión –. El general Guderian me ha informado que hemos capturado o destruido cerca de quince mil carros enemigos y que no dejan de llegar nuevos T-34 al frente.

Pero el instante de debilidad se terminó cuando vio a Edda Mussolini al pie de la escalinata. Bajó el Führer a toda prisa y caminó junta a ella por el aeropuerto mientras charlaban animadamente. Había dos formas de llegar por aire a la Guarida del Lobo, por el cercano aeropuerto de Rastenburg, o por uno privado, más pequeño, al sur de las vías del tren.

– Siento por su padre un gran aprecio – dijo a Edda –. Es un hombre al que admiro profundamente. Quiero que lo sepa.

– Muchas gracias, mi Führer.

Hitler hizo un gesto a Otto, que caminaba tras ellos y entre Manstein y Cavallero. El joven se acercó.

– He oído que eres buen amigo de los Ciano –dijo Hitler.

Otto sonrió a Edda y dijo:

– Hemos coincidido algunas veces, sí.

– Debes seguir cultivando esa amistad. Eres un joven extraordinario y ellos, que también son jóvenes, podrán enseñarte cosas de la vida y del poder que a mí se me escapan por edad.

– Por favor, Adolf –se quejó Edda, tuteándole–, aún eres joven y lo sabes.

– Un joven de espíritu que pasa de los cincuenta cuando tú aún no has entrado en la tercera década de tu vida – repuso Hitler y luego, volviéndose hacia Otto–: No. Insisto. Tienes muchas cosas en común con los Ciano. Aprovecha esa amistad y sigue con tu formación.

– No se preocupe, mi Führer. Así lo haré en el futuro.

– ¡Oh, venga, venga aquí, Duce! –exclamó en ese momento Adolf, reclamando a Mussolini, que caminaba el último de la fila, acaso recordando a su hijo Bruno. Como buen anfitrión, era el momento de ayudar a su camarada a olvidar sus penas.

Por ello, Hitler procuró estar alegre el resto de la velada hasta que se marcharon los Mussolini y su séquito. Incluso hasta poco después, cuando también lo hizo Manstein con el teniente Weilern. Pero lo cierto es que estaba preocupado, porque desde la mañana esperaba un informe del OKW, del estado mayor, y temía profundamente su contenido. Pero aquella idea le reconcomía. Tenía un mal pálpito. Porque el informe, que debía exponer la situación en el frente ruso y las expectativas de futuro, se retrasaba sin razón aparente. Era como si Halder y sus hombres tuvieran miedo de exponer alguna cosa terrible en sus páginas.

Apenas una semana más tarde, vino de visita Antonio Muñoz Grandes, el comandante español de la División Azul. Cuando lo hizo Hitler acababa de recibir el memorándum del OKW. Lo tenía entre sus manos, aunque aún no lo había leído. Lo aferraba con fuerza mientras hablaba con el español:

293

– He oído maravillas de sus hombres. Han completado su formación de forma brillante y sus superiores tienen muchas esperanzas puestos en ellos – dijo Hitler al orgulloso general español. No en vano aquel hombre era un germanófilo convencido, como buena parte de los hombres de confianza de Franco. Aunque no todos ni mucho menos, también los había cautos como el propio Franco y hasta abiertamente proclives al bando de los aliados. Pero no Muñoz Grandes.

– Es para mí un honor escuchar esas palabras, mi Führer. Estamos deseosos de llegar al frente para ayudar en el ataque a Moscú.

Hitler siguió alabando a los voluntarios españoles y trató de poner su mejor cara mientas hablaba con el comandante español. Pero lo cierto es que no prestó mucha atención ni siquiera cuando le habló de la próxima visita del embajador: el Conde de Mayalde. Y procuró sacarse de encima al general con la mayor amabilidad, pero lo antes posible. Porque necesitaba leer de una vez el informe que había hecho su Estado mayor. Necesitaba saber por qué habían tardado tanto en entregarlo.

Tan pronto el español se marchó, Hitler sintió un profundo dolor en el estómago. Era habitual, ya que siempre había tenido problemas para ir al baño, acumulaba gases y tenía que tomar diversas medicaciones laxantes. Pero el dolor no respondía esta vez a sus problemas habituales sino a aquel primer párrafo que acaba de leer:

– ¡Dejadme solo! – grito a Bormann, al doctor Morell y a su ayudante personal, Julius Schaub.

Cuando se quedó solo abrió el informe y leyó de nuevo aquel maldito primer párrafo:

"Es nuestro deber informarle que la campaña contra la Unión Soviética no podrá en modo alguno ser completada en este año de mil novecientos cuarenta y uno, según había sido planeado. Y resulta imposible afirmar que vaya, a la luz de la evolución de los distintos frentes, a acabarse tampoco en el año 1942. Debemos aceptar la posibilidad de que tal vez estemos librando una campaña larga, de incierto resultado".

Hitler soltó un aullido, pero nadie se atrevió a molestarlo, aunque oyó como su ayudante llamaba tímidamente a la puerta. Los demonios de la mente que habitaban en su cabeza, esas voces que a menudo venían a martillarle con sus quejas o sus lisonjas, estaban chillando. "Eres débil. ¡Vas a perder la guerra". "Ya te lo decía tu padre. ¡No vales para nada!"

Adolf lanzó el informe a la chimenea y, no contento con que ardiera, lo golpeó con el atizador, haciendo que saltaran chispas en la habitación. Entonces oyó una risa a su espalda. Pensó que eran los demonios pero se dio cuenta al instante de que no eran ellos. Aquella voz era la de… Winston Churchill. Una pista, un engaño que habían creado los propios demonios que había en su cabeza, tratando de avisarle… ¿de avisarle de qué?

– ¡La culpa es toda tuya, Churchill, borracho, esclavo sionista de las plutocracias!

Hitler estaba convencido que el primer ministro británico era el principal culpable de lo que estaba pasando. Si Inglaterra hubiese aceptado una paz honrosa tras caer Francia, todo sería distinto. Alemania se habría rearmado y atacado Rusia en 1949 o 1950, como querían Doenitz y algunos de sus mejores generales. Pero Adolf había tenido que acelerarlo todo para conseguir derrotar a los bolcheviques y terminar de convencer a los británicos de la necesidad de una paz entre sus dos pueblos. Porque el Führer pensaría hasta el final que el Reino Unido y Alemania no debían estar en guerra. Ambos pueblos eran arios, maldita sea.

Pero en aquella risa había algo más. Algo que no sabía. Churchill, en alguna parte y en ese mismo momento, estaba planeando algo terrible contra el Reich, algo que se le escapaba, algo que sus servicios secretos ignoraban. ¿Dónde estaban Canaris y Schellenberg? ¿Por qué no sabían nada al respecto?

"Terranova, Terranova…", estaban susurrando los demonios en voz tan baja que ni Hitler pudo oírles.

Pero el Führer seguía oyendo aquella risa. Y sabía que no solo las cosas estaban saliendo mal en Rusia. Churchill estaba labrando su rendición y no podría hacer nada por evitarlo. Los demonios nunca se equivocaban.

Los demonios nunca se equivocaban.

MOMENTOS DECISIVOS DE LA HISTORIA

SUCESO: LA REUNIÓN DE TERRANOVA

Estados Unidos estaba en guerra contra el Eje mucho antes de entrar en guerra oficialmente. Con La Ley de Préstamo y Arriendo en marzo de 1941 dio un crédito sin límite al Reino Unido para reforzarse bélicamente. Tanques, aviones, suministros... lo que necesitaran. Pero entretanto EEUU no encontraba la excusa para entrar de forma efectiva en el conflicto, ya que formaba parte del bando aliado, debía encontrar la forma de organizar una estrategia común. Para ello, el presidente americano Franklin D. Roosevelt y el primer ministro británico Winston Churchill acordaron reunirse en Terranova (Canadá).

FECHA: 9 DE AGOSTO DE 1941

Se trató de una reunión secreta (ya que EEUU era en teoría un país neutral). En ella se habló de la inminente guerra con Japón, de la necesidad de un desembarco en Europa para derrotar a Alemania (opción que preferían los americanos al bombardeo estratégico masivo que proponía Churchill o, más tarde, la invasión del norte de África), de ayudar a Rusia con armamento y vehículos en su lucha contra Hitler, de la protección que EEUU brindaría a los convoyes británicos en el Atlántico, etc.

Durante las conversaciones surgió la idea de crear una asociación de países que al contrario que la antigua Sociedad de Naciones, velase de forma efectiva por la paz y el desarme, lo que fue el germen de la ONU o al menos la primera vez que tal idea fue formulada.

Otro tema esencial tratado fue el libre comercio. Hasta

ese día cada estado, y especialmente el Reino Unido con su vasto imperio y la Commonwealth, ponía tarifas aduaneras que facilitaban que los productos de sus colonias o sus aliados lo tuviesen más fácil. La típica disputa entre el intervencionismo estatal y el libre comercio. En aquella reunión se sentaron las bases del mundo que hoy conocemos, donde todas las naciones comercian libremente, pero en realidad EEUU domina el mundo desde una posición preponderante.

CONSECUENCIAS: UN NUEVO ORDEN MUNDIAL

Los dos mandatarios firmaron al final de la reunión la llamada "Carta del Atlántico", donde desarrollaban todos estos temas y se sentaban las bases no solo de la estrategia para derrotar al Eje sino los cimientos del mundo posterior a la guerra. Es decir, un mundo gobernado por los bancos y el libre comercio, con EEUU a la cabeza del mismo... en oposición al concepto de Hitler, un mundo gobernado por la raza y la guerra perpetua, con Alemania al frente del mismo. Dos conceptos opuestos enfrentados, que es a lo que el Führer se refería cuando decía que luchaba contra las plutocracias, contra el gobierno de los banqueros, los ricos y los poderosos.

EL SECRETO MEJOR GUARDADO DE LA GUERRA (OPERACIÓN KLUGHEIT)

[Extracto de las conversaciones de Otto Weilern en la prisión de la Lubianka]

Nuestro Mercedes avanzaba por una polvorienta carretera en Ucrania a mediados de 1941. El ejército soviético se batía en retirada y la destrucción, la muerte y un olor nauseabundo a carroña campaban por doquier. Schellenberg y Canaris estaban de visita en el frente ruso y yo había pedido un par de días de permiso antes de reincorporarme al 11º ejército, en el sur de Rusia, en Crimea.

– Supongo que Manstein no cabrá en sí de gozo. Es la culminación de toda su carrera – dijo Canaris, que tenía muy buena opinión del artífice de la victoria alemana en Francia.

Hablaba, por supuesto, del reciente ascenso de mi amigo como jefe de uno de los ejércitos del grupo Sur. Había sido una injusticia de envergadura que un hombre de su hoja de servicio y sus conocimientos llevase sólo un cuerpo de ejército. Ahora por fin se reconocía su valía dándole el mando de tres cuerpos de ejército completos (incluido el ejército rumano) y diversas unidades de reserva. Pero para ello habíamos tenido que cruzar el frente de norte a sur, desde las afueras de Leningrado hasta Crimea.

– Se lo merecía –opiné–. Manstein debería haber sido el comandante en jefe del avance en Rusia. Otro gallo habría cantado a Alemania. Hace semanas que estaríamos comiendo caviar en Moscú.

– Por suerte no ha sido así – sentenció Canaris, el más traidor de todos nosotros en realidad –. Aunque eso habría sido de todo punto imposible. Manstein es un general aún joven, con ideas nuevas, y los viejos dinosaurios como Von Rundstedt, Von Brauchitsch y tantos otros le llevan cerca de diez años de edad y de años de servicio: no dejarían que alguien ascendiese por encima de sus egregias cabezotas. Manstein lo tendrá que hacer poco a poco, año a año, batalla a batalla. Si alguna vez está al frente de los ejércitos alemanes estoy convencido de que ya no quedarán ejércitos alemanes apenas para oponerse a nuestros enemigos.

– Brindo porque esté en lo cierto – dije, pensando en mi hermano Rolf y en todas las veces que me había dicho que el nazismo estaba mal y que debía terminarse por el bien de Alemania Europa y del mundo.

Schellenberg, por su parte, aunque brindó con nosotros tampoco mostró excesiva alegría. Del grupo de tres traidores que formábamos era, por así decirlo, el menos entusiasta de todos. En esencia, tampoco era un traidor sino alguien al que las normas le traían sin cuidado. Un arribista con buen corazón. Por lo tanto, la mayor parte de las veces sus acciones acababan perjudicando al Reich, pero ello se debía a que la mayor parte de las cosas que se le ocurrían a Hitler y sus colaboradores eran intrínsecamente malvadas. Si uno tenía un ápice de humanidad acababa oponiéndose. El que el más inmoral de todos nosotros, Schellenberg, acabase actuando por razones morales no dejaba de ser una ironía.

– Yo no tengo tan claro que vayamos a perder esta guerra – dijo precisamente Schellenberg–. Aún tienen que pasar muchas cosas para que ello suceda.

– Ya han pasado – opinó Canaris –. Hasta hace pocos meses yo estaba aterrorizado ante la posibilidad de que Hitler se centrase en el norte de África. Si así hubiese sucedido tendríamos todos los números para ganar esta guerra. Por otro lado, también tenía miedo de que alcanzásemos una victoria decisiva en Barbarroja. Aunque creo que a largo plazo habríamos perdido, existían muchas posibilidades de que tomásemos Moscú y ello inclinara la balanza hacia nuestro favor. Eso habría causado un enorme terremoto en la estructura de mando y en la capacidad económica del país de los Soviets, que está vertebrado hacia la capital. Habrían tardado meses sino años en recuperarse y en 1951 estaríamos aún luchando en Siberia.

– Pero Hitler ha querido centrarse en Leningrado y el Cáucaso – opiné –. El alto mando ha criticado esta decisión de forma unánime, incluso generales de menor graduación como Guderian o el propio Manstein se han echado las manos a la cabeza. No entendían porque debíamos concentrar hombres y material al norte y al sur cuando la clave de la victoria estaba en el centro.

Schellenberg asintió.

– Hitler tuvo mucha suerte al principio de la guerra y va a seguir tomando decisiones en solitario guiado por sus lecturas.

– El Führer es un diletante – dijo Canaris, secamente.

Entonces decidí contarles un pequeño secreto.

– Hace unos días estuve en la Guarida del Lobo. Y me fijé que nuestro "amado" Führer, cuando tenía un rato libre, no dejaba de leer un libro. Interesado, casi absorto en sus páginas. ¿Sabéis cuál era?

Canaris se encogió de hombros.

– ¿Qué hacer cuando tienes un pene pequeño? – probó suerte Schellenberg.

Reímos a carcajadas (bueno, Canaris lanzó un cloqueo parecido al de una gallina porque seguramente llevaba años sin reírse).

– No –revelé por fin–. Mientras nuestras tropas avanzaban en Rusia el Führer estaba leyendo "Guerra y Paz" de Tolstoi, la gran epopeya que narra la derrota de Napoleón en 1812 en esta misma tierra que ahora pisamos. De cualquier manera, para Napoleón fue un desastre atacar Moscú y por eso él cree que Moscú no es importante. Porque hace dos siglos no lo fue.

Quedamos en silencio. Estábamos todos de acuerdo acerca de que Hitler era, en efecto, un diletante: un aprendiz de todo y un maestro de nada, un hombre con extraordinarias aptitudes pero esencialmente autodidacta, que se formaba juicios de valor a partir de lecturas parciales. Tenía una memoria prodigiosa, pero a veces esa misma memoria era un hándicap. Porque podía recordar un párrafo exacto, la palabra literal que dijo Napoleón al verse en Moscú sin víveres y sin posibilidad de victoria, iniciando una retirada que destruiría su ejército. Todo aquello estaba grabado en su mente a fuego cuando tomó aquellas decisiones erróneas que marcaría la campaña de Rusia.

Pero es que al contrario de lo que le pasó a Napoleón, la capital, Moscú, en esta ocasión era esencial. Napoleón se encontró una ciudad quemada por los propios defensores, que siguieron luchando luego de retrasar la línea del frente. Pero la Rusia de 1941 no era el país agricultor de principios del siglo XIX sino una nación con conexiones políticas, económicas, de intendencia, morales, de nudos de comunicaciones, de transporte de tropas y material... todas centradas en la capital. Su pérdida habría significado probablemente la derrota de Stalin. Desviar tropas a Leningrado o al Cáucaso fue una equivocación mayúscula. No quería perder como Napoleón. Y lo consiguió. Perdió, pero de una forma distinta.

Pensando aún en Napoleón y sus ejércitos pasamos delante de una casa de aspecto señorial. Había un caballo muerto delante de la cancela. Partido en dos. Me lo quedé mirando un instante pensando en la muerte agónica de aquel pobre animal, destruido por la metralla de alguna bomba, parte de su cuerpo en un lado de la verja y el resto al otro lado, dentro del huerto.

– Un paisaje extraño este de Rusia – dije en voz alta, aunque acaso sólo fuera una idea fugaz que nunca llegué a expresar.

Mis compañeros siguieron pensando en sus propias cosas y no dijeron nada. Vimos un grupo de rumanos sentados en el suelo fumando unos cigarrillos rusos; sus uniformes eran marrón oscuro, sus miradas, como las nuestras, pérdidas en la inmensidad del paisaje soviético.

– ¿Cómo ha ido en Leningrado antes de vuestro traslado? – dijo entonces Schellenberg.

Dejé de mirar hacia la carretera y me volví.

– Al principio los rusos corrían y nosotros avanzábamos sin tregua, como en todos los frentes. Luego comenzamos a hallar resistencia. Nos frenaron en el sector del río Luga, pero seguían sufriendo pérdidas terribles, hombres que morían a centenares, a millares y que los mandos rusos reponían al cabo de pocas horas. Un espectáculo dantesco, una falta de respeto por la vida humana como nunca he visto antes. Bueno, tal vez en Finlandia, cuando vi a los rusos hacer lo mismo hace dos años.

Canaris asintió, como si hubiera estado allí. Tenía ojos y oídos en todas partes y conocía lo sucedido en el frente mejor

301

que cualquiera de nosotros.

– Hablando de los finlandeses, atacaron por su sector y también causaron gran destrozo al ejército soviético – añadí –. Cuando cayó la línea Luga tuvimos por fin delante de nuestras narices a la mismísima Leningrado. Al poco tiempo, Manstein recibió la orden de traslado al grupo del ejército sur. Cuando nos fuimos todo iba bien y los mandos pensaban que la ciudad de Leningrado caería fácilmente. Pero llegó Zhukov.

Todo el mundo conocía ya a Georgy Zhukov, un joven general que había asumido la defensa de la ciudad y había detenido a los ejércitos alemanes con una pericia y una habilidad que no habíamos visto hasta la fecha en ningún otro mando soviético. Rapidez en la toma de decisiones, defensa móvil, todo aquello que los rusos no habían hecho hasta ese momento.

– Surgirán otros Zhukov – dijo Canaris –. Sólo es cuestión de tiempo que los rusos mejoren y, aunque sea poco, aunque sólo tengan un par de generales realmente buenos... bastará para destruirnos.

– A menos que suceda el milagro y tomemos Moscú – opinó Schellenberg –. Al fin y al cabo, la ofensiva comenzará pronto.

– Crucemos los dedos para que eso no suceda y esta guerra acabe lo antes posible – sentenció Canaris.

Esta vez todos estuvimos de acuerdo con el almirante. Ojalá la guerra terminase ya. En aquel instante. En aquel segundo. Pero no tendríamos esa suerte.

Entonces sucedió algo inesperado. Hay momentos en la vida que destilan eternidad, momentos de cambio en tu existencia para siempre. Aquel fue un momento que podría haber sido casual, que podría no haber tenido mayor trascendencia en mi vida. En realidad, fue poca cosa, pero aquella poca cosa terminaría siendo un punto central en mi existencia.

Y eso que sucedió era sencillamente una mujer corriendo.

– ¿Qué demonios hace esa loca? – espetó Schellenberg, mirando hacia la carretera con los ojos muy abiertos, como si hubiese visto un fantasma.

Walter abrió la ventanilla y asomó la cabeza, como si un milagro portentoso acabara de producirse. Conociendo a mi amigo, pensé de inmediato que alguna mujer particularmente hermosa estaba en apuros, acaso medio desnuda entre aquellos inmensos campos de girasoles que atravesábamos, y que su lascivia impenitente era la causa de aquel alboroto.

Pero no era nada de eso.

Schellenberg ordenó al chófer que parase y descendimos. El almirante Canaris hizo un gesto vago con la mano y se concentró en un legajo que llevaba estudiando varias horas: planes y contra planes del servicio de espionaje. Adusto y poco amigo de veleidades, cualquier asunto relacionado con una hembra que no fuese su esposa Erika le traía sin cuidado.

Así que nos hallábamos Walter Schellenberg y yo a solas en medio de la nada cuando vimos pasar a una mujer que corría entre las ruinas de la guerra. Era morena, menuda y su rostro era todo determinación. Sus cejas, su boca, su mirada estaban fijas en el camino, en sus pisadas, ignorando a los caballos putrefactos en el suelo, los carros de combate volcados en llamas, los olores a aceite quemado o a podredumbre, los hierros retorcidos y candentes que expulsaban gases de colores oscuros como el vómito de un gigante de metal. Ella corría sin pausa, mas no huyendo de la guerra, de la invasión alemana de la patria soviética, de la carnicería ni de la muerte; lo hacía de forma elegante, controlando sus pulsaciones y mirando de cuando en cuando su reloj. Atravesó un camino de tierra que corría perpendicular a un pequeño curso de agua y entró en la carretera; entonces giró bruscamente a la izquierda y se fue alejando de nosotros en dirección a la primera línea de combate.

– ¿Esa mujer está entrenando? – dijo Schellenberg al chófer, que compuso la misma expresión de sorpresa que si le hubieran preguntado qué colonia usaba el Führer.

Volvimos al coche y no tardamos en atrapar a la mujer, a la que obligamos a detenerse bloqueando el paso con nuestro vehículo. Esta vez fui yo el primero en descender; la contemplé delante de mí subiendo y bajando las piernas rítmicamente sin dejar de entrenar.

– ¿Quién eres tú?

La mujer enarcó una ceja y dijo en un alemán terrible:

– Yo soy Mahalta. Perdóname, pero no hablo tu lengua nada bien.

Entonces pasé al ruso y le pregunté:

– ¿Qué estás haciendo? ¿No sabes que estamos en medio de una batalla?

Mahalta comenzó a hacer unas flexiones de piernas y respondió:

– Tampoco hablo demasiado bien el ruso.

En ese momento, el almirante Canaris decidió intervenir en la conversación. Descendió ceremonioso del Mercedes y sonrió a la muchacha:

– Por su acento es española. – Nos dijo a Walter y a mí –. Debe ser una Rotten Spanien, una española roja de esas que llegaron a Rusia luego de perder la guerra civil española. – Aunque Rotten Spanien literalmente significaba "españoles podridos", porque el Alto Mando alemán nunca tuvo en mucha estima a los que huyeron de la España de Franco.

Y dicho esto Canaris comenzó una breve conversación con la mujer, que rondaría los 40 años, pero se mantenía en un estado de forma excelente. Cosa nada rara si se entrenaba con tamaña devoción. Otra cosa es que siguiera viva mucho tiempo si persistía en aquel hábito.

– En efecto –nos explicó después de un rato el almirante, que había servido en España durante la guerra y hablaba un español excelente –, llegó aquí exiliada con gente del partido comunista en 1939. Pero los comunistas eran sus padres y su tío. Ella era una atleta y no sabe nada de política ni le interesa. Estuvo a punto de participar en los Juegos Olímpicos de 1932, según afirma. Pero al final en España fueron solo hombres al evento y ella se quedó fuera.

Era de dominio público que las mujeres podían competir en los Juegos desde 1928, y aunque el número de participantes era pequeño comparado con el de los hombres, lo cierto es que no dejaba de aumentar.

– Pregúntale por qué entrena en medio de la ofensiva alemana – terció Schellenberg que, como Mahalta no era turgente ni de grandes pechos, comenzaba a perder interés en el asunto; solo le quedaba la duda y la curiosidad por la razón que motivaba las acciones de aquella extraña mujer.

– Quiero correr una maratón olímpica – dijo Mahalta –. Hace tiempo que entreno para ello.

– ¿Por qué? – inquirí, convenientemente traducido por Canaris.

– Es un reto personal. Necesito demostrarme a mí misma que soy capaz de hacerlo.

– El reto personal para mucha gente ahora mismo es sobrevivir.

– No para mí – dijo Mahalta, que comenzaba a mirar más allá de nuestro coche, hacia a la carretera, como si una fuerza misteriosa la empujase a seguir corriendo y llevásemos demasiado tiempo estorbando su designio.

Le expliqué que solo 5 kilómetros más adelante las fuerzas combinadas germano–rumanas del general Manstein estaban combatiendo con la vanguardia rusa en Crimea, pero ella se encogió de hombros.

– Me quedan 2 kilómetros para completar el recorrido antes de dar la vuelta.

Y dicho esto decidió que no éramos un peligro, sino un grupo de oficiales alemanes curiosos y acaso algo estúpidos, por lo que, esquivando cuidadosamente el morro del Mercedes, continuó su carrera. Canaris no añadió nada más y regresó el interior del vehículo. Walter Schellenberg meneó la cabeza, como si estuviese tratando en efecto con una loca, e hizo lo propio. Yo me quedé en la carretera viendo cómo aquella extraña mujer se alejaba. Esperé largo rato e intuí a una hormiguita, en la lejanía, darse la vuelta y regresar, primero como una pequeña mancha en el horizonte y luego haciéndose más larga, grácil y esbelta. Cuando de nuevo estaba cerca de nuestro automóvil, un camión de suministros explotó con una detonación sorda, terrible, junto a unos trigales cercanos, provocando una orgía de sangre y de cadáveres, de miembros humanos esparcidos en todas direcciones.

"Tal vez un proyectil, tal vez una mina", pensé. Me cubrí la cabeza porque ya había recibido antes impactos de metal o de metralla y sabía que muchos habían incluso perdido la vida en un trance semejante. Mahalta pasó entonces

305

corriendo mi lado. Por el rabillo del ojo vi que contemplaba su reloj y sonreía, seguramente satisfecha del tiempo conseguido.

Esta vez no quise solo perseguirla con la mirada. Entré en el coche y ordené al chófer que la siguiese discretamente. Este volvió a componer su ya habitual gesto de sorpresa, preguntándose acaso cómo un Großer Mercedes de más de cinco metros de largo puede seguir discretamente a una mujer de menos de metro sesenta que corre por una vieja carretera.

– Te gustan demasiado las mujeres misteriosas, Otto – rio Schellenberg –. Yo prefiero a las mujeres hermosas. El misterio lo pongo por mi cuenta si es necesario.

Mis dos compañeros en aquel viaje de inspección no podían ser más distintos y a la vez más iguales. Por un lado, el almirante Canaris, Jefe de la Abwehr, la inteligencia militar alemana, y un traidor en toda regla. Odiaba profundamente a Hitler y estaba dispuesto a hacer cualquier cosa para acabar con él. Todos los altos cargos de su organización eran antinazis y los había reclutado durante años para tal fin. Por su parte, Schellenberg era el responsable del servicio de la Seguridad Exterior de las SD, un bon vivant que no creía en gran cosa más que en sí mismo y por lo tanto tampoco servía realmente a Hitler ni a sus intereses; por lo que aún sin quererlo acabaría traicionándolo en infinidad de ocasiones. De esta forma, los dos servicios clave de inteligencia del Estado alemán estaban en manos de un traidor y de alguien que era prácticamente un traidor. Yo había estado enfrentado con aquellas dos grandes figuras del Reich en diversas ocasiones, Canaris había intentado matarme y Schellenberg había traicionado nuestra amistad para luego salvarme la vida. Porque la guerra es un lugar extraño donde a veces los amigos son enemigos y los enemigos, amigos. Yo mismo, por diversas razones, había terminado por convertirme en un traidor y una amistad fundamentada acaso más en la conveniencia que en la afinidad, había estallado de nuevo entre nosotros tres.

Y aquí estábamos, en nuestro excéntrico Mercedes (idea del excéntrico Schellenberg, que lo había comprado para impresionar a una dama de la alta sociedad con la que quería acostarse) persiguiendo a una maratoniana que nunca había corrido una maratón, pero se entrenaba impenitente para un momento que acaso jamás llegaría.

– Ahí está tu mujer misteriosa – dijo Schellenberg señalando a través de la ventanilla a Mahalta, que se había detenido delante de una casa que el fuego había devorado casi por completo. Se sentó junto a la entrada y movió unas maderas para obtener una improvisada techumbre en medio de las ruinas de un asentamiento. Al poco, como si Mahalta lo hubiese intuido, se puso a llover. Una lluvia fina, persistente, muy típica de la región. Aquella fascinante mujer colocó un jergón y buscó entre sus escasas pertenencias dos guitarras españolas. Eligió una y comenzó a rasgarla con calma, haciendo pausas entre acorde y acorde, como si la noche no fuera a acabar jamás. Después cantó con una voz rota y desencajada una tonada mitad en ruso mitad en español. No la reconocí, pero me pareció lúgubre y hermosa a un tiempo, como la mujer que entonaba. De cualquier forma, detuvo su canto cuando me sorprendió delante de su improvisada chabola. Se incorporó lentamente. No vi miedo en sus ojos. Tampoco resignación. Es difícil saber lo que dicen los ojos de Mahalta. Ni siquiera hoy sabría decirlo.

– ¿Me vas a violar? – inquirió echando la mano hacia la parte de atrás de su pantalón, donde intuí que llevaba un cuchillo.

Me arriesgué a conversar a solas con ella sin la ayuda de Canaris y, por suerte, a ratos completando una frase por señas, conseguimos entendernos.

– ¿Por qué piensas que te voy a violar?

– Es lo que dicen que hacen los soldados alemanes con las mujeres rusas. Me has seguido hasta mi casa. Es lo que haría un violador con una chica rusa indefensa en esta maldita guerra.

Dado que era verdad decidí pasar de puntillas sobre aquel tema.

– Tú no eres rusa.

– No creo que para un violador haya mucha diferencia.

– Yo no voy a hacerte daño, pero si sigues corriendo sola por la carretera, un día te matará una bomba o algún hombre acabará violándote, o alguna cosa peor.

Mahalta volvió a encogerse de hombros.

– Eso es cosa mía.

Miré en derredor y comprendí que la mayor parte de la aldea había sido arrasada por un ataque de la aviación alemana. Volví la vista hacia la mujer, que todavía tenía la mano en el mango de su cuchillo, estaba seguro de ello, aunque no podía verlo.

– ¿No tienes familia? ¿No sobrevivieron al bombardeo?

– Algunos sí lo hicieron pero no me marché con ellos.

Mahalta comprendió que quería saber más y añadió:

– Supongo que nunca les caí demasiado bien. Mis sueños no eran los suyos. Entrenar como una atleta o estudiar para ser una aviadora, que es mi otra pasión, les parecían estupideces, cosas sin utilidad en el mundo real. Yo les culpaba de estar aquí y no compartía tampoco sus ideas. De cualquier forma, ahora estoy sola.

Como no sabía qué más decir y, por alguna razón incomprensible, no quería marcharme, señalé hacia sus instrumentos. Uno era de mástil de cedro y perfil, aros y fondo de palosanto. Una pequeña obra de arte. La otra era una guitarra de flamenco, hecha de abeto alemán y cedro de Brasil, con el diapasón de ébano. Aún más cara y preciosa que la anterior. Y dije:

– Bonitas guitarras.

Aquello pareció causar aún más pavor en Mahalta que el temor a ser violada. Dio un paso atrás; estoy casi seguro que sacó el cuchillo de su funda.

– No te las vas a llevar. Son lo único que tengo. La única de mis pertenencias que me importa.

Pensé que no serviría de nada jurarle que no tenía la menor intención de robarle sus guitarras, que solo quería ser amable. Aquella conversación no conducía a ninguna parte salvo que acabara en tragedia. Temí que aquella mujer, casi un animal acorralado, me atacase y nuestro chófer, que nos vigilaba con expresión hosca, acabase matándola de con un disparo de su vieja pistola Mauser.

Volví al coche arrastrando los pies. Ni siquiera me despedí. Mahalta regresó a su chabola y contempló aprensiva nuestro Mercedes durante unos minutos.

– Me parece que esta se te ha resistido. Esperaba más

de un galán que se ha acostado con Coco Chanel o Hedi Lamarr, la mujer más bella del mundo.

Yo le había contado a Schellenberg que me había desvirgado la famosa actriz de las películas americanas y no sé si me había creído. Reía y Canaris, a pesar de carecer por completo de sentido del humor, esbozó una sonrisa.

– No pretendía acostarme con ella.

– ¿Entonces qué?

– No lo sé. Creo que tan solo quería saber qué tipo de persona tiene una determinación tan fuerte como para seguir entrenando en medio de la guerra y la devastación.

– Sólo es una loca más en medio de esta guerra de locos – dijo Canaris.

Negué violentamente con la cabeza.

– No, no lo es. No está loca en absoluto. O no tanto como nosotros, que iniciamos este incendio y no sabemos cómo demonios apagarlo.

Cuando el coche se puso en marcha el sonido de la guitarra y la voz rasgada de Mahalta regresaron. Y lamenté tener que alejarme en dirección al cuartel general de mi amigo Manstein en la cercana base naval de Nikolyaev.

*_ *_ *_ *_ *_ *

Muy cerca ya de nuestro destino vimos a un tanque que daba vueltas sobre sí mismo, como enloquecido por el horror de la guerra. Parte de la cadena derecha había desaparecido y se veía un enorme boquete en el lugar donde el partisano ruso había colocado la carga al suicidarse. Restos de brazos y de piernas estaban esparcidos por doquier y la bestia de hierro, herida de muerte, seguía su lento sino circular alrededor de un pequeño parterre de girasoles a los estaba aplastando lentamente en su agonía. Detuvimos el coche al oír la explosión, pero no llegamos a ver al partisano, solo la nube de humo, las llamas... y luego los restos de tripas y de miembros esparcidos.

– Maldita sea – bramó Schellenberg, que abrió una

puerta y estuvo a punto de salir a toda velocidad para ayudar a los miembros supervivientes del carro, si es que los había.

Entonces oímos un alarido.

Un médico acudió a la carrera desde un bosque cercano. Se subió a la bestia sinuosa, un viejo Panzer III modelo E de cañón corto, y bailó con ella aquel baile en círculos de muerte y humarada. Le vimos forzar la escotilla con una barra de hierro. Unos instantes después estábamos alrededor de la bestia herida. El médico, haciendo caso omiso de las llamas y del humo, nos tendió al conductor y al artillero. El resto de la tripulación estaba muerta. Tres hombres habían caído en un instante, delante de nuestros ojos.

– Buen trabajo, muchacho – dijo Canaris observando con agrado que un grupo de SS se habían hecho cargo de los heridos. Podía ser un enemigo de Hitler, pero no de Alemania y su gente. En realidad, pensaba que acabando lo antes posible con el Führer, se ahorrarían miles de vidas. Tal vez millones.

– Gracias, almirante – dijo una voz que me sonó extrañamente conocida. La misma voz que surgiendo de la humarada se volvió hacia mí y dijo: – Es un placer volver a verte, Otto.

No daba crédito a mis ojos. Era mi amigo, el que había sido mi camarada en el Instituto del Tercer Reich para la herencia, la biología y la pureza racial. Él me había aconsejado que entrase en el campo de Mauthausen, donde pude contemplar todos los horrores imaginables y finalmente ser testigo de la muerte de mi hermano. Aquel hombre que se decía mi amigo, me había imbuido el amor por Hitler y por nuestra raza, por la Comunidad del Pueblo alemán. Enseñanzas que en esa hora me parecían basura, la peor parte de mí mismo.

Se trataba del mismísimo Joseph Mengele.

– Hola, Joseph – dije, intentando un tono de voz que no sonase demasiado frío.

– El mundo es un pañuelo – dijo el Untersturmführer, el subteniente Mengele.

Y entonces se desplomó en el suelo, agotado.

– ¿Quién es? – quiso saber Schellenberg. Sobre todo, cuando vio que no me inclinaba para recoger al hombre que yacía a mis pies a pesar de su comportamiento heroico y de que, por lo visto, nos conocíamos.

– Es el protegido del profesor Von Verschuer.

Hasta Schellenberg había oído hablar del famoso genetista, el nazi fanático que defendía los términos de ciencia de la raza o higiene racial. Un hombre que admiraba a Hitler por haber traído a la política aquellos conceptos hasta ahora puramente académicos. Sin duda conocía a más de uno de aquellos nazis filósofos de salón, doctorados en antropología, obsesionados por la genética y purificar la raza.

–Ah, es uno de esos – entendiendo al instante de lo que estaba hablando.

– No sé si sabéis que Verschuer fue un "freikorps" como los que mataron a Rosa Luxemburgo. En particular fue famoso por "pasear" hasta una cuneta a veinte comunistas en Marburgo.

Canaris había intervenido la conversación, siempre atento a los detalles y siempre mejor informado que nadie. Añadió:

–Verschuer forma parte de los académicos locos que han lavado el cerebro a Hitler y a una generación entera de estudiantes alemanes. Junto a Fisher, ha postulado la eliminación de los deficientes mentales, que luego ha acabado convirtiéndose en la Aktion T4 de nuestro querido Adolf, provocando decenas de miles de muertes entre nuestros compatriotas. Mientras, otros pensadores de altura, como Mollinson, se especializaron en fomentar el odio contra los judíos.

–El propio Mollinson fue el director de la tesis doctoral de Joseph – dije, señalando al guiñapo caído a mis pies. – Y dio referencia a "mi amigo" para trabajar en el Instituto del Tercer Reich para la Herencia, donde le conocí. Allí se convirtió en el ayudante de Verschuer.

– Tiene el currículum completo del fanático nazi de la comunidad académica – opinó Canaris –. ¿Y dices que este hombre es amigo tuyo?

Lo cierto es que en nuestras conversaciones cada vez llegábamos más lejos. Decíamos abiertamente cosas que nos podían valer la ejecución sumarísima. Y lo hacíamos delante de un oficial médico de una división SS, con sus compañeros apenas a veinte metros intentando reanimar a los heridos y un tanque en llamas dando vueltas de forma estúpida a nuestra derecha.

– No es amigo mío – le dije a Canaris –. Un día pensé que lo era, pero estaba equivocado. Yo no puedo ser amigo de un nazi.

– Sino calláis la boca de una maldita vez dejaré de reunirme con vosotros – nos advirtió Schellenberg –. Tened un poco más de cuidado en público.

– Dentro de muy poco tiempo, cada vez más hombres van a hablar como nosotros – afirmó Canaris–. Cuando lleguen las derrotas en Rusia, en África y en todas partes, muchos levantarán la voz dentro del ejército alemán y fuera de él. Hasta que consigamos acabar con el Führer.

– Si el Führer llega a caer – dijo Schellenberg en un hilo de voz –, igual hago una excepción y vuelvo a tomarme una copita de licor, como aquel Martini que me tomé mientras dejaba huir al duque de Windsor en Portugal. Aún recuerdo todo aquello con cariño. Pero hasta que llegue ese día voy a dejar este tipo de comentarios y el consumo de alcohol aparcados, si os parece bien.

Todos estuvimos de acuerdo. Lo cierto es que las voces de los antinazis comenzaban a oírse y, precisamente por eso, porque sabíamos que habría oídos interesados en revelar nuestros nombres, era el momento de ser más cautos.

– Yo no sé si seré capaz de callarme siempre – reconocí, recordando la primera vez que delante de Manstein u otros oficiales había lanzado exabruptos contra el nazismo, la campaña rusa y tal vez hasta contra el propio Führer.

– Serás capaz de callarte. Eres lo bastante inteligente – dijo Schellenberg –. Además, hay demasiado en juego.

– Yo no prometo nada – dijo Canaris, esbozando una sonrisa. Al fin y al cabo, él llevaba una década dirigiendo la Abwehr, hablando en privado con infinidad de oficiales buscando antinazis y la forma de derrocar al régimen. El almirante vivía al filo de la navaja y sabía que probablemente no vería el fin de la Segunda Guerra Mundial.

Pero no le importaba. Le bastaba con vivir lo suficiente

como para estar seguro de que Hitler estaba acabado y que su caída era inevitable. Cuando ese momento llegase, poco importaría seguir vivo o muerto.

– Vamos a coger a este nazi y vamos a llevarlo con sus compañeros heridos – dijo Canaris –. Poned vuestro mejor gesto patriótico, ario y racialmente superior.

Y arrastramos a Mengele hasta donde estaba el resto de los sanitarios.

*_ *_ *_ *_ *_ *

Manstein quiso conocer en cuanto se hubo recuperado a aquel oficial médico tan aguerrido. Él mismo lo puso en la lista de candidatos para Cruz de hierro de primera clase. Joseph Mengele tenía quemaduras leves en las manos, en la mandíbula y en las pantorrillas. Se quedó en el hospital de campaña mientras nuestro general nos acompañaba a la base.

El nuevo responsable del 11º ejército saludó a Canaris y Schellenberg. No lo hizo de forma efusiva. Tenía una merecida fama de estirado y puntilloso, de no ser demasiado sociable. Cuando le conocías y te ganabas su amistad era un hombre afable, pero de lo contrario guardaba las distancias. Y eso hizo con los dos jefes del espionaje alemán en las apenas dos horas que permanecieron en la base.

- Debo marchar para una misión en Japón -dijo Schellenberg a modo de despedida.

Más tarde me explicó que acababan de detener a Richard Sorge, un espía a tres bandas (Alemania, Japón y Rusia) que había jugado un papel decisivo en los primeros meses de la guerra en Rusia. Fingiendo ser un ardiente pronazi, consiguió un puesto en la embajada del Japón como corresponsal de un famoso periódico alemán. Pero su verdadera fidelidad estaba con Rusia. Organizó a un grupo de conspiradores de diferentes nacionalidades (incluyendo a japoneses contrarios a los militares o al emperador) y había desvelado importantes secretos, incluyendo una advertencia a Stalin de la inminencia de la operación Barbarroja. Pero el

313

dictador soviético no le creyó, por suerte para Hitler. Sin embargo, y también gracias a Sorge, los rusos sabían que Japón no abriría un frente por el este, en dirección a Siberia. Esta vez sí le creyeron, dejando unas pocas divisiones en la zona de influencia nipona, mandando el grueso de sus ejércitos a combatir contra los nazis.

- Ha sido un placer conocerle, general –dijo Canaris, que nunca revelaba donde iba ni qué pretendía hacer.

Manstein les despidió en persona y luego quedamos los dos a solas. Mientras caminábamos de vuelta al puesto de mando le dije:

– El 11º ejército forma parte del Grupo Sur. O sea que vuelves a estar al mando de nuestro amigo, el afable Von Rundstedt.

Manstein, a pesar de su fama de hombre frío, no pudo reprimir una sonrisa. Había alcanzado el mando no sólo debido a sus innegables méritos sino a la muerte en combate de su predecesor, Von Schobert. Pero era evidente que el mariscal Rundstedt, en su papel de comandante en jefe del grupo de ejércitos Sur, había sin duda movido los hilos para que alcanzase aquel puesto. No en vano ya le había salvado una vez del ostracismo tras su primera caída en desgracia antes de la guerra. Ambos, a pesar de su frialdad prusiana y dificultad para mostrar sus emociones, se admiraban profundamente. Y se tenían afecto; un afecto distante, prusiano, pero profundo también.

- ¿Recuerdas en Polonia, cuando te vio aparecer por primera vez y le expliqué que eras un observador plenipotenciario?

Reímos de buena gana recordando el pasado, el gesto del Mariscal, mirando a un niño de 17 años como si fuese una bestia imposible de circo, un elefante de cuatro cabezas.

Aquella noche incluso me atreví a participar en una fiesta que habían organizado en el cuarto de trabajo los ayudantes de Manstein. Borracho de vodka, junto al tablero de planos, me sentí eufórico, libre por primera vez en mucho tiempo. Las palabras pronunciadas en voz alta con Canaris y Schellenberg me habían servido para comprender que era un traidor a todos los efectos, no sólo un muchacho que tiene una rabieta delante del tío Eicke sino un hombre que luchaba contra el Tercer Reich de Hitler, un gobierno corrupto que debía ser eliminado de la faz de la tierra.

Pero no hubo muchas más ocasiones para reír en aquella campaña porque, como había previsto el general Manstein, los rusos estaban aprendiendo. Sufrirían aún muchas derrotas sin duda, pero ya no eran la masa despavorida que nos habíamos encontrado al atravesar sus fronteras.

El ejército alemán que comandaba Manstein tenía un doble objetivo. En el sur tomar la península de Crimea y más al norte avanzar hacia la rica industria de la cuenca del Don, para luego entrar en persecución del enemigo hasta el mar de Azov. Para ello contaba con algunas divisiones de infantería, una división SS y el tercer ejército rumano, formado esencialmente por unidades de montaña y cuerpos de caballería.

Pronto descubrimos que los rumanos eran nuestro talón de Aquiles. Al poco de penetrar en Crimea por el Istmo de Perekop tuvimos que mandar refuerzos al sector de los rumanos pues fueron derrotados y huyeron en desbandada, perdiendo su artillería y bagaje. En el resto de sus posiciones, apenas podían aguantar, mucho menos contraatacar para recuperar el terreno perdido por sus compañeros. Los SS a nuestro mando tuvieron que correr a toda prisa a socorrerlos, perdiendo nuestro ejército la posibilidad de perseguir al enemigo en su retirada, ya que era la única división motorizada de la que disponíamos.

Esto sería un hecho repetido y habitual en la guerra en Rusia. Nuestros aliados, tanto los rumanos de Antonescu como los italianos de Mussolini, nos estorbaban más que ayudaban en el frente de batalla. Sus sectores se hundían y frenaban nuestro avance, cuando no posibilitaban victorias parciales del enemigo. Victorias que un día podrían ser completas.

– El rumano es un ejército de campesinos, muy distinto al alemán – me dijo un día Manstein –. Por más que intentemos que se ajusten a nuestros sistemas no lo conseguirán, no tienen la velocidad de respuesta necesaria. ¿Recuerdas lo que te enseñé en Polonia?

Lo recordaba bien. Los polacos, soldados de gran

315

valentía, incluso cuando sorprendían con un plan genial como en Bzura, no podían explotar su victoria porque carecían de la velocidad suficiente para improvisar, para dar nuevas órdenes según avanzaba el combate, para modificar su plan según la batalla evolucionaba. Al final convertimos su victoria en una derrota y embolsamos a miles de hombres.

Pero a pesar de los rumanos seguíamos avanzando, enfrentándonos a un ejército, el ruso, todavía netamente inferior a nuestro. Persiguiéndolo, victoria a victoria, atravesamos campos, marismas y ciudades, sumidas ahora en incendios, muerte y caos.

– La guerra es esto, Otto –me explicó una mañana Manstein, contemplando una villa en llamas, los cuerpos de los lugareños, carbonizados, en el suelo.

- Vernichtungsgedanke –repuse, recordando de nuevo sus enseñanzas–, la teoría de la aniquilación. Esta es la forma en que combaten nuestros ejércitos.

– Eso es. Flanqueamos al enemigo, lo embolsamos y lo derrotamos. Aníbal y Cannas elevado a la enésima potencia.

– Al final resultará aburrido.

– Mejor aburrirse, Otto. Si llega el momento en que no podamos vencer en velocidad a los rusos, estaremos perdidos.

Poco tiempo después, Manstein recibió una muy mala noticia: nos iban a privar precisamente de nuestra división SS, que era requerida en el frente oriental para combatir en la batalla de Rostov, con la que Hitler pretendía llegar a los pozos petrolíferos del Cáucaso. Perdíamos no sólo nuestra mejor unidad, la que tenía los mejores tanques y probablemente los hombres mejor preparados, sino que se trataba de nuestra única unidad rápida, formada por Panzer III y Panzer IV en su mayoría.

Mientras el general despotricaba al teléfono hablando precisamente con Von Rundstedt (que había recibido órdenes directas de Hitler y nada podía hacer para evitar la retirada de los hombres de las SS), yo salí del puesto de mando. Allí me encontré con Joseph Mengele.

– No has venido a verme en todo este tiempo – me dijo con un punto de tristeza la voz.

Una vez había sido mi amigo, como un hermano mayor,

pues me llevaba casi diez años. Pero era ahora para mí un extraño. Yo había cambiado y él seguía siendo un nazi de libro. Probablemente yo había traicionado nuestra amistad tanto como lo estaba haciendo con Alemania.

– He estado muy ocupado. El general Manstein no ha tenido minuto de descanso en varias semanas y...

– Sé bien porque no has venido verme. Hablé con tu tío Eicke.

Mi tío siempre había sentido una debilidad por Mengele. Al fin y al cabo ambos eran nazis hasta la médula y creían en todas esas tonterías de la ciencia de la raza, creían que éramos superiores a todos los demás hombres de este mundo y que merecíamos gobernar el universo.

– Me dijo que lo tuyo ya no parece rebeldía – añadió –. Es como si no te importase la comunidad del pueblo.

Comunidad del pueblo otra de esas estupideces de los nazis. La idea de que los alemanes racialmente puros formábamos una unidad, una comunidad indestructible y eterna. Me avergonzaba de haber creído en todo aquello tan sólo un año antes. La muerte de Rolf me había cambiado profundamente. Era como si el espíritu de mi hermano estuviese dentro de mí, como si las palabras que pronunció contra el nazismo, en su sencillez, fueran ahora mi religión.

– Yo puedo creer en lo que quiera y tener los amigos que quiera. Nadie puede decidir por mí – dije, sin tratar de justificarme, esperando que Mengele desapareciese con sus colegas arios de las SS.

– ¿Aún somos amigos, Otto?

Mengele me miró de una forma extraña, intensa. Tuve la sensación de que más que querer ser mi amigo, aquel hombre me adoraba, como si sintiese una profunda y extraña admiración por mí a pesar de todos mis defectos. Ahora, con el paso del tiempo, lo entiendo mejor. Aquel fanático pensaba que mi sangre era perfecta y como creía en su estúpida ciencia de la raza... en el fondo le daba igual lo que yo hiciera. Mi sangre era mejor que la suya, luego yo era mejor que él. Así de sencillo. Así de idiota era Mengele y todos los Mengeles que pululaban por ahí.

– Naturalmente – dije, y probablemente aún lo pensaba

en el fondo de mi corazón. O no, es difícil saberlo.

– Espero que volvamos a coincidir o que vengas a verme cuando acabe mi servicio en las SS. Porque estoy pensando en dejarlo dentro de unos meses y reincorporarme al Instituto para dar clases o dedicarme a tareas de investigación.

– Pensé que te gustaba servir al Reich en combate.

– Y me encanta – dijo, señalando la Cruz de hierro de primera clase que le acababan de otorgar y llevaba orgulloso al cuello–. Pero mi mentor, el barón Verschuer, me escribe a menudo insistiéndome en la importancia de que un hombre de mis capacidades continúe estudiando la ciencia de la raza. Dice que puede conseguirme un buen puesto y que no debo seguir arriesgando la vida. Mi salud siempre sido delicada y creo que no me queda mucho tiempo de soldado. La patria me llama para metas más altas.

Me miró de nuevo fijamente, como si quisiese decirme que a mí también me llamaba la patria para metas más altas, que no debía desatenderlas y estar a la altura de mi sangre. No podía imaginar que mi sangre me llamaba, sí, pero para acabar con Hitler, con la ciencia de la raza y con todos ellos.

– Me alegro que tengas planes, Joseph. Será un placer volver a visitarte en el futuro. Escríbeme cuando hayas tomado tu decisión.

– Así lo haré – dijo Mengele. Y me tendió la mano.

Se la estreché por obligación. La tenía sudorosa y se relamía los labios, algo nervioso, como si se hallase delante de una estrella de cine. Creo que no hubiese estado más emocionado de haber estrechado la mano del mismísimo Führer.

Mi ex amigo se marchó y yo me quedé escuchando los exabruptos de Manstein, que trataba ahora de hablar con responsables de la OKW, intentando evitar a toda costa que el alto mando nos quitase a nuestros mejores tanques y unidades rápidas. Pero no lo consiguió y Mengele y sus muchachos se incorporaron y emprendieron camino a Rostov. De esta forma, liberados de la primera de nuestras órdenes (avanzar hacia al mar de Azov y la cuenca del Cáucaso), nos quedó como único objetivo tomar Crimea.

*_ *_ *_ *_ *_ *

En los días que siguieron volvimos a tener problemas con los rumanos porque el Estado mayor de sus diferentes unidades tampoco tenía la disciplina y la profesionalidad de los nuestros. Cuando el enemigo estaba demasiado cerca, sus mandos huían antes de que lo hicieran sus hombres que, desmoralizados, huían tras ellos. Por si esto fuera poco, la superioridad aérea de los soviéticos era enorme: nos bombardeaban día y noche y ni siquiera la llegada del grupo de caza Mölders acabó con nuestros problemas ni con el ataque incesante de los IL-2.

Precisamente un Ilyushin IL-2 emergió de entre la niebla, sus cañones de 20 milímetros disparando sin cesar sobre nuestros soldados. Vi a un alférez de comunicaciones proyectado hacia atrás, su pecho convertido en un cráter escarlata, su gorra de fieltro fieldgrau (o gris de campaña) revoloteando como una mariposa hasta posarse delicadamente sobre su cadáver agonizante.

Aquellos monoplazas rusos, también conocidos como Shturmovik o "avión de ataque", eran aparatos notables. Pronto aparecerían nuevas versiones, cada vez más formidables, que dominarían los cielos de Rusia. Aquel día, sin embargo, el IL-2 dio una nueva pasada, mató a tres soldados más, y luego lanzó sus bombas antes de perderse en la lejanía.

Porque una vez más Goering había fallado a Hitler. No sólo no había reducido a cenizas a la aviación rusa, sino que ésta, al igual que los soldados de a pie, o los tanquistas o el resto de fuerzas soviéticas... mejoraban sus prestaciones a marchas forzadas. De acuerdo, perdían centenares de aparatos, al igual que perdían miles y miles de hombres, pero al día siguiente fabricaban mil aparatos más y sustituían los mil hombres por diez mil. Los rusos siempre pensaban a lo grande y obraban a lo grande. Mientras, nosotros no podíamos reponer de la misma forma hombres y material.

Pero, pese a todo, luchamos con nuestra típica

319

eficiencia prusiana y los últimos días de septiembre de mil novecientos cuarenta y uno, los ejércitos rusos de Crimea cedieron y se desbandaron. Comenzamos entonces una loca carrera tras ellos. Manstein incluso creó una brigada móvil con todas las unidades mecanizadas que nos restaban y fue tras ellos.

Tras otro mes de duros combates, terminamos de derrotar al enemigo y pocas semanas después estaba en nuestro poder todo Crimea. Habíamos causado al menos cien mil bajas al enemigo y teníamos casi setenta mil prisioneros. El Führer, una vez más, tenía razones para estar satisfecho de Manstein.

Bueno, he dicho que habíamos tomado toda Crimea. Pero eso no es verdad. Nos quedaba Sebastopol, un bastión decisivo, el puerto más importante del Mar Negro.

Pero el asedio de Sebastopol es un asunto que explicaré más adelante. En primer lugar, porque aquel fue el momento en que me marché de Rusia.

– Creo que voy a proseguir mi camino – le dije una mañana a Manstein.

Nos hallábamos en la península de Heracles, delante de la ciudad, la cual contemplábamos con nuestros prismáticos. A nuestra derecha había un Koljós ardiendo que parecía iluminar la mañana. Aquellas granjas cooperativas, una de las bases de la economía soviética, estaban soportando el peso de la producción soviética cuando muchas de ellas ya habían sido destruidas por nuestro avance.

– Supongo que vas a proseguir tu tarea de observador plenipotenciario – Manstein a veces utilizaba aquella frase con un toque de ironía. Ni siquiera yo sabía ya exactamente lo que significaba. Últimamente había dejado de escribir o de llamar a Hitler. Sencillamente, yo era un hombre con un extraño poder para vagar por cualquier frente o no hacerlo, si me daba la gana. Nadie sabía el porqué; tal vez ni siquiera el propio Führer, sino una pandilla de alucinados a las órdenes de Heydrich, y que incluían a mi tío Eicke y a Mengele.

– Sí, así es.

Manstein levantó sus prismáticos y miró en dirección a la ciudad de Yalta, en la que un día se forjaría la fase final de la derrota del Reich de Hitler y que apenas distaba ochenta kilómetros.

– ¿Qué has aprendido en Rusia, Otto?

Tardé un instante en responder mientras reflexionaba.

– He aprendido que a pesar de las muchas victorias que estamos cosechando... probablemente en Rusia perderemos la guerra.

Manstein chasqueó la lengua. Tardó más de un minuto en volver a hablar. Creo que esa no era la respuesta que había estado esperando.

– ¿Te irás hoy mismo?

– Antes quiero pasar por el puesto de mando en Sarabus y despedirme de los muchachos – dije, pensando en Specht y sus otros ayudantes–. Pero sí. He visto lo que tenía que ver y debo seguir mi camino. Creo que me voy a volver con Rommel al norte de África.

– Me han dicho que allí, en África, suceden cosas muy interesantes – dijo Manstein bajando los prismáticos y volviéndose hacia mí –. Quería decirte que ha sido un placer volver a combatir a tu lado. Aunque no entiendo lo que haces, eres un buen soldado y te considero uno más de mis ayudantes.

Aquello era el máximo afecto que podía expresar Manstein a cualquiera de sus subordinados. Era un hombre frío, pero me consideraba ahora como uno de sus amigos y colaboradores. Y sólo por haber conocido mejor a un hombre como Manstein ya valía la pena ser observador plenipotenciario.

– Más que un placer ha sido un honor servir a su lado – dije. Me cuadré y entrechoqué mis talones, aunque sin hacer el saludo alemán ni gritar "Heil Hitler".

Manstein suspiró, no dijo nada más y, volviendo a poner los prismáticos sobre sus ojos, contempló el enorme bastión al que se enfrentaba. Sin saber, por supuesto, que le esperaban aún siete meses de combate en aquel mismo lugar. Y que aquella batalla le valdría el rango de mariscal de campo. De esta forma, yo tendría el honor de volver a verle tiempo después y poder llamarle Mariscal Manstein.

Aunque como ya he dicho, del sitio de Sebastopol

hablaré más tarde. Porque es una historia completamente distinta y, de alguna manera, sangrienta y trágica. Como todas las de la segunda guerra mundial.

X

Eva Braun era feliz cuando estaba con Hitler y completamente infeliz el resto del tiempo. En el Berghof, en el Obersalzberg, la montaña donde habían vivido los momentos más importantes de su relación, Eva era como una reina sin su rey. Porque ahora Hitler estaba en la Prusia Oriental, en la Guarida del Lobo, discutiendo día y noche con sus generales como derrotar a las hordas bolcheviques de Stalin. Y ella se sentía de nuevo desamparada.

Aquel vacío, aquella separación, aquella soledad la habían conducido dos veces al suicidio (al menos una vez fue real, la segunda acaso para llamar la atención de Hitler) y aunque ahora estaba segura que era la única mujer de su vida, el agujero que había en su corazón no paraba de crecer. Por eso se sintió tan feliz cuando el Führer le dio permiso para visitarla en su Guarida justo en los días en que daba comienzo la ofensiva a Moscú.

– Quiero que vengas a verme – le dijo Adolf por teléfono, en su llamada de todas las noches. Su voz sonaba triste y melancólica –. Aunque solo sean unas horas. Necesito ver tu sonrisa.

Porque cada noche, exactamente a las diez, Hitler abandonaba todas sus obligaciones y llamaba a su secretaria-esposa-amante: la mujer de su vida.

– Salgo para allá inmediatamente – le aseguró Eva.

Y no hizo falta decir nada más. Al día siguiente los búnkeres de cemento donde Hitler llevaba ya cinco meses tuvieron una breve reina. El inmenso complejo de casi siete kilómetros cuadrados fue hollado por primera vez por la primera dama del Reich, la verdadera. No la esposa de Goering o ninguna de las otras esposas de los lugartenientes de Hitler. La mujer que atravesó las tres Sperrkreis o zonas de seguridad en que estaba dividido el complejo, era la verdadera primera dama de Alemania, aunque oficialmente nadie lo supiera. No había nadie más importante para Hitler que Eva Braun.

– Sólo tenemos un día – le dijo Adolf luego de salir a su

encuentro y tomar la mano izquierda de Eva entre las suyas.

Hitler, ya en 1941, siempre que estuviera rodeado sólo de su círculo íntimo de amigos o de estrechos colaboradores, se permitía ya abiertamente familiaridades con Eva. Le acariciaba el dorso de la mano cuando tenía jaquecas o la llamaba de tú cuando a todo el mundo sin excepción le llamaba de usted (con la única excepción de Otto Weilern).

– No me importa, cariño – dijo ella –. Será más que suficiente.

– Vivo un momento complicado y necesito un instante de paz. Ya sabes que solo tú me das paz.

Esta vez fue ella la que acarició el dorso de la mano de Adolf y él aspiró profundamente el aire de la mañana en Rastenburg. Se sintió un poco más tranquilo.

Pasearon entre los árboles artificiales y las redes de camuflaje que habían instalado para que, desde el aire, no se distinguiesen los búnkeres. Hitler estaba intranquilo, definitivamente mucho más intranquilo de lo que nadie pudiera imaginar. En la radio sólo se hablaba de las grandes victorias del Reich en Rusia, de que los rusos corrían con el rabo entre las piernas, pero las cosas eran mucho más complejas. La realidad no se parecía nada a las primeras semanas de la guerra, cuando Goebbels abiertamente decía a propios y a extraños (incluso al propio Führer) que la guerra ya estaba ganada, que no había que aceptar ni siquiera condiciones de paz si eran ofrecidas por los rusos... pues no había nada que negociar con quien estaba destinado a una humillante derrota y luego al exterminio.

Incluso Halder, uno de sus más íntimos colaboradores y jefe del estado mayor, llegó a afirmar a las dos semanas de iniciada la campaña que esta se había ganado ya. Y se trataba de un hombre comedido, en modo alguno favorable a Hitler, y que hasta ese instante había demostrado una gran perspicacia en diversos análisis de la contienda (o eso se pensaba).

Luego llegaron las malas noticias, los rusos se defendían hasta el último hombre, los tanques alemanes habían sufrido grandes pérdidas y había muchas averías. Los informes decían que estaban por debajo del cincuenta por ciento de unidades operativas respecto a las que comenzaron la campaña. Los rusos aprendieron mucho más rápido de lo que Hitler había pensado y ya no eran una masa que corrían en desbandada. Por el contrario, se aferraban con uñas y dientes a su tierra y hacían pagar caro cada metro conquistado. Aún perdían una batalla tras otra, pero el ejército alemán avanzaba con mucha más lentitud que al principio. En ocasiones, como en Smolensk, conseguían frenarlo e intentaban contraatacar. Aunque nadie se lo decía a la cara, sus generales creían que podía llegar el día en que Alemania sufriese una gran derrota en Rusia.

Para cuando llegó el informe del OKW, precisamente el Estado Mayor de la Wehrmacht que dirigía Halder, ese maldito informe que le informaba que la guerra no acabaría en 1941 ni en 1942, Hitler se mesó los cabellos de rabia. Porque hacía tiempo que era consciente de ello; solo sucedía que, hasta ese momento, se lo había negado a sí mismo, pero en el fondo de su corazón lo sabía. Al verlo escrito en papel no pudo alejar la verdad de sus ojos. Y regresaron los demonios de la mente, las voces que habitaban en su cabeza. Por eso había llamado a Eva. Solo ella podía acallar aquellas malditas voces.

– ¿Cómo están nuestros perritos, Negus y Stasi? – preguntó el Führer, intentando alejar todas aquellas imágenes de su mente. Tenía muchos otros perros, pero aquellos dos terriers ingleses eran los preferidos de Eva. Hitler lo sabía y siempre se interesaba en primer lugar por ellos.

– Están tan graciosos y juguetones como siempre. Comen galletitas de mi mano y me persiguen a todas partes. Siempre recuerdo el día en que me los regalaste y cómo mi hermana Gretel y yo nos pusimos tan contentas.

Una figura conocida interrumpió su paseo. Era el lacayo de Hitler, el general Keitel.

– Sí, Mariscal.

– Perdone, mi Führer, pero la Abwehr nos ha confirmado que hace ya semanas que llegan convoyes ingleses a Arcángel.

Hitler despidió con una mano al Comandante en jefe de la Wehrmacht. Churchill había declarado que si Hitler atacaba al diablo entonces él, en su papel de primer ministro de la Gran Bretaña, sería aliado del diablo. Y había comenzado a enviar aviones de caza y todo tipo de materiales a los soviéticos. Se trataba de evitar que el frente ruso se hundiera de forma definitiva. Aquella decisión de los ingleses era otro problema más al que enfrentarse (y eso que ignoraba que los americanos le estaban enviado a Stalin aún más material de guerra que Churchill). El Führer, que inició el ataque a la URSS para convencer a Inglaterra de que se rindiera de una vez, no había tenido en cuenta la extraordinaria fuerza de voluntad de Churchill, su odio al nazismo y en particular al propio Hitler. Inglaterra no se rendiría ni aunque Rusia cayese derrotada. Eso era algo que Adolf no comprendería jamás y otro error que condenaría a sus tropas en el futuro si no lo estaba haciendo ya en el presente.

— ¿Sucede algo con Wilhelm? – preguntó Eva, que tuteaba a todo el mundo y llamaba a Keitel por su nombre de pila. Lo he notado más frío que de costumbre.

— El mariscal es de los pocos militares de alto rango que me apoyan incondicionalmente. El Alto Mando ha insistido en minimizar los ataques en el norte, por el sector de Leningrado, y en el sur, por el sector del Báltico y el Cáucaso. Pensaban que había que centrarse en Moscú.

— Pero ahora en la radio dicen que vamos a atacar Moscú.

— Ellos creen que deberíamos haberlo hecho hace tiempo. – Hitler sacudió la cabeza al sentir una punzada en el estómago, ese estómago que siempre le molestaba a causa del estrés y que ni siquiera con su alimentación vegetariana conseguiría apaciguar –. Pero no hablemos de la guerra. Me paso el día hablando de ella. Háblame de lo bonita que está la Casita de Té en el Berghof, del paisaje nevado, de nuestros animales... O mejor de cómo te ha ido en el viaje. ¿Al final viniste en tren hasta la estación de Gorlitz? ¿O en avión hasta el aeropuerto de Rastenburg?

Era una pregunta trampa. Era evidente que si había llegado en tan poco tiempo lo había hecho en avión. Hitler ponía a Eva aquellas pequeñas tretas a veces para que ella le llamase tonto despistado y poder reírse juntos. Ella sabía bien que todo era un juego porque Hitler podía tener muchos defectos, pero rara vez olvidaba nada, ni un detalle, ni una coma. A veces recordaba palabra por palabra un comentario de uno de sus ayudantes realizado tres meses antes.

– Tontito, ya sabes que he venido en avión – dijo ella.

Y ambos rieron.

Siguieron hablando y prosiguieron su paseo. Vivían en un mundo irreal, en una burbuja generada en torno al poder inmenso del dictador; paseaban de la mano como dos enamorados, pero lo hacían en un inmenso complejo fortificado, rodeado de más de cincuenta mil minas. No estaban de paseo por una calle de Múnich, a principios de los años treinta, cuando se conocieron. No. Se hallaban en un recinto militar desde donde se orquestaba el mayor enfrentamiento de la historia de la humanidad.

Prosiguieron su camino entre risas hasta llegar al búnker privado de Hitler, el Führerbunker. Rieron de nuevo al ver que Hitler había mandado hacer una casita de cemento para tomar el té justo delante, una especie de homenaje a su casita de té de la que le acababa de preguntar.

– Eres de lo que no hay, tontito.

Y recordaron el camino serpenteante, veteado de barandillas de madera, que llevaba desde la casa principal a la casita de té. Allí habían pasado en privado algunos de los mejores momentos de su vida marital. Y ambos los añoraban.

– Luego regresaremos a tomarnos de verdad un té – dijo Adolf–, pero antes quiero enseñarte mis habitaciones privadas.

Penetraron en el Führerbunker y descendieron a los subterráneos que, como en el Berghof, ocupaban varios kilómetros. Hitler siempre estaba obsesionado por los bombardeos aliados y se protegía de ellos con costosísimas obras de ingeniería.

Pero fuera como fuese, entre recuerdos del pasado, besos furtivos y charla insustancial con su amada, durante unas horas Hitler se olvidó del presente, de las estimaciones del Estado mayor, que había dado por liquidadas semanas atrás el ochenta por ciento de las divisiones soviéticas y ahora debía aceptar que los rusos tenían un caudal humano inagotable, que las divisiones soviéticas nunca se terminarían y continuarían combatiendo hasta el fin. Como sucedía con los tanques, la Luftwaffe, que en modo alguno había aniquilado la fuerza aérea soviética, había sufrido severas pérdidas y apenas le quedaban mil aviones en condiciones de alzar al vuelo. Por ello, el bombardeo de Moscú previo al ataque había sido mínimo. Además, la infantería estaba agotada y necesitaba permisos que no podían concederse en muchos casos. Lo cierto es que el ejército alemán había perdido ya casi doscientos cincuenta mil hombres, por encima de las previsiones que habían calculado que perderían en toda la campaña. Era evidente que las previsiones que habían hecho para la Operación Barbarroja eran estratégicamente un desastre.

Y ahora tenían un problema logístico nuevo: qué hacer con más de un millón de prisioneros rusos que obraban en su poder.

Pese a todos estos problemas, hasta pocos días atrás, Hitler había seguido insistiendo en que había que atacar al norte, más allá de Leningrado, hacia la región industrial de Jarkov, y en el sur hacia el petróleo del Cáucaso. ¿De qué serviría tomar aquellas zonas cuando apareciesen dos millones de soldados rusos más? ¿Y cuándo fueran tres, cuatro o cinco? Sus argumentos cada vez eran más débiles ante la firme oposición de Halder, los generales del Estado mayor y de todos sus oficiales superiores salvo Keitel. Aun así, la resistencia de Hitler duró meses, un tiempo decisivo en que los rusos reforzaron el sector de Moscú.

– Reforzar es la palabra clave – musitó Hitler, sentado en un sofá junto a Eva –. No nos equivocamos realmente en la cantidad de divisiones que tenían los soviéticos sino en el mismo concepto de qué es una división de combate. Nosotros mandamos a la batalla a divisiones mínimamente formadas y armadas. Pero los rusos mandan a miles, millares, centenares de miles de hombres sin formación y sin armas a primera línea. Están ahí para recoger las armas que han caído de las manos de sus compañeros muertos. Pero hay que matar a esos falsos combatientes; y si los capturamos y los hacemos prisioneros hay que hacer algo con todos esos hombres. Alimentarlos, trasladarlos a campos. Incluso matarlos es una enorme pérdida de tiempo y de recursos. Hemos subestimado al gigante soviético. Yo lo he subestimado.

– ¿No dijiste que no íbamos a hablar más de esta guerra? – dijo Eva, tomando un libro de arquitectura sobre la ciudad de Linz que tenía Hitler en una mesilla baja.

– Claro, claro, solo pensaba en voz alta

El Führer miró su libro, suspiró pensando en la belleza de aquella ciudad (su preferida en el mundo entero) y se preguntó qué hubiese pasado si Stalin hubiese pedido la paz. La habría aceptado. La Abwehr de Canaris le informó que Stalin llegó a plantearse ceder un tercio de su territorio a Hitler (que había que seguir atacando sin demora, porque aquella propuesta estaba a punto de llegar). Pero entonces el avance relámpago, la Blitzkrieg, comenzó a flaquear en Smolensk y los rusos nunca llegaron a realizar aquella propuesta. Eso, si es que aquel rumor era cierto. Hacía tiempo que dudaba de Canaris. Un hombre extraño, al que no comprendía demasiado bien. Pero como con muchos de sus colaboradores, Hitler confiaba en él ya que llevaba sirviéndole bien (eso le había hecho creer el traidor) desde hacía muchos años. Y Adolf creía en el valor de la fidelidad.

– Tengo pensado remodelar Linz y convertirla en el centro cultural más importante del mundo – dijo entonces Hitler, tratando de olvidar la ofensiva soviética de una vez por todas.

Entonces Eva le besó y Hitler respondió con violencia a aquel beso, apretando sus labios y buscando su lengua hasta desaparecer por completo todos los problemas que invadían su mente.

– Te quiero – dijo Eva.

El Führer no respondió, pero comenzó a desnudarla... primero lentamente y luego con mayor intensidad, con prisas, casi de forma zafia, arrancándole la ropa y besándola de nuevo con violencia y compasión.

– Te necesitaba tanto, cariño – dijo el Führer.

E hicieron el amor toda la tarde y hasta la madrugada. Cuando Eva cogió el avión de vuelta, Hitler se sintió vacío y desamparado sin ella, tanto como no se sentía en mucho tiempo. Pero fue un sentimiento pasajero. Porque Eva le daba fuerzas y por ella acabaría con aquella guerra y regresaría a sus brazos.

El Führer, saltó del lecho y se preparó para un nuevo día de planificación, de combates y de discusión con sus generales del Alto Mando en la Guarida del Lobo.

*_ *_ *_ *_ *_ *

Eva Braun volvió a ver a Hitler apenas unas semanas después. El Führer abandonó Rastenburg para la firma y ceremonia de extensión del Pacto Antikomintern, que ahora incluiría a finlandeses, húngaros, búlgaros, daneses y croatas. Es decir, el tratado que incluía a todos los países que se comprometían a luchar contra el comunismo en todo el mundo.

A última hora del día, sin embargo, antes de regresar a la Guarida del Lobo, Hitler quiso reunirse con su "esposa secreta". Fue a Múnich, donde cenaron de forma frugal e hicieron el amor en el mismo sofá donde la había desvirgado hacía más de diez años, en el segundo piso de su casa de la Prinzregentenplatz.

– La batalla de Moscú no va también como afirma Goebbels – le reveló Hitler a Eva mientras se vestía.

En efecto nada más terminar la batalla de Kiev, que había sido un resonante éxito gracias a las fuerzas Panzer de Guderian, había comenzado la Operación Tifón, el nombre clave para la toma de Moscú. Aunque algunos líderes nazis creían que las enormes pérdidas rusas les habían debilitado lo suficiente como para alcanzar la victoria, había otros que tenían dudas. Hitler no era uno de ellos y estaba entusiasmado, convencido de que ya no había freno para la Blitzkrieg. Los rusos habían tenido un momento de suerte en Smolensk, "un hechizo" lo llamó en las reuniones con el alto mando. Pero a partir de ese instante el hechizo se había terminado, la guerra relámpago regresaba (Kiev había sido una victoria clásica de guerra relámpago) y tomar la capital rusa estaba al alcance de la mano. Precisamente allí, en Moscú, y también en Leningrado, que llevaba ya tiempo asediada y no se rendía, Hitler pensaba que alcanzaría su momento de gloria. Ambas ciudades caerían en muy poco tiempo. Incluso el mejor general ruso, Zhukov (que acaba de ponerse al frente de las tropas soviéticas en Moscú), dejó escrito en sus memorias que incluso ellos creían que existían muchas opciones de sufrir una derrota en la capital de su imperio. La sensación generalizada, por un corto espacio de tiempo, era que el nazismo se impondría.

Pero de nuevo la realidad se obstinó en llevar la contraria a Hitler y sus sueños de grandeza. En primer lugar, llegó el "general invierno" con temperaturas que podían llegar a cuarenta grados bajo cero. El oficial Panzer preferido de Hitler, Guderian, hablaba de balas que no salían de sus ametralladoras, tanques congelados que no arrancaban, de hombres muertos de hambre con poca ropa de abrigo porque esta no había llegado a tiempo, de una línea de suministros demasiado larga... lo que provocó que, por primera vez en la campaña de Rusia, los alemanes se enfrentaran a tropas mejor alimentadas, mejor abrigadas y con más moral.

– He oído decir a Goebbles precisamente ayer que la victoria está cercana –dijo de pronto Eva, tras un largo silencio.

– En la radio la victoria siempre está cercana. Goebbels se encarga de que la gente lo piense. Pero el avance de nuestras tropas es casi inexistente. A veces creo que hay una conspiración entre mis generales, que como di preeminencia al ataque al norte y al sur en lugar de al centro y de la capital soviética, ahora me castigan provocando nuestra derrota.

Hitler siempre fue un paranoico y a menudo creía que sus generales ponían palos en las ruedas de sus grandes sueños a costa de su propia carrera militar, su seguridad personal o la vida de sus hombres.

– ¿Porque iban a hacer eso? No lo entiendo.

Hitler se apretó las sienes con ambas manos. Estaba harto de la guerra, pero a la vez quería vencer a toda costa. Eva era su apoyo fuera del mundo del generalato y del Estado mayor. Ella le hacía reír con su visión básica de la existencia, ella era una mujer, una mujer aria que vivía para complacer a su hombre. No, no era una confidente a la que explicarle el sacrificio en combate del soldado alemán o sus dudas sobre la actitud de algunos de sus oficiales. Ella era un pajarito, un dulce y maravilloso animal de compañía. Por eso la amaba, porque aplacaba los demonios que acechaban en su interior.

Como si Eva hubiese comprendido de pronto el papel que se esperaba de ella, corrió a una estantería a buscar "el libro de fotos de la realidad alternativa".

– Mira, mira, cariño. Aquí estamos con los niños – dijo.

Pocos lo saben, pero Eva tenía un álbum de fotos en el que simulaba una existencia paralela. En su sueño era una mujer casada y con hijos con un marido presente todos los días a su lado y al de su descendencia. Para ello, llevaba años fotografiando a Hitler con hijos de amigos, como los hijos de su mejor amiga, Herta Schneider: instantáneas relajadas y tranquilas de ambos con los niños. Hitler y ella paseando con ellos, o sentados juntos sus perros viviendo una vida normal y no la vida de uno de los estadistas más poderosos del mundo.

– Mira, mira – insistió entonces Eva–, aquí estamos en…

Enumeró para su hombre un lugar tras otro, fotos de allí mismo, en la casa de Múnich, en el Berghof, o en una estancia privada de la casa de Herta. Las guardaba todas allí, las miraba a todas horas, imaginando que era una esposa cualquiera y que aquella misma noche habían ido al teatro, o al cine y que Hitler era sólo para ella y para los hijos de ambos. Por eso le filmaba y le fotografiaba constantemente cuando estaban juntos, para aquellos álbumes de fotos donde vivía su vida paralela.

En la vida real, sin embargo, también conseguía victorias. Hitler cada día confiaba más en ella, le iba permitiendo más gestos de cariño en público y buscaba la manera de verla y de complacerla. Ya no era el hombre distante que provocó sus suicidios en el pasado. Si la campaña de Rusia hubiese realmente durado de cuatro a ocho semanas, ahora estarían de vacaciones en cualquier parte. Eva estaba segura de ello. O tal vez estarían en el Berghof y ella sería oficialmente la primera dama de la Alemania. En una cena de gala, contaría el último chisme a sus invitados, y todos verían que ella era "la elegida" para ser la mujer más envidiada del Reich, no la matrona Magda Goebbels o la actriz fracasada Emmy Goering. Todos verían que era cierto, que Hitler solo utilizaba la segunda persona del singular, el tú (en alemán "Du") con ella, porque era su esposa, porque era la primera dama de Alemania.

Pero solo eran sueños. Tal vez nunca se harían realidad.

Cuando Hitler se marchó de vuelta a la Guarida del Lobo, esta vez fue Eva la que se sintió inmensamente sola y desamparada. Así que abrió otro de sus álbumes de fotos y se vio junto a sus hijos (o los de Herta) con su amado Adolf, viviendo una vida sencilla, disfrutando de unos minutos de asueto y felicidad que nunca viviría.

Y entonces Eva rompió a llorar.

*_ *_ *_ *_ *_ *

Mientras Eva Braun soñaba con una existencia imposible, la guerra se decidía en un lugar muy lejano, a 2500 kilómetros. Allí, un general de 53 años llamado Heinz Guderian, había tomado una decisión impensable apenas unos días atrás: Se retiraba.

Estaba nevando en Moscú, como casi siempre. Y también como casi siempre hacía un frío del demonio, un frío paralizante, demoledor, definitivo. Guderian se sentía culpable, pero no por la retirada sino por no por dejar claro a Hitler cuando se reunió con él meses atrás que no se podía retrasar el ataque a Moscú. Pero no se atrevió a decirle que era un error posponerlo y ahora, cuando al fin habían emprendido el ataque, el enemigo se había reforzado y la victoria era imposible.

El general, de pie en su tanque de mando, miró en dirección al frente. Vio a un Panzer IV de las SS disparando a un KV-1 soviético. Aquella mole, el primer tanque pesado de la guerra mundial, respondió con su cañón de 76.2 milímetros y dejó inmovilizado al tanque alemán. Un miembro de la dotación, vestido con uniforme negro, salió del carro, que había estallado en llamas. Las ametralladoras Degtiariov del tanque ruso lo derribaron. Guderian fijó sus prismáticos en el rostro del cadáver, un muchacho tirado en la nieve, su cabeza aún cubierta por el panzerschutzmütze habitual de los Panzer, un casco especial acolchado cubierto por una especie de bonete de lana. El general aparta la vista.

Finalmente, como casi siempre, tuvieron que llegar las artillerías de 88 milímetros para derribar al gigante ruso de metal, que estalló en una bola roja de fuego.

Aunque todo era inútil ya. Tal vez el tanque ruso hubiera perdido esta vez, pero vendrían 10 más, 100 más, 1000 más. La batalla de Moscú había terminado.

Y por ello Guderian había desobedecido a su superior, el mariscal Von Kluge, y ordenado retroceder a la unidad más famosa del ejército alemán: el Panzergruppe 2 o Panzergruppe Guderian, aunque oficialmente era ya un ejército Panzer. Y eso que todo comenzó de maravilla, la Operación Tifón se ejecutó con brillantez y el Führer pensaba que la cosa estaba hecha. El mariscal Von Bock y sus hombres practicaron la Blitzkrieg y embolsaron a casi dos millones de soviéticos. Pero sucedió lo impensable: la batalla de Cannas no fue la batalla de Cannas. Porque los rusos, superados, flanqueados, rodeados... decidieron no rendirse y luchar con uñas y dientes hasta el último hombre. Y contraatacar, contraatacar sin descanso hasta romper el cerco.

Tal vez ese fue el error del Alto Mando alemán. Se puede embolsar a cien mil hombres, trescientos mil, tal vez incluso a unos pocos más, como en Francia. Pero una bolsa con dos millones de enemigos dentro no es una bolsa, son dos millones de hombres luchando, rodeados pero no vencidos y haciendo pagar por cada metro de suelo ruso conquistado.

La línea alemana se rompió por varios puntos mientras el "General Invierno" congelaba a los asaltantes y los tanques y equipos que no estaban helados se quedaban empantanados en el barro. Los alemanes nunca habían visto combatir a los bolcheviques con tanta determinación pero, demonios, era la capital de su país. Tendrían que haberlo previsto.

Y aparecieron cosacos a caballo, brutales divisiones del Turquestán y mongolas pero, sobre todo, llegaron los siberianos. Porque Stalin había escuchado finalmente a su espía en Japón (Sorge) y convencido de que los japoneses no iban a atacar por Oriente, dejó apenas unas pocas tropas en las fronteras del este y mandó a todos sus ejércitos de Siberia en dirección a Moscú. Y se trataba de hombres curtidos, a los que el frío no les afectaba, y que luchaban hasta la muerte en cargas heroicas.

Pese a todo, en Moscú había dudas, planes para trasladar el cadáver momificado de Lenin o llevar el gobierno a 800 kilómetros detrás de la línea del frente.

Durante unos días la victoria no se inclinó hacia ningún lado. Los alemanes capturaron a 600 mil prisioneros y prosiguieron su avance hacia la capital rusa, ahora a menos de cien kilómetros. Entonces, Guderian aún creía en la victoria.

El general saltó del tanque de mando, desolado por los recuerdos, miró a un pelotón de soldados que detenía su retirada y se sentaba a comer. No muy lejos, el tableteo de una ametralladora, el sonido de un cañón antiaéreo o el aullido de alguien que acababa de encontrar la muerte. Pero los hombres no se inmutaron y siguieron a lo suyo, distribuyendo las raciones.

– Veteranos de mi "Panzergruppe" –dijo Guderian en voz alta.

Porque fueron sus veteranos los que atacaron contra el ala izquierda de las defensas moscovitas mientras el grueso del ejército del mariscal Von Kluge presionaba por el centro. A principios de diciembre de 1941 los alemanes se hallaban a poco más de veinte kilómetros de Moscú y, cuando el tiempo se levantaba despejado, podían ver el Kremlin. Eso animó a sus soldados. Pero con la llegada del último contingente de siberianos los rusos contraatacaron por sorpresa. Pronto reconquistaron las ciudades del arrabal de Moscú que estaban en manos de Von Kluge. El Kremlin dejó de ser visible y nunca más volverían a verlo soldados del Heer a menos que lo hicieran en su condición de prisioneros.

El mariscal Von Rundstedt, que había estado al lado de Hitler desde la primera campaña en Polonia, había sido destituido solo unos días atrás por pedirle retirarse en Rostov, donde los rusos también contraatacaban, cerrando las puertas del petróleo del Cáucaso al mismo tiempo que hacían lo propio en Moscú. El Führer, airado, comprendió a las pocas horas que la retirada era inevitable. Así que permitió a su sucesor, Von Reichenau, que lo hiciese, pero el viejo mariscal no recuperó su puesto. Hitler nunca pedía perdón aunque se equivocase.

Guderian sabía pues que, al decidir de motu propio retirarse, probablemente iba a ser el chivo expiatorio de aquella nueva derrota. Pero no le importó. No sacrificaría a sus hombres, a sus veteranos, a cambio de nada. La batalla por Moscú estaba perdida, aunque eso nunca se lo diría a Hitler a la cara. Pero era la verdad. Nunca estuvo en sus manos la victoria.

El general Guderian miró en derredor, al barro solidificado, congelado en bloques resbaladizos... y a las nieves perpetuas, a las granjas vacías y a la desolación que le rodeaba. Por fin sus ojos se detuvieron en el cruce de dos vías, donde los rusos habían erigido un extraño monumento, un ME 109 abatido, convertido en un amasijo de metal, un cono de chatarra, un monumento que era exhibido para dar coraje a la población. Uno de los mejores aviones de la Luftwaffe había sido transformado en una macabra obra de arte.

Por la carretera de Tula, no muy lejos, vio a algunos de sus hombres avanzando hacia la retaguardia, algunos uniformes irreconocibles, pues llevaban hasta manteles sobre la casaca para protegerse del frio. Los soldados le reconocieron y gritaron su nombre:

– ¡Guderian! ¡Guderian! ¡Viva "Heinz el rápido"!

El general no respondió y lanzó un suspiro. Así le llamaban sus muchachos: Schneller Heinz o "Heinz el rápido", por las muchas veces que habían corrido a su lado hacia la victoria. Pero en aquel día la victoria les sería esquiva. Y todos lo sabían. Así que no más muertos, no más de aquellos soldados del Reich, todos magníficos, buenos hombres a los que no debía llevar a un sacrificio sin sentido. Porque Guderian echaba de menos a los que ya no estaban, algunos de sus mejores oficiales, o incluso amigos que habían fallecido en otros sectores del frente, como el coronel Mölders, su compañero en el Somme. Demasiados sacrificios por Alemania y por el Führer.

– ¡Soldado! – dijo el general en dirección al más cercano de los hombres que se habían detenido a terminarse sus raciones de combate.

Guderian descendió de su tanque de mando, un Panzer

IV con planchas de metal en los laterales, equipado con un equipo de radio completo para comunicarse con sus hombres, y por lo tanto tachonado de cables y antenas como si fuera una estación móvil.

El soldado se giró. Estaba sentado en el suelo, comiendo unas galletas saladas.

– ¿Cómo se llama, soldado?

El hombre dijo su nombre, pero en medio de un torbellino de nieve Guderian no lo entendió bien

– ¿Sven Hassel, ha dicho?

– No, mi general. Ben Hasse.

Los dos hombres se miraron a los ojos. El soldado no se había levantado para cuadrarse delante de su comandante. Ben masticaba maquinalmente sin mirarle.

– ¿De la 3 división Panzer?

Ben asintió. Al mando de aquella unidad estaba uno de sus mejores oficiales, Walter Model. Guderian no podía saberlo, pero acabaría siendo casi tan famoso como él.

– ¿Tus camaradas?

Guderian señaló hacia el resto de su pelotón, que estaba terminando de cenar junto a un fuego que habían improvisado bajo su Panzer III. Pudo ver a uno algo más viejo que el resto, seguramente el jefe de pelotón, de unos 40 años. Detrás de él vislumbró a un hombre muy bajo, de poco más de metro cincuenta y una larga cicatriz; no parecía alemán, su rostro le resultaba a Guderian étnico: árabe o musulmán. Apoyado en el tanque se hallaba un gigante de rostro simiesco y cara de pocos amigos. A su lado una extraña figura; el general se frotó los ojos para estar seguro, pero sí, aquel último soldado del pelotón llevaba un sombrero hongo y un monóculo.

Sus veteranos habían visto demasiado y habían combatido demasiado. Quizás no fueran soldados que siguieran al pie de la letra el reglamento, pero a estas alturas a nadie le importaba. Solo contaba ya seguir vivo.

– Sí. Son mis camaradas. Estamos de suerte, pues muchos otros han muerto en esta carretera – dijo en ese momento Ben Hasse.

Solo dos días antes, el 4 de diciembre, sus oficiales le

337

habían dicho a Guderian que todavía confiaban en la victoria. Prosiguieron el ataque. Pero la tarde del 5 se hizo evidente que los rusos, inmensamente superiores en hombres y en aviones, les iban a aniquilar. Y casi lo habían conseguido. De no haber dado la orden de retirada, ya estarían todos muertos.

– ¿Cómo vamos a reemplazar a tantos buenos hombres caídos? –dijo Guderian.

– No se puede, señor –dijo el soldado.

Ese era un problema que obsesionaba a Guderian. Hitler no entendía que los buenos mariscales, generales, y hasta los buenos soldados rasos... comenzarían a escasear según avanzase la guerra. Demasiados buenos combatientes caídos y demasiados reemplazos jóvenes, casi niños que nada podrían hacer ante la superioridad numérica soviética.

– Es verdad, soldado, no se puede.

Ben Hasse se incorporó, cuadrándose al fin y saludando a su general; luego se alejó sin prisas hacia el lugar donde sus compañeros estaban ya recogiendo sus bártulos. Un viejo Panzer III echó a andar poco después, lentamente, por la carretera de Tula, una pista de hielo y cadáveres, tanto de sus compañeros como de sus enemigos. Guderian se quedó mirando al vehículo mientras arreciaba la tormenta de nieve. Aquel tanque era la metáfora de la retirada de su ejército y aquellos hombres cansados la alegoría del soldado alemán.

Habían luchado hasta el límite de sus fuerzas. Y habían perdido.

NOTA INFORMATIVA: *este pequeño homenaje a los personajes y novelas de Sven Hassel ha sido realizado con la aprobación de la familia del autor.*

--*-*-*-*

Pero Hitler no quería retirarse. De vuelta a la Guarida del Lobo, tras pasar unos instantes placenteros con Eva, se encontró que la batalla de Moscú no marchaba según lo previsto. No aceptó que sus oficiales al mando le pidieran retroceder, insultó a sus generales, les acusó de traición a Alemania y fundamentalmente a él, que era la imagen viva del Reich.

– ¡Cobardes, no me arrebataréis la victoria! – bramaba el Führer.

Von Brauchitsch sufrió un infarto al salir de aquella reunión. Adolf Hitler, en una decisión sin precedentes, decidió sustituirle y convertirse personalmente en jefe del Heer, el ejército de tierra.

Guderian acertó en sus previsiones. Fue cesado por insubordinación, por retirase en contra de las órdenes del Führer. Su caída fue propiciada por un informe del Mariscal Von Kluge que, paradójicamente, tres semanas después también pidió que se les permitiese a sus tropas retirarse ante el ímpetu imparable de los rusos. Guderian se encogió de hombros, cansado de la guerra y de sus ironías. Y se retiró a una granja con su esposa, lejos del mundanal ruido, sobre todo del sonido de los cañones y el silbido de las balas.

Una mañana, un sencillo agricultor, ex general del Reich, escuchó a Hitler en la radio. Llamaba a las tropas en Rusia a resistir hasta la muerte, hasta el último hombre. En Deipenhof (en el Reichsgau Wartheland, antiguamente oeste de Prusia), donde ahora vivía Heinz Guderian, el invierno había sido muy suave aquel año, nada que ver con las temperaturas bajo cero que había sufrido en Rusia. Guderian se echó a reír al escuchar las palabras de Hitler.

– No nos retiraremos de Rusia – dijo Guderian en voz alta–. Nos retirarán ellos.

Su cese (y la pérdida de toda opción de ascender a mariscal) le habían enojado, por supuesto. Su gesto adusto y su encogimiento de hombros eran una pose. No había sido, sin embargo, el único chivo expiatorio; muchos otros generales y mandos intermedios fueron cesados por el desastre de Moscú. La línea del frente, estable por un tiempo a causa de la orden de resistir del Führer, se mantendría algunos meses. La operación Barbarroja había concluido.

Ahora comenzaba una nueva fase de la guerra en Rusia. Pero eso ya no era cosa de Guderian, que se sentó a mirar las montañas, a lo lejos, donde la niebla se extendía sobre el fondo verde esmeralda. Vertió un poco de té en una taza y sorbió lentamente su contenido.

La guerra había terminado para tal vez el segundo mejor general táctico de la guerra tras Erwin Rommel. Una pérdida que Alemania nunca tendría que haber permitido y solo uno más de los muchos errores que Hitler cometería en los años venideros.

MOMENTOS DECISIVOS DE LA HISTORIA

SUCESO: MITOS DE LA SEGUNDA GUERRA MUNDIAL

La 2ª guerra ha sido y será caldo de cultivo de muchos mitos rumores y falsedades. En estas novelas trataremos de desvelarlos.

Ya se desmintió el mito de León Marino (el supuesto intento de Hitler de invadir la Gran Bretaña), que nunca pasó de ser una teoría y jamás se pensó en poner en práctica. Pero hay muchos otros.

SUCESO: EL "GENERAL INVIERNO"

Este es otro de los mitos de la guerra. "El general invierno" no fue importante en esta campaña. Los inviernos en Rusia son muy fríos. El de 1941 fue uno de los más fríos, pero eso no fue tan relevante como a menudo nos quieren hacer creer. No sucedió nada que los mandos alemanes no deberían haber supuesto. El problema fue que no estaba previsto estar combatiendo en invierno (pues Rusia sería derrotada en, como mucho, ocho semanas). Por tanto, no se planificó correctamente la entrega de ropa de abrigo o cómo llevar suministros entre los rigores del invierno a tropas a tanta distancia de sus bases. De hecho, al inicio de la campaña, Hitler llegó a expulsar de las reuniones del Alto Mando a cualquiera que hablase de llevar ropa de invierno al frente (ya que el pensar que la campaña durase tanto era señal de derrotismo). Y en adelante prohibió ni siquiera sacar el tema a colación. Para cuando se dio cuenta de su error ya no era posible fabricar y enviar a tiempo las prendas de abrigo suficientes para un ejército tan numeroso.

CONSECUENCIAS: EXCUSAS

Cuando aún no había caído el Tercer Reich, ya habían surgido diversas excusas entre los partidarios de Hitler para justificar el desastre en Rusia. El frío fue solo el primero de ellos. Se trataba de obviar que:

1- Nunca se debió atacar la URSS.

2- Nunca se debió concentrar las tropas en el norte y el sur, sino acudir en dirección a Moscú desde el primer momento.

3- La valoración de las fuerzas soviéticas, tanto en cantidad de hombres como en calidad de sus equipos (sobre todo en tanques) fue completamente errónea.

4- La más grave de todas: Hitler, que era un diletante, concentró en su persona el mando del ejército. De facto, tras ser relevado de su puesto por enfermedad Von Brauchitsch, fue el único responsable en solitario de toda la estrategia de la campaña en Rusia.

Y el Führer cometería muchos más errores que, según avancen estas páginas, se irán desvelando.

LA OPERACIÓN KLUGHEIT DESDE EL PUNTO DE VISTA DE UN ESPÍA JAPONÉS
[Atami vs Hauser]

Yukio Atami se había quitado su disfraz. Hacía una semana que había dejado de ser el capitán de la Ahnenerbe Bernd Hauser. Se había sentido algo extraño al volver a ser él mismo. Se había acostumbrado a su alter ego SS, a la sensación de poder, de ser invulnerable y todopoderoso en suelo alemán. Pero si había regresado a su vida habitual lo hizo por una muy buena razón: Pearl Harbour.

– Yo piloté uno de los casi 200 aviones que descendieron del cielo en la primera oleada sobre la base americana –dijo Atami, con la voz teñida de orgullo–. A mi espalda, los seis grandes portaaviones de la Primera Flota comandada por Nagumo, los cuatro acorazados, el grupo de escolta con sus destructores, los submarinos... todo el plan del almirante Yamamoto desplegado y listo para enfrentar al enemigo.

Muchos de aquellos navíos eran ya famosos y formaban parte del ideario colectivo del pueblo japonés. Kaga, Akagi, Zuikaku, Shokaku, Hiryu o Soryu, todos serían nombres que serían repetidos hasta la saciedad, la prueba de la superioridad de la flota japonesa, en aquel momento (diciembre de 1941), sin lugar a dudas, la mejor del mundo.

– Mi aparato era un bombardero Nakajima, un buen aparato, no muy rápido pero robusto. Sin un instante de duda, descendí sobre el acorazado Oklahoma –añadió Atami, hinchando el pecho–. Ahí, agradecí el entrenamiento en la bahía de Kagoshima, porque los torpedos, modificados con estabilizadores para poder alcanzar el blanco en distancias tan cortas, consiguieron su objetivo. Llamas voraces, la bestia de metal ladeándose y gritos de victorias en las carlingas de nuestras naves. Luego atacamos el Arizona y lo hundimos en pocos minutos. Y prosiguió la carnicería: acorazados, cruceros, barcos auxiliares, nada nos parecía suficiente. Y entonces nuestro jefe, Fuchida, dio la orden de retirada. La segunda oleada de aviones estaba a punto de llegar. Ellos también querían asestar una puñalada a los americanos. Y vaya si lo hicieron.

El embajador Oshima inspiró profundamente, rebosante de felicidad. A su lado, el almirante Abe se relamía, como cuando tomaba su copita de sake después de las comidas. Ambos estaban disfrutando de aquel instante, uno de los más grandes de la historia del Japón.

– Las bajas americanas han sido demoledoras – prosiguió Atami–. En total, la marina de Estados Unidos ha perdido nueve grandes naves, hundidas o encalladas, y otras diez han sufrido graves daños. La fuerza aérea perdió cerca de doscientos aviones. Dos mil quinientos muertos y más de mil heridos. Un desastre absoluto.

En la embajada japonesa en Berlín se respiraba un ambiente de euforia. En la calle, en la propia Tiergartenstrasse, en el corazón del distrito de las embajadas, por todas partes había compatriotas, y hasta alemanes, exhibiendo la bandera del Sol Naciente. El Führer y Mussolini acababan de declaran la guerra a los Estados Unidos. Una guerra esencialmente europea acababa de mudar a una confrontación que se extendería a los cinco continentes. Ahora ya estaba claro, Hitler ya no podría seguir llamando a aquel conflicto Guerra de Liberación Alemana. Se hallaban en la Segunda Guerra Mundial.

Y a aquel momento se había llegado por el afán expansionista de los militares nipones, la guerra en China que llevaba desangrando al país varios años y la necesidad de materias primas para continuar las conquistas. Por ello el Japón había puesto sus ojos en las Indias Orientales y todo el Sudeste Asiático. Hasta que los Estados Unidos decidieron intervenir.

– Roosevelt nos obligó a atacar –dijo Abe, con gesto fiero–. Nos asfixió económicamente, nos cortó el petróleo, nos humilló cuando sabía que nosotros soportamos todo menos la humillación. Ahora estamos en guerra por su causa.

Aquello era esencialmente cierto. El presidente de Estados Unidos formaba parte de una minoría de americanos que quiso entrar en la guerra desde el primer momento. Pero con la opinión pública en contra, buscó la manera de apoyar a los británicos todo lo posible (y lo imposible) mientras trataba de entrar en el conflicto de la manera que fuese. No solo había embargado las exportaciones de petróleo al Japón sino también las de acero; además, estaba apoyando económica y militarmente a los chinos. Aunque el oro negro era la clave de todo. El Alto Mando japonés sabía que tenían combustible para menos de un año. Pero los americanos pensaban que los japoneses agotarían la vía diplomática y aún tardarían cerca de medio año en declararles la guerra. Entre tanto, Roosevelt disponía de un programa de radio en el que charlaba con ciudadanos y trataba de convencerles de entrar en guerra, intentando que el eslogan inicial de "Haremos cualquier cosa para ayudar a los aliados menos volver a combatir" se convirtiera en "Combatiremos de nuevo como en la Gran Guerra de 1914". Y al final lo había conseguido. Después de Pearl Harbour, una nación airada deseaba entrar en guerra y acabar a cualquier coste con la amenaza japonesa.

– Pero no es menos cierto –terció el embajador Oshima–, que hemos atacado sin una declaración formal de guerra. O al menos así lo consideran muchos.

Abe alzó los brazos, encolerizado.

–¡Eso no es cierto! Se envió la declaración de guerra con tiempo a nuestros representantes en Washington. Por desgracia, se produjeron retrasos inesperados de los que no se nos puede culpar.

–Por favor, Almirante...

Oshima sonreía. Ambos sabían de sobra que se había mandado un comunicado cifrado al enviado especial Kurusu y al embajador Nomura unas pocas antes del ataque. Y que ese mensaje debía ser desencriptado y luego los dos representantes acudir ante los americanos y entregarles el escrito. Además, el mensaje era largo, farragoso y no parecía una declaración de guerra sino la ruptura de relaciones entre ambas potencias (era tan críptico, que los servicios de inteligencia americanos, que lo había interceptado y descifrado horas antes, no se dieron cuenta a tiempo de que era una declaración de guerra). Los japoneses lo organizaron todo para que los americanos se estuvieran preguntando qué demonios estaba pasando mientras los cazas y bombarderos nipones volaban ya hacia sus objetivos, dejándoles sin tiempo para reaccionar.

Por desgracia, el retraso de Kurusu y Nomura provocó que llegasen... no minutos antes del ataque sino una hora después. Y aquello era la causa de que los aliados proclamasen a los cuatro vientos que el Japón había atacado a Estados Unidos sin una declaración formal de guerra, cosa que era casi verdad, aunque no verdad del todo. Cosas de la diplomacia.

–Discrepo con usted, Oshima. Le repito que el Japón declaró la guerra al enemigo. Somos gente de honor.

Abe no quería dar su brazo a torcer y comenzó una animada discusión sobre el tema. Se incorporaron el consejero Kawahara, el teniente coronel Higuti y otros oficiales de menor rango. Todos querían dar su opinión y, aunque era mayoritario el punto de vista de Abe, el embajador Oshima terminó haciendo ver a todos que eso no importaba. Incluso si la declaración se hubiese entregado a tiempo, se había confeccionado de tal forma que el enemigo no pudiera poner en guardia a sus hombres. Era lo mismo que atacar sin declarar la guerra. Por eso los americanos llamarían al día del ataque a Pearl Harbour "el día de la infamia".

– El matiz lo es todo –opinó Abe–. Estrictamente hablando, hicimos las cosas bien. Si obramos de tal forma que el enemigo salió perjudicado, eso es en todo caso un triunfo de nuestra estrategia. Necesitábamos un ataque por sorpresa y alcanzamos una gran victoria. Eso es lo que cuenta.

Atami decidió que su presencia ya no era necesaria. Se marchó subrepticiamente de la reunión, que seguía discurriendo entre la euforia y la embriaguez, porque botellas de licor comenzaron a pasar de mano en mano. Pero el espía no estaba para celebraciones a pesar de haber participado en persona en Pearl Harbour.

No, Atami tenía otra misión. Y es que Hauser estaba poco a poco devorando su propia personalidad. Incluso en el día de una gran victoria del Japón, seguía pensando en cómo encarar la nueva fase de su vigilancia a Otto Weilern.

Necesitaba a alguien que le acompañase en aquella

aventura, alguien que pudiese abrir las pocas puertas que estaban vedadas incluso a un SS. Y sabía a quién debía recurrir.

    – La camarada Scholtz-Klink – dijo entre dientes, mientras descendía las escaleras de la embajada.

    A su espalda, dos grandes banderas niponas franqueaban la nazi con su esvástica. Ahora, más que nunca, el destino de ambas naciones era uno solo. Unidos en la victoria, en la derrota… y también en la infamia.

MOMENTOS DECISIVOS DE LA HISTORIA

SUCESO: PEARL HARBOUR

El ataque a Pearl Harbour es uno de los momentos más icónicos de la historia de la guerra mundial. Este momento, como algunos posteriores (Midway, Guadalcanal), vamos a narrarlo y a ponerlo en contexto para el lector, pero no con el lujo de detalles que lo hacemos con las batallas del frente europeo y africano.

PROBLEMA: LA SEGUNDA GUERRA MUNDIAL EN EL PACÍFICO

Este libro no está centrado en el imperio japonés sino en el Tercer Reich y sus generales. En un futuro escribiremos "La Segunda Guerra Mundial en el Pacífico, la novela", un tomo único e independiente que transcurrirá desde la invasión de Manchuria en 1931 hasta los juicios contra los criminales de guerra japoneses que concluyeron en 1948. Su protagonista será el propio Yukio Atami, personaje basado en un oficial de inteligencia real (apellidado Otami) que sirvió realmente en la embajada y fue amigo personal de Schellenberg.

Por un lado, no deseábamos pasar por alto los sucesos clave de la guerra del Pacífico. Por otro, no queríamos narrarlos extensamente por falta de tiempo y por no explicar dos veces lo mismo en dos obras distintas.

SOLUCIÓN: LOS ESPÍAS DE LA EMBAJADA DEL JAPÓN

Es cierto que todos los funcionarios japoneses de la embajada funcionaban como espías. Algunos lo eran, como Atami, y el resto servían al Emperador y debían hacer lo que se les pidiera. Una cocinera estuvo implicada en el intercambio de material secreto con el espía polaco Karol Kunzcewincz (como ya se ha explicado) y se dieron muchos más casos.

Tomando como punto de partida este hecho, conoceremos a través de Atami y sus compañeros de la embajada japonesa, los sucesos más relevantes de la guerra en oriente. Y, al mismo tiempo se desvelarán gracias a ellos algunos detalles claves de la vida de Otto Weilern.

*_ *_ *_ *_ *_ *

Antes de decidirse por Gertrud Scholtz-Klink, había barajado Atami otras posibilidades. No le gustaba aquella mujer, una de las representantes más destacadas de la élite racial nazi. El propio Atami se consideraba a sí mismo un nazi, y creía en la superioridad racial de japoneses y alemanes, pero no era un esnob. Y odiaba a las personas que no tenían mentalidad propia y hacían lo mismo que el rebaño porque sí, sin pararse a reflexionar. Gertrud habría sido parte de la élite de cualquier país en el que hubiese vivido. En el Reino Unido abrazaría la idea de la democracia y el poder de los bancos, en Rusia habría amado el comunismo y al camarada Stalin. Pero estaban en Alemania, así que el Führer y la raza eran su credo.

Sin embargo, Atami necesitaba a alguien astuto, pero en el fondo rematadamente tonto, hasta el punto de dejarse manipular (algo que hacían a todas horas los esnobs). Necesitaba a alguien lo bastante influyente para abrir esas puertas a las que no alcanzaba ni con su verdadera personalidad ni con si disfraz, pero al mismo tiempo alguien que no llamase la atención, que fuese considerado alguien inofensivo, banal... y eso desde el principio le condujo a la senda de una mujer nacionalsocialista como la camarada Scholtz-Klink. Porque las mujeres en la Alemania de Hitler eran muy poco valoradas. Se las consideraba un adorno extremadamente valioso, pero al fin y al cabo un adorno y nada más.

Hubo, además, un suceso que descubrió investigando a aquella mujer engreída que le decidió a elegirla para su plan: el caso del pobre Hans Boll.

Todo comenzó una mañana de noviembre, apenas tres semanas atrás. La camarada Gertrud Scholtz-Klink tenía un mensaje de su secretaria. Un hombre desconocido le había llamado a su número privado. Quién y porqué... eso era un misterio. Y Gertrud odiaba los misterios. Ella era una de las más antiguas y devotas seguidoras del Führer, y desde hacía casi una década estaba al frente de todas las organizaciones femeninas nazis. Tal vez era la mujer más poderosa de Alemania y de ninguna manera iba a permitir que un cualquiera se atreviese a llamar a su número personal.

Las mujeres, aunque no tuvieran acceso a la jerarquía militar, a la dirección del partido ni a sus comisiones directivas, hacía mucho que habían encontrado la forma de ser útiles a la causa nacionalsocialista. Y era a través de la Liga de Muchachas Alemanas, la variante femenina de las Juventudes Hitlerianas. Aquellas buenas niñas y mujeres nazis demandaban en cada esquina donativos, ayudas y quién sabe qué cosas más a cualquier viandante. El objetivo de Gertrud en la vida era, pues, servir a la patria y a la comunidad, al Volk o pueblo alemán, pero para servirle debía tener espacio para la intimidad, y quien se hubiera atrevido a robar su número (¡Por Dios, un número que sólo tenía Adolf Hitler y una docena de altos jerarcas del partido!) lo iba a pagar muy caro.

– ¿Tienes el número de teléfono de la persona que me llamó? –ladró a su secretaria.

Ésta, respetuosamente, dejó una hoja de papel cuadriculado en la mesa de su jefa y volvió a su despacho, notando que le temblaban las piernas. Gertrud, personalmente, cosa que no había hecho en dos años, giró la rueda del aparato y fue marcando cada cifra, poniendo cuidado en no equivocarse y anticipando mentalmente el tono de voz frío, glacial, que pensaba utilizar con su interlocutor.

Hans Boll era un viejo bedel que llevaba muchos años sirviendo al estado Alemán. Había sido funcionario antes, durante y después de la primera guerra mundial; lo había sido durante la república de Weimar y finalmente a la llegada de Hitler al poder. Llevaba treinta años de servicio y, ahora, cercana su jubilación, disfrutaba de un puesto tranquilo en la centralita del Frente Alemán del Trabajo, una de las muchas organizaciones nazis que debían servir para algo pero que nadie sabía bien para qué, aparte de manipular a la gente y de hacerle llevar por la calle banderitas con la esvástica sobre fondo rojo.

Sonó el teléfono. Una mujer furiosa le preguntó por qué le había llamado, que quién le había dado su teléfono, si sabía quién era ella. Hans repuso que él no la había llamado, que aquello era una centralita y era imposible saber quién había efectuado la llamada a la que se refería. La mujer comenzó a chillar, iracunda, y exigió saber quién era él. Hans se negó a menos que ella hiciera lo propio y revelara su identidad y dejase de gritar como una energúmena. Luego de diez minutos de discusión, el bedel, cansado, le dijo su nombre y su puesto en la centralita del Frente Alemán del Trabajo. Al otro lado de la línea se produjo un profundo suspiro de satisfacción. Acto seguido, la mujer dijo:

– Páseme con su jefe: Robert Ley. Es amigo mío. Dígale que le llama la camarada Gertrud Scholtz-Klink.

Hans le preguntó a su jefe si quería recibir la llamada, y Robert Ley, uno de los más altos jerarcas nazis, afirmó que por supuesto, que llevaba horas intentando ponerse en contacto con Gertrud por un asunto de competencias entre las organizaciones que dirigían ambos. Hans le pasó la llamada y regresó a sus quehaceres. No volvió a pensar en todo aquel asunto, pero cuando terminó su jornada, horas más tarde, el viejo bedel fue llamado por el jefe de personal, que le dijo que al día siguiente iba a ser trasladado a archivos, donde tendría que ir a turnos (llevaba quince años trabajando de 8 a 15) y perdería cerca de la mitad de su sueldo.

El viejo bedel decidió que aquello era una ironía del destino. La presidenta de las organizaciones femeninas del Reich, que decía servir al pueblo, había decidido hacerle caer en desgracia. Y todo por servir al pueblo lo mejor que había podido, intentando deshacer un malentendido provocado en realidad por su jefe y ella misma.

Llegando a casa una niña le abordó por la calle:

– Señor, señor, soy una voluntaria de la Liga de Muchachas Alemanas, ¿quiere una insignia de Auxilio de Invierno? Sólo cuesta unos pocos reichsmarks y con lo que recaudemos, la camarada Gertrud Scholtz-Klink va a comprar ropa de abrigo para nuestros valientes que luchan en el frente ruso.

Hans repuso:

– Niña, puedes meterte tu insignia nazi por el culo y meterle otra de mi parte a la camarada Gertrud.

Como final de esta historia no estaría mal la elocuente frase del buen Hans Boll. Por desgracia, a la mañana siguiente dos hombres bien trajeados, miembros de la Gestapo, vinieron a visitarle a casa. Nunca nadie supo nada más del anciano bedel.

Bueno, nadie excepto Yukio Atami. El espía nipón lo descubrió en un Lager para asociales, comunistas y enemigos del Reich, encerrado de por vida. De su boca conoció la historia completa de su desgracia y decidió que la camarada Scholtz-Klink era la persona perfecta para sus planes.

*- *- *- *- *- *

A la mañana siguiente, Bernd Hauser acudió a ver a su buena amiga Gertrud a su casa en Berlín. Una semana antes, el embajador Oshima, en una fiesta, había abordado a la líder de todas las organizaciones femeninas alemanas. Se hallaban en el Carinhall, la fastuosa residencia del Mariscal del Aire Goering. Allí Oshima le habló a la camarada Scholtz-Klink del capitán Hauser de las SS, al que sin duda debía conocer pues había estudiado con ella en el mismo instituto en Baden.

– Oh, sí. Me acuerdo de él –repuso ella–. Un hombre destacable.

Ni siquiera el verdadero Hauser había compartido clase con aquella mujer, pero, como era una esnob, quería impresionar a Hiroshi Oshima, amigo personal del Führer. De hecho, la camarada Scholtz-Klink era de las pocas mujeres que aparecía en fotos oficiales con el brazo en alto junto a Himmler, Bormann o el propio Hitler. Se creía superior a casi todos los alemanes y a la totalidad de mujeres a las que representaba. Ella era una elegida y debía estar siempre a la altura. Atami ya había previsto que nunca reconocería ni se acordaría de Hauser, y que trataría de impresionar al embajador con una amabilidad impecable.

— El capitán Hauser y yo coincidimos en una fiesta similar a esta, creo que en la Cancillería, la semana pasada –prosiguió Oshima–. Está realizando un estudio para la Ahnenerbe.

— Oh, la Ahnenerbe.

Aquella palabra era mágica. Los estudios raciales de aquella organización nazi, aunque pocos los entendían, eran respetados por todos. Gente como Hauser estaba buscando el origen del gen ario y siempre corrían rumores de que estaban al borde de un colosal descubrimiento que probaría la superioridad racial del alemán. Además, la camarada Scholtz-Klink era el ejemplo viviente de la mujer aria, siempre al frente del hogar aunque tuviese responsabilidades clave en el Reich. Estaba criando a 10 hijos (acabarían siendo 11 antes de acabar la guerra, aunque algunos los había aportado su tercer esposo de un matrimonio anterior). Era el paradigma de la fecundidad, de la entrega de la madre a la patria, creando nuevos soldados para las guerras futuras del Führer.

— Me dijo el capitán Hauser que pasaría a verla en breve. La admira profundamente desde su época de estudiante y quería hablarle de un tema crucial relacionado con sus investigaciones.

— ¿Y no le dijo cuál era?

— Coincidimos solo unos minutos. Me habló de usted y ahora al verla lo he recordado. –Oshima se volvió–. Si me permite, el mariscal Goering me reclama.

Aunque no era verdad, el embajador nipón se alejó contento de haber cumplido con su parte. Ahora aquella mujer odiosa estaba intrigada con el tal Hauser, investigador de la Ahnenerbe y visitante habitual de la Cancillería. Alguien al que tener en cuenta para el futuro.

La camarada Scholtz-Klink dio orden a su secretaria de dar prioridad a cualquier cita que demandase un capitán de las SS llamado Bernd Hauser. A los pocos días quedó acordado el encuentro.

– Es un placer volver a verle – dijo Gertrud sonriendo a su amigo, que entró en su despacho luego de hacer el saludo alemán y gritar estentóreamente "Heil Hitler".

Le decepcionó un poco el aspecto de "su amigo del instituto". Un hombre más bien bajo, de piel pálida, muy blanca. Había imaginado un ario alto y rubio de ojos azules. Sabía que había muchos subtipos raciales en Alemania pero siempre había creído que un hombre de la Ahnenerbe sería diferente. No podía saber que una de las razones por las que Atami había sido seleccionado para la inteligencia japonesa era porque su piel podía pasar por la de un occidental, lo cual era completamente necesario para un maestro del disfraz como él. Y es que era un mito que todos los japoneses tuviesen la piel amarilla. Había diferentes tonos dependiendo de la zona del país, de los orígenes familiares y de la exposición al sol, como en cualquier lugar del mundo. Además, los genes occidentales del abuelo de Atami jugaban a su favor. Con un poco de maquillaje y una nariz falsa pasaba por un europeo cualquiera sin dificultad.

– El placer es mío, camarada.

Se sentaron y tomaron un aperitivo. Hablaron de generalidades, del tiempo o del curso de la guerra. Sabía que Gertrud no sacaría a colación los tiempos del instituto porque no le recordaba y no quería quedar en evidencia. Hauser dejaba pasar los minutos para que el interés de su anfitriona fuese aumentando.

– ¿Y qué te trae aquí, tras tanto tiempo, Bernd? ¿Puedo tutearte?

– Por supuesto, Gertrud. –Hauser sonrió– He venido a visitarte porque necesito tu ayuda.

Gertrud asintió, animando a Hauser a proseguir. Ella pensaba que conocía bien a los hombres. Al fin y al cabo, se había casado ya con tres. Sus apellidos eran Scholtz (por su segundo esposo), Klink (por el primero) y actualmente estaba casada con August Heissmeyer, un oficial de la Gestapo. Sabía que una mujer solo debía callar y entornar los ojos para que un macho hablase de más. Pero el hombre de la Ahnenerbe era distinto. La miraba, en silencio, y seguía sonriendo.

– Sabes que haré lo que esté en mi mano, amigo.

Hauser se quedó pensativo un instante o fingió que lo hacía.

– Me gustaría que investigases quién es Otto Weilern.

– Me suena el nombre. No sé dónde lo he oído – dijo Gertrud cerrando involuntariamente el ojo izquierdo mientras reflexionaba.

– Es un amigo del Führer. Un protegido o algo similar. Creo que oficialmente es observador plenipoten...

–Ah, ya sé de quién hablas, Bernd. Alguna vez he escuchado rumores o cuchicheos. Pero sólo es un protegido del Führer. Un muchacho al que tiene en alta estima y vigila sus pasos. Tal vez un futuro Gauleiter o un ministro del Reich. Alguien inofensivo.

– De cualquier forma, me gustaría que preguntases a amigos tuyos en las altas esferas del partido. Solo por curiosidad.

– Estoy seguro que tú, desde la Ahnenerbe, podrías conseguir mucha más información que yo.

– Información oficial o incluso extraoficial, seguro que sí. Pero no es el tipo de información que yo estoy buscando. Querría saber qué se dice de Otto en las conversaciones privadas de gente con poder real en el Reich.

– ¿Puedo saber por qué?

Hauser decidió, por una vez, decir la verdad.

– Se ha activado un protocolo en la Ahnenerbe. Tengo que investigar todo lo relacionado con Otto y me ha llamado la atención que haya un protocolo exclusivo respecto al muchacho. Un protocolo que data de hace años, de cuando se creó la propia organización, o incluso antes de que nacieran las propias SS. He oído rumores que de que su sangre es la más pura, la de un ario perfecto. De cualquier forma, querría cubrirme las espaldas y tener una visión de conjunto antes de redactar un informe final a mis superiores.

– Entiendo.

Gertrud sabía que la información era poder en la Gran

Alemania. Pero ella no le debía nada en realidad a Hauser. ¿Por qué tendría que ayudarle? Pero entonces cayó en la trampa que le había tendido el espía disfrazado que tenía sentado delante de ella.

– Háblame de este asunto de la sangre pura.

– De momento, estoy en los estudios preliminares. Solo sé que Otto Weilern es del tipo hallstatt que, como bien sabrás, es considerada la subraza característica de los arios de primera clase, los más puros. El Führer en persona lo eligió cuando tenía tres años y lo han ido educando junto a otros jóvenes. Pero nadie sabe para qué exactamente le escogió.

Los ojos de Gertrud se agrandaron. ¿El Führer lo había elegido en persona hacía tanto tiempo? ¿Quién sería ese Otto? ¿Realmente su sangre era pura? Intoxicada por la propaganda (buena parte de ella confeccionada por ella misma), la camarada Scholtz-Klink deseaba tener muchos hijos que sirvieran al Reich, pero no solo era cuestión de cantidad sino de calidad. Cada matrimonio había buscado a un ario mejor y más puro para que sus hijos fuesen pruebas vivientes de la superioridad de la raza aria. ¿Cómo sería el fruto de combinar sus genes con los de Otto? Se relamió los labios solo al pensar en algo semejante.

– Haré lo que pueda por ti y por Alemania, querido Bernd, ya lo sabes.

El capitán Hauser tomó un sorbo de su copa.

– Estaba seguro de ello.

Se despidieron casi de inmediato. Hauser se dio cuenta que, tal y como había previsto, aquella mujer obsesionada por la raza y la reproducción, se había enamorado perdidamente de los genes de Otto. Ahora tenía una aliada en su búsqueda de la verdad acerca de aquel muchacho tan especial. Una aliada peligrosa, pero necesaria. Pronto tendría que pedirle otro favor, uno de una índole muy distinta. Esperaba que cuando llegase el momento estuviese tan obsesionada con Otto que no pudiera negarse.

*- *- *- *- *- *

De camino a la embajada compró un periódico. "Desastre de la Royal Navy en el puerto de Alejandría", leyó con satisfacción.

– Vaya, el capitán Martellota triunfó en su misión – murmuró Atami.

Poco antes de marchar al Japón para su entrenamiento se había entrevistado con Vincenzo Martellota, un hombre jovial, de prominente nariz romana, que había sido amigo de Alfredo Buonamorte. Aún recordaba el espía la muerte en extrañas circunstancias de Alfredo y al hombre de las SS que había visto salir de su habitación con aire sospechoso. Ojalá le hubiese visto bien la cara. De cualquier forma, aquel asunto seguía rondándole la cabeza. Por eso había viajado a la base de la Regia Marina en La Spezia, donde Vincenzo Martellota se entrenaba con sus compañeros del Cuerpo de Buzos. Y su entrenamiento consistía en montar unos torpedos tripulados a los que los italianos llamaban "maiale" (cerdos) pero que pronto serían mundialmente conocidos como "Torpedos Humanos".

– Alfredo pasó los primeros años de su vida en una escuela en un sótano apestoso, en una localidad austríaca que no recuerdo... –había comenzado su historia Martellota.

– Sankt Valentin.

– Sí, sí, ese es el nombre, eso me contó Alfredo. Me dijo que eran siete los niños que habían estudiado allí. Otto Weilern y su hermano, Alfredo y otros cinco.

– Cuatro querrá decir. Los que me han dicho suman ocho. Y eran siete según todas mis investigaciones.

– Sí, claro, eran siete sin contar a Rolf –se explicó Martellota–. Me acuerdo bien porque, cuando estaba borracho, Alfredo no hablaba de otra cosa. Le marcó aquella experiencia. Y siempre me dijo que eran siete chicos en clase aparte de Rolf Weilern. El hermano de Otto nunca contó para los profesores. Era un poco, ya sabe, más corto que los demás. Creo que solo estaba allí por ser hermano del otro muchacho.

357

Solo por aquella información ya había valido la pena la visita. El espía frunció el ceño, mientras le daba vueltas a aquella nueva pista.

– No recordará sus nombres.

– No creo que ni Alfredo los recordase. De eso hace casi veinte años.

– Claro, es normal.

Martellota le palmeó la espalda.

– Si me lo permite, ahora debo marcharme. Estamos preparando un golpe de efecto contra la Flota del Mediterráneo inglesa. No puedo adelantarle nada, pero le aseguro que dará qué hablar.

Subido a una especie de moto acuática, que en realidad era un torpedo ovalado y metálico que, ciertamente, recordaba a un cerdo, Vincenzo se alejó agitando la mano.

– ¡Hasta pronto, amigo!

Atami (o Hauser), ni siquiera recordaba si acudió a hablar con Martellota siendo él mismo o su alter ego, se despidió del italiano agitando también la mano. Vestido con su impecable gabardina negra de costumbre se marchó con destino a Tokio para preparar su vuelo a Pearl Harbour.

Y ahora, menos de un mes más tarde, descubriría lo que había estado haciendo Vincenzo Martellota. "Bien por él", pensó, mientras leía en el periódico la increíble hazaña de aquellos torpedos tripulados. Pero su asombro duró poco tiempo, Hauser tenía cosas más importantes en las que pensar.

Encendió un cigarrillo y volvió a hablar en voz alta:

– De los siete alumnos están muertos ya tres. Yo no apostaría por la buena salud del resto de esos muchachos.

Hauser apuntó algo en una lista de nombres que llevaba siempre consigo y se alejó riendo calle abajo.

1-Otto Weilern: Observador Plenipotenciario

2-Alfred Ploetz-Buonamorte: Asesinado en un hotel en Italia.

3-Friedrich Karl Günther: Muerto en el

hundimiento del Bismarck.

4-Erwin Baur: Muerto por una bomba (chófer de Eicke en Rusia).

5-Quinto niño : Paradero desconocido.

6-Sexto niño: Paradero desconocido.

7-Séptimo niño: Paradero desconocido.

MOMENTOS DECISIVOS DE LA HISTORIA

SUCESO: EL RAID DE ALEJANDRÍA

El capitán Vincenzo Martellota fue uno de los héroes de la mayor gesta de la marina italiana en la segunda guerra mundial. El Cuerpo de Buzos era el mejor de todas las potencias en guerra y formaba parte de la Décima Flotilla MAS, una unidad de élite que conseguiría hundir por sí sola casi tantos barcos británicos que el conjunto de la Regia Marina. Montados en sus torpedos tripulados consiguieron victorias increíbles.

FECHA: 19 DE DICIEMBRE DE 1941

Dos semanas antes del ataque, tres torpedos y sus tripulaciones fueron cargados en el submarino Scirè. Había comenzado la operación G.A.3.

CONSECUENCIAS: DOS ACORAZADOS HUNDIDOS

Los tres Torpedos de Marcha Lenta (nombre oficial de los torpedos tripulados) penetraron en las defensas del principal puerto británico del Mediterráneo, listos para la acción.

El primero de ellos (gobernado por el Teniente de Navío Luigi Durand De la Penne y el Cabo buzo Emilio Bianchi) consiguió hundir el acorazado Valiant. Estuvo fuera de servicio hasta 1943. De la Penne fue capturado junto a su compañero. El Comandante en jefe de la Flota del Mediterráneo, el

Almirante Cunningham, los hizo interrogar y les colocó indefensos a la proa del Valiant, que pronto se hundiría a causa de la inminente explosión del torpedo. Así sucedió, pero los buzos italianos se negaron a confesar dónde estaban sus compañeros. De la Penne fue herido en la detonación y rescatado por los ingleses.

El segundo y tercer torpedo fueron colocados en el buque insignia, el Queen Elizabeth, que explotó con el almirante inglés a bordo mientras este daba órdenes a sus hombres. Cunningham saltó por los aires, pero resultó ileso. Ocho tripulantes del Queen Elizabeth no tuvieron tanta suerte y murieron en la acción. El navío estuvo un año fuera de servicio.

Las otras dos tripulaciones (el Capitán Vincenzo Martellota y el Cabo buzo Mario Marino y el Capitán Antonio Marceglia y el Cabo buzo Espartaco Schergat) consiguieron huir de Alejandría, pero fueron arrestados por la policía egipcia cuando intentaban llegar a la costa para subir al submarino Scirè y regresar de vuelta a Italia.

Su acción fue celebrada por los periódicos de las potencias del Eje, que los bautizaron como "Torpedos Humanos". Hasta el almirante inglés reconoció que fue el éxito más grande alcanzado en toda la guerra por un grupo tan reducido de hombres.

4. HEYDRICH Y LA SOLUCIÓN FINAL

(La conferencia más famosa de la historia)
(1942, 1 al 14 de enero)

XI

Hombres como Reinhard Heydrich y Joseph Mengele eran hijos de una época oscura. No eran sólo hijos del nazismo sino de un tiempo en que las teorías raciales y el antisemitismo camparon a sus anchas por los círculos académicos del primer mundo. Muchos eran los que veían en los judíos una amenaza para su nación, fuera ésta cual fuese, y no pocos países persiguieron a los judíos, aunque tal vez ninguno con más brutalidad que Rusia, donde los pogromos acabaron en verdaderas matanzas. Pero no olvidemos el caso Dreyfus en Francia, cuando un capitán del ejército fue condenado por ser judío pese a que su inocencia era manifiesta. Y hubo muchos otros   casos.

De odiar a los judíos a considerarlos racialmente inferiores había un paso; un salto fácil de dar a la vista de esas teorías etnocentristas que estaban de moda. La extrema derecha católica odiaba a los judíos y buena parte de las masas ignorantes los odiaban también, por acaparar dinero, por ser a sus ojos los representantes del capitalismo que les empobrecería. En Alemania, particularmente, hubo una identificación entre judío y bolchevique, sin duda porque muchos de los líderes nazis de los años cuarenta habían formado parte años atrás de los Freikorps que habían luchado contra los marxistas o los políticos socialdemócratas de la República de Weimar tras la derrota en la Primera Guerra Mundial.

Mengele y Heydrich eran el paradigma perfecto de los dos tipos básicos de nazi que existían. Por un lado, el académico, el filósofo, el racialista, el experto científico que creaba teorías para discriminar a judíos, eslavos, gitanos y cualquiera que no fuese ario. Joseph Mengele era uno de estos hombres y llegaría a hacerse famoso a causa de ello. Heydrich representaba al segundo tipo de nazi, al más común, el hombre que originalmente no había sido ni siquiera de derechas sino que era un convencido... por los acontecimientos, por la presión social o por influencia de amigos, pareja o familiares. Reinhard era un hombre enamorado de una mujer pérfida y obsesiva llamada Lina. Ella le convirtió en un nazi ferviente en pocos años y consiguió elevarlo a una espiral de excesos y de locura que les haría también a ambos famosos.

Como Heydrich, las masas se habían convencido de que el nazismo era lo mejor; y no precisamente por los discursos antisemitas de Hitler o Goebbels, sino porque pasaban hambre, porque no tenían nada y porque los nazis llegaron en el momento justo en que las masas necesitaban alguien colérico, resuelto, con un mensaje simple, alguien que les guiase hacia un mañana que se prometía mejor. Pero no sólo las masas acabaron siendo nazis, también los empresarios, que al principio creyeron que los nazis eran un mal menor y acabaron convencidos de que Hitler era una deidad, impresionados por sus victorias.

Heydrich y Mengele tenían también otra cosa en común: formaban parte del grupo de control de Otto Weilern, formaban parte de los conspiradores que trataban de provocar su transformación en un superhombre. Su sangre era la más perfecta de todas. Por tanto, más allá de sus excesos de juventud, al final su sangre aria pura le conduciría a encontrar el camino de la perfección. Supervivencia del más fuerte, darwinismo social. Otto era el mejor y, por tanto, él perduraría y los otros no.

Los dos conspiradores nazis habían conversado alguna vez por teléfono, pero ni siquiera se conocían personalmente.

Su contacto era Theodor Eicke, el tío de Otto, y entre todos pretendían convertirle en el hombre que estaba destinado a ser sin tener en cuenta que el joven tenía sus propios planes. Sea como fuere, la línea de sucesos que conectó de forma definitiva a Heydrich y a Mengele comenzó el día en que el jefe de la policía del Reich recibió una increíble noticia. Y fue precisamente en la Guarida del Lobo, donde estaba de visita para recibir instrucciones del Führer. Después de una larga reunión, Himmler, el Reichsführer o líder de las SS, se lo llevó aparte y le dijo:

– Te vamos a nombrar Protector del Reich, querido Reinhard.

Himmler era un hombre extraño, siempre oculto tras sus diminutas gafas, observándolo todo, maquinando sobre las maquinaciones de los otros, siempre un paso más allá. Heydrich le respetaba porque era la única persona que estaba a su altura.

– La situación en Bohemia y Moravia está escapando a nuestro control –añadió Himmler–. Infiltrados, atentados de partisanos pro aliados que pretenden socavar la autoridad del Reich... Poca cosa comparada con las zonas conquistadas recientemente, pero Praga está demasiado cerca. No queremos problemas tan cerca de Berlín. Necesitamos alguien que proteja y vigile nuestra retaguardia.

Heydrich por un momento pensó en la posibilidad de que quisieran quitarse de encima a una figura emergente como la suya, un hombre que no dejaba de crecer y acumular fama y poder. Pero pronto se dio cuenta que no le arrebataban ninguna de sus anteriores atribuciones al frente de la policía o las SD. Tan solo le daban una más, un sacrificio más por la patria y un honor aún más alto. Se sintió conmocionado por la confianza que el Führer demostraba hacia su persona y casi tartamudeó cuando dijo, sencillamente:

– Muchas gracias. Será un honor.

Porque Himmler y Heydrich se llevaban maravillosamente. Por alguna razón incomprensible, los historiadores del futuro dirían que había tensión entre ellos, incluso animadversión. Pero no hay nada que sustente esta tesis. Más bien al contrario: siempre fueron uña y carne, tomando algunas decisiones clave en la historia del Tercer Reich entre ellos dos. Cierto es que Heydrich llevaba algunos asuntos en secreto (como todo lo relacionado con Otto Weilern) pero Himmler tenía aún más secretos que esconder. Ambos se respetaban y hasta se cubrían las espaldas.

– Hay que hacer algo con el tema de los judíos – le dijo el Reichsführer SS mientras caminaban de vuelta a la reunión con Hitler.

– Soy consciente. Goering se reunió conmigo, con Bormann y con Keitel recientemente. Hablamos sobre el tema.

La sociedad alemana había terminado por asociar la palabra judío a la de "enemigo del Reich". Los consideraban unos partisanos infiltrados en la sociedad para destruir los valores de la misma. Los buenos alemanes habían dejado de hablar a sus amigos judíos, lo consideraban un acto de civismo básico. Algo similar a lo que las democracias harían en el futuro con la palabra terrorista. Nadie podía aceptar tener a un amigo ni siquiera a un conocido judío (como nadie diría en el futuro que tenía un amigo terrorista de Al Qaeda). Era sencillamente, algo imposible. Los judíos debían ser erradicados. Pero, ¿cómo?, eso se preguntaba Himmler. Tal vez Heydrich tuviera alguna idea en mente.

– ¿Alguna novedad, Reinhard?

– Poca cosa, las teorías de siempre, algunas peregrinas, sobre cómo librarnos de ellos. Llevarlos a otros continentes, por ejemplo. Tonterías. Porque tenemos varios millones de judíos en nuestros territorios gracias a las nuevas conquistas. Hay que hacer algo con esa peste antes de que nos contagie a todos.

– No es posible reubicarlos como dicen algunos. Mover millones de personas por el Reich cuando estamos en plena campaña en Rusia es un imposible. No podemos dedicar gasolina y medios de transporte para esa escoria. Habrá que encontrar otro sistema.

– Goering opinaba que era buena idea dejarlos morir de hambre.

Himmler meneó la cabeza.

– El gordo mariscal de nuestra querida Luftwaffe siempre tiene ideas estupendas que luego son imposibles de llevar a la práctica. Ni siquiera en los guetos que hemos creado para los judíos los tenemos completamente controlados. Imagínate una población que se muere de hambre vagando por todo el Reich, creando altercados o sencillamente muriéndose y provocando enfermedades. Esa gente son peor que los animales. Hay que hacer algo definitivo con ellos. Algo imaginativo y brillante. Y pronto, Reinhard.

– Estoy seguro de que Goering me dará el control del tema judío. Ya lo hice una vez bien y puedo volver a hacerlo. Me ha mandado un memorándum en el que ordena que me encargue del asunto judío. Confía en mí.

En mil novecientos treinta y tres, tras la Noche de los Cristales Rotos, mientras ardían las casas y las sinagogas de los judíos en Berlín, los jerarcas nazis ya discutieron sobre el futuro de los judíos en la Alemania nazi. En aquella época Goering era Presidente del Parlamento Alemán, pero dentro del partido nazi se le había otorgado el control del tema judío y "el problema" formaba parte de sus atribuciones. Por entonces, un joven Heydrich asistió a una reunión con otros mandos intermedios del NSDAP, el partido nazi. Fue en aquel momento en el que por primera vez llamó la atención de gente poderosa. Pidió la palabra y dio un encendido discurso acerca de la necesidad de echar a los judíos de todo el Reich y de que los propios judíos ricos pagasen el coste de su expulsión, de tal forma que no costase nada a las arcas del Estado. Se le encomendó esa tarea y más de doscientos mil judíos fueron expulsados en pocos meses. Así se inició una campaña que duraría años y que culminó con el ingreso en campos de concentración a aquellos que se negaron a salir de Alemania.

– La guerra perpetua – dijo entonces Hitler.

Heydrich y Himmler acababan de volver al búnker y los recuerdos del pasado quedaron a un lado. El Führer se hallaba de pie, agitando las manos. Todos conocían su gestualidad. Aquello significaba que iba a comenzar uno de sus discursos. Mariscales, generales, miembros del alto mando, visitantes... todos contenían la respiración.

– La guerra perpetua – repitió Hitler tras una pausa trágica –. Sueño con un futuro en que las guerras no se acaben jamás. Un futuro en el que organizamos una tras otra, a un enemigo tras otro, consiguiendo una victoria tras otra. Sueño con un futuro donde los alemanes raciales seamos reconocidos en todo el planeta como sus verdaderos amos, donde no compartamos trenes ni vagones con inferiores, como sucede en Estados Unidos con los negros; donde no haya un judío ni un eslavo ni un gitano ni nadie racialmente inferior que piense que puede compartir mesa y mantel en los restaurantes donde vamos los arios.

Los presentes golpearon con los nudillos la mesa a modo de aplauso. Hitler hizo otra pausa. Era evidente que estaba pensando en Rusia, un tema que le venía obsesionando desde que las cosas habían comenzado a torcerse. Entonces habló de nuevo, con voz estentórea:

– En ese futuro y en ese mundo con el que sueño, tendremos que ser plenamente autárquicos. No podremos depender de las materias primas de terceros, como nos pasó con los soviéticos, que pretendían asfixiarnos. Por eso ahora estamos destruyendo su patria. El alemán racial no puede depender del petróleo ajeno, dejando las necesidades del Reich en manos de inferiores. Nosotros debemos tutelar los recursos que necesitamos. En todo el planeta. Sólo así seremos invencibles.

» El coste de la guerra, qué duda cabe, será alto. Pero se compensará con los beneficios de la conquista: nuevos mercados para nuestras empresas y mano de obra barata. Como mucho, un trabajador medio extranjero cobra la mitad de reichsmarks que un alemán. Por lo tanto, obtendremos a medio plazo una ganancia segura, que unido al control de las materias primas de las que antes hablaba, la derrota de nuestros enemigos y la conquista de nuevos territorios... - pausa trágica- nos convertirá en los dominadores del planeta. Un destino al que, por selección natural, estábamos irremisiblemente abocados. Porque el futuro pertenece al Reich de los mil años.

La audiencia rompió a aplaudir, un aplauso seco, alto y audible pero tampoco enfervorecido. Porque todos sabían que los discursos de Hitler duraban como mínimo una hora. Tendrían nuevas oportunidades para aplaudir al líder. Además, todos tenían muchas tareas pendientes, aunque, por supuesto, nadie se atrevió a abandonar la estancia.

Así que todos los presentes siguieron aplaudiendo hasta que Hitler levantó una mano y les acalló:

– La guerra perpetua – dijo por tercera vez –. Ese es nuestro destino.

Y prosiguió su discurso.

*_ *_ *_ *_ *_ *

Lina Heydrich insultó a su esposo tan pronto regresó al hogar familiar.

– Eres un cerdo desagradecido. ¡Tres meses! Tres meses me vas a tener alejada de ti en una ciudad como Praga, rodeado de zorritas checas.

Se acercó a donde estaba el jefe de policía y le abofeteó. Uno de sus ayudantes había venido por la mañana a visitarla. Le había informado de la complejidad de la situación en el protectorado de Bohemia y Moravia, de las muchas obligaciones que esperaban a su esposo y de que, por lo menos, necesitaría tres meses para que la zona fuese lo bastante segura para trasladar a Lina y a sus hijos. Heydrich no había tenido valor para explicárselo en persona y se había limitado a cruzar los dedos, esperando que Lina lo comprendiese. Con la mano en la mejilla enrojecida, uno de los hombres más crueles de Alemania susurró:

– Creí que te habían explicado...

– Una mierda me han explicado. Lo que quieres es estar a solas lejos de mí y no lo voy a permitir.

Desde que la conociera, 21 años atrás, aquella mujer tenía loco al pobre Reinhard. Dejó a su prometida, ganándose por ello poderosos enemigos en la Marina (un lugar para caballeros, no para tipos que abandonaban a sus prometidas a las primeras de cambio, especialmente si eran las hijas de un alto oficial de la misma). Heydrich cambió su modo de vida y hasta su modo de pensar por ella, por la arpía nazi. Pero Lina nunca tenía bastante, siempre lo ponía al filo de la navaja, siempre exasperaba sus nervios porque creía que la manera de mejorar a su esposo era menospreciarlo, hacerlo estallar, hacerlo ir siempre un poco más allá en su crueldad y degradación. Antes de Lina no había araña Heydrich, solo había un oficial sensible de la Kriegsmarine que tocaba el violín en la cubierta del crucero Niobe. Pero ahora allí sólo había un monstruo.

– Eres débil, Reinhard. No debería haberme casado con un hombre débil como tú.

– Maldita seas, zorra del demonio.

Heydrich estalló por fin. La cogió del cuello hasta casi asfixiarla y la arrastró de los pelos hasta la habitación. Allí la ató al cabecero de la cama con cadenas y esposas; luego la violó durante más de una hora mientras ella chillaba como enloquecida. En un momento dado, Reinhard disminuyó un poco la presión de su garra sobre el cuello de la mujer, y ella le dijo al oído:

– No vales ni para hacerme daño, cerdo cobarde. Eres despreciable.

Entonces Heydrich montó en cólera y le dio a su esposa un puñetazo en pleno rostro que le reventó el labio. Sangrando por la barbilla, el cuello escarlata, la vio tan hermosa que la besó con locura, succionó su sangre y se echó a reír de alegría. Ambos rieron de alegría, porque ahora Reinhard estaba preparado para hacer su trabajo en el protectorado, para convertirse en el monstruo que necesitaba el Führer y que Lina anhelaba.

Y así, metamorfoseado en un monstruo absoluto, comenzó Heydrich el proceso que llamó eufemísticamente "pacificación" del protectorado de Bohemia y Moravia. En base a ello atacó a los que se oponían al Reich, abierta o clandestinamente, y también a cualquiera que hiciese negocios ilegales, como los estraperlistas. Firmó centenares de sentencias de muerte. Las detenciones pudieron contarse por millares. Eso sin contar los desaparecidos, gente que era detenida y de la que no se volvía a saber nada. O los que eran mandados al campo de concentración de Mauthausen.

– He traído a dos mil miembros de la Gestapo para detener y torturar a esos cabrones de la resistencia – le dijo un día a su esposa por teléfono. Creo que pronto podré terminar la fase uno de la pacificación–. A los checos se les van a acabar las ganas de organizar huelgas.

Porque la sangre checa no era lo bastante pura. Un día serían reubicados, enviados lejos como los judíos. Entretanto, trabajarían duro para seguir vivos, las horas que fuesen, como mano de obra semi esclava en Alemania.

– Sabía que lo conseguirías, esposo mío. – dijo Lina, visiblemente emocionada –. Siento tener que ponerte al límite, pero al final vale la pena y lo sabes.

En ese momento, en el palacio Černín, sede de la Gestapo en Praga, estaban torturando a centenares de sindicalistas. Desaparecerían y nunca más se sabría de ellos. Heydrich se lo contó a su esposa y ella tembló de excitación. Porque aquellas eran el tipo de situaciones que unían más a aquellos dos monstruos en su telaraña de degradación.

– Cuando vaya a verte, mi amado, podrás demostrarme quién manda. Quiero que me lo hagas pasar muy mal.

– Estoy deseándolo. Trae las fustas y los dos látigos, y también…

– Lo traeré todo porque lo vas a necesitar.

Lina se echó a reír y cuando colgó se fue a hacer las maletas. Por fin la tranquilidad había regresado al protectorado y podría visitar a su esposo en unas semanas. Era feliz.

Al otro lado de la línea Heydrich hizo otra llamada. Y fue a Theodor Eicke, que convalecía de sus heridas de guerra. El comandante de la división Totenkopf le informó que Otto estaba fuera de control, no sólo criticando al Führer sino a las bases de las creencias de la comunidad del pueblo. Parecía un izquierdista, un enemigo del Reich… o un traidor.

– La muerte de su hermano le ha afectado profundamente. Habrá que esperar, Theodor.

– Habrá que actuar – opinó Eicke.

Pero Heydrich era un nazi fanático. Lina había hecho bien su trabajo y creía firmemente en el ideario del racialismo. Otto tenía la sangre más pura: por lo tanto, era el mejor alemán posible. La sangre marcaba la diferencia, no las acciones. Un medio judío que hubiese servido al segundo Reich en la

Primera Guerra Mundial ganando la Cruz de caballero no valía nada frente a un vagabundo de las calles que perteneciese a una de las subrazas superiores, perfectas (corded, danubiana, hallstatt, kéltica, borreby, brünn y nórica). Y de todos esos nazis perfectos el más perfecto era Otto, por lo que habría que esperar y darle todas las oportunidades que fuesen posibles. Y no sólo porque el Führer lo había ordenado sino porque la sangre mandaba.

– Habrá que actuar, pero con cuidado; mostrarse firmes delante de él, pero tener en cuenta que probablemente Otto será nuestro Führer en no muchos años.

Hitler así lo había expresado en una reunión en el Berghof y más tarde a Heydrich en diversas ocasiones. Luego de su muerte y tras un breve impasse en el que Goering le sucedería (todos sabían que un gordo adicto a las drogas no podía vivir muchos años), Otto sería el líder del Reich del futuro.

– Puede ser y puede ser que no – dijo Eicke, un hombre de mucha menor inteligencia y cultura que Heydrich, aunque estaba más apegado a la realidad y conocía un poco mejor a Otto –. Pero andemos con cuidado. Hay algo que me huele mal en este asunto.

– No te preocupes. Yo me quedo al mando.

Cuando colgó, Heydrich hizo pasar a su ayudante, Hermann Kluckhohn, un tipo estirado, con el pelo grasiento de gomina, tratando de disimular una inminente calvicie.

– Hermann, ¿ha mandado las cartas para la conferencia Wannsee?

– Las acabo de mandar, Reichsprotektor.

Heydrich había dado orden de que se dirigiesen a él con su nuevo título de "Protector del Reich".

– ¿Cuántos invitados?

– Dieciséis, como ordenó. Responsables de la policía y de la seguridad de las SS y las SD, de la policía regional de seguridad, del ministerio de interior, de justicia, de organización del plan cuatrienal, de la cancillería del Reich, del ministerio de exteriores, del ministerio para los territorios ocupados del este, del gobierno general de Polonia, del partido, de la oficina de raza y colonización, de la Gestapo y, por supuesto, Adolf Eichmann, nuestro experto en temas judíos.

– Judíos no, subhumanos suena mejor.

– ¿Judíos subhumanos, tal vez, Reichsprotektor? Aunque solo sea para diferenciarlos de otros subhumanos, como los eslavos y otras razas inferiores.

Heydrich pareció reflexionar.

– Sí, me parece bien.

– Adolf Eichmann, nuestro experto en temas de judíos subhumanos, pues. Lo apunto.

– Perfecto, Hermann. Quiero que sepas que en esa reunión se decidirá el destino de Alemania. Es importante que a aquellos a los que hemos invitado les quede claro lo esencial de la reunión, que no deben faltar, que no deben poner excusas.

– Informaré a todos y cada uno de ellos.

– Estupendo. Puedes marcharte.

Pero Heydrich, que había bajado los ojos hacia un legajo con los últimos informes de las detenciones y torturas en Praga, no escuchó el habitual entrechocar de talones y el sonido de una puerta que se cierra. Se hizo el silencio y, entonces, levantó los ojos y vio a su ayudante todavía aguardando.

– ¿Sí? ¿Algo más?

– El visitante que estábamos esperando ha llegado. Con un día de adelanto, pero me ha dicho que su división va a entrar en combate y no ha podido pedir permiso y...

– No me importa la explicación que te haya dado. Hazlo pasar.

Cuando Joseph Mengele penetró en el despacho de Reinhard Heydrich no lo encontró sentado leyendo su legajo. Heydrich era hiperactivo. Había decidido no desaprovechar aquellos minutos de conversación y hacer algo de ejercicio. Una de sus aficiones en los últimos tiempos era la esgrima. De hecho, era un espadachín notable que había ganado en sus tiempos de estudiantes diversas competiciones. Por supuesto, no estaba a la altura de los profesionales, pero eso no le impedía medirse en torneos oficiales con aliados del Reich, como los equipos olímpicos de Hungría y Polonia. Por supuesto, aunque el equipo alemán estaba seriamente tocado ya que algunos de sus mejores espadachines habían muerto en combate o eran prisioneros de los rusos, no debería haber tenido sitio entre ellos. No era lo bastante bueno. Aunque lo cierto es que Heydrich siempre mejoraba el conjunto porque, fuese cual fuese su enemigo, este se dejaba ganar. Incluso los aliados del Reich conocían su fama y nadie quería enfadarle.

– ¡Heil Hitler! – dijo Mengele levantando la voz y también el brazo haciendo el saludo alemán.

Procuró no mostrar extrañeza ante aquel hombre vestido con uniforme de las SS y una máscara de esgrima. Eso sin contar el florete en la mano derecha o el que estuviera haciendo flexiones delante de la ventana.

– Siéntese – dijo una voz deformada por la máscara.

Mengele se sentó en el primer asiento que encontró, justo a su diestra, delante de la mesa que acababa de abandonar el Reichsprotektor. Allí aguardó a que este terminase sus flexiones y lanzase un par de estocadas al aire.

– Me han dicho, señor Mengele, que es usted el mejor amigo de Otto y que conoce su situación actual. Y soy consciente de que sabe de la delicada situación del teniente Weilern, es decir, todo lo relacionado con el primer proyecto Lebensborn y los esfuerzos que estamos haciendo en nombre de nuestro Führer

– Así es, Reichsprotektor.

– ¿Sabía usted que Otto acaba de regresar de Rusia?

El rostro de Mengele mostraba la más absoluta perplejidad.

– ¿Sin su permiso?

– En efecto. Y luego le hemos perdido la pista. Hace lo que quiere y juega con nosotros al gato y al ratón. Como cuando se subió al Bismarck y casi muere en las aguas del océano. Eso debe acabar.

– No sabía nada. Yo, debe entenderlo, tengo mi propia vida. La última vez que vi al teniente Weilern fue precisamente en Rusia. No parecía muy feliz del reencuentro.

Reinhard dejó la máscara y el florete sobre su mesa y miró fijamente a Joseph.

– No quiero excusas, doctor Mengele. Quiero resultados. Espero que dé con su paradero y que luego encuentre la manera de que Otto regrese al redil, al Volk, al sendero de la raza y el pueblo alemán.

– Lo intentaré con todas mis fuerzas Reichsprotektor. Pero no sé si está en mi mano...

– ¿Antes no me ha asegurado que es usted su mejor amigo?

– Lo era, pero...

– ¿Va a ponerme otra excusa?

Mengele calló. Heydrich sonrió de forma ladina con un rictus de labios torcidos que le era característico. Entonces cogió de su mesa una lista de los últimos ejecutados en nombre de la "pacificación" de Bohemia y Moravia. Mengele fue lo bastante inteligente como para comprender que los que estaban en aquella lista no eran precisamente hombres con suerte. Y dijo:

– Haré lo que esté en mi mano para que Otto...

– No me ha entendido, doctor. No quiero que intente nada. Quiero que Otto se comporte como uno de nosotros. – Ensanchó su sonrisa y exhaló una bocanada de aire que, como una telaraña, cayó sobre el rostro de Joseph Mengele –. De lo contrario muy pronto su nombre podría estar en una de estas listas. No admitiré errores.

– Pero yo, con todos mis respetos, Reichsprotektor, ¿qué puedo hac...?

– Cierre la puerta al salir. Pida unos días de permiso en su unidad de las SS. Y no regrese por aquí a menos que sea para darme buenas noticias.

Mengele se incorporó. Estaba temblando cuando alcanzó la puerta del despacho de Heydrich. Aun así, tuvo las fuerzas (y la perspicacia) suficientes para bramar en voz alta a modo de despedida:

– ¡Heil Hitler!

EL SECRETO MEJOR GUARDADO DE LA GUERRA (OPERACIÓN KLUGHEIT)

[Extracto de las conversaciones de Otto Weilern en la prisión de la Lubianka]

Llegué a Roma una noche extrañamente clara. Fui hasta el restaurante de la Piazza España que ya conocía por haberlo visitado en su día con los difuntos Alfredo Buonamorte y Ludovica, su novia albanesa. Allí me esperaba Albert. El mariscal de campo, al reconocerme, esbozó una enorme sonrisa. No en vano era conocido como Albert el Sonriente.

– Mariscal Kesselring, un placer volver a verle.

– El placer es mío, teniente, créame.

Inicialmente Kesselring, a la sazón responsable de la segunda flota aérea, había sido elegido para explicarme el funcionamiento de la Luftwaffe. Al final terminó realizando esa misión Ernst Udet, y mi relación con Kesselring no pasó de unos cuantos encuentros, cordiales pero no especialmente memorables. Me seguía pareciendo un hombre razonable e inteligente, con unas dotes innatas para casi cualquier asunto relacionado con la guerra. Una vez Hitler me dijo que el único de sus generales que sabía que podía colocarlo en cualquier posición y rendiría notablemente era precisamente el bueno de Albert el Sonriente

– Me han hablado de sus aventuras en el norte de África – dijo en ese momento el Mariscal –. Tiene impresionados a muchos hombres importantes. La fe que puso Hitler en usted no fue casual.

Kesselring estaba en el frente oriental cuando recibió la noticia de que se le necesitaba en el nuevo frente del Mediterráneo que se estaba formando. La Italia de Mussolini ya se había desmoronado en Grecia y era de esperar que, en cuanto los ingleses atacasen, en el norte de África sucediera algo semejante. Por ello, había sido nombrado jefe del comando Sur, es decir, que tenía bajo su mando las fuerzas del Eje en todo el mediterráneo. En teoría su superior era el mariscal italiano Ugo Cavallero, pero era algo puramente nominal, porque Cavallero necesitaba un acuerdo oral o escrito de Kesselring para realizar cualquier acción. Aquella fue la primera vez que los italianos reconocieron nuestra superioridad táctica y estratégica, que nos necesitaban para enfrentarse a un rival de entidad como Inglaterra. En realidad, incluso a un rival de entidad media como Grecia. Bueno, siendo sinceros, nos necesitaban para enfrentarse con cualquiera, fuesen cuales fuesen sus capacidades.

– Gracias, Albert. Si bien creo que en breve nos encontraremos en África y podrá comprobar in situ cómo me desenvuelvo en mi misión.

No sé por qué, no confiaba en ese momento demasiado en Kesselring. Tal vez porque era muy afable y extrovertido. Estaba acostumbrado a generales muy parcos a la hora de mostrar sus emociones, gente como Manstein o Rommel. Con Albert todo era muy sencillo, tanto que me generaba desconfianza, y me costaba hasta tutearle. Nuestro primer encuentro, en mayo de 1940, durante la campaña de Francia, había sido más distendido. Pero me dio la impresión de que un invisible velo se había alzado entre nosotros. Kesselring también lo había percibido.

– En efecto, teniente, espero que en el desierto tengamos ocasión de conocernos mejor. Acabo precisamente de regresar de inspeccionar el frente.

– ¿Y?

– Bueno, los ingleses han contraatacado en dos ocasiones. Pero de momento Rommel resiste sin grandes problemas. Sin embargo, preveo un gran ataque inglés en breve.

La Operación Brevity y la Operación Battleaxe no habían servido para cambiar la situación en el Norte de África. No habían sido grandes ofensivas ni alcanzado resultados significativos para ninguno de ambos bandos. Pero eso estaba a punto de cambiar. Y un nombre pronto se haría famoso: Crusader.

– Me parece que no es Rommel lo único que le preocupa.

Yo también comenzaba a ser un aceptable observador,

no solo de las batallas de la segunda guerra, sino del alma humana. Kesselring asintió:

– Los italianos no deberían haber entrado en esta guerra. No están preparados, pero eso ya debes saberlo de tu etapa anterior en África. Sigue siendo una preocupación constante, pero... sí, estás en lo cierto, no es la mayor de mis preocupaciones ahora mismo. Lo es el espionaje. La red de colaboradores de los británicos debe ser muy amplia, pues conocen de antemano las rutas y horarios de nuestros convoyes. Todo el mundo piensa que la Regia Marina de Mussolini es un desastre, pero yo creo que son los traidores los que están hundiendo su fama en el fango.

Alfredo Buonamorte creía que había un traidor entre los almirantes de la Marina italiana. Tal vez más de uno de esos marinos estirados y monárquicos, probritánicos, gente que no veía con buenos ojos que Italia enfrentase a la Royal Navy. Hubiesen preferido que sus naves luchasen contra el Reich. Pero esa era una información que no compartí con Kesselring. Desde mi punto de vista, cada traidor (como yo mismo) era una victoria para la paz, que llegaría el día en que fuésemos tantos que el Eje cayera derrotado por fin.

– Me deja usted de piedra. Creía que los italianos eran aliados fieles de nuestro amado Führer.

No sé si mi ironía fue demasiado evidente. Kesselring enarcó una ceja y dejó de sonreír. Decidí cambiar de tema.

– A pesar de los problemas, yo creo que Rommel prevalecerá en África. Tal vez sea nuestro mejor general y, personalmente, creo que es invencible.

Aunque mi rostro mostraba en ese momento determinación, lo cierto es que de nuevo me mostraba irónico. Tenía muchas dudas ya entonces de las capacidades estratégicas del Zorro del Desierto y, además, conocía de la animadversión entre aquellos dos hombres. Y es que Rommel y Kesselring se habían caído mal desde el día en que se conocieron. Cuando se estrecharon la mano delante del Führer en Wolfsschlucht, el Barranco de los Lobos, de inmediato habían percibido que no existía química entre ellos. Y aquello con el tiempo sería un problema añadido en la campaña del desierto.

– Espero de todo corazón que así sea – dijo el Mariscal, que de esta forma podía decir la verdad sin expresar las dudas que también tenía sobre Rommel.

Seguimos hablando un rato. Pedí una copa y cuando me la sirvieron la camarera rozó la palma de mi mano y dejó un trozo de papel en mi palma. Me volví, sorprendido, y reconocí a Coco Chanel (teñida de rubio y con unos dientes falsos que le ensanchaban la boca). Mi antigua amante se dio la vuelta y desapareció en el interior de la cafetería. No se le daban mal las tareas de espía. Comprendía que Schellenberg la estaba poniendo a prueba, comprobando sus habilidades. Yo compuse un gesto lo más neutro posible, mientras escuchaba de boca del Mariscal los problemas de nuestros aviones en el mediterráneo, teniendo que volar largas distancias con depósitos de combustible adicionales para dar una cobertura inútil a los convoyes italianos, que de todas formas a menudo eran hundidos por los británicos.

– Eso que me cuenta es muy interesante –dije, mientras de reojo trataba de ver lo que ponía en la nota.

Cuando al fin pude hacerlo me quedé helado:

Mengele ha estado intentando dar contigo a través de amigos comunes. Lo ha conseguido y ha informado a la araña. Están aquí los dos. No van a permitir que vayas de momento a África. No te enfrentes a ellos. Ten mucho cuidado.

Saludos de…

El hombre que no disparó a Morgen.

Walter Schellenberg, incorregible, me avisaba del peligro, pero al mismo tiempo me recordaba la causa de nuestras desavenencias pasadas: aquella vez que pudo salvarme la vida y dudó. Por suerte, el asesino que había mandado Canaris (Morgen) había caído en mis manos y yo seguía en este mundo para (otra ironía) ser ahora aliado de Canaris, el hombre que quiso matarme, y Schellenberg, el hombre que no quiso impedirlo. Tal vez quería decirme a su manera, un tanto festiva y un tanto críptica, que los viejos enemigos pueden acabar siendo amigos (como nosotros) y que viejos amigos (como Mengele) puede acabar siendo los peores enemigos. Y estaba en lo cierto.

Poco después terminó la conversación con el Mariscal Kesselring. Después de darnos la mano y encomendarnos para la próxima vez que coincidiéramos, me alejé de la Piazza por la Via dei Condotti. Recordé mi anterior visita, y la felicidad de Alfredo y Ludovica, aquellos amantes trágicos a los que la guerra se había llevado. No tuve, sin embargo, la oportunidad de divagar demasiado sobre aquel asunto. Dos hombres salieron a mi encuentro, aparecidos de la nada desde un callejón donde sin duda me estaban esperando. Los reconocí sin dificultad, una araña de andares sibilinos y un falso amigo: Reinhard Heydrich y Joseph Mengele.

– Qué agradable sorpresa –dije, aguantando la mirada de la araña y sin volver la vista siquiera hacia Mengele.

Yo ya no era el niño asustado que casi tres años atrás había entrado en la sede de la SD o Sicherheitsdienst, el servicio de inteligencia de las SS; el niño que se había enfrentado (y perdido) al todopoderoso director de la oficina central de seguridad del Reich, el gran jefe de policía de la Alemania nazi. Heydrich lo sabía.

– Es hora de que hagamos un pequeño viaje –dijo la araña, avanzando su cuerpo desgarbado, sus brazos anormalmente largos y sus delgadísimas piernas.

– ¿No puedo ir a África con Rommel?

Heydrich clavó en mis pupilas sus ojos azules y profundos.

– De momento no, muchacho. Pero lo harás muy pronto, si te portas como es debido.

– Ya no soy un muchacho, Reinhard. No es la primera persona a la que tengo que recordárselo. Pero espero que sea a la última.

– Soy consciente, teniente Weilern. Pero debe

379

reconocer que ha estado ausente, fuera de control, demasiado tiempo. Es hora de conocer otros aspectos de nuestra gran nación. No solo importa la guerra. Ahora conocerá cosas más importantes.

– ¿Cosas como qué?

– La raza, la sangre –terció Mengele, con voz que denotaba orgullo.

Yo hice como que no había escuchado a mi "viejo amigo".

– ¿Cosas como qué, Reinhard?

Heydrich se giró y su nariz aquilina quedó expuesta, coronando un gesto adusto y feroz.

– Si vienes conmigo te mostraré lo que significa ser un camarada ario, un volksgenosse. Te puedo asegurar que ese conocimiento supera a todo lo que puedas aprender con esos engreídos generales prusianos de la Wehrmacht.

Respiré hondo. ¿Tenía elección? No, no la tenía. Así pues, era el momento de hacer caso a Schellenberg y no enfrentarme con uno de los príncipes de Hitler... y tal vez el más demente y vengativo de todos.

– Será un placer acompañarle, Reichsprotektor.

Heydrich sonrió. Apreciaba que yo estuviese al corriente de su nueva dignidad como protector de nuestra amada Alemania. Hinchó el pecho y dijo:

– Eso quería oír, Otto. No esperaba menos de ti.

XII

Elisa Wagemans había sido profesora de Otto Weilern en el pasado. Acababa de cumplir doce años y era un niño especial. Muy especial. Había pasado la mayor parte de su vida en un pueblecito de Austria llamado Sankt Valentin. Había estudiado junto con otros niños la ciencia de la raza, historia de Alemania, la grandeza de Hitler y otros principios del nazismo. Había sido uno de los primeros niños en recibir una educación completamente nacionalsocialista. Otto en persona había pedido un punto de vista diferente al de sus profesores, alguien que no fuese un nazi. Quería poder comparar para así conocer de primera mano un tipo de enseñanza más tolerante que, con la llegada de Hitler al poder, estaba condenada a desaparecer.

Elisa le había dado clases en Sankt Valentin, de forma esporádica, durante seis meses. No duró mucho la cosa, pues Otto comenzó un nuevo plan de estudios. Una vez a la semana viajaba a Berlín, al barrio de Karlshorst, a la casa del profesor Johannes Fest. Pensó, probablemente, que sería bueno alejarse del ambiente asfixiante en lo educativo que recibía en su colegio. Elisa lo entendió y se despidió del joven.

– Ha sido un placer inmenso ser tu maestra, Otto.

El niño sonrió. Era terrible lo que los nazis hacían en esa casa con los niños. Elisa solo lamentaba no tener fuerzas para oponerse... pero hasta ella se daba cuenta de que el nazismo era el futuro de Alemania. Mejor no levantar la voz, quedar en segundo plano y esperar tiempos mejores.

– Espero de todo corazón que volvamos a vernos, Frau Wagemans.

Pero no había vuelto a coincidir con él desde 1934. No obstante, le recordaba perfectamente, porque siempre le pareció un muchacho brillante y, aunque sólo pudo tenerlo a su cargo un breve tiempo, era uno de esos alumnos que las profesoras recuerdan. Cuando alguien ha dado clases durante muchos años, pensaba Elisa, siempre tiene la esperanza de que alguno de sus alumnos llegue lejos en la vida. Los hay que te sorprenden, negativa o positivamente, pero de otros estás completamente segura de que llegarán muy lejos, de que brillarán con luz propia. Ella siempre supo que Otto Weilern era uno de esos elegidos. No sabía de qué manera, si sería premio Nobel de física o llegaría a ser el nuevo Canciller del país. Pero le impresionaba su brillantez innata y cierta fuerza interior que nunca más hallaría en ninguno de sus alumnos.

Por eso, aún en su desgracia, aquel día aciago de diciembre de 1941, reconoció a Otto nada más verlo. Ella, que no valía nada, una persona sobre la que se habían abatido todos los males y ahora limpiaba los pasillos de un gimnasio a las afueras de Berlín, tuvo claro que aquel joven de unos veinte años era el muchacho, el niño, que había conocido tanto tiempo atrás.

– El ejercicio es la clave de aquellos que tenemos sangre superior – decía en ese momento Heydrich.

– Naturalmente – concedió Otto con voz cansina.

Y se pusieron a correr en torno a la pista de atletismo, mientras Elisa seguía limpiando, procurando no alejarse demasiado de aquel muchacho que habitaba en sus recuerdos. Había reconocido, por supuesto, al jefe de la policía y el que Otto estuviese a su lado no le sorprendió. ¿No había pensado siempre que llegaría muy lejos? Tal vez el pequeño Weilern se acordase de ella y pudiese ayudarla, rebajar su desgracia, salvar a sus hijos, a toda su familia.

– Debo tener cuidado – dijo en voz alta, sin darse cuenta, mientras manejaba la fregona de forma compulsiva de izquierda a derecha –. Debo hablar con Otto pero no cuando esté Heydrich cerca. No, él no puede oír lo que tengo que decirle.

Elisa sabía bien de la fama de Heydrich. Sabía que era uno de los nazis más crueles y terribles. Para un hombre como ese… Elisa no valdría nada. Menos que nada.

Así que siguió limpiando, atenta a los movimientos de Otto y Heydrich. Cuando el supervisor del turno de limpieza le indicó que fuese a la planta superior hizo su trabajo a toda prisa, asomándose cada minuto a las ventanas para ver las evoluciones de los corredores en la pista de atletismo. Finalmente, terminaron y bajaron a las duchas, en el sótano. A ella todavía le quedaba esa planta por limpiar, así que bajó a toda prisa y esperó delante de la puerta de los vestuarios, pidiendo a Dios que su antiguo alumno terminase antes que el Reichsprotektor y tuviese un segundo para escucharla.

– Sé que Dios no está bien visto por los nazis. – dijo de nuevo voz alta, como si rezase –. Pero ya que la Comunidad del Pueblo me ha abandonado, tal vez Dios venga a rescatarme.

Se echó a reír, consciente de pronto de su propia desesperación, de que hablaba en voz alta como si estuviese loca. Pero tal vez Dios realmente la estaba escuchando porque tras diez minutos de rezos sincopados, Otto fue el primero en salir de las duchas. Se vistió con su uniforme y salió el pasillo a fumarse un cigarro. Tabaco ruso sin filtro.

– Otto, no sé si te acordarás de mi – se atrevió Elisa a abordarle.

El muchacho dio un respingo, la miró fijamente y una luz resplandeció en sus ojos.

– Frau Wagemans, naturalmente me acuerdo de usted.

Elisa se echó a llorar y se hincó de rodillas delante de Otto, que la levantó por las axilas y le dijo con voz calmada:

– Cuéntame qué te pasa.

Otto había estado en Rusia y allí no sólo había aprendido sobre la guerra o a fumar cigarros soviéticos Belomorkanal (de papel de arroz, a su juicio los mejores del mundo), sino que había visto en la población civil la desesperación en su máxima gradación, el horror y todas las formas imaginables de desesperación humana. Así que conocía el gesto de los atormentados y se preparó para escuchar la historia de Elisa.

– Yo era una ferviente nazi. Me afilié al partido en 1935. Creía en el Führer.

– Me acuerdo bien. Entre clase y clase me hacías cantar el himno de Horst Wessel. No eras tan nazi como mis otros profesores, pero no podías ayudarme a ensanchar mis horizontes. Por eso elegí otro maestro, lejos de la influencia de la escuela donde me estaban adoctrinando.

Otto recordó aquel lugar horrible, al que hacía pocas fechas había prendido fuego. Ahora entendía que había tomado la decisión correcta.

– Sí. Sí. Tú lo sabes. Tú sabes que yo era una buena ciudadana, que creía en la Comunidad del Pueblo. – Elisa sentía que sus labios temblaban mientras hablaba, deseosa de contarle todo el amor que había sentido por su Führer –. Mi padre recibió la Cruz de Hierro en la Primera Guerra Mundial y mi hijo Franz murió en la invasión de Francia, en Calais.

Aquello hizo que Otto enarcase una ceja, sorprendido. Él había estado en Calais con Rommel; era posible incluso que hubiese conocido al muchacho. Por un instante estuvo tentado de preguntarle el apellido del padre, pero vio que Elisa, mientras hablaba, no dejaba de girar la cabeza hacia la derecha, en dirección al vestuario. Tenía miedo de que Heydrich regresase. No le sobraba el tiempo para cotilleos. Así que calló y la dejó proseguir:

– Yo era una buena madre alemana; había seguido los consejos de Goebbels y parido cinco hermosos hijos arios, todos más pequeños que mi Hans y todos ellos en las juventudes hitlerianas. Pero entonces, pero entonces…

Elisa rompió a llorar quedamente, en silencio, con los puños apretados dentro de los bolsillos de su bata de limpiadora. Otto se había dado cuenta de pronto que aquella profesora, hacía unos años, se la presentaron como una eminencia, catedrática de filología alemana… y ahora limpiaba en un gimnasio en Elstal, un distrito al oeste de Berlín, no muy lejos de la antigua villa Olímpica. Era un trabajo que como mucho le daría unos cientos de reichsmarks. Aquello no tenía sentido. Aunque supuso que pronto sabría la explicación.

– Serénate y dime lo que pasó, Elisa. –El propio Otto giró su cabeza y señaló hacia el vestuario –. Sabes que no tenemos mucho tiempo.

– Sí. Sí. Sí. Perdona – balbuceó Elisa, secándose las lágrimas con el puño de su bata y entonces dijo algo, no sólo con pena sino con profunda vergüenza –. Resultó que tenemos sangre gitana. Nosotros, los Wagemans, con un apellido tan antiguo en Alemania… La abuela Hanna, la madre de mi padre, era romaní. Nadie nos lo había dicho, tal vez ella guardase el secreto para librarnos de la vergüenza. Pero cuando elaboraron el Ahnenpass para el más pequeño de mis hijos, para Adolf, un investigador avezado encontró la partida de nacimiento de mi abuela en Leipzig.

Otto sabía bien qué venía a continuación. El Ahnenpass o pasaporte racial era la piedra angular de la política de Adolf Hitler respecto al control de la pureza del pueblo ario. Unos años atrás habían comenzado a propagarse como una plaga. Se trataba, ni más ni menos, de que un notario investigase tu árbol genealógico y emitiese un documento oficial que probase que eras un alemán de pura raza. Y si no lo eras...

– Tu padre ha sido esterilizado y ha perdido el trabajo – dijo Otto–. Sus hijos, da igual la edad que tuvieran, han sido también esterilizados, y sus nietos expulsados de las juventudes hitlerianas. Tú, que tienes un tercio tan sólo de sangre gitana, has perdido tu trabajo y tu cátedra y ahora limpias suelos en este gimnasio. Tu padre no habrá podido conseguir un trabajo mejor e incluso habrá perdido la pensión de veterano. Y tendrás problemas incluso para escolarizar a tus hijos.

Elisa comprendió súbitamente que su problema no era tan extraño o inusual. Ella misma había visto lo que les había pasado a los judíos años atrás. No le importó mientras su familia no estuvo en peligro. Era feliz con sus cuatro hijos de las juventudes hitlerianas, orgullosa de no tener sangre judía y de formar parte del Volk, el pueblo, el espacio étnico del alemán ario. Pero ahora que las autoridades la consideraban una romaní, una gitana... ahora lo único que quería era que su familia fuese de nuevo aceptada en la comunidad, recuperar su cátedra y volver a ser una persona de bien. O, por lo menos, no acabar en un Lager, en un campo de concentración. Se dio cuenta entonces que no tenía claro ni siquiera qué es lo que quería pedir exactamente a Otto. Piedad. Quería piedad para ella y los suyos.

– ¿Puedes ayudarme, Otto? – dijo, sencilla, ingenuamente.

De nuevo tuvo ante sí al muchacho de doce años, por entonces un nazi convencido como ella. Lo recordaba bien. Pero vio algo extraño en los ojos de aquel niño hecho hombre. No era la misma persona. Y entonces dudó de que llegase realmente tan alto como ella había previsto. Había perdido aquel brillo en la mirada. Como si estuviese roto, como si hubiese descubierto que el hombre que estaba destinado a ser no era el hombre que quería ser. Y aquel joven prematuramente viejo le dijo:

– Puedo ayudarte temporalmente. Conozco a mucha gente y supongo que podría encontrar una buena escuela para tus hijos y un empleo no tan malo para ti y para tu padre. Pero sólo puedo ayudarte temporalmente.

Otto había dicho dos veces temporalmente. Elisa comprendió que aquello era importante y querría haber pedido una explicación más concreta a su antiguo alumno. Pero con el rabillo del ojo vio a Heydrich salir de las duchas, su cuerpo delgado de araña contoneándose mientras buscaba en la taquilla su uniforme negro de las SS. Elisa comenzó a fregar frenéticamente, a toda prisa, un sector del pasillo que ya había fregado. Otto dio una calada a su cigarro e hizo un gesto de asentimiento con la cabeza a Heydrich, que comenzó a ponerse la camisa mientras silbaba precisamente el himno de Horst Wessel que Otto cantaba de niño. Y entonces comenzó a cantar:

Con paso firme y silencioso
los camaradas caídos
ante los rojos comunistas
y los reaccionarios enemigos
del Reich, marchan en espíritu
en nuestras filas.

Otto decidió que tenía unos breves segundos para explicar a Elisa algo muy importante.

– Temporalmente significa que vendas tu piso, tus joyas, todo lo que tengas de valor, todo lo que puedas ganar o robar o conseguir y que huyas de Alemania – Otto aunque le estaba hablando a su vieja profesora, miraba en dirección contraria hacia Heydrich y tapaba con su cuerpo a Elisa, mientras daba profundas caladas a su cigarrillo, como si quisiese ocultarse tras una nube de humo. Entonces añadió: – Y digo temporalmente porque más tarde o más temprano todo acabará mal para vosotros. Puedes estar segura de ello. Márchate de Alemania o moriréis tú y los tuyos.

Otto arrojó su cigarrillo al suelo cuando vio que Mengele aparecía por el otro extremo del pasillo. Nunca había tenido buena salud y forzaba al máximo su cuerpo cuando estaba como sanitario en combate. Pero nunca podría haber hecho varios kilómetros a la carrera. Las pistas de atletismo y los gimnasios estaban fuera de sus intereses.

– ¿Habéis terminado? – dijo Joseph, dando una palmada en el hombro de su amigo.

Otto apartó su hombro con delicadeza y trató de sonreír a su antiguo camarada.

– Ha sido un ejercicio excelente. Ahora mismo el Reichsprotektor está terminando de vestirse y... – Precisamente Heydrich salió en ese momento, apestando a perfume caro y a autocomplacencia. Miró de hito en hito a Otto y luego a Mengele, como si quisiese transmitirles alguna señal secreta, una conexión racial que les uniese más allá de las palabras. Pero, pese a todo, las palabras aún servían para algo en la Alemania nazi, así que dijo:

– Yo tengo que regresar a casa para supervisar el traslado de mi mujer a Praga. –Y añadió, mientras apretaba el antebrazo de Otto:– Te vas a quedar en Berlín con nuestro camarada Joseph Mengele, que te explicará los avances que hemos hecho en nuestra lucha por la pureza y limpieza racial en Alemania. Debes escuchar la llamada de la sangre. Debes hacerlo, Otto.

– Así lo haré, Reichsprotektor.

Heydrich saltó a un lado, como una araña que ha distinguido a su presa.

– ¿Y tú, qué miras, mujer?

Heydrich se había vuelto hacia Elisa Wagemans. Mientras se alejaba de allí, había mirado de reojo, por error, un solo instante a Otto y sus compañeros.

– Sólo limpiaba, señor. Sólo eso.

– ¡Nos estabas espiando! – chilló Heydrich.

Entonces fue Otto quien cogió a Reinhard del brazo, atrayendo su atención y esperando a que Elisa desapareciese girando por el siguiente pasillo, cargando a toda velocidad su cubo y su fregona.

– ¿No la has visto? – dijo Otto procurando componer un tono de desprecio –. ¿No te fijaste en esa piel un poco más oscura y en esa nariz ancha, mesorrina? Sólo es una gitana. A duras penas entenderá nuestro idioma y mucho menos la conversación que pueden tener unos hombres de raza superior.

Heydrich aplaudió y se echó a reír. Le habían encantado no solo las palabras de Otto sino el que conociera los términos que usaban los nazis para distinguir los genotipos raciales. Si no había olvidado las buenas enseñanzas que recibiera de niño, aún no estaba todo perdido.

– Narizota mesorrina – gimió Mengele, al que le había hecho tanta gracia el comentario que le saltaron las lágrimas y comenzó a toser.

Terminado el instante de hilaridad, el Reichsprotektor tomó la palabra:

– Así me gusta que hables, Otto – dijo, con la voz deformada por el orgullo –. Como un hombre, como un ario. Ya sabía yo que al final recobrarías el sentido.

Y se fueron los tres amigos arios, de sangre hallstatt, danubiana y borreby a tomar unas cervezas alemanas en un bar reservado para gente con un árbol genealógico germánico intachable y puro.

Elisa Wagemans, por desgracia, no escuchó los consejos de Otto. Su situación laboral mejoró, encontró un trabajo en la universidad de Berlín y sus hijos fueron aceptados en una buena escuela. Ella volvió a creer en la Comunidad del Pueblo. Olvidó que las autoridades la tenían en su punto de mira. Cierto día descubrió que estaba embarazada de su nuevo esposo, un alemán racialmente intachable que luchaba en el frente ruso. Las autoridades decidieron que aquella mujer no aria ya había dado demasiados hijos de sangre aguada en el seno del Reich y la enviaron al campo de Auschwitz. Tan pronto tuvo a su hijo (un varón) lo mandaron a un hogar Lebensborn, donde fue adoptado por una buena familia con ambos padres genéticamente aceptables, buena gente que quería un niño, pero que no podía optar por falta de oferta a un ario de primera clase. Tuvo suerte el recién nacido de que los médicos genetistas que trataron su caso (gente como Mengele) se apiadaran de él en lugar de decidir que no era apto para vivir en la Gran Alemania del futuro, que por su condición de parcialmente gitano estaba "hereditariamente enfermo" y tenía que ser suprimido.

Respecto a su madre, a Elisa, la dejaron morir de hambre. Falleció mucho antes de terminar la guerra, a principios de 1944.

Esta historia, enteramente real, acabó de una forma inesperada para la familia Wagemans. La suerte se alió con el resto del clan. Por casualidad, error u olvido del sistema (cosa que sucedía a menudo), ni el padre de Elisa ni sus hijos fueron molestados, ni perseguidos, ni enviados a un Lager con los judíos y el resto de enemigos del Reich. Sobrevivieron todos a la guerra.

Si Hitler hubiese ganado, más tarde o más temprano las autoridades se habrían acordado de los Wagemans, y todos habrían sido esterilizados o asesinados.

*_ *_ *_ *_ *_ *

– La última vez que hablamos no fue una conversación agradable – dijo Mildred mirando a Otto con ternura.

El joven estaba sentado en la terraza del piso de Mildred, en el centro de Berlín. Miraba hacia la ventana donde una vez había discutido sobre la de guerra de Finlandia con Mengele. La asaltaron otros recuerdos aún más dolorosos, especialmente del día en que regresó con el propio Mengele para hacer las maletas. Su novia le había traicionado, le espiaba por orden de Canaris y se acostaba con Schellenberg. Demasiadas sorpresas para una mente tan joven. Pero ahora, en el presente, apenas un año y dos meses más tarde, él mismo era un antinazi como Canaris, había recobrado su amistad con Schellenberg y había comprendido las razones de Mildred, que siempre quiso ayudarle. Tal vez de una forma tosca e imperfecta, pero siempre había querido ser su protectora, no su enemiga.

389

– Han pasado muchas cosas desde la última vez que nos vimos – dijo Otto –. Tenía dieciocho años y...

– Ya estás a punto de cumplir veinte – le interrumpió Mildred –. No creas que me he olvidado.

Guiñó un ojo su antigua amante y esta se ruborizó. Seguía enamorada de aquel muchacho, de su brillantez, de sus potencialidades y también de sus imperfecciones, de aquella ingenuidad que esperaba no se hubiese desvanecido del todo.

– Pero no he venido a hablar de mí, Mildred – le reveló Otto en ese momento –. Pasaba por aquí y he decidido visitarte por una razón. Le he pedido a Joseph que me dejase un rato a solas y, aunque no le ha parecido una buena idea que estuviese con una no aria, al final le he convencido. Piensa que estoy haciendo progresos y no quiere que me enoje.

– ¿Sigues frecuentando la amistad de ese Mengele? – dijo Mildred con voz cortante.

– En realidad, no. Pero no puedo librarme de él. Es una larga historia.

Se hizo el silencio. Otto esperaba que ella le contase cómo le iban las cosas. Pero como Mildred no parecía muy dispuesta, decidió tomar la iniciativa:

– Te he escuchado en la radio en el nuevo programa en el que participas: Club of Notions.

Mildred era una actriz y bailarina fracasada en Estados Unidos que había venido a Alemania buscando su última oportunidad para ser famosa. Había sido la asistente de alguna actriz importante y, finalmente, en la radio alemana había encontrado un pequeño hueco.

– Es un programa que hacemos para nuestras filiales en Estados Unidos. Ya sabes, para que nos oigan en América y comprendan que en Alemania somos buena gente y que debe acabar nuestra enemistad. En mi sección básicamente presento a las grandes bandas y orquestas del momento. Ponemos un vinilo y luego lo escuchamos. No es gran cosa.

– Yo no diría eso. Pasas un buen rato en antena. Me encanta tu acento americano y cómo hablas de las novedades musicales. Eres una mujer con un buen trabajo y respetada en el Reich. Muchos se cambiarían por ti.

– Oh, te equivocas – rio Mildred con cierto tono de

pesar –. Las cosas han cambiado para los americanos desde el momento en que los japoneses atacaron Pearl Harbour. Ahora estoy entre dos mundos. El consulado americano me considera una pronazi. No me han renovado el pasaporte, me trataron como si fuese una apestada y se dedican a darme largas. Voy por la calle con un resguardo que no vale nada. Cualquier día podría detenerme la Gestapo porque casi se puede decir que estoy ilegalmente en el país.

– Siento oír eso. Si puede ayudarte en algo...

– Nunca permitiría que me ayudases. Ya lo sabes. Tú eres mi niño, mi...

Mildred cayó. Sentía hacia Otto una relación más maternal que sexual; su deseo de protegerle era mayor que el de protegerse a sí misma. De alguna manera, Otto era el hijo que nunca había tenido. Pensando en ello se quedó de nuevo en silencio. Su interlocutor fue paciente y la dejó bucear en sus recuerdos hasta que de nuevo la mujer habló:

– Los americanos en mi situación intentan abandonar Berlín. Se forman largas filas en el consulado y pocos entienden que alguien como yo quiera quedarse. – Mildred miró a Otto fijamente a los ojos. Seguía siendo una mujer poco agraciada, esa mujer que un compañero de facultad en Ohio había descrito como "la de la mandíbula simiesca", pero las adversidades nunca habían sido obstáculo para alcanzar sus sueños –. Sin embargo, yo me quiero quedar. Aquí en la radio alemana soy alguien; en Estados Unidos soy una actriz fracasada que acaba de cumplir 41 años.

– No eres una mujer fracasada. Eres una mujer preciosa.

Mildred se sonrojó.

– No me hablabas así cuando éramos novios, amantes o lo que fuésemos. Realmente has cambiado mucho.

– He visto muchas cosas en Rusia, en el norte de África, en todas partes. Ahora expreso mis sentimientos con mucha más facilidad y también comienzo a darme cuenta de cuándo me mienten o me ocultan algo. Comienzo a ser un observador del alma humana aparte de los sucesos de esta maldita guerra. Así que dime la verdad... No estás tan a gusto en la radio como pretendes, ¿no es cierto?

– Tienes razón – concedió Mildred –. Era feliz hasta que estalló la guerra, pero el día que ardió Pearl Harbour dije en voz alta palabras gruesas, insultos, ni siquiera lo recuerdo, contra esos enanos nipones. Por el amor de Dios, ¡estaban asesinando a mis compatriotas! Entonces, los responsables de la radio me llamaron y me aconsejaron que no volviese a decir nada semejante en contra de los aliados del Führer. Yo pedí perdón, por supuesto, pero no fue bastante. Finalmente recibí una visita de la Gestapo.

– Espero que no fuese nada grave.

– No me pegaron si es eso lo que quieres saber. Sólo me dijeron que me necesitaban para labores de sabotaje en territorio americano, que si podía ayudarles en la infiltración de agentes alemanes en Estados Unidos.

– No te veo yo haciendo de espía. Se necesita tener una pasta especial – Otto soltó una carcajada que Mildred no comprendió porque no sabía que estaba pensando en sí mismo.

– No, no, lo tuve claro desde el principio. Les dije que ayudaría al Führer en lo que pudiese, pero que buscasen algo más acorde a mis habilidades. Yo tenía miedo, y aún lo tengo, de que me trasladasen a un campo, uno de esos Lager donde reeducan a la gente. Aunque he oído rumores de que mueren personas a cientos, a miles... tal vez sea mentira, pero preferiría no haber de comprobarlo en persona. Así que firmé una promesa de obediencia al Reich.

– Eso no es tan extraño. Todos los extranjeros que trabajan en sectores clave y todavía residen en la Alemania están firmando promesas de obediencia semejantes.

– Supongo que sí – dijo Mildred, encogiéndose de hombros –. Pero sé que a partir de ahora me van a pedir una explicación más activa en lo que sea que tengan en mente para atacar a los Estados Unidos. Al fin y al cabo, estamos en guerra con mi antigua patria.

– Tú siempre fuiste una ferviente seguidora del Führer. Incluso querías demostrar que tu sangre era aria irlandesa, si no recuerdo mal.

Los británicos compartían sangre con los arios y, en realidad, varias de las subrazas germano-nórdicas abundaban en Inglaterra e Irlanda. Mildred Gillars se llamaba en realidad Elizabeth Sisk (se había cambiado el nombre por razones artísticas) y en tanto que Sisk era un apellido originario de Irlanda, ella soñaba con el día en que pudiese probar que formaba parte de la raza superior. Creía que era de la subraza Brünn, propia de islas, o incluso de la Hallstatt, la más pura de todas.

– Supongo que me lo tengo merecido – dijo Mildred y soltó una carcajada.

Realmente se lo tenía merecido. Ella, como muchos otros, había sido deslumbrada por el nazismo y había creído ciegamente en el Reich que ahora la traicionaba. Al fin y al cabo, era una extranjera, y no una cualquiera sino ciudadana de un país enemigo. Había que demostrar ser muy nazi para que la Gestapo no te tuviese en su punto de mira. Y ella, en los próximos años, tendría que demostrarlo. Paradójicamente, aquello sería lo que le conduciría a la fama mundial que siempre había soñado.

– Sigo pensando que un día serás famosa – dijo Otto, pensando precisamente en todo aquello –. Sé que está cercano el día en que tenga que decir: yo conocí a Mildred Gillars antes de que hiciese esto o aquello.

Mildred se acercó al sofá, tocó una mano de Otto y acercó sus labios a los suyos. Un beso casto. El beso de dos amigos que una vez fueron amantes.

– Dios te oiga.
– ¿Crees en Dios?
– Era una forma de hablar.

Poco podía imaginar Mildred que un día sería monja. Pero es que los caminos que el destino había orquestado para aquella mujer eran sinuosos e imprevisibles.

– He venido a por algo que me dejé aquí la última vez. Es un...
– El informe Lebensborn.
– Ya te lo habías imaginado.
– Sí. Y lamento decirte que está en Múnich, en la casa de Brigitte Horney. Fui a pasar un par de meses cuando acabó la temporada en la radio. Quería que la ayudase con un nuevo papel. Me llevé casi todas mis cosas. Y muchas siguen allí. Ya

393

sabes que soy muy poco ordenada.

Mildred había sido asistente de varias actrices, entre ellas Horney, una de las más famosas de Alemania. Aunque en ese momento no pasaba por sus mejores años.

– Necesito ese libro.

– Ya lo supongo. Dice cosas terribles.

– ¿Lo leíste?

– Sí, pero me olvidé de la mayoría. Solo sé que en su momento me asusté mucho de las teorías raciales que exponía y de ver tu nombre asociado con ellas. No sé si entendí bien su significado, pero me preocupé tanto por ti que busqué a Canaris y me ofrecí a ayudarle.

Otto estaba sorprendido. Siempre había pensado que había sido Canaris el que había convencido a su novia para que lo espiase. No a la inversa.

– Necesito ese libro –repitió Otto–. En él se explica cómo nos eligieron, a mí y a otros niños, para ser educados en el nacionalsocialismo muchos años antes de que esa forma de educar llegase a las escuelas. Creo que allí están las claves para entender muchas cosas que me están pasando.

– Llamaré a Brigitte para que me lo haga llegar lo antes posible. Y te lo envío donde quieras, a…

– ¡No! Ese libro no debe ir dando tumbos de un lado a otro. La Gestapo tiene ojos y oídos en el servicio de correos. Cuando puedas, ve a Múnich y recógelo personalmente. Y yo vendré a visitarte la próxima vez que me pase por Berlín. Así tenemos una excusa para volver a vernos.

A Mildred le pareció una idea excelente. Y así se lo hizo saber.

– ¿Porque no te quedas otra media hora? ¿O una hora entera? –añadió.

Sus cuerpos se relajaron todavía más y ella le acarició el rostro. Otto negó con la cabeza, liberándose del tacto de la mano amiga.

– Le he dicho a Mengele que venía a por un poco de ropa que me había dejado. No sé si me habrá creído, pero tampoco quiero tentar a la suerte. Estoy en peligro y ya no gozo de la libertad de antaño. Tengo amigos poderosos, tan poderosos que más me vale hacer lo que ellos me digan.

– Así pues, vivimos un momento de nuestras vidas bastante similar – dijo Mildred, besando de nuevo los labios de aquel muchacho, ahora ya un hombre.

– La mía es aún más complicada, pero sí, supongo que no somos una excepción. Todo el mundo está condenado a ser lo que no quiere ser o cuando menos variaciones de lo que querría ser. Las guerras convierten a los hombres en presos, estén o no al otro lado de los barrotes.

Mildred lanzó un silbido.

– Sí que has madurado, Otto. Pareces un filósofo.

Otto no dijo nada esta vez. Se levantó, cogió un hatillo con ropa que había encontrado en la habitación de matrimonio (aunque era de hombre no estaba seguro del todo que fuese suya, pues Mildred había tenido varias parejas antes y después de él, incluido Schellenberg) y lanzó un beso al aire a su antigua amante mientras se dirigía hacia la puerta.

– Me gusta más esta despedida que la última que tuvimos. Espero que regreses pronto para que nos despidamos una vez más.

– Volveremos a vernos, Mildred. Tenlo por seguro. Aún tengo que besarte y darte un abrazo el día que seas famosa. Eso no me lo perdería por nada del mundo.

Otto comenzó a bajar las escaleras sin prisas. Estaba satisfecho. Precisamente había acudido a aquel lugar para dejar atrás el pasado. Mildred siempre le había tratado bien y, más allá de algún desliz, no quería recordar con tristeza aquella relación, como cuando la llamó "zorra" y "no aria", el mismo tipo de expresiones que usaban gente como Mengele y Heydrich. Tembló solo de pensar que había estado a punto de convertirse en uno de ellos.

Sentía en su interior un extraño cansancio, el cansancio del hombre que comprende que los seres humanos, en nuestras relaciones, actuamos de una forma compleja y vengativa. Por el contrario, una sonrisa y un gesto amable a veces solucionan las tensiones más complejas. No quería seguir odiando a quien no se lo merecía. Necesitaba espacio en su corazón para muchas personas a las que tendría que aprender a odiar. Y Mildred no era una de ellas.

– ¿Señor Herzog? ¿Es Usted?

395

Un hombre de cerca de noventa años, encorvado, vestido con un pantalón ajado y una chaqueta gris de lana, se volvió para mirarle. Llevaba en el pecho una estrella de David de color amarillo. Recordó entonces que, desde hacía tres meses, todo judío mayor de seis años estaba obligado a llevarla en lugar visible.

— No le había reconocido, teniente Weilern. Está usted muy cambiado. — El anciano pareció reflexionar un instante —. No, está usted igual, pero al mismo tiempo le noto muy cambiado. No sé si me entiende.

— Le entiendo perfectamente.

— Aunque, de cualquier forma, no lo hubiera reconocido porque nunca miro a nadie a la cara cuando voy por la calle. A muchos buenos alemanes no le gusta que los judíos les miremos.

Otto se paraba a menudo a hablar con el señor Herzog cuando bajaba de casa de Mildred a comprar el periódico o hacer ejercicio o lo que fuese. Era un hombre amable, con un punto de ironía muy sana, que contaba historias de la Primera Guerra Mundial y del primer Reich, donde sirvió y ganó las más altas condecoraciones. Se caían bien mutuamente y no lo disimulaban.

— A mí no me importa que sea usted judío. Puede mirarme a la cara cuando guste. Es más, le animo a que lo haga.

Herzog levantó los ojos, aún cohibido.

— A los que llevan tu uniforme les suele importar.

— Yo no soy como los que llevan este uniforme. Ni cualquier otro uniforme. Yo no me parezco a nadie.

El anciano le invitó a entrar en su casa. Allí le sirvió una copa de licor de hierbas en un vaso desportillado. Recordó que tenía una hermosa vajilla de porcelana de Meissen. Solo le quedaba un único jarrón sobre la bandeja. El resto de las piezas estaban rotas o desaparecidas. El señor Herzog vio la línea de la mirada de su invitado y dijo:

— Los bombardeos nocturnos acabaron con mi vajilla y con la mayor parte del ajuar de mi casa. Una bomba estalló frente a la ventana y saltó por los aires medio salón. Por suerte estaba durmiendo en la parte de atrás. La puerta de la casa se quedó abierta y mis vecinos entraron, se llevaron lo que quedaba de valor y rompieron lo poco que no había sido destruido ya por la explosión. Son buenos alemanes.

Otto no dijo nada y tragó el contenido de su copa lanzando a su anfitrión un guiño aprobatorio. Pensaba en que, si fuese gitano, podría intentar echarle una mano como a la señora Wagemans, pero a un judío, ahora que Heydrich le tenía entre la espada y la pared... no podía arriesgarse.

– No creas que no entiendo a mis vecinos. Les han estado lavando el cerebro tanto tiempo sobre los judíos... – El señor Herzog se quedó pensativo –. Y ahora todos tienen uno o varios de sus hijos, o incluso todos, luchando en el frente ruso. La señora Wrede tiene a tres hijos en el frente y el mayor murió en Leningrado o en Rostov o donde sea que esos idiotas se hacen matar.

El anciano miró a Otto con verdadero terror, preguntándose si había hablado demasiado. Pero vio en el muchacho (en el hombre) un gesto de absoluta indiferencia, cuando no de asentimiento ante sus palabras. Aquello le dejó por un momento anonadado, pero luego le animó a hablar.

– Hay setenta mil judíos aún en Berlín, ¿lo sabías Otto? – El anciano prosiguió, porque era una pregunta retórica –. Goebbels ha dicho por la radio que va a tomar medidas contra nosotros. Más medidas, supongo que querría decir. Quitarnos el dinero, las pensiones, los empleos y marcarnos como a reses con estas estrellas amarillas. Le queda solo llevarnos a un campo. Supongo que a eso se refería con medidas. La deportación al este. Todos hablan de que hay que deportarnos al este, acabar con la lacra judío bolchevique.

Otto sabía bien que, por increíble que pareciese, en la propaganda nazi se equiparaba a judíos y a bolcheviques. Por un lado, porque algunos de los responsables del nacimiento de la URSS, como Lenin, tenían sangre judía. También porque el judío era, a efectos de la propaganda, el paradigma del capitalismo, el hombre rico con puro y frac que aparecía en los carteles; por extensión, el enemigo de Alemania. Porque la lucha del Tercer Reich no sólo era una lucha racial sino contra el capitalismo y los bancos. Los judíos eran tan enemigos como los eslavos y, al final, en un ardid incomprensible pero que había calado en la población, se había creado ese concepto absurdo del judeo-bolchevismo, una especie de miscelánea que aglutinaba a todos los enemigos del Reich. De hecho, Alfred Rosenberg (uno de los filósofos nazis más famosos) era también uno de los padres de aquel extraño concepto.

– Si alguna vez le quieren deportar al este le aconsejo que vaya hacia allí – Otto señaló la ventana, que ya no tenía marco ni cristal y estaba tapada con unos periódicos viejos–. Una vez en el alfeizar, salte al vacío. Morirá antes y de forma mucho más benigna.

– Gracias por el consejo. Creo que lo seguiré.

Otto se levantó. Le hubiese gustado quedarse más tiempo hablando de cualquier otra cosa, pero sabía que Mengele informaría de todo a Heydrich. Tal vez incluso estuviese vigilando desde el rellano o desde el bar de enfrente. No quería que le descubriese hablando con Herzog y que su inconsciencia provocase una desgracia aún mayor al pobre hombre. Se despidió y, como había hecho con Mildred anteriormente, se fue en silencio hacia la puerta. Pero pensó que debía añadir algo más:

– Tenga cuidado, amigo mío. Lo de la estrella de David es sólo el comienzo. Ya debe saber que desde hace una semana le está prohibido coger un autobús ni ningún otro transporte. Tampoco puede usar teléfonos públicos y pronto se le prohibirá muchas otras cosas. Así que es mejor que vaya a pie a todos lados y, atendiendo a su edad, procure no ir demasiado lejos. No cometa errores, se lo pido.

Otto no lo sabía, pero las cosas aún habían ido más lejos que en la peor de sus pesadillas. En septiembre de mil novecientos cuarenta y uno, lo que luego sería llamado "El Exterminio" había comenzado en Auschwitz con las primeras pruebas con el gas Zyklon-B. Y un par de meses más tarde, en Chelmno, aparecerían los primeros camiones de gaseamiento, autobuses del infierno, con el tubo de escape modificado para que los 60 prisioneros que eran introducidos en su interior, recibiesen una descarga máxima de dióxido de carbono y murieran con el mínimo coste para el Reich. Este asunto, el coste de matar a tantos judíos y otros seres racialmente inferiores, serían una obsesión de los burócratas nazis, como Otto comprobaría con el tiempo.

– Lo tendré en cuenta – dijo el señor Herzog con voz triste, apurando su vaso de licor. Un licor muy caro que ni siquiera antes de los nazis podía comprar a menudo porque aquel hombre, lejos de cualquier estereotipo, nunca había sido rico–. Gracias por ser tan sincero.

Otto se iba a dar la vuelta, pero se le ocurrió decir algo más, algo que quizás hiciera que aquel hombre comprendiera a lo que se enfrentaba.

– Ha tenido suerte de que su porcelana se rompiese.

– ¿Por qué?

– En breve se prohibirá a los judíos tener ninguna propiedad que no sea de primera necesidad. Tenedores, cuchillos, platos... eso es lo único que podrá poseer. Cualquiera que sepa que un judío tiene algo de valor en su casa podrá arrebatárselo o amenazarle con llamar a la Gestapo. Contra menos tenga más seguro estará. Si pasa desapercibido tal vez llegue al final de la guerra.

– ¿Para que querría un hombre de noventa y tres años llegar al final de esta guerra?

Otto compuso una mueca maliciosa.

– Para ver cómo Hitler y esa cuadrilla de nazis hijos de puta se pudren en el infierno o en las cárceles americanas, o en las rusas – dijo observando con cierto deleite cómo los ojos del viejo se agrandaban y una oleada de amistad y de admiración corría entre ambos.

– Me beberé el resto de la botella a tu salud, Otto – dijo el viejo –. Vale muchos reichsmarks y en breve la pueden considerar un producto de lujo que no merece tener un judío. Me emborracharé esperando que pueda vivir lo suficiente para ver ese día que me describes. Sería maravilloso.

– Aguante tres o cuatro años y lo verá, señor Herzog. Se lo prometo.

Otto contempló satisfecho cómo el anciano rellenaba su copa hasta arriba y se la echaba a los labios como alguien perdido en el desierto. Le vio paladear cada sorbo, impregnado del aroma y el sabor del azafrán, el anís y el jengibre. En ese momento, era feliz. Cerró la puerta con cuidado y dejó el señor Herzog con sus sueños y sus recuerdos.

Le había dado una razón para seguir vivo. Era bastante

más de lo que muchos berlineses tendrían en los próximos años.

*_ *_ *_ *_ *_ *

El capitán de las SS Bernd Hauser era un alemán racial que poseía su correspondiente Ahnenpass o pasaporte racial, el cual probaba que su linaje era ario hasta la médula. Por ello, podía llamar desde un teléfono público, algo vedado a gente inferior como un judío o un gitano. Atami, el espía japonés experto en el arte del disfraz, disfrutó mucho usando ese privilegio para (todavía con su falsa identidad) llamar a la camarada Gertrud Scholtz-Klink, la presidenta de todas las organizaciones femeninas alemanas.

– Tenías razón, Bernd. Ese muchacho juega un papel importante para Heydrich y otros altos mandos del Reich – le dijo Gertrud con un tinte histérico en la voz –. Investigarle en secreto es la cosa más emocionante que he hecho en mi vida.

Gertrud había ido a ver a su amiga Lina Heydrich con la excusa de organizar una charla para aumentar la moral de las mujeres alemanes. El caso es que ambas mujeres, viejas amigas, habían paseado por el centro de Berlín mientras hacían compras y hablaban del momento presente, de la guerra en Rusia y en el Norte de África. Gertrud había aprovechado un comentario casual de Lina acerca del sacrificio de los jóvenes por Alemania y el Führer para hablar de ese joven tan brillante… ¿Cómo se llamaba? Ah, sí, Otto Weilern. Lina le había explicado, sin asomo de sospecha, que Otto era una obsesión para su marido y hasta para el propio Hitler. Por lo visto le había dado carta blanca a Heydrich para meter en vereda al joven.

– No sé qué quieren hacer con él, pero es algo muy importante – dijo Gertrud a Hauser, que escuchaba con su aire indiferente de costumbre, mientras pensaba en toda aquella información y cómo ordenarla dentro de sus planes, matemáticos y escrupulosos.

– ¿Has averiguado algo más?

– Sí, sí. Un tal Mengele va a llevarlo a una conferencia que está a punto de comenzar en el lago Wannsee.

Hauser se hizo el sorprendido. Sabía antes de contactar por primera vez con Gertrud que aquella reunión iba a producirse, y necesitaba su ayuda para colarse en su interior. Por los medios oficiales era imposible (se trataba de un encuentro dominado por un secretismo absoluto), así que precisaba hacerlo por medio no oficiales. Y esperaba que la buena conexión entre la camarada Scholtz-Klink y Lina Heydrich le diese la oportunidad de espiar aquella conferencia y lo que hiciera Otto en ella.

Por otro lado, también conocía bien a Mengele, pues llevaba siguiendo a ambos, a Joseph y a Otto, por todo Berlín desde hacía dos días.

– Me gustaría encontrar la manera de saber lo que se va a hablar en esa reunión. Ojalá pudieras... –comenzó a decir el espía.

– Ya lo había pensado – dijo Gertrud, conteniendo una risita –. Te he conseguido un pase como camarero.

Realmente, Gertrud se lo estaba pasando muy bien con aquel asunto. En el fondo era algo normal. Su vida era servir al Reich, dar charlas, animar a las jóvenes a vender muchas estampitas y medallas y poca cosa más. Aquello era lo más interesante que había hecho en su vida. La adrenalina corría por todo su cuerpo. Además, deseaba conocer en persona a Otto Weilern y la idea de tener un hijo con él le parecía la culminación de su vida. Ella, que cuidaba a 10 hijos para el Reich, ¿sería capaz de mezclar sus genes con el ario con la sangre más pura? La sola idea hacía que sus piernas le temblasen.

– ¿Camarero, Gertrud? Muy buena idea –dijo Hauser.

– Eso pensé. Le he pedido a Lina que me ayudase con mi primo Bernd, que ahora mismo está mal de dinero y necesita sobresueldo como camarero o como lo que sea. Yo sabía que en ese instante estaban preparando el cáterin para la reunión en Wannsee y salió de ella misma ofrecerme un puesto para ti. Tienes que presentarte dentro de treinta días.

– Ya veo. Eres una mujer extraordinaria. Tal vez la Gestapo debería contratarte para este tipo de tareas de espionaje interno.

Gertrud soltó una risotada.

– Eso me dice a menudo mi marido que, como sabes, tiene un importante puesto en la Gestapo. Él tiene una vida más agitada que la mía: va y viene del frente ruso, ha comandado una de las divisiones de la Totenkopf para Theodor Eicke, también hace la inspección de diversos campos de concentración y ahora trabaja en la Oficina Central de las SS.

Esa era otra de las razones por las que Hauser había elegido a la camarada Scholtz-Klink. Su esposo, August Heissmeyer, estaba conectado con Eicke, tío de Otto y uno de los máximos conspiradores que crearon la Operación Klugheit y el cargo de observador plenipotenciario. Ahora Hauser tenía a su disposición influencia sobre varias de las personas del entorno del joven Weilern.

– ¿Querrías tener una vida tan agitada como August? – inquirió Hauser.

– No, para nada. Ya tengo suficiente con mis labores para el Reich y con mis hijos. La ayuda que te estoy prestando con Otto es un extra. Ay, perdona.

Gertrud se disculpó y colgó poco después porque tenía una llamada por la otra línea. Era Jutta Rüdiger, presidenta de la Liga de Muchachas Alemanas y una de sus más íntimas colaboradoras.

Hauser meneó la cabeza preguntándose si había sido una buena idea implicar a aquella mujer en el asunto Weilern. Porque por un lado lo que le había conseguido nadie más podría hacerlo. Y por otro era una mujer imprevisible, que podría poner sobre aviso a Heydrich o a Eicke. Tenía órdenes de la Ahnenerbe de investigar a Otto, por lo que no hacía nada estrictamente ilegal, pero Hauser no quería que nadie metiese las narices en sus asuntos, máxime cuando había suplantado al verdadero capitán de las SS.

Pero el daño ya estaba hecho, necesitaba a Gertrud y ella ya estaba implicada, por lo que no valía la pena pensar en el pasado sino prepararse para el futuro.

El teléfono público desde el que había estado hablando con la camarada Scholtz-Klink quedaba justo delante del Museo de Historia Natural, donde Mengele había llevado a Otto de visita. Estaba explicándole en ese mismo instante la grandeza del racialismo, de los diversos estudios sobre el tema que hacía gente como él mismo o los otros profesores del Instituto del Tercer Reich para la herencia, la biología y la pureza racial. Mengele era como el guía de un museo siniestro de la superioridad aria.

Hauser prosiguió su vigilancia de Otto Weilern. Oculto detrás de una estatua le oyó decir a Joseph:

– Somos nosotros, las mentes superiores, los licenciados y los doctores, los que debemos tomar las decisiones que atañen al futuro de nuestra nación. La ciencia ha dejado claro que los no arios, los eslavos, los gitanos, los judíos, los subhumanos en general... no son como nosotros y por eso los Einsatzgruppen actúan en Rusia contra estas bestias. Matan a miles, a centenares de miles, pero para la grandeza del Reich.

– No me gustan los Einsatzgruppen – dijo Otto, que estaba tratando de no ofender a Mengele o a Heydrich pero tenía sus límites –. Me parecen unos carniceros. Pero entiendo tu punto de vista.

Otto realmente lo entendía. Heydrich y Mengele eran tan asesinos como los Einsatzgruppen y por eso tenían el mismo punto de vista que ellos.

– Tienes razón. Primero hay que entender la necesidad – dijo Mengele , sin advertir el significado real de las palabras de Otto –. Y luego hay que entender los métodos. Son terribles sin duda, pero necesarios. Poco a poco los irás asimilando.

Sin embargo, las palabras de Mengele convencieron a quien no esperaba. Otto continuó siendo un antinazi y un traidor, pero Hauser (y el espía japonés, Yukio Atami que había en su interior) comprendió que las medidas extremas de las Einsatzgruppen de alguna manera justificaban las propias medidas extremas que estaba tomando en el caso Weilern.

– Sí, lo estoy haciendo bien. – Por su mente apareció el rostro del policía militar que mató en Rusia cuando descubrió que habían puesto una bomba en el coche de Eicke –. Ese muchacho solo fue una víctima colateral. Hasta su familia, si se lo explicase con cuidado, entendería que lo hice porque no tuve más remedio. Darwinismo social. Por el bien del Reich.

Porque Atami era un nazi fanático, tanto o más que el embajador Oshima. Por eso Hitler había reclamado para la embajada en Japón a aquel hombre en el que confiaba, y por eso Oshima había traído a Atami. A pesar de las diferencias culturales y de provenir de un país tan lejano, estaban convencidos de que los principios raciales, eugenésicos, del Tercer Reich era los correctos.

Con aquella justificación, sintiéndose algo más aliviado, prosiguió Hauser su vigilancia.

– Soy un buen hombre – se dijo Hauser, y también Atami –. Hago lo que debo hacer por el bien de mi país... es decir, de Alemania y también del Japón. De la alianza entre nuestros pueblos.

Y con aquella justificación, que en el fondo era la justificación con la que se cometerían millones de crímenes en la Segunda Guerra Mundial, el falso capitán de la Ahnenerbe continuó con el caso Weilern. Estaba feliz de formar parte de la aristocracia racial que, estaba convencido, gobernaría en breve todo el planeta.

EL SECRETO MEJOR GUARDADO DE LA GUERRA (OPERACIÓN KLUGHEIT)

[Extracto de las conversaciones de Otto Weilern en la prisión de la Lubianka]

Sólo una vez en mi vida tuve la ocasión de coincidir con el zar de los judíos. Es curioso que llamasen "zar de los judíos" a aquel hombre de apariencia sensible, rimbombante incluso para un burócrata, un chupatintas venido a más, un organizador de eventos como aquel a orillas del lago Wannsee que ahora voy a narraros.

Adolf Eichmann era un hombre alto, atractivo, de treinta y pocos años. A primera vista no parecía gran cosa y, cuando me enseñó la casa junto al lago donde tendría lugar la reunión, más parecía un vendedor de fincas que una de las figuras más importantes del Reich, como muchos creen que era. Pero se equivocan.

– Sois los primeros en llegar – dijo Eichmann mientras hacía un gesto a uno de los camareros que corrió a toda velocidad para traer unos vasos y un vino carísimo de Mosela, que nos sirvió con diligencia tanto a mí como a Mengele.

– Hemos venido andando desde la estación de tren, atravesando el bosque – dijo Joseph, obviando que la mayor parte del trayecto lo habíamos hecho en bicicleta –. Nos sobraba el tiempo y hemos paseado hasta llegar hasta aquí. No tenemos las obligaciones de hombres como Heydrich o algunos de los invitados a esta reunión. Y como usted mismo, por supuesto.

Eichmann asintió con verdadero fervor al oír el nombre de la araña. El resto de invitados, por su gesto, parecían traerle sin cuidado, sólo eran instrumentos para los planes del Reichsprotektor, que también eran los suyos.

– Mucho trabajo. Sin duda. Cuando me afilié al partido nazi en 1931 no podía imaginar el destino que nos esperaba. Gracias al Führer, Alemania ha encontrado su lugar en el universo, a la cabeza de las naciones. Y yo también he encontrado mi lugar sirviendo humildemente al Reich.

Pero Eichmann podía ser cualquier cosa menos un hombre humilde. Tal vez al principio, cuando era un muchacho de veinte años recién casado con Vera, una dulce jovencita de Bohemia. Sí, tal vez entonces. Pero Vera era de alguna forma alguien muy parecido a Lina Heydrich. Ferviente nazi, con varios hermanos en la Gestapo y siempre alabando a ese gran genio de la humanidad llamado Adolf Hitler. Y Eichmann, poco a poco, se hizo un creyente, más nazi aún que los nazis genuinos. Tal vez por eso Heydrich y él era tan afines: ambos eran nazis reconvertidos.

– Recuerdo bien la cara que puso mi esposa, Vera, cuando me uní a las SD y me trasladé al palacio de la Wilhelmstrasse – añadió el "zar de los judíos", mirando soñador hacia la masa del lago helado a través de las ventanas –. El orgullo que vi en su mirada hizo que todo valiese la pena… las noches en vela, el esfuerzo por agradar a mis superiores, el deseo de llegar más alto que mi padre, que fue sólo un vendedor ambulante de gasolina y productos agrícolas. Al final conseguí que se apreciase mi valía.

De nuevo Eichmann era demasiado modesto. No sólo había trabajado duro, sino que era el único oficial importante de las SS que podía hablar, aunque de forma limitada, con los judíos en su lengua. Incluso se había pagado un profesor de hebreo para poder realizar mejor sus tareas, que eran básicamente las de comprender a los judíos para poderlos destruir. El zar era un infiltrado, alguien que en sus inicios intentaba pasar desapercibido, tomar contacto con la comunidad judía, como si fuese un enlace benévolo entre ésta y el imparable ascenso de los nazis de Hitler. En aquella época, le gustaba quedar en segundo plano, anónimo. Realmente llevaba una máscara de hombre humilde. Pero todo eso acabó cuando se crearon los primeros departamentos para la lucha contra el sionismo, como el departamento SD II-112. En Viena, en Praga, en todos los lugares donde el Reich avanzaba, allí llegaba Eichmann, deslumbrante, siempre bien vestido, hablando de tú a tú a los hombres y las mujeres de la comunidad judía e incitándoles a una sola cosa: marcharse de Alemania.

– Yo, actualmente, sirvo en una división de las SS, en el

frente ruso – dijo Mengele –. He entrado en combate en varias ocasiones y espero volver a hacerlo en breve. Todo por la gloria de Alemania y nuestro Führer.

Aquella pantomima de alabanza a Adolf, perlada de orgullo por los logros propios y al mismo tiempo dominada por el deseo de lamerse el culo el uno al otro, comenzaron a asquearme. Un ordenanza llegó a toda velocidad, entregó un papel escrito por Heydrich y ladró "Heil Hitler", a lo que Mengele y Eichmann respondieron con un sonoro "Heil".

– He oído que usted fue el creador de la expresión "solución final" o Endlösung – dije, un poco para que terminasen de lanzar alabanzas al Führer.

– Así es – se ufanó Eichmann, aunque yo sabía que era mentira –. Creo que fue en un memorándum que le envié a Goering o a Himmler hace unos años. Un hecho afortunado que la expresión calase y se haya hecho popular.

Así era el zar de los judíos. Un mentiroso. Le había probado para poder sondear su verdadera naturaleza. Y había caído en mi trampa.

Porque no cabía duda que Eichmann era la cabeza visible de la política antijudía de Hitler, una especie de relaciones públicas que se dedicaba a organizar reuniones con los judíos e incitarles a abandonar de una maldita vez el Reich. Pero como buen relaciones públicas, era también un experto en darse bombo, o más bien autobombo, y se atribuía un montón de cosas que realmente no había hecho. Una de estas era la expresión solución final, que era obra de Goering. Además, el gordo mariscal de la Luftwaffe siempre sostendría que con esa palabra no quería decir "solución final", o sea exterminio, sino solución total, definitiva al problema. Goering, a menudo, en lugar de "solución final" utilizaba otra expresión "Gesamtlösung" que significaba literalmente eso… solución total.

Pero había muchas más cosas que Adolf Eichmann se había inventado. Al tiempo que su figura iba agrandándose dentro de la estructura de las SS y se creaban nuevas oficinas centrales para la expulsión de los judíos en Viena y otras ciudades, daba la sensación de que el burócrata estaba en todas partes, dirigiendo en persona todo el conjunto. Pero no estaba, sólo lo parecía. Eichmann era un experto en hacer propaganda de sí mismo. Si Goebbels sería recordado como el propagandista de la Alemania nazi, Eichmann era el propagandista de la política judía encarnada en su persona.

– Y no fue la única cosa que me saqué de la manga, por así decirlo – rio en ese momento el "zar" –. También fue idea mía que los hebreos que solicitaban dejar el país y no podían costearse los gastos, lo hicieran gracias al dinero de los judíos ricos.

Aquello no era tampoco cierto. Él se encargó de llevar a cabo aquellas políticas, pero no fueron idea suya sino del propio Heydrich. Como tampoco era cierto que fuese el autor del plan para trasladar los judíos a Madagascar, pero también se vanagloriaba de haber creado aquel concepto, aunque hubiese sido un fracaso. Eichmann estaba en todas partes, al menos si uno daba crédito a las palabras del propio Eichmann que, tanto era su deseo de destacar, que no dejaba de hablar de sí mismo, incluso a dos desconocidos como nosotros.

– Dinero judío que, por supuesto, era confiscado por el Reich para tal misión – dijo Mengele, alzando su copa.

– Por supuesto. Los judíos ricos no necesitan para nada su dinero y una vez le es arrebatado nos sirve para expulsar a miles de sus camaradas. Y lo que sobra nos lo quedamos. Somos como la banca de un gran casino. Siempre ganamos y todo queda en casa.

Mengele y Eichmann rieron con ganas. Yo simulé una sonrisa cortés.

– Había algunos que tenían dudas, no crean – añadió Eichmann –. Pero tras tres o cuatro días en un Lager, o en una celda de la Gestapo, comenzaban a ver con buenos ojos la idea de marcharse de Alemania. De esta forma expulsé a varios centenares de miles.

– Tal vez sería más exacto decir que intimidó a varios centenares de miles para que se fuesen – opiné.

Mengele me lanzó un codazo. No se dio cuenta que Eichmann era tan idiota que había interpretado mis palabras como una alabanza.

– Sí, sí. Los intimide. Y con mucha insistencia, créame. De lo contrario no se hubiesen marchado esos cerdos plutócratas. No en vano me llaman el perro de presa.

En realidad, perro de presa se llamaba él a sí mismo. Incluso en cartas, notas y memorándums usaba ese sobrenombre. Obligaba incluso a sus subalternos a llamarlo así. Pero todo era en vano. El apodo que había triunfado era el de "zar de los judíos".

– ¡Obersturmbannführer, señor! Ladró un nuevo ordenanza, cuadrándose delante de Eichmann.

– Qué sucede.

– El Reichsprotektor Heydrich acaba de llegar. Su coche está entrando en el palacio.

Eichmann se volvió hacia nosotros y nos guiñó un ojo.

– Por fin está aquí Reinhard. Podremos charlar un poco antes de que comience la reunión. Vengan, vengan.

Nos condujo a través de diferentes corredores de la villa de Wannsee. Lo cierto es que se trataba de una construcción magnífica, que databa de menos de treinta años atrás, pero que respiraba clasicismos desde que llegabas al pórtico de la entrada, dominado por dos enormes columnas jónicas.

– Yo nunca tengo que esperar para ver a Reinhard. Algo de lo que estoy muy orgulloso.

En muchas ocasiones había dicho que sólo los mediocres esperan a Heydrich en la antesala. Él podía entrar y salir a voluntad, aunque Heydrich estuviese reunido. Era su mano derecha, su hombre de confianza, su experto en temas judíos. Recientemente había obtenido otro cargo, el de responsable del departamento R en la oficina para los territorios ocupados (u oficina IVD). Más tarde también tomaría posesión del departamento IV-B4. Todos nombres extraños e incomprensibles llenos de cifras, propios de las SS, cuyo objeto era ocultar qué se hacía de verdad tras aquellos crípticos símbolos. En el caso de Eichmann, significaba no solo que debía ocuparse de la emigración de los judíos alemanes, sino que en adelante debía conseguir que la totalidad de los judíos saliesen de los territorios alemanes y fuesen recolocados en el este.

– He oído maravillas de sus capacidades organizativas – dijo Mengele mientras esperábamos la llegada de Reinhard en la puerta principal. Seguía con la misma actitud, es decir seguía lamiendo el culo de Eichmann–. Esta reunión es la prueba de sus habilidades. He visto al pasar por las cocinas unos platos dignos de príncipes, la bodega de vinos es impresionante y todo parece preparado a la perfección para que la reunión sea un éxito.

– Me alegra que todo sea de su gusto – dijo Eichmann, con los ojos fijos en la puerta, tratando de quitarse de encima a aquel pesado que se interponía en la visión de un hombre al que admiraba todavía más que al Führer, su querido amigo Reinhard Heydrich.

Cuando por fin la araña apareció por el dintel de la puerta y se quitó su abrigo, los ojos de Eichmann se iluminaron probablemente aún más de lo que lo hubiesen hecho si su esposa Vera hubiese aparecido de forma inesperada. Aquel hombre admiraba hasta la adoración al monstruo más grande de cuantos hubo en la Segunda Guerra Mundial. Lo cual dice mucho del hombre que era.

– Querido Reichsprotektor – dijo con voz suave y modulada –. Encontrará que todo está a su gusto y que tan pronto lleguen los invitados la reunión puede comenzar.

Heydrich dio dos pasos en dirección a su ayudante y asintió.

– No tenía la menor duda de que así sería, querido amigo.

MOMENTOS DECISIVOS DE LA HISTORIA

SUCESO: EICHMANN, UN SÍMBOLO MÁS QUE UN HOMBRE.

Eichmann, el mentiroso, el propagandista, se convirtió en una leyenda a su pesar. Su obsesión por vanagloriarse de cosas que no había hecho, el ser la cabeza visible ante los judíos de muchas ciudades (que negociaban personalmente con él su expulsión), hizo que todos consideraran que era un hombre clave en la estructura del Reich cuando sólo era un burócrata de segunda. Terminada la guerra, los judíos estaban obsesionados por su captura. No sólo porque hubiera escapado sino porque para ellos era esa cabeza visible que les había engañado, forzado a huir o llevado a campos de concentración. Al final se convirtió en un icono, en alguien odiado hasta la obsesión, y muchos judíos aseguraban haberlo visto en varios Lager simultáneamente. Se recogieron diversos testimonios en su contra cuando se tienen pruebas de que se hallaba en otra parte.

LUGAR Y FECHA: ARGENTINA. 11 DE MAYO DE 1960.

Quince años después de acabar la guerra mundial, un comando israelí secuestró a Eichmann en Buenos Aires. Cansado de huir, Eichmann decidió dejar de cambiar de nombre y personalidad cada pocos años (quedándose con el último inventado: Ricardo Klement) y eso propició su captura. El comando ejecutó su misión (llamada Operación Garibaldi) y lo condujo hasta Tel Aviv. La operación tomó ese nombre a causa de la vivienda de los Eichmann, en la calle Garibaldi de la capital Argentina, donde el antiguo jerarca nazi vivía aún con

411

su esposa de toda la vida: Veronika (Vera) Liebl Eichmann.

CONSECUENCIAS: UN JUICIO Y EJECUCIÓN.

El juicio de Eichmann fue un juicio al nazismo. Incluso los israelíes sabían que era un burócrata y que su detención era ilegal y una violación de la soberanía de Argentina. Pero más allá de tecnicismos, lo cierto es que Eichmann era culpable de los crímenes que se le imputaban contra el pueblo judío y contra la humanidad. Fue ejecutado dos años después de su captura, en mayo de 1962.

*_*_*_*_*_*

A través de las ventanas descubrí que estaba nevando sobre el lago Wannsee. Heinrich no dejaba de hablar de Richard Wagner (al que amaba tanto como el Führer) y la visión del gran maestro de la música, donde los judíos, aunque no eran atacados abiertamente, sí ocupaban siempre papeles en segundo plano y generalmente mezquinos. Luego comenzó a hablar de los Protocolos de Sión, un libro que la mayor parte de la élite nazi había leído y que en realidad no era sino una falsificación, hecha por los rusos, que trataba de desprestigiar a los judíos. Porque el odio de los judíos era propio de gentes de todo credo, religión y orientación política. En toda Europa. Los nazis sólo se habían subido a un barco viejo y podrido de odio que llevaba siglos navegando.

– Temo que ahora tendré que dejarte, Otto. La reunión comenzará en breve – me dijo Heydrich, que abandonó su conversación con Eichmann y Mengele para venir a mi encuentro. Yo me había quedado un tanto al margen contemplando los copos de nieve cayendo sobre el paisaje helado.

– No se preocupe, Reichsprotektor. Aguardaré a que terminen.

– Puedes escuchar entre bambalinas si quieres, al otro lado de la puerta – me animó –. Es más, creo que sería una buena idea que lo hicieras. Tal vez aprendas algo sobre cómo funciona el mundo real.

Me pregunté a qué se refería aquella araña monstruosa, cuando hablaba del mundo real. El "zar de los judíos" y mi antiguo amigo Joseph se unieron a nosotros y ambos me miraron con condescendencia, como si ellos conociesen más de ese mundo real que yo, que Otto Weilern, ese niño perdido que no encuentra su lugar pese a sus extraordinarias aptitudes.

– No será una reunión muy larga. Hora u hora y media como mucho – dijo Eichmann –. Y tiene razón el Reichsprotektor, creo que será muy instructiva.

– Estoy deseando que comience – dijo Mengele, frotándose las manos como un niño goloso delante de una pastelería.

Por el pasillo se escucharon unos pasos. Los invitados comenzaban a llegar, dejando sus gabardinas en manos de ayudantes, frotándose también las manos como Mengele, pero a causa del frío del exterior. Entretanto, lanzaban risotadas (la mayoría se conocían de hacía años y eran camaradas) y las rubricaban con los habituales "Heil Hitler".

– Tenemos que irnos ya – le dijo Eichmann a su superior.

Heydrich asintió y, volviéndose hacia mí, me sonrió como un padre a su hijo díscolo. Comprendí entonces, por primera vez, que aquel hombre me admiraba. Pensaba que yo realmente era mejor que él a causa de mi sangre, solo porque según algún baremo racista enloquecido, el líquido que corría por mis venas era una décima de punto más puro que el suyo. Aquellos nazis eran unos imbéciles de tomo y lomo.

– Vamos. Nos espera la gloria – dijo el Reichsprotektor hinchando el pecho y moviendo su cuerpo desgarbado hacia la sala de reuniones.

Poco a poco y por el pasillo contrario, unos trece o catorce hombres, calculé, estaban llegando a la conferencia. La mayoría no me eran conocidos, pero distinguí a Wilhelm Stuckart, uno de los redactores de las leyes de sangre y honor de Núremberg, la base legislativa que había puesto en funcionamiento la destrucción del pueblo judío.

– Es un gran honor que nos permitan escuchar lo que va a decirse – dijo Mengele, aun frotándose las manos enérgicamente, en pleno éxtasis nacionalsocialista. Me di cuenta de que no era a causa del frío, aquel era un imbécil de tomo y lomo mayor que Heydrich y Eichmann, porque realmente estaba emocionado ante aquella oportunidad.

Pero yo me di la vuelta dejando a mi interlocutor boquiabierto, tomando mi abrigo y alejándome de aquellos imbéciles y lo que demonios quisieran discutir en aquella habitación. Me marché a través de una larga puerta doble acristalada, que daba al jardín. Comencé a caminar en dirección a aquel magnífico paisaje nevado, con el lago de fondo. Era una visión hermosa.

– ¿Te has vuelto loco? – me preguntó el fantasma de un viejo amigo que me perseguía entre la nieve. Mengele no podía creer que desaprovechase una acción semejante.

– El Reichsprotektor me ha dejado libre albedrío – le expliqué–. Me ha aconsejado que escuchase, pero no voy a hacerlo. Debería haberme dado una orden directa –Me volví hacia Mengele y sonreí–. La palabra del Führer tiene valor de ley y para mí debe tener el mismo valor la palabra de Heydrich. La próxima vez me ordenará las cosas abiertamente si quiere que las haga.

– ¡Otto! ¡Otto!

Mengele dio un último paso en la nieve y añadió:

– Pero tú dijiste que estabas interesado en esta conferencia. ¿Para qué demonios hemos venido?

La voz de Mengele se fue apagando. Sabía que tendría que regresar en breve al interior de la villa porque no se había puesto su gabardina y hacía un frío de mil demonios. Al poco tiempo, su voz lastimera desapareció y me quedé a solas paseando entre la nieve. No podía imaginar la suerte que había tenido. Acababa de ahorrarme el ser testigo de uno de los momentos más abyectos de la historia de la humanidad: la Conferencia de Wannsee.

LA OPERACIÓN KLUGHEIT DESDE EL PUNTO DE VISTA DE UN ESPÍA JAPONÉS
[Atami vs Hauser]

Bernd Hauser a veces ni siquiera recordaba que en realidad se llamaba Yukio Atami ni que era un funcionario-espía de la embajada japonesa. No. En ocasiones se metía tanto en el papel que el personaje le engullía, y entonces dejaba de ser Atami. Solo era Hauser. Y aquella sensación le encantaba. Era como ver una película. Formar parte de un suceso y a la vez contemplarlo desde fuera. Como un Dios omnipotente.

Y eso pensaba precisamente mientras manipulaba el cadáver de Eugen Fischer; se sentía como un "Deus ex machina", una entidad capaz de cambiar el destino de los actores de aquel drama, de decidir qué camino llevarían las cosas y hasta dónde alcanzarían las causas y los efectos de cada uno de los actos de terceros. Sí, definitivamente, Hauser era quién decidía entre el bien y el mal.

Satisfecho en su disfraz de deidad, Hauser arrastró el cuerpo unos metros hasta el borde de las aguas. Miró en derredor buscando el punto exacto donde el hielo se había resquebrajado. Se acercó y golpeó con su zapato hasta que la abertura se hizo un poquito más grande. No fue suficiente y le arrojó una piedra. Entonces lo intentó.

– Vamos, amigo. Estas haciendo un sacrificio para el Reich.

El cuerpo presentaba dos orificios de bala en el pecho. Debajo de su abrigo podía entreverse el uniforme de camarero. Un uniforme exactamente igual al que Hauser llevaba. Le pareció una ironía del destino, aunque no sabía de qué tipo, pero no pensó mucho más en ello e introdujo lentamente el cuerpo sin vida de Eugen Fischer en el lago helado de Wannsee. El muerto no tendría ni siquiera veinte años, rubio de ojos azules, una muestra perfecta de la raza aria desaprovechada por el destino. Pero debían vencer los fuertes.

415

Así lo dictaban las leyes de Darwin o las de Lamarck, o lo que fuese. Atami (antes de ser Hauser) había recibido una educación tradicional en Japón. Aunque ahora era un nazi convencido como su jefe, el embajador Oshima, lo cierto es que sus conocimientos del mundo occidental, siendo notables, no eran exhaustivos. Muchos conceptos de la ciencia de la raza los desconocía. Pero entendía que los mejores debían sobrevivir, gobernar, liderar... y el mejor de todos era Otto Weilern. Sus acciones estaban dictadas por lo que él creía que era el darwinismo social, precisamente la supervivencia del mejor. Por lo tanto, él, Hauser, Atami o quién fuese, haría su papel de "Deus ex machina" y le echaría una mano en lo que necesitase.

– Vamos, amigo – repitió –. Créeme que lo siento.

El cuerpo del joven Eugen Fischer desapareció entre las aguas y Rudolf Hauser se atusó el traje y caminó unos metros a través de la arboleda hasta la mansión. Se detuvo. Muy cerca. Apenas unos metros, Otto Weilern caminaba con el gesto contraído por la ira. George se arrojó al suelo. Todavía era pronto para que hablasen cara a cara. Otto conocía a Atami pero no a Hauser. No era el momento de un encuentro, no hasta que su misión hubiese terminado.

– Hago lo que puedo, Rolf. Te juro que hago lo que puedo – decía Otto en voz alta y se alejó diciendo aquella frase bajo la atenta mirada de su ángel de la guarda.

Cuando Hauser se levantó, estaba cubierto de barro y nieve de la cabeza a los pies, incluso había restos en su barbilla y en la comisura de los labios. Se los quitó como pudo, se ajustó su nariz prostética y caminó los últimos doscientos metros hasta la villa. Allí le recibió el maître con gesto airado.

– ¿Por qué demonios te has ausentado? –Y añadió al ver su aspecto –. ¿Y dónde demonios has ido? ¿A la cuadra? ¿A la cochiquera con los cerdos?

El hombre maldijo en dialecto bávaro, pero luego añadió:

– Si no fuese porque Eugen se ha ausentado, te pondría de patitas en la calle. Me da igual que vengas recomendado por la esposa del Reichsprotektor. Eres un idiota. Espero que no la cagues ahí dentro delante de los jefazos o acabarás en un Lager con los judíos, los prisioneros rusos y demás calaña.

– No la cagaré – dijo Hauser exhibiendo una sonrisa de dientes blancos y perfectos.

Se cambió de ropa. Por suerte había uniformes nuevos para el cáterin y, al cabo de menos de diez minutos, estaba listo para llevar unas copas de vino a los invitados. Durante la reunión los camareros no dejaban de entrar y salir llevando todo tipo de delicatessen a los altos mandos nazis. Para aquellos hombres envanecidos, aquellos que les servían con sus bandejas no tenían boca ni oídos. Eran almas cándidas incapaces de entender lo que allí se estaba hablando. Aunque a veces se callaban en medio de una frase cuando los veían entrar, la mayor parte de las veces no les preocupaba su presencia. Todos excepto Hauser eran jóvenes de buenas familias, hijos de altos oficiales, de hombres que combatían en primera línea en el este o de burócratas como ellos. Confiaban en sus familias, en la sangre. Porque aquello, al fin y al cabo, era una cuestión de sangre.

– Las órdenes del mariscal Goering han sido claras – decía Heydrich una de las veces que Hauser entró en la sala.

Y entonces la araña leyó en voz alta lo que el sucesor oficial de Hitler le había escrito medio año antes:

Hermann Goering al Reichsprotektor Reinhard Heydrich

Berlín, 31 de Julio de 1941

Le encargo todos los preparativos necesarios para alcanzar la "solución final" del problema judío en cualquier lugar de la esfera de influencia de Alemania. Cualquier otra agencia involucrada en este asunto deberá cooperar con usted.

Se hizo el silencio en la sala.

– Así pues, las palabras del Mariscal del aire son claras – añadió Heydrich –. Yo y solo yo estoy al mando de esta cuestión. Los judíos son cosa mía y de las SS a mi cargo. Y se

417

trata de un asunto administrativo, policial, de control de masas y de personas... no una cuestión ideológica ni moral. Aunque lo sea para muchos, a nivel organizativo, eso no me importa. Sólo cuentan los resultados, no debe haber ideología en la forma de conseguirlos, solo la más aséptica frialdad.

– El gobierno general... – dijo entonces el doctor Buhler, mandado allí por orden de Hans Frank, responsable del gobierno general de Polonia. Ellos habían intentado en varias ocasiones solucionar por su cuenta el problema; después de todo, en su territorio había más judíos que en ningún otro lugar.

– Luego hablaremos del gobierno general de Polonia – dijo Heydrich. Creo que llegaremos fácilmente un acuerdo.

Buhler asintió y dejó continuar al anfitrión.

Y el anfitrión hizo un largo discurso acerca de lo bien que resultaron las políticas de inmigración y la expulsión de los judíos gracias a las invitaciones (amenazas veladas) de Eichmann. Este, sentado a la derecha del Reichsprotektor, hinchó orgulloso su pecho. Nadie se había esforzado más para que se marchasen aquellos sionistas de los territorios controlados por el Reich.

– Hasta ahora la situación ha sido tolerable – intervino entonces el "Zar de los judíos" –. Pero ahora, con la llegada de la guerra en la Unión Soviética, tenemos varios millones nuevos de judíos. Ya no podemos hacernos cargo con los sistemas anteriormente instaurados. Probablemente, tampoco podríamos con la enorme cantidad de judíos que ya tenemos en el gobierno general.

Buhler asintió enérgicamente y algunos otros oficiales parecieron corroborar su gesto.

– La nueva política – dijo Eichmann – va a ser la evacuación masiva al este.

– Pero debemos colaborar todos en ello, no hacerlo por separado – terció Heydrich –. Todo el mundo responderá ante mí y solo ante mí y las cosas deberán hacerse a mi manera.

Aquel era el objetivo fundamental de aquella reunión. Que todos supieran que el destino de los judíos estaba en manos de Heydrich.

– Creo pues que todos estamos de acuerdo – sentenció

entonces el Reichsprotektor con una enorme sonrisa.

Hubo un corto aplauso. Las 16 personas presentes representaban todas las formas del poder en el Reich, desde militares a doctores en leyes, burócratas que organizaban asesinatos en masa con la misma diligencia que reuniones como aquella, genocidas declarados, jefes de las Gestapo y la SD, políticos de diversos ministerios... Nadie faltó a aquella falta reunión.

En ese momento, a Hauser se le acabaron las copas llenas, recogió la última vacía y se marchó de la sala de reuniones. Le esperaba el maître con gesto reprobatorio.

– Te has quedado demasiado rato. ¿Qué demonios hacías ahí como un pasmarote escuchándoles?

– Esperaba a que se llevasen la última copa. ¿No se supone que es lo que debo hacer? – repuso Hauser exhibiendo una enorme sonrisa y tratando de parecer ingenuo.

– La próxima vez, quiero que te des prisa. Y si ves que te quedan copas en la bandeja, te marchas y vienes a por canapés, salchichas, puros o lo que yo te mande. Si vuelven a querer bebida, vuelves a coger la bandeja y regresas. Nada de quedarse parado mientras los señores discuten de temas que no nos incumben.

Así lo hizo Hauser y, las siguientes veces que entró en la sala de reuniones, solo escuchó frases aisladas, fragmentos de discursos de Heydrich, que tenía la misma costumbre que Hitler de hablar en soliloquios interminables. También escuchó algunas respuestas de los invitados y unas pocas objeciones. Descubrió que la frase "reubicación al este" era un eufemismo. Tenían pensado poner a trabajar a los judíos en la construcción de carreteras mientras avanzaban hacia su destino, de tal suerte que difícilmente llegarían al este: la mayor parte morirían por el camino. Al fin al cabo, los judíos, al menos la mayor parte de ellos, eran trabajadores liberales, periodistas escritores, banqueros... y no estaban preparados para el trabajo físico. Muerte por agotamiento. Selección natural. De nuevo Darwin y Lamarck saltaban a la palestra.

– Me da la sensación – dijo Müller, el director de la Gestapo, una de las veces que entró Hauser con una caja de puros Upmann–, que toda esta historia realmente oculta una vena ideológica y no algo meramente organizativo y burocrático.

– ¿De verdad? – dijo Heydrich enarcando una ceja y poniendo una mueca falsa de sorpresa.

– Así es. No creo que la reubicación sea puramente objetiva. Vamos a hacer malabarismos para que mueran una infinidad de judíos en los campos y en el traslado a los mismos o construyendo carreteras en medio de la estepa rusa... cuando miles o centenares de miles de entre esos hombres nos podrían ser útiles en estos tiempos que falta mano de obra en las fábricas. Me da la sensación, con el debido respeto al Reichsprotektor, que nuestro interés en matarlos es mayor que en utilizarlos para la economía de guerra.

– Destruir al judío es la prioridad. Por encima del valor que pueda tener el que continúen existiendo para la fabricación de tanques o cualquier otro esfuerzo económico – reconoció Heydrich –. Su presencia infecta la vida nacional. No debemos permitir que sigan reproduciéndose, teniendo hijos y perpetuando sus genes. Debemos acabar con ellos en esta generación.

Los presentes dieron grandes caladas a sus puros alemanes de primera calidad. Oficialmente, el Reich estaba en guerra contra el tabaco, pero los jerarcas gastaban miles de reichsmarks en puros como aquellos.

– En el Gobierno General de Polonia – terció Buhler – necesitamos que se acabe con los judíos, no en esta generación sino en estos próximos cuatro años. Tenemos los guetos infestados de esos parásitos, las enfermedades campan por doquier y podrían enfermar buenos alemanes, incluso soldados que sirven de protección en los mismos guetos. No querría ni pensar en una ironía trágica semejante.

– El asunto se va a celebrar en breve –le informó Eichmann–. Como sabe, el Reichsführer ha dividido los Lager donde encerramos a los enemigos del Reich en tres grupos. Pronto habrá un cuarto grupo. En él instalaremos medidas que facilitarán terminar cuanto antes con este problema.

Pocos meses atrás, Himmler había tomado la decisión de organizar los Konzentrationslager en tres grupos. En los Lager de tipo 1 se internaría a los enemigos de la patria, culpables de crímenes menores a juicio de las SS, y fácilmente (también a juicio y discreción de las SS) reeducables. Los Lager de tipo 2 serían para los alemanes y arios de otras naciones que, habiendo cometido crímenes graves, en tanto que miembros de la raza superior, y cumplida su condena, podían acabar reintegrándose como buenos servidores de la sociedad. Los Lager de tipo 3, serían para los subhumanos, los irreductibles enemigos de la patria, que jamás podrían ser liberados y trabajarían hasta la muerte por la Nación Alemana. Por increíble que parezca y como bien señalaba Eichmann, todavía se acabó creando un tipo más, los campos tipo 4, de exterminio o Vernichtungslager, donde los presos entraban únicamente para ser ejecutados. No era necesario matarlos de hambre o mediante trabajos forzados. Nada más entrar por la puerta había que liquidarlos sin más explicaciones.

– En Auschwitz, en la misma Polonia, hemos decidido colocar el más importante de estos nuevos campos. Lo hemos hecho en su territorio sabiendo de las necesidades del Gobierno General. Allí la "solución final" se dará a una velocidad aún mayor de la que espera. No quedará defraudado.

– Con solución final se refiere a matarl... -dijo una voz.

Hauser no pudo identificar quién había hablado porque tuvo que abandonar la sala a toda velocidad: el maître le hacía aspavientos desde el otro lado de la puerta de la sala de reuniones. De nuevo con gesto ingenuo y su sonrisa eterna en la boca, salió con su bandeja de puros sin escuchar el resto de la explicación. Aunque era evidente que estaban hablando de exterminar al pueblo judío. A decir verdad, aunque la idea original era que la evacuación de los judíos fuese hacia el este, hacia la Rusia profunda, aquello pronto se demostró inviable. Por un lado, las enormes distancias, que habían causado problemas para avanzar hasta al propio ejército alemán en territorio ruso; por otro, las propias necesidades del Gobierno General de Polonia y su situación estratégica a medio camino de la Gran Alemania y las zonas conquistadas, hicieron que el enclave central del exterminio fuese territorio polaco y no soviético.

De hecho, apenas tres semanas más tarde, en Auschwitz comenzarían a usarse las cámaras de gas.

Luego de un receso, la reunión prosiguió con discusiones de carácter legal. Heydrich quería eliminar, expulsar o reubicar a los judíos exentos, es decir, aquellos que tenían solo uno o dos abuelos de sangre judía. Los "mischlinge" (mezclados o medios judíos), se habían librado de los campos, de la expulsión del país, de la invitación a marcharse o de la evacuación.... al menos de momento, como pasaba con los que tenían parte de sangre gitana. No eran demasiados estos "mischlinge", apenas unas decenas de miles en Alemania, pero los más radicales dentro del partido nazi querían acabar con ellos a toda costa, aunque de hecho estuviesen acabando una vez más con mano de obra útil, incluso con soldados condecorados que habían servido con honores en guerras pretéritas.

Heydrich consiguió también una victoria en este tema. Pero fue pírrica, casi inexistente. Aunque en Wannsee se llegó a la conclusión de que los "mischlinge" debían ser en su mayor parte expulsados, lo cierto es que esa medida nunca se llevaría a cabo porque la mayor parte de ellos vivían como alemanes y se sentían alemanes. Solamente eran judíos raciales; no practicaban la religión e incluso muchos eran fervientes nazis. Además, tenían amigos, gente en la sociedad que les apoyaba, hermanos, padres, tíos, algunos de sangre totalmente alemana. Los meses que seguirían, las malas noticias de la guerra, las dudas de la población, las derrotas harían que Hitler no quisiera enemistarse con parte de su población y decidiera que eliminar a poco más de cien mil judíos alemanes no era una prioridad. Los radicales, los burócratas como Eichmann y los monstruos como Heydrich, se llevarían una decepción.

– ¿Un puro o un coñac, señores? – dijo Hauser a los tres hombres sentados en el último despacho del ala este de la villa.

La reunión había terminado y Heydrich estaba muy satisfecho. Todo había salido a pedir de boca. Ahora mismo estaban de celebración junto con su amigo y colaborador Eichmann y con el jefe de la Gestapo, Müller, con el que también le unía una vieja amistad. Se habían sentado a hacer un breve receso antes de volver a sus obligaciones. Los tres altos mandos del Reich tomaron el puro y la larga copa de coñac y bebieron a discreción. Tal vez demasiado.

Hauser estaba de suerte. Finalmente, y pesar a sus reticencias, el maître se había dado cuenta que Hauser era un buen camarero, de porte marcial y modales exquisitos, y no tenía la cara de niño del resto de los camareros. Le pareció que sería adecuado que se encargase de aquella última tarea mientras el resto limpiaba las salas.

– Una reunión edificante – dijo Müller, lanzando una espiral de humo.

Heinrich Müller era un hombre en el que Heydrich sabía que se podía confiar. Su rostro severo, su boca fina, diminuta y su pelo engominado no daban la verdadera medida del hombre que vigilaba a los alemanes. Incluso se había encargado de envenenar la copa de Schellenberg cuando Heydrich, en 1939, sospechó que podría haber una relación entre su esposa Lina y el apuesto oficial de la SD. Desde entonces, la buena sintonía entre aquellos dos monstruos había aumentado.

– Cierto – dijo Eichmann –. Todo ha salido a pedir de boca. He vivido con agrado los años en que gradualmente fuimos quitándoles derechos a los judíos en el Reich. Los intentamos llevar a Palestina, los intentamos llevar a Madagascar, pero todo en vano. La mejor solución es la evacuación al este pero sin llegar al este –se echó a reír–. Y me alegra especialmente que, en esa sala en la que hemos discutido, hubiese tantos doctores, licenciados, expertos en derecho. Gente preparada que se ha dado cuenta de la importancia de terminar de una vez con el judío. Sin ambages. Ha llegado el momento de "la solución final".

– Es una pena que esto tenga que quedar en secreto – dijo Müller –. Sería estupendo que lo supiese la opinión pública.

– El Führer lo ha prohibido – terció Heydrich –. Todo debe quedar en el más estricto secreto, todos los informes de esta reunión destruidos, las carpetas con los datos sólo las pueden ver los superiores de los que hemos asistido a esta reunión y luego deben quemarse. No por vergüenza, ya que lo que estamos haciendo es quizás la labor más importante que nadie realizará en los mil años que existirá nuestro Reich. Pero las cancillerías deben vivir en el presente; el Führer sabe que muchas de las acciones que vamos a realizar no estarían bien vistas por las plutocracias occidentales, incluso por algunos aliados como los italianos que, como todos sabemos, son unos flojos.

Todos rieron de buena gana, ya que los alemanes siempre se burlaban de los italianos, tanto en el frente como detrás de las líneas. Incluso quizás más detrás de las líneas, donde no eran conscientes del valor del soldado italiano y solo veían sus derrotas.

Hablaron brevemente entonces de que no debían escatimarse esfuerzos en engañar a las potencias occidentales y en especial a la opinión pública. Por eso se había inaugurado hacía apenas unos días el Lager especial de Theresienstadt, un lugar donde los judíos disfrutaban de unas comodidades impensables en otros campos, como cine, actividades al aire libre, teatro... y unas raciones de comida que no los mataban de hambre. Todo para poder enseñar al mundo que el sistema concentracionario alemán no era tan malo como lo pintaban algunos enemigos del Reich.

– Me pregunto si el Führer sabe todo lo que en verdad haremos para alcanzar la evacuación de esos... –dudó Müller– ¿Cuántos eran? ¿diez millones de judíos?

– Once – intervino Heydrich –. Hitler es consciente de que estamos ante un problema grave y que hay que tomar medidas. Le interesan los resultados, no la forma en que acatamos sus órdenes. Hay quien cree que el Führer ni siquiera es antisemita.

– ¡Por el amor de Dios no digas eso en voz alta! – exclamó Eichmann.

– Lo digo en serio y no como una crítica – insistió Heydrich –. ¿No decía en el Mein Kampf que la Comunidad del Pueblo necesita un enemigo, un demonio al que perseguir para no perder la fuerza y la cohesión en la lucha? A veces creo que los judíos juegan ese papel, son los chivos expiatorios que necesitamos para que el pueblo continúe nuestra guerra perpetua.

Müller tomó un trago de coñac y de nuevo succionó con fuerza su puro.

– Pero no has respondido mi pregunta, amigo mío. ¿El Führer sabe exactamente lo que vas hacer?

Heydrich hizo un sonido sibilante con la lengua, como si fuera una serpiente, mientras paladeaba su bebida. Dijo:

– Adolf no necesita saberlo todo. Un día nos preguntará a mí y a Eichmann dónde están los judíos. Yo le diré: "Ya no hay judíos en ninguna parte, mi Führer". Y él sabrá que el trabajo está hecho. ¿Cómo lo hice? A nadie le importará. Y menos que a nadie al propio Führer.

Terminada la reunión, que fue corta, apenas veinte minutos, los tres amigos se alejaron haciendo eses. Poco después, Hauser se incorporó al equipo de limpieza. Menos de una hora más tarde se marchaba del palacio. El maître le entregó su paga y le preguntó si podía volver a contar con él.

– Desgraciadamente, me marcho hacia el Norte de África.

– ¿De voluntario para luchar junto a Rommel? – dijo el hombre, con respeto en la voz.

– Podríamos decir que sí.

El maître le miró con renovado orgullo y le deseó la mejor de las suertes con una mano alzada y un "Heil Hitler".

Hauser cogió su bicicleta y se fue lentamente en dirección al lago. Otto Weilern y Joseph Mengele habían desaparecido y la capa de hielo había cubierto de nuevo las aguas. Volvían a ser una superficie lisa, sin ninguna grieta. Se asomó al lugar adonde había sepultado al joven y desafortunado Eugen Fischer. Frotó la nieve donde creía recordar que lo había arrojado y le pareció ver una mano entre la bruma del hielo.

En un bolsillo de su pantalón, una lista de nombres había sufrido un cambio, una adición:

1-Otto Weilern: Observador Plenipotenciario

2-Alfred Ploetz-Buonamorte: Asesinado en un hotel en Italia.

3-Friedrich Karl Günther: Muerto en el hundimiento del Bismarck.

4-Erwin Baur: Muerto por una bomba (chófer de Eicke en Rusia).

5-Eugen Fischer: MUERTO EN LA CONFERENCIA DE WANNSEE.

6-Sexto niño: Paradero desconocido.

7-Séptimo niño: Paradero desconocido.

– Todos hacemos sacrificios por la patria – le dijo al bloque congelado donde pensaba que se hallaba el muchacho –. Ojalá yo supiera exactamente qué sacrificio me pide la patria. Entonces todo sería mucho más fácil. Sin embargo, hasta que lo descubra, debo seguir por este camino.

Hauser-Atami se subió de nuevo a su bici y musitó:

– Debo seguir el mismo camino. No tengo más remedio.

MOMENTOS DECISIVOS DE LA HISTORIA

SUCESO: LA CONFERENCIA DE WANNSEE.

Aunque fue importante, esta reunión se ha magnificado por los historiadores. ¿La razón?: el que se encontrara una copia de lo discutido en la misma. Y es que a pesar de los esfuerzos de Heydrich (y las órdenes taxativas de destruir todos los documentos), el doctor Martin Luther, vicesecretario del ministro de exteriores Ribbentrop, se guardó la suya. Y fue hallada tras la guerra. Se trata de una de las pocas pruebas que se tienen de la planificación del Holocausto.

Lo cierto es que Wannsee fue una reunión administrativa más. Hubo otras. Lo más relevante de la misma fue que Heydrich asumió el control del exterminio de los judíos, dejando claro que se trataba de una cuestión puramente burocrática, sin trascendencia moral, como si estuvieran tratando de terminar con una plaga de ratas.

FECHA: 20 DE ENERO DE 1942.

En enero de 1942 tanto Hitler como Goering estaban plenamente concentrados en la invasión de la URSS, que no iba como esperaban. Por eso el Mariscal del Aire, en principio quien tenía la autoridad sobre el tema judío, entregó el testigo a Heydrich. No se tiene constancia de que Goering ni Hitler ordenaran nunca asesinar a los judíos, no al menos de forma directa, aunque era evidente que morirían millones de ellos de hambre, de privaciones y de cansancio. La utilización de cámaras de gas, de hornos crematorios y otros excesos probablemente fueran idea de subalternos como Heydrich o incluso de subalternos de subalternos, como el responsable de Auschwitz, Rudolf Hoss. Como se ha explicado, incluso el concepto "solución final para el tema judío" no parece implicar su asesinato, pues ya otras veces se había pensado en soluciones definitivas, como mandarlos a Madagascar.

Pero el que no haya pruebas de que Goering o Hitler diesen la orden, o el que probablemente no la dieran expresamente, en lugar de disminuir su responsabilidad... la aumenta. Porque el nazismo podría ser una buena ideología si Hitler hubiese sido sencillamente un demente, una excepción, alguien que perdió la cabeza y ordenó matar a los judíos. Pero no es así; gobernase quién hubiese gobernado en un régimen nazi, incluso una vez muerto Hitler, el camino habría sido lo mismo, porque el racialismo, la creencia de que existe una raza superior, lleva inexorablemente al exterminio de los diferentes. Si no se le hubiese ocurrido a Heydrich, se le hubiese ocurrido a otro. La ausencia de una orden directa todavía es peor que el que la hubiera. Lo sucedido es una consecuencia inevitable de una visión del mundo en que hay seres humanos mejores que otros, hombres que no valen absolutamente nada al lado de los hombres superiores. Al final siempre habrá alguien que lleve ese concepto más allá y decida que matar a los inferiores es como matar un insecto, una nimiedad que no puede ser reprobada.

Hablamos de un sistema, el nazi, que irremediablemente conducía al exterminio de todos los no arios, primero los judíos y luego todos los demás.

CONSECUENCIAS: LOS NEGACIONISTAS Y EL FÜHRER.

Durante décadas las órdenes de Goering y el concepto "solución final" fueron interpretados como una orden a Heydrich de matar a los judíos. Hoy en día muchos historiadores creen que se trataba de solucionar de una vez por todas el problema de su presencia en el Reich. Además, el término "solución final o Endlösung" se usaba a menudo en otros contextos cuando querían terminar con un asunto de una vez por todas. Era jerga burocrática nazi habitual. De hecho, el que se interpretara alguna vez "solución final" como una orden de matar judíos fue una burda mentira. Después de la guerra mundial, muchos historiadores se veían influidos por su odio al nazismo y no sabían (o no querían) ser objetivos.

Este tipo de mentiras en la interpretación de los hechos relacionados con la Alemania nazi dio pábulo al resurgimiento del negacionismo, la idea de que todo lo que se dice sobre los nazis es mentira y que no hubo Holocausto. Pues, si los historiadores en tal o cual punto habían mentido (o exagerado), bien podían haberlo hecho en todo lo demás.

No obstante, el exterminio existió y es imposible negarlo. Cuando se habla del Holocausto debemos tener en cuenta que hay datos inequívocos de las matanzas de los Einsatzgruppen y de que Hitler recibía informes regulares de ello. Heydrich creó cuatro Einsatzgruppen divididos en unos 20 Sonderkommandos e Einsatzkommandos. De solo uno de ellos, podemos reportar más de 100 mil asesinatos. Es fácil echar cuentas. No es una cuestión menor.

También hay pruebas de las acciones contra los deficientes mentales, la Aktion T4. Más de 20 mil deficientes mentales alemanes asesinados en territorio del Reich. Otra cuestión que tampoco es menor.

Si hay muy pocos datos de la orden de asesinar en los campos a judíos, gitanos, prisioneros rusos, españoles rojos, etc., podría ser, se dice, porque los propios líderes nazis sabían que debían silenciarlo para que las naciones extranjeras no lo supieran. Parece evidente que Hitler algo debía saber, aunque en los informes que se le enviaban nunca se trataba directamente de la cuestión judía y se utilizaban eufemismos.

Ahora bien, no hay ninguna prueba directa de que Hitler conociese el exterminio. No está claro por qué se ocultaría el tema de los campos de concentración y no los otros exterminios. Las explicaciones de algunos historiadores sobre que Hitler temía enfrentarse al lobby mundial judío, su obsesión por ocultar el tema a las plutocracias occidentales o por el secretismo, no terminan de ser argumentos convincentes. Lo cierto es que no se sabe por qué razón no hay ninguna prueba de que Hitler conociese el exterminio y sí de que conociera los otros terribles crímenes que cometían sus hombres.

Hitler temía al frente interno; es decir, las personas que vivían en la Alemania nazi pero no estaban de acuerdo con la visión racial extrema de gente como Himmler o Heydrich o él mismo. Por eso retrasó comunicar a la población las derrotas en el frente ruso y procuraba que la gente no supiera demasiado de la "solución final". Es probable incluso que frenara la Aktion T4 contra deficientes mentales porque parte de la población comenzaba a criticar matar a compatriotas solo porque sus capacidades no se ajustaban a la norma. Pese a todo, incluso la teoría del frente interno es muy endeble.

Lo cierto es que no se sabe si Hitler conocía el Holocausto. Y tampoco se sabe por qué, de conocerlo, lo ocultó cuando muchas otras atrocidades eran de dominio público. Yo defenderé en este libro la tesis que se ha inferido de lo que habéis ido leyendo en la parte novelada: El nazismo conduce inevitablemente al asesinato de los diferentes. Probablemente Hitler no lo supiera, pero cuando llegó a sus oídos, le dio igual. Es como si al presidente de nuestro país le informaran de que han matado a seis millones de ratas que infestaban el alcantarillado. Igual nos daban una medalla por haberlas eliminado. Si realmente el Führer no dio la orden directa y no sabía de inicio lo que estaba planificando Heydrich... ello es la prueba definitiva de la maldad intrínseca del pensamiento nazi.

FIN

Y ya a la venta la siguiente
novela de la saga

LA SEGUNDA GUERRA MUNDIAL, LA NOVELA

(STALINGRADO Y EL ALAMEIN)

2ª GUERRA MUNDIAL SERIES

1- LA SEGUNDA GUERRA MUNDIAL, LA NOVELA (1939-1941)

2- LA SEGUNDA GUERRA MUNDIAL, Barbarroja y el Norte de África

3- LA SEGUNDA GUERRA MUNDIAL, Stalingrado y El Alamein

4- LA SEGUNDA GUERRA MUNDIAL, La Caída de Berlín y los Juicios de Nuremberg (próximamente)

OTTO WEILERN SERIES en ebook

(Protagonista también de la saga de la segunda guerra junto a Hitler) (En ellos se tratarán temas poco conocidos de la guerra, desde una perspectiva policíaca)

-ASESINATO EN MAUTHAUSEN (Policial en el campo de concentración de Mauthausen: alguien está asesinando a los guardias del campo y solo los hermanos Weilern podrán descubrir al culpable) **NOTA: esta novela se sitúa cronológicamente justo al acabar la primera novela de la saga de LA SEGUNDA GUERRA MUNDIAL**

Sigue a Javier Cosnava en

Facebook: Cosnava

Twitter: @cosnava

Instagram: @cosnava

Podrás estar al tanto de ofertas,
novedades y mucho más ¡!!

Made in the USA
Coppell, TX
18 January 2024

27861940R00256